dtv *galleria*

Bei den Elfen herrscht großes Entsetzen: man verdächtigt sie, den König der Zwerge getötet zu haben! Nur eine Untersuchungskommission kann für Klarheit sorgen. Die Elfen wählen Lliane aus, ihre wunderschöne blauhäutige, aber auch kampfgewaltige und zauberkundige Königin, die die Kommission anführen soll. Von den Zwergen wird Tsimmi, der »Meister der Steine« und ihr mächtigster Zauberer, geschickt. Die Menschen entsenden ihren Ritter Uther. Die Kommission muss sich beeilen, die Wahrheit ans Licht zu bringen, wenn die Ordnung der Welt nicht zerstört werden soll. Eine gefährliche Reise beginnt. – Tolkien hat einen würdigen Nachfolger: ›Vor der Elfendämmerung‹ ist ein Märchen voller Monster, Schlachten, Zauberei und großer Gefühle – und eine amour fou zwischen der Elfenkönigin Lliane und dem jungen Ritter Uther, die zum Untergang oder zur Rettung der Welt führen kann …

Jean-Louis Fetjaine wurde 1956 geboren. Studium der Philosophie und der Mittelalterlichen Geschichte. Er arbeitete als Journalist, seit 1985 als Verleger. Mit ›Vor der Elfendämmerung‹ (1998), dem Auftakt zu seiner erfolgreichen Elfentrilogie, betrat Jean-Louis Fetjaine das Fantasy-Universum. Inzwischen zählt er zu den wichtigsten französischsprachigen Vertretern dieses Genres. ›Die Nacht der Elfen‹ (1999) erzählt die Fortsetzung der ›Elfendämmerung‹; ›Die Stunde der Elfen‹ (2000) beschließt den Zyklus. ›Der Weg des Magiers‹ (2002) ist der Auftakt zu einer neuen Fantasy-Serie.

Jean-Louis Fetjaine

Vor der Elfendämmerung

Roman

Aus dem Französischen von
Michael Kleeberg

Deutscher Taschenbuch Verlag

Von Jean-Louis Fetjaine
sind im Deutschen Taschenbuch Verlag erschienen:
Die Nacht der Elfen (24290)
Die Stunde der Elfen (24334)
Der Weg des Magiers (24409)

Ungekürzte Ausgabe
Januar 2005
Deutscher Taschenbuch Verlag GmbH & Co. KG,
München
www.dtv.de

Titel der französischen Originalausgabe:
›Le crépuscule des elfes‹

Umschlagkonzept: Balk & Brumshagen
Umschlaggestaltung unter Verwendung eines Gemäldes aus
›Phantastes‹ von © Friedrich Hechelmann
Satz: KCS GmbH, Buchholz/Hamburg
Gesetzt aus der Berling (QuarkXPress)
Druck und Bindung: Druckerei C. H. Beck, Nördlingen
Gedruckt auf säurefreiem, chlorfrei gebleichtem Papier
Printed in Germany · ISBN 3-423-20764-7

Die Personen
in alphabetischer Reihenfolge

Assan:	Elf, Vassal von Rassul
Baldwin:	König der Zwerge unter dem Roten Berg
Blade de Loth:	Meisterdieb der Gilde
Blorian und Dorian:	Brüder der Königin Lliane
Bran:	jüngerer Bruder Rogors, Regent unter dem Schwarzen Berg
Frehir:	Barbarenkrieger, Häuptling des Dorfes Seuil-des-Roches
Gael:	Grauer Elf, Lehnsherr einer Gemeinde von Sumpfelfen, angeblicher Mörder Troïns
Gorlois:	Seneschall und Hausmeier des Palastes, Herzog von Tintagel
Hamlin:	Elf, Minnesänger
Igraine:	Königin von Logres, zweite Gemahlin des Königs Pellehun
Llandon:	König der Hohen Elfen
Lliane:	Königin der Hohen Elfen, Gemahlin Llandons
Mahault:	Hehlerin
Miolnir:	Zwergenritter, Bannerherr im Dienst des Königs Baldwin
Myrrdin:	Kindmann
Oisin:	Gnom, Fährmann
Pellehun:	König der Menschen und Vorsitzender des Großen Rats
Rassul:	Herr der Grauen Elfen
Roderik:	Einer der zwölf Recken, Wachen des Großen Rats
Rogor:	Neffe und Thronerbe von Troïn
Tarot:	Gnom, Sheriff von Kab-Bag

THANE DE LOGRES:	Oberster Mörder der Gilde
TILL:	Spurensucher, Grüner Elf
TROÏN:	König unter dem Schwarzen Berg
TSIMMI:	Zwerg, Meister der Steine
ULFIN:	Einer der zwölf Recken, Wachen des Großen Rats
UTHER:	Einer der zwölf Recken, Wachen des Großen Rats

Begehre nicht, aus diesem Hain zu fliehn;
Du mußt hier, willig oder nicht, verziehn.
Ich bin ein Geist nicht von gemeinem Stande;
Ein ew'ger Sommer zieret meine Lande.
Und sieh', ich liebe dich! Drum folge mir,
Ich gebe Elfen zur Bedienung dir;
Sie sollen Perlen aus dem Meer dir bringen,
Und, wenn du leicht auf Blumen schlummerst, singen.
Ich will vom Erdenstoffe dich befrein,
Daß du so luftig sollst wie Geister sein.

William Shakespeare,
›Ein Sommernachtstraum‹

Für Florence

Prolog

Heutzutage gibt es keine Elfen mehr. Beinahe keine. Die Menschen haben sich daran gewöhnt, die einzigen Herren der Erde zu sein, und sie bekriegen einander so heftig und seit so vielen Jahren, dass sie sich nicht mehr an jene längst vergangenen Zeiten erinnern, da andere Geschlechter an ihrer Seite lebten.

Das Volk der Elfen ist von einem Tag auf den anderen untergegangen, und diejenigen, die überlebten, haben sich im Schutz der Legenden verborgen. Oh, es gibt noch immer sonderbare Begegnungen, Schauer, die einem über den Rücken laufen, und böse Träume, aber niemand käme auf die Idee, sie den Elfen zuzuschreiben. Eine Zeit lang erfanden die Menschen andere Namen für sie, Korrigans, Wichtel oder Kobolde, irgendwann jedoch hörten sie sogar auf, an Märchen zu glauben.

Ich will von einem Zeitalter erzählen, in dem die Menschen nur einer der vier Stämme der Königin Dana waren, der Tuatha Dê Danann, der Elfen, der Zwerge, der Ungeheuer und der Menschen. Und jedem dieser Völker hatte die Göttin einen Talisman anvertraut, das Symbol jedes Geschlechts und der Garant seines Überlebens. Die Menschen erhielten den Fal Lia, den Stein von Fal, das Sinnbild der Hoheit, der zu ächzen begann, sobald ein legitimer König sich ihm näherte. Vielleicht liegt hier der Grund dafür, dass sie zu glauben begannen, sie könnten die Welt beherrschen … Den Elfen wurde der Kessel von Dagda zugeteilt, der Gral göttlicher Weisheit. Den Ungeheuern die Lanze von Lug, dem Gott, den die Mönche Luzifer nannten – eine schreckliche Waffe, deren mörderischer Furor nur gestillt wurde, wenn man sie in einen Kessel voller Blut steckte. Und die Zwerge empfingen das Schwert von Nudd, das sie in ihrer kehligen Sprache Caledfwch nannten, woraus im Munde der Menschen Excalibur wurde.

Zu jener Zeit bestand die Welt aus fünf Elementen: Luft, Erde, Feuer, Wasser und Nebel; der Nebel gehörte den Göttern.

Die Elfen, der Stamm der Luft, waren ein machtvolles und von den Menschen beargwöhntes Volk. Ein Volk ohne Stadt, verstreut über die Wälder, die Flussufer, die Sümpfe, das aus den magischen Kräften der Natur die körperliche Kraft zog, die ihm abging. Sie waren hoch gewachsen und schlank wie Jugendliche, ihre Haut war von einem sehr blassen Blau, sie bewegten sich langsam, hatten ruhige Stimmen, waren höchst spärlich bekleidet, und weder Kälte noch Regen oder Wind schienen ihnen mehr auszumachen als den Bäumen oder den Tieren. Die Menschen, die Angst vor der Natur hatten und nichts von Magie verstanden, fürchteten die Elfen, setzten jedoch alles daran, ihre Grazie zu imitieren, ihren reinen Silberschmuck nachzubilden, die Melodien ihrer Minnesänger zu übernehmen. Lange Zeit haben die Menschen das Bild der Elfen als Inbegriff der Schönheit im Herzen getragen. Und dennoch waren sie es, die ihr Verschwinden bewirkten …

Auch Zwerge gibt es heutzutage kaum mehr, und wenn, dann gelten sie als Behinderte, als anomal.

Die Zwerge waren das Volk der Erde. Man sagte, ihr kleiner Wuchs sei das Ergebnis einer Anpassung an das unterirdische Leben, das sie tief in den Bergen führten, die sie so liebten und wo sie endlose Stollen durch den Fels bohrten, auf der Suche nach Gold, Edelsteinen und Metall. Die Zwerge besaßen ein Herz, das ebenso hart war wie der Stein, den sie tagtäglich schlugen, und ihre Kraft übertraf die manch eines Menschen. Verließen sie ihre Berge, um auf die Jagd oder in den Krieg zu ziehen, erbebte die ganze Erde.

Von diesen drei Völkern schien der Clan des Meeres, der der Menschen, der schwächste. Und dennoch verließen sie mit der Zeit, immer über den Erdboden gebeugt und ihre primitiven Werkzeuge in der Hand, ihre Küsten und drängten die immensen Eichen- und Buchenwälder zurück, die die Erde bedeckten. Bald gab es Ebenen, auf denen befestigte Städte emporwuchsen, und sie wurden immer größer und immer zahlreicher.

Es handelte sich um ein Zeitalter, in dem das Leben überhaupt keinen Wert besaß.

Ein jeder kämpfte ums Überleben, die einen mit Hilfe der Magie, die anderen verbissen und voller Groll.

Der Tod lauerte überall: Vereinzelte Elfen fielen Beutezügen jagender Zwerge zum Opfer, die sich einen Spaß daraus machten, sie bei lebendigem Leibe in die Glut eines Feuers zu werfen, Truppen bewaffneter Menschen drangen ins Herz der Berge ein, um ihr Gold zu stehlen, in den Wäldern fand man verirrte Reisende auf, die so bleich waren, als hätten sie all ihr Blut verloren, nachdem sie einem Elf begegnet waren, und die Gnome, das kleine, hässliche Volk in den unterirdischen Städten, bewaffnete sich mit allem, was nicht niet- und nagelfest war, um die Raubzüge zu verhindern.

Die Hauptgefahr jedoch lag woanders.

Jenseits der Sümpfe, die von den Grauen Elfen bewohnt wurden – so genannt, weil ihre Haut im Schlamm des Moors ihren bläulichen Schimmer verloren hatte – erstreckten sich die Schwarzen Lande, die von den Ungeheuern heimgesucht wurden, dem unheilvollen Stamm der Tuatha Dê Danann, dem Volk des Feuers. Riesenhafte, abstoßende Kreaturen, von den Menschen Dämonen genannt, dienten sie mit bestialischer Inbrunst dem Geist des Bösen.

An dem Tag, an dem die Dämonenarmeen aus den Sümpfen brachen, vereinigten sich die freien Völker, wie sich Menschen, Elfen und Zwerge zu nennen beschlossen hatten, um den schlimmsten aller Kriege mit ihnen auszutragen.

Er dauerte zehn Jahre und endete um den Preis eines abscheulichen Gemetzels mit der Flucht des Schwarzen Herrn und seiner widerwärtigen Legionen.

Seither lebten die freien Völker mehr oder minder in Frieden, unter der Autorität eines Rates, der die Könige und Herren jedes Volkes rund um den Stein von Fal versammelte und in Loth tagte, der größten Stadt der Menschen im Königreich von Logres.

Dieser Rat entschied Streitfälle und erwirkte eine gemeinsame Gesetzgebung, bis zu dem Augenblick, als alles zusammenbrach.

Dieses Buch erzählt von jenen lang vergangenen Zeiten und jenen Völkern, die von der Geschichte vergessen worden sind. Aber die Geschichte ist – natürlich – auch von den Menschen geschrieben worden …

I

Baldwins Ankunft

Nass bis auf die Knochen, hockte der Froschfänger gebückt im Schilf und hielt den Atem an. Er presste die Tasche an den Leib, schnatterte vor Kälte, aber er rührte sich nicht; er war unfähig, die Augen von dem Anblick loszureißen, der sich ihm soeben durch die Regenschleier hindurch eröffnet hatte. Am Ufer lag eine Elfe mit glänzendem schwarzem Haar. Mit geschlossenen Augen und völlig nackt ließ sie den eisigen Regen auf ihre feine, bläuliche Haut prasseln und wirkte dabei keineswegs, als litte sie unter der Kälte, noch zeigte sie irgendwelche Eile, sich nach dem Bad im See abzutrocknen oder sich in warme Pelze zu hüllen, wie jede normale Frau es getan hätte.

Der Jäger musste lächeln, während er die Rundungen des Leibs betrachtete, der im Regen silbrig schimmerte. Sie war extrem schlank, ohne im Geringsten mager zu wirken. Ihre Schenkel und Arme wirkten endlos. Zwischen ihren Brüsten mit den dunkelblauen Höfen bildete der Regen ein Bächlein, das ihren Bauch bis zu der glatten Schwellung ihres Geschlechts hinablief. Es sah fast aus, als schliefe sie, hätte sie ihren Fuß nicht baumeln lassen, der die Wasseroberfläche streichelte. Der Mann wäre gern noch näher gekommen, hätte sie mit den Fingern berührt, aber er lebte lang genug in Loth, der Stadt des Großen Rats, um in ihr eine Elfe aus dem uralten Geschlecht von Eirin erkannt zu haben, die von den anderen Völkern die Hohen Elfen genannt wurden. Und man erzählte sich beunruhigende Dinge über die Hohen Elfen, trotz ihrer überirdischen Schönheit.

Langsam richtete sie sich auf, schüttelte einige Grashalme, die auf ihrer blauen Haut klebten, von ihren langen Fingern. Sie schlüpfte in einen Umhang von undefinierbarer Farbe, dann warf sie den Kopf nach hinten, ergriff ihr Haar im Nacken mit einer schamlosen Geste, wodurch ihre anmutigen Brüste betont wurden, und zog einen endlosen Zopf über ihre Schulter nach vorn, den sie zu entflechten begann.

Der Mann schluckte vor Erregung beim Anblick des glänzenden schwarzen Haars, aus dem das Wasser tröpfelte und zwischen die Beine der zauberhaften Erscheinung hinablief. Noch immer in der Hocke, befreite er sich mühselig aus dem Schlamm, um noch näher zu treten, doch einer seiner Stiefel blieb im Schlick stecken, und er fiel der Länge nach ins Schilf.

Als er den Kopf hob, war die Elfe verschwunden.

Aber sie war noch da, ganz in der Nähe, verharrte bewegungslos im Gras und fixierte mit ihren hellgrünen, ja fast gelben Augen den Froschfänger, der erbarmungslos im Schlamm wühlte, um seinen Stiefel wiederzufinden. Schließlich gelang es dem Mann, und er stieg aus dem Wasser, so nahe bei ihr, dass er sie hätte berühren können. Aber er sah sie nicht.

Der eisige Nieselregen hatte seit dem Vormittag nicht nachgelassen und tauchte See, Himmel und Ufer in dasselbe Graublau, durch das die Elfen sich problemlos unsichtbar machen konnten. Ihre leichten Kleider bestanden aus einem feinen, farblich changierenden Gewebe, das die Menschen Moiré nannten, ohne etwas von seiner Herstellung zu verstehen, und verbargen sie sicher vor deren Blicken. Manchmal rot wie Herbstlaub, manchmal wiesengrün, manchmal steingrau, waren die elfischen Gewänder für sie etwas Magisches …

Der Mann nieste laut und fluchte.

»Dreckstück! Hure! Zeig dich, wenn du dich traust!«

Die Elfe lächelte, ihr Blick jedoch wurde hart.

Der Jäger fluchte noch einmal, leerte seinen wassergefüllten Stiefel aus und streifte seine Tasche voller Frösche ab.

»Hexe! Satansweib!«, knurrte er. »Wofür hält die sich eigentlich?«

Er zog sein durchweichtes Leinenhemd aus, wrang es aus und wischte sich nachlässig den Oberkörper trocken.

»Du kannst von Glück sagen!«, schrie er. »Ich hätt's dir gezeigt! Versteck dich ruhig! Wird auch gut so sein!«

»Wer versteckt sich denn?«

Der Mann schrak zusammen und ließ sein Hemd ins Gras fallen. Die Elfe hatte sich direkt neben ihm aufgerichtet. In ihrem Umhang aus Moiré überragte sie ihn um eine halbe Kopflänge, wirkte dabei aber zarter gebaut als ein Kind.

»Donnerwetter, du hast mich vielleicht erschreckt!«, sagte der Froschfänger, der sich wieder in der Gewalt hatte. »Du warst also die ganze Zeit über hier?«

»Ja«, antwortete die Elfe mit dem gleichen kalten Lächeln. »Und du warst dort drüben im Schilf, nicht wahr?«

Der Mann kicherte verlegen. Der Umhang war nicht geschlossen, und der unwirkliche Körper der Elfe war da, ganz nah, zum Greifen nah ... Sie reagierte nicht, als die schwielige Handfläche des Jägers sich auf ihre bläuliche Haut legte und zu ihren Brüsten glitt. »Gott im Himmel«, murmelte der Froschfänger selbstvergessen. »Es heißt, ihr kennt euch aus ... Es heißt sogar, dass ihr es am liebsten mit Menschen tut, stimmt's?«

»Dir ist kalt«, sagte sie. »Dir ist kalt und du zitterst ... Und dennoch lodert in deinem Leib die Begierde ...«

»Und wie!«, raunte er und kicherte erneut anzüglich. »Du wirst's gleich sehen!«

Sie begann fast unmerklich den Kopf zu schütteln, ohne ihn aus den Augen zu lassen.

»Und lodert ... und lodert ...«

Der Mann packte sie um die Hüften, riss ihr den dünnen Moiréumhang herunter und stieß sie ins Gras.

»Byrnan nith.«

»Was? Was sagst du da?«

Das Feuer zwischen seinen Lenden war zu heftig. Unerträglich. Er öffnete seinen Gürtel, ließ die Hose fallen, kniete sich dann zwischen die gespreizten Beine der Elfe. Es war zu schön, um wahr zu sein. Noch niemand hatte je …

»BYRNAN NITH!«

In dem Moment, als die Elfe aufschrie, flammte ein unerträglicher Schmerz in den Eingeweiden des Froschfängers auf. Er rappelte sich, nach Luft schnappend, hoch, verdrehte die Augen vor Schreck, vor Pein stockte ihm der Atem. Sein Bauch, seine Innereien, sein Geschlecht hatten von innen her zu brennen begonnen. Er öffnete den Mund, um zu schreien, aber seine Stimmbänder waren verbrannt. Nur eine blaue Flamme, gierig sich ringelnd wie eine Schlange, schlug aus seinem Mund, züngelte über sein Gesicht, verkohlte seine Zähne, seine Zunge und seinen Gaumen. Der Mann wälzte sich kreischend und stöhnend am Boden, schlug wie wild auf das Gras ein, sein bereits schwarz verkohlter Bauch zischte wie Fett auf dem Rost. Das Letzte, was er sah, bevor seine Augen zerschmolzen, war der helle Blick der Elfe, der auf ihm ruhte, und ihr stilles Lächeln …

Die Elfe erhob sich mit einem Seufzer, strich ihren Moiréumhang glatt und setzte sich dann auf einen Baumstumpf, um ihr langes, vom Bad nasses Haar zu glätten.

Aber kaum hatte sie damit begonnen, unterbrach sie sich auch schon wieder und horchte auf. Der See lag schweigend bis auf das gleichmäßige Gequake der Frösche, das Pfeifen des Windes, der durchs Schilf strich, und das weit entfernte Geschrei der Raben auf den Mauern von Loth. Der See lag schweigend, und dennoch war da etwas anders … Die Elfe wandte sich um und schreckte hoch.

Da stand ein Mann, unbeweglich, ein paar Schritte entfernt, in ein dunkelblaues Gewand gekleidet, von dem sich sein lächelndes Gesicht, bleich wie die Morgendämmerung, abhob. Er grüßte sie mit einer leicht ironisch anmutenden Verbeugung, ohne dass das amüsierte Lächeln aus seinem Gesicht verschwunden wäre, das sein natürlicher Ausdruck zu sein schien, und blieb dann dort stehen ohne etwas zu sagen oder sich zu bewegen. Nichts in seiner Erscheinung war bedrohlich, dennoch fühlte die Elfe sich beklommen und unwohl. Weit weg rief jemand einen Namen und das Echo wehte über den See.

Sie hatte ihre Augen nur für eine Sekunde lang fortbewegt, aber als sie wieder zu dem Mann hinsah, schien dieser näher gekommen zu sein; er war genauso ruhig wie zuvor und blickte sie lächelnd an, als warte er auf etwas. Aus der Nähe wirkte er jünger, trotz seiner kurzen weißen Haare. Und seine Züge, seine hoch gewachsene Gestalt, sein ewiges Lächeln kamen ihr bekannt vor.

»Der Atem des Drachens«, sagte er.

»Was?«

Der Kindmann nickte, und sein Lächeln wurde noch breiter.

Von neuem erklang der Ruf, viel näher diesmal.

»Lliane!«

»Ich bin hier!«, rief sie.

Der Mann war verschwunden. Dieser Gedanke drang in das Bewusstsein der Elfe, noch bevor ihre Augen es wahrnahmen. Unschlüssig blickte sie sich nach ihm um, erstaunt, ihr Herz stärker schlagen zu spüren, erstaunt auch über ihre Erleichterung …

Ein Elf löste sich aus einem Gebüsch, er saß ohne Sattel auf einem Fuchs mit langer roter Mähne. Der Reiter trug eine Rüstung mit einem ledernen Harnisch, der seine Brust, seine Unterarme und Beine bedeckte und einen Langbogen über der Schulter. Er warf einen flüchtigen Blick auf den verkohlenden Leichnam des Froschfängers.

»Meine Königin, der König Llandon verlangt aufs Dringlichste nach Euch.«

Lliane nickte schweigend und schwang sich auf den Pferderücken.

»Was gibt es?«

»Baldwin«, sagte der Elf schlicht. »Er kommt …«

»Schließt das Tor wieder!«, befahl der Sergeant seinen Wachen. »Es wird bald Nacht!«

Ohne auf die Ausführung seiner Order zu warten, drehte der alte Soldat sich um und blickte der kleinen Truppe nach, die bereits in den Gassen der Stadt verschwand.

Er zog sich den Mantel enger um die Schultern und lächelte trotz der abendlichen Kälte. Der Mann hatte die Runen auf dem langen Banner, das der erste Ritter des Zuges stolz trug, nicht erst zu entziffern brauchen, um das Emblem Baldwins zu erkennen, des Königs der Zwerge vom Roten Berg.

Unter einem plötzlichen Hustenanfall kniff er die Augen zusammen und krümmte sich nach vorn. Er fühlte sich alt und müde. Die eiskalte Feuchtigkeit dieses Wintertages hatte alte Schmerzen wieder heraufbeschworen.

»Der Bart des alten Baldwin ist noch ein Stück länger geworden«, murmelte er zu sich selbst.

Beim Passieren der Pforte hatte der König ihn nicht wiedererkannt. Er hatte ihn nicht einmal eines Blickes gewürdigt. Sein Blick war starr auf den Rücken des Ritters vor ihm gerichtet gewesen, sein Gesichtsausdruck hatte die Mischung aus Kühnheit und Überdruss besessen, die so typisch für die Zwergenherrscher war. Und wie hätte Baldwin ihn auch erkennen sollen? Zur Zeit der großen Schlachten, vor vielen Jahren schon, war er bereits länger als zweihundert Jahre der Lehnsherr der Zwerge vom Roten Berg gewesen, wohingegen der Sergeant nur ein einfacher Krieger gewesen war, jung und voller Illusionen. Und doch hatten sie zusammen gefochten, am Tag der Schlacht in den Sümpfen.

Der alte Mann strich beiläufig über die lange Narbe auf seinem Arm, eine Erinnerung an den bösartigen Streich einer Lanzenspitze der Dämonen. Das war ein trister Tag gewesen, genauso grau und regnerisch wie der, der gerade zu Ende ging. Es war den Dämonen gelungen, die Armee der freien Völker in ihre stinkenden Sümpfe zu locken, wo sie unter den feststeckenden Truppen ein Gemetzel sondersgleichen veranstaltet hatten. Nur wenige, wie der alte Sergeant oder Baldwin, waren dem Moor, den schwarzen Klingen der dämonischen Schwerter und den messerscharfen Reißzähnen ihrer Wölfe entkommen. Und dann, im späteren Verlauf des Krieges, hatte das Glück sich gewendet … Das Geräusch von Schritten auf dem Rundweg riss den Sergeanten aus seinen Träumen. Die schweren Eichenflügel des Haupttors waren geschlossen worden und ein junger Bogenschütze gesellte sich zu ihm auf die Zinnen.

»Wofür halten die Kerle sich eigentlich?«, fragte er im Näherkommen seinen Vorgesetzten.

Der alte Soldat erstarrte auf der Stelle.

»Halt deine Zunge im Zaum. Dieser Zwerg dort wäre imstande, sie dir abzuschneiden, wenn du es ihm gegenüber an Respekt fehlen ließest.«

»Ich hab keine Angst vor Zwergen«, erwiderte der junge Mann und spuckte in ihre Richtung hin aus. »Selbst wenn es Könige sein sollten!«

»Du hast es erraten … Das ist Baldwin.«

Der Bogenschütze erblasste und ein Anflug von Panik huschte über sein Gesicht. Er senkte den Blick, suchte vergeblich nach einem Satz, der die Diskussion beendet hätte, ohne dass er dabei sein Gesicht verlor, aber der alte Sergeant zuckte die Achseln.

»Geh Gauvain am Wachturm ablösen«, sagte er und wandte sich ab. Die Schritte des jungen Mannes entfernten sich und der Posten überließ sich von neuem seinen Kriegserinnerungen.

In der Tat war Baldwin ein sehr alter Zwerg. Herr der Roten Berge seit bereits zweihundertdreißig Jahren, verließ er seinen unterirdischen Palast nur noch selten, und diese Reise jetzt fiel ihm schwer. Während er durch die matschigen und bereits ausgestorbenen Straßen der Stadt der Menschen vom See ritt, die des Nachts den Hunden, Schweinen und dem Geflügel allein gehörte, dachte auch er an vergangene Zeiten.

Seit ihrer weit zurückliegenden ersten Begegnung war der Prinz Pellehun König von Logres und Vorsitzender des Großen Rats der freien Völker geworden. Pellehun und er waren Freunde gewesen in der Ära der großen Schlachten. Als der Schwarze Herr schließlich hinter die Sümpfe und die wüsten Berge zurückgeschlagen war, nach all den Kämpfen, all den Toten und all dem Blutvergießen, hatte er ihm sogar vorgeschlagen, mit ihm in Loth zu bleiben und einen Platz im Großen Rat einzunehmen. Der Zwerg hatte abgelehnt: Unter freiem Himmel zu leben, so fern von seinen geliebten Bergen, hätte ein zu großes Opfer bedeutet.

Ein klappernder Fensterladen schreckte ihn aus seinen Gedanken. Eine Frau betrachtete von ihrem Fenster aus erstaunt diesen alten Zwerg mit dem langen grauen Bart und den blutroten Kleidern, der auf einem gedrungenen Pony saß und seltsam geformten Goldschmuck trug. Der Zwerg starrte sie durchdringend an, als erwarte er etwas, da blinzelte sie und wich einen Schritt zurück.

»Herr … Friede sei mit dir«, stotterte sie, als sie endlich begriff, wen sie vor sich hatte.

Der Zwerg lächelte, obwohl das hinter seinem dichten Bart nicht zu erkennen war, und versetzte seinem Pferd einen leichten Stoß mit der Ferse. Vor dem weit offen stehenden Fenster der menschlichen Behausung zogen die Eskorte und das Gepäck Baldwins langsam vorüber und erfüllten die bereits dunkle Gasse mit einem Schimmer von Gold und Metall.

Ein feiner Regen begann zu fallen, der die Bärte und die ledernen Harnische netzte, gerade als die Zwerge vor dem bronzenen Tor des Palastes ankamen. Miolnir, der Bannerträger des Zwergenkönigs, gab seinem Pony die Sporen und galoppierte bis zur Palastwache voraus. Ein Posten mit müden Zügen nahm die Insignien aus den Händen des Ritters entgegen und bediente dreimal einen metallenen Türklopfer, während die Wache im Nieselregen Habachtstellung einnahm, wie es Sitte war, wenn ein Herrscher den Rat aufsuchte. Die großen

Tore öffneten sich fast genau in dem Augenblick, als der kleine Tross eintraf. Alle stiegen ab, mit Ausnahme Baldwins, dem das Privileg zustand, zu Pferde in den Palast Einzug zu halten.

Ohne die Ehrengarde auch nur eines Blicks zu würdigen, mit verschlossener Miene, trieb er sein Pony bis in die Mitte des großen Saals voran und hinterließ dabei schlammige Hufspuren auf den Steinfliesen. Die Zwergenkrieger der Eskorte waren draußen geblieben, und die Domestiken waren bereits damit beschäftigt, die Packpferde abzuladen. Drei Ritter, die im Gefolge ihres Herrn eingetreten waren, marschierten neben und hinter seinem Pferd, die Hand am Griff ihrer schweren Äxte aus Eichenholz und Eisen. Ein vierter Zwerg folgte in einigem Abstand. Er war in Rot gekleidet, trug Baldwins Runen und ging mit gesenktem Kopf und demütiger Haltung, die im Gegensatz zu der herausfordernd aggressiven Attitüde seiner Kameraden stand. Seine einzige Waffe war ein kurzer Dolch, eine recht ungewöhnliche Waffe für einen Zwerg, der normalerweise seinen Feind lieber zerschmettert, als zu stechen. Er war von einer für seine Rasse erstaunlichen Größe, überragte die anderen um mehr als einen ganzen Kopf. Sein langer roter Bart war unter seinen Gürtel gesteckt, und um die Handgelenke trug er silberne Reifen. Unter seinen buschigen Brauen waren die Augen fast unsichtbar, aber wer immer seinen Blick gesehen hätte, wäre erbebt. Zwerge wirken kaum je sanft oder freundlich, und die Brauen zu runzeln ist Teil ihres natürlichen Gesichtsausdrucks, die Züge dieses Zwerges hier allerdings waren von wahrlich erschreckender Härte.

Baldwin brachte sein Pony zum Stehen und gähnte ostentativ, während der eilige Schritt von König Pellehuns Herold vom andern Ende des Saals her zu hören war.

»Ich grüße dich, Herr«, sagte er und kniete sich vor den König unter dem Roten Berg, tief genug, um ihm seinen Nacken zu präsentieren (was eine gewisse Beweglichkeit des Rückgrats voraussetzte).

Dann richtete der Herold sich wieder auf und trat einige Schritte zurück, wie die Etikette es verlangte. Die Empfindlichkeit der Zwerge war sprichwörtlich, und was sie mehr als alles andere hassten, war, von oben herab behandelt zu werden. Da die größten unter ihnen gerade vier Fuß maßen und die Menschen – selbst niedriger Herkunft – sechs Fuß und mehr erreichen konnten, war es unabdingbar zu vermeiden, einem zwergischen Würdenträger zu nahe zu kommen und ihm so den Eindruck zu vermitteln, man mache sich einen Spaß daraus, auf ihn niederzublicken.

»Ich habe König Pellehun von deinem Besuch in Kenntnis gesetzt, Herr«, begann der Mann wieder. »Und er bittet dich, sein Mahl mit ihm zu teilen. Ein Ochse liegt auf dem Rost. Es gibt Krapfen, die verschiedensten Sorten Waffeln und dazu Klarett. Oder auch eine Suppe, um dich aufzuwärmen?«

»Alles das, aber auf meinem Zimmer«, knurrte Baldwin. »Du kommst mich dann holen, wenn der Rat zusammentritt.«

»Herr, ich fürchte leider, das wird nicht vor morgen sein. Wir sind erst heute Nachmittag von deinem Kommen unterrichtet worden und König Llandon ist nicht hier.«

Ein feindseliges Gemurmel lief durch die Reihen der Ritter. Sie kannten alle Llandon, den König der Hohen Elfen und Herrn im Wald von Eliande, dessen Herrschaft sich auf mehr oder minder alle Elfengemeinden erstreckte.

Der Herold konnte nicht anders, er musste blinzeln. Die Liebe zwischen den Zwergen und Elfen war nicht gerade innig, das war sogar sprichwörtlich, aber dieses Unmutsknurren war kein gutes Zeichen.

»Na gut«, sagte Baldwin und stieg von seinem Pferd. »Wir werden auf Llandon warten … Er muss im Übrigen unbedingt meine Botschaft vernehmen. Gehen wir!«

Der alte König machte eine Geste, um dem Mann zu bedeuten, er dürfe vorausgehen, und der Tross setzte sich in Bewegung, wobei er einen derartigen Lärm veranstaltete, dass die Palastbewohner halb taub davon werden mussten. »Laut wie ein Zwerg«, hieß es bei den Menschen vom See, und es schien, als gefielen sich Baldwins Krieger darin, diesen Ruf noch zu übertreffen, indem sie mit Absicht bei jedem ihrer Schritte murrten und knurrten, das Metall scheppern und ihre Rüstungen klirren ließen.

So bewegten sie sich bis zu dem für sie reservierten Flügel, dann verschwand der Herold, und ließ den Herrn seine Gemächer in Besitz nehmen. Die drei Ritter postierten sich, auf ihre langen Äxte gestützt, vor seiner Tür, der vierte jedoch folgte, zur größten Überraschung des Mannes, dem Herrn der Roten Berge und schloss die Tür hinter sich.

»Das muss sein Page sein«, überlegte er im Davongehen; er hatte wenig Lust, das Gespräch mit den drei tropfnassen Kriegern fortzusetzen, die so düster dreinblickten wie zehn Tage Regenwetter.

Der Palast begann sich für den Abend mit Leben zu füllen. Wahre Heerscharen von Dienern aller Rassen und Größen bevölkerten nach und nach die Korridore, steckten die Fackeln für die Nacht fest, brachten das Abendessen der im Palast untergekommenen Adligen, die nicht an den Tisch des Königs gebeten waren, und staubten die Prunkgewänder derjenigen ab, denen dieses Glück zuteil geworden war ...

An der Ecke eines der Korridore wäre der Herold, den die schlechte Laune der Zwerge angesteckt hatte, beinahe mit dem Pagen des Seneschalls Gorlois zusammengestoßen.

»Friede sei mit Euch, verehrter Ritter«, sagte das Kind und wich respektvoll einige Schritte zurück.

»Kannst du nicht aufpassen, wo du hintrittst, anstatt wie ein Narr durch die Gegend zu rennen!«, antwortete der in wütendem Ton. »Ist der Seneschall benachrichtigt?«

Das Kind nickte.

»Er ist bereits beim König.«

Der Herold entließ sein Gegenüber mit einer Handbewegung und setzte seinen Weg fort. Dann blieb er einen Augenblick im Bogen eines Fensters stehen und betrachtete die Stadt, die sich zu Füßen des Palastes erstreckte. Er lehnte sich gegen die großen Ecksteine der Mauer und wich auf der Stelle, eine Grimasse schneidend, wieder zurück. Der Stein war feucht und eiskalt ...

Im Korridor nieste ein Gnom. Das Abendessen seines Herrn auf dem Tablett kam ins Rutschen und um ein Haar wäre ein Weinkrug zu Boden gefallen.

Das hob die Stimmung des Herolds wieder sofort ein wenig. Diese betriebsamen Stunden amüsierten ihn immer. Zu keinem anderen Moment des Tages wurde die Mannigfaltigkeit der im Palast zusammentreffenden Rassen so deutlich. Dieser verschnupfte Gnom, fast so breit wie hoch, mit seinem Gesicht, das so runzlig und rot war wie ein schrumpliger Apfel, kreuzte den Diener eines hoch gestellten Elfen mit seiner bläulich durchsichtigen Haut, während ein junger Zwerg von sechzig Jahren mit seinen breiten Füßen über die Fliesen trampelte, ein Tablett voller Speisen in den Armen, das zwei ausgewachsene Männer nicht hätten stemmen können, und das vor Weinkrügen, Würsten und Kohl überquoll …

Der Herold schüttelte sich und setzte seinen Weg fort. Er musste noch den Saal des Großen Rats für den kommenden Tag vorbereiten.

Draußen hatten die Zwerge die Pferde in den Stall geführt, und ihre Pagen waren bereits dabei, alles, was für dessen Stadtaufenthalt unabdingbar war, in die Räume des Königs Baldwin hinaufzutragen (und da der alte Baldwin, seit er in die Jahre gekommen war, einen gewissen Komfort liebte, war das Unabdingbare sehr umfangreich). Unberührt von ihrem Hin und Her strich sich ein Mitglied seiner Eskorte, das auf den ersten Stufen der großen Steintreppe zum Palast saß und seine Satteltasche und seine Waffen vor sich aufgestellt hatte, träumerisch durch seinen braunen Bart und rauchte dabei eine lange weiße Tonpfeife.

»Meister Tsimmi!«

Der Zwerg schien zu erwachen und musterte den Pagen (einen Jungzwerg von kaum fünfzig Jahren), der sich zu ihm beugte.

»Was ist?«

»Möchtet Ihr, dass ich Euer Gepäck nehme?«

»Ja, gern, danke …«

Er hob das kurze Bein, das er über seine Taschen und seinen Streithammer gelegt hatte. Der Page nahm geflissentlich sein Gepäck auf und lief hinter den anderen her. Tsimmi blieb allein und regungslos im Nieselregen sitzen, bis seine Pfeife erlosch. Im Gegenteil zu den anderen war er prunklos gekleidet, trotz seines Ranges, und trug kein einziges Schmuckstück. Ein langes Panzerhemd aus gepunztem Leder, das bis zu den Knöcheln fiel, bedeckte eine einfache grünen Tunika, und an seinem Gürtel hingen mehrere Börsen und Säckchen sowie die Lederschnüre einer Schleuder, einer Waffe, die eigentlich eher einem Kind gemäß war. Aber keiner der Zwerge der Roten Berge wäre auf den Gedanken gekommen, darüber zu lachen. Tsimmi war, was die einen Meister der Steine nannten und die Menschen einen Magier. Zwischen ihm und der Erde, dem Gestein und den Felsen bestand eine enge und machtvolle Verbindung, die selbst das Verständnis der Weisesten überstieg. Seit undenklichen Zeiten hatten Meister wie Tsimmi in den Tiefen ihrer Schmieden unzählige Geheimnisse entdeckt. Die Menschen, geblendet von den Reichtümern, die sie aus ihren tiefen Minen holten, gingen so weit, zu behaupten, dass ihre Magier das Große Geheimnis kannten, die Verwandlung herkömmlicher Metalle in reinstes Gold. Aber nur die Meister der Steine hätten hierauf eine zutreffende Antwort geben können.

Tsimmi zog die grüne Kapuze seiner Tunika über sein strubbliges braunes Haar und stand knurrend auf. Mit der Fußspitze stocherte er im Staub und legte dann die Hand auf die riesigen Steinblöcke, aus denen die Palastmauern bestanden. Die Meister der Steine besaßen die Gabe, im Stein zu lesen, diesem stummen Zeugen der vergehenden Zeit. Er vermochte nichts herauszulesen, doch von dem Augenblick an, da die hohen Türme von Loth ins Blickfeld gekommen waren, hatte ihn ein vages und unangenehmes Gefühl überkommen.

»Erhebt Euch für den König!«

Der Mundschenk stieß seinen beknauften Stock, das Zeichen seines Amtes, gegen die Fliesen. Auf der Stelle erbebte der riesige Saal unter dem lautstarken Rücken der schweren Eichenstühle, die die Bankettgäste zurückschoben. Es war ein normales Abendessen, ohne Gepränge. Es gab ungefähr dreißig Gäste, zumeist obskure Vasallen oder Bittsteller aller Art, die hier waren, um in Loth einen Posten für ihre Söhne zu erwirken oder sich über die königlichen Steuern zu beschweren. Zwei Küstenelfen, jene, die zur See fuhren, waren zweifellos hier, um irgendwelche exotischen Stoffe zu verkaufen. Ein Zwergenbaron, am anderen Ende der Tafel, umringt von seiner Frau und den zwei kleinen Zwergenkindern von kaum 30 Jahren, war neben einem Gnomenpaar platziert, das auf groteske Weise mit Schmuck behängt war, und schien von dieser Nachbarschaft höchst angewidert. Zu beiden Seiten der in U-Form aufgestellten und von Pechfackeln erleuchteten Tische brachten zwei Kamine, mannshoch und so breit, dass man einen Ochsen in ihnen braten konnte, die Speisenden, die ihnen den Rücken zuwandten, kräftig ins Schwitzen. An allen Mauern war der Stein hinter Wandbehängen, Fellen und Teppichen verschwunden. Durch die Fenster, die mit Wachstuch verhängt waren, drang nicht der kleinste frische Lufthauch mehr, und der Saal war so heiß wie ein Dampfbad.

Die drei Stühle am mittleren Tisch, die zur Rechten des königlichen Sitzes für Baldwin und seine Gefolgschaft reserviert waren, blieben leer.

Dem König Pellehun konnte die Abwesenheit der Zwerge nicht entgehen, aber er ließ sich nichts anmerken. Er dankte seinem Kammerdiener mit einem Blick, entledigte sich seines Mantels aus Eichhörnchenfell und gab dann das Zeichen, sich zu setzen. Der Seneschall Gorlois ließ sich zu seiner Linken nieder, ohne einen Blick auf die Gäste zu werfen, von denen jeder einzelne die ganze Mahlzeit hindurch seinen Blick zu erhaschen suchte, um die Gnade zu erhalten, zum König vorgelassen zu werden und dort sein Gesuch vorbringen zu können. Die beiden Männer ähnelten sich bei allem Respekt, den sie einflößten, derart im Aussehen und Verhalten, dass es fast schon komisch war. Man hätte sie für Brüder halten können, so sehr hatten sie sich einander angeglichen, geprägt durch die gemeinsam durchlebten guten wie schlechten Tage der Stadt der Menschen vom See. Alle beide waren sie heute für menschliche Begriffe alt (obwohl ein Zwerg sie vom Alter her zu den Heranwachsenden gerechnet hätte), von bescheidenem Wuchs, aber von einer Stärke, die das menschliche Normalmaß überstieg. Beide waren sie bartlos, ihr graues Haar war zu mehreren Zöpfen geflochten und mit goldenem Faden beim einen, mit roten Lederbändern beim anderen zusammengeschnürt. Hier hörte die Ähnlichkeit allerdings auch schon auf.

Pellehun verfügte über majestätische Schönheit, und Gorlois war hässlich. Sein Gesicht war von einer entsetzlichen Narbe gezeichnet und seine rechte Augenhöhle war leer. Diese scheußliche Verletzung war ihm vom Krummschwert eines Dämons zugefügt worden, während er den Prinzen Pellehun den Klauen dieser schrecklichen Krieger entrissen hatte. Am ganzen Körper verletzt, waren die beiden Männer zu Waffenbrüdern geworden, und ihr Blut hatte sich im Schlamm des Schlachtfeldes zu einer einzigen großen Lache vermischt.

Beim Tod des Königs Ker hatte Pellehun Gorlois zu seinem Seneschall gemacht, und als die Könige der freien Völker, die den Krieg überlebt hatten, ihn wählten, um dem Großen Rat vorzusitzen, übertrug er ihm die Verantwortung eines Hausmeiers des Palastes und ehrte ihn mit dem Titel eines Herzogs von Tintagel.

»Wo ist die Königin?«, fragte ihn Pellehun jetzt mürrisch.

Gorlois hob die Brauen, um zu bedeuten, dass er es nicht wisse, und schnippte dann mit den Fingern. Sofort beugte der Mundschenk sich zu ihm, nickte, während er seine Befehle empfing und begab sich rasch zu der Gruppe bewaffneter Ritter, die den König auf Schritt und Tritt umgaben.

»Die Königin«, sagte er. »Sie hat sich verspätet. Man muss sie holen.«

Ulfin, der Edelmann, zu dem er gesprochen hatte, maß den Mundschenk mit der ganzen unverhohlenen Geringschätzung seines Standes und deutete mit dem Kinn auf Uther, den Jüngsten aus ihrer Gruppe. Der lief auf der Stelle los, mit einer Eile, über die seine älteren Kameraden schmunzeln mussten. Man murmelte im Palast, dass die junge Königin Igraine für den Charme des Ritters durchaus empfänglich war … Vielleicht beruhte das ja auf Gegenseitigkeit …

Als die Königin Brunehaud im Kindbett gestorben war, und mit ihr ihr einziges, tot geborenes Kind, hatte Pellehun viele Jahre lang Trauer getragen. Die Sorge, einen Nachfolger zu bekommen, war der einzige Grund für seine zweite Heirat gewesen, und die junge Igraine sah ihren Gatten kaum je, umso weniger, als es ihr bislang nicht gelungen war, ihm einen Erben zu schenken. Je mehr Zeit verging und je älter Pellehun wurde, desto seltener teilte er ihr Lager. Die Königin lebte ein tristes Leben abseits des Palastrummels, mit ihren Dienerinnen und ihren endlosen Handarbeiten, und ein Tag glich dem anderen, ohne Liebe, ohne Hoffnung, ohne Zukunft.

Uther, außer Atem und mit vom Laufen rotem Kopf, begegnete ihr auf der Treppe zu ihren Gemächern.

»Teuerste Herrin, der König verlangt nach Euch bei Tisch …«

»Ich war bereits auf dem Weg«, sagte sie. »Euren Arm, Ritter.«

Uther bemühte sich, das Pochen in seinen Schläfen zu bezähmen und wieder ruhig zu atmen. Die Königin an seinem Arm wirkte so klein und schmal wie ein Kind. Er wagte es nicht, sie unterwegs anzublicken, aber als sie sich neben Pellehun setzte, schien es ihm, als hätten ihre Finger absichtlich seine Hand gestreichelt.

Er hatte das Gefühl gehabt, seine Emotionen verborgen zu haben, aber dennoch war, als er sich zurückzog, der sengende Blick des Seneschalls Gorlois mit einer Eindringlichkeit auf ihn gerichtet, dass es ihm kalt den Rücken hinunterlief.

Während die Mägde zugange waren und vor den Gästen Honig, Gewürze und dicken und dunklen Grenachewein in Zinnkrügen auftischten, kündigte der Mundschenk den ersten Gang an:

»Rindermark, Wachtelpastete, Blutwurst, Kochwurst, Hack- und Rebhuhnpastete auf nordische Art!«

Ein solch feierliches Diner – eine Fleischmahlzeit, wie sie im Winter an der Tafel des Königs gereicht wurde – bestand aus vierundzwanzig Gerichten in sechs Gängen, einschließlich der Nachspeisen wie Mispeln, gezuckerten Puddings, süßer Milchsuppe und gekochten Birnen.

Der Mundschenk überprüfte mit einem Blick die Anordnung der Speisen auf dem königlichen Tisch und flüsterte dann einige Worte ins Ohr des Seneschalls.

Gorlois nickte, entließ ihn und beugte sich seinerseits zum König.

»Herr Baldwin lässt Euch ausrichten, er sei müde, Sire, und werde Euch morgen sehen.«

Pellehun nickte, wischte sich mit dem Handrücken den Mund ab und trank einen Schluck Wein. Als er seinen Humpen absetzte, ging ein Lächeln über sein Gesicht.

»Also schön«, sagte er, zu dem alten Gorlois gewandt, »lasst uns anfangen!«

II

Der Große Rat

Es wurde kaum hell bei Tagesanbruch, die Sonne verbarg sich hinter dem grauen Dunst über dem See. Das Lager der Elfen am Waldrand bestand aus nichts als einigen mit Zweigen bedeckten Unterständen als Schutz für die Nacht, die sie auf ihren Wanderungen immer in wenigen Minuten aufbauten. Denn die Elfen hatten keine Stadt, höchstens ein paar Dörfer, und auch die wechselten im Lauf der Zeit den Standort. Sie besaßen nichts, nicht einmal richtige Familien im menschlichen Sinne, und häuften kaum irgendwelche Reichtümer an, wie hoch auch ihr Rang sein mochte. Sie trugen vom Diener bis zum Prinzen alle die gleichen Kleider und ihr einziger Luxus war ihr feiner Silberschmuck, das Metall des Mondes, den sie anbeteten. Das Silberschmieden war im Übrigen das einzig bekannte von Elfen ausgeübte Handwerk. Sie waren ein Volk ohne Ansprüche und in vielerlei Hinsicht den wilden Tieren ähnlicher als den Menschen.

Lliane war allein erwacht. Sie hatte ihr langes schwarzes Haar mit Hilfe eines Lederbandes geflochten, das mit kleinen strahlend weißen Schwanenfedern verziert war, und ein hoch geschlitztes Moirékleid übergestreift, das ihre Arme und Beine freiließ. Sie legte sich ihre silbernen Ketten und Armreifen an und stieg dann in feine Wildlederstiefel, die bis übers Knie hinaufreichten. Zum Schluss schnallte sie nach kurzem Zögern ihren langen Dolch um, der Orcomhiela hieß, was in der Elfensprache »Dämonengeißel« bedeutete.

Als Gattin Llandons und Königin der Elfen war Lliane keine Kriegerin, aber sie entstammte dem Geschlecht Morigans, der »Großen Königin«, der sagenumwobenen Ahnherrin der Elfen, zu der sich jetzt noch alle Elfenclans bekannten, der Göttin des Krieges und der Liebe.

Die Menschen vom See und die Palastwachen nannten sie bisweilen die »Zauberkünstlerin« und der Name gefiel ihr. Aber was die Menschen von der Königin kannten, waren nur die Taschenspielertricks, die sie ihnen bei abendlichen Festen vorführte.

Lliane war sehr viel mehr als eine »Zauberkünstlerin«, auch wenn sie ungern darüber sprach. Wer ihre Kräfte kannte, behandelte sie voller Respekt, wer sie nicht kannte, gehörte nicht zu ihrer Welt. Der verkohlte Leichnam des Froschfängers am Seeufer durfte durchaus als Beweis gelten …

Sie bückte sich, um aus ihrer Hütte zu treten. Die Wiese war ziemlich nass. Offenbar hatte es die ganze Nacht über geregnet. Die Elfe kniete sich hin, strich mit der Hand durchs Gras und wusch genüsslich ihr Gesicht, dann hob sie die Augen zum Himmel. Es war einer dieser Novembertage, an denen das Wetter ungewiss ist. Eine fahle Sonne schien durch die Wolkendecke. Vielleicht würde es schön werden. Vielleicht würde es auch wieder regnen. Die Elfen maßen dem Wetter nicht dieselbe Wichtigkeit bei, wie die über ihre Äcker gebeugten Menschen. Gleich den Bäumen, den Steinen oder den Eichhörnchen im Wald wären sie nie auf den Gedanken gekommen, den Lauf der Natur beeinflussen zu wollen. Und das ist auch der Grund ihres Verschwindens.

Eine Bewegung am Waldrand erregte ihre Aufmerksamkeit. Llandon, der König der Hohen Elfen, war bereits zu Pferd unterwegs. Ein Soldat reichte Lliane ebenfalls die Zügel eines Pferds und sie sprang mit einem Satz auf seinen Rücken. Die Elfen ritten immer ohne Sattel, brauchten auch keinen, noch Sporen oder Gerte. Sie kannten die Sprache der Haustiere und manche sogar die der wilden Tiere. Llandon beugte sich zum Kopf seines Pferds, eines riesigen weißen Hengstes, dessen

Mähne beinahe bis zum Boden reichte und nie gestutzt worden war.

»Bring uns nach Loth«, sagte er ins Ohr des Tiers.

Neun Elfen und acht Pferde folgten ihm und seinem Hengst. Da waren außer dem königlichen Paar Blorian und Dorian, die Zwillingsbrüder der Königin, Kevin, der Bogenschütze, Rassul, der Herr der Grauen Elfen aus den Sümpfen, der ein Freund Llandons war, Assan, sein Vasall, Hamlin, der Minnesänger, und Lilian, der Jongleur – wobei man einem Elf gegenüber, der sich als Gaukler ausgibt, immer misstrauisch sein sollte – und zum Schluss Till, der Spurensucher, der zu Fuß ging, begleitet von seinem Hund, der neben ihm herlief, und seinem Falken, der über seinem Kopf flog.

Die Elfen ritten schweigend und ließen ihre Pferde dem Rhythmus folgen, den Lame vorgab, der weiße Hengst, der ihr Anführer war. Dann ergriff Hamlin seine Laute und begann mit seiner tiefen Stimme das Lied der Großen Horde zu singen, das die Pferde so gerne hörten. Der Gesang klang in ihren Ohren wie das Versprechen eines warmen Stalls. Die ›Weise von der Großen Horde‹ erzählte von den alten Zeiten und den endlosen grünen Weidegründen, auf denen die Streitrösser, Zelter, Karrengäule, Reitpferde, Klepper und Mähren das Gras der Götter fraßen …

Till, der Spurensucher, hatte seinen Falken auf Erkundungsflug geschickt. Nachdem sie eine Stunde geritten waren, riss der Schrei des Vogels sie alle aus der melancholischen Stimmung des Gesangs: Die Türme von Loth kamen in Sicht.

Vor den Stadttoren angekommen, stiegen die blauen Wesen ab und entließen ihre Pferde, nicht ohne sie zuvor abgehalftert zu haben, wieder in die Freiheit. Die Menschen liebten die Pferde zu sehr, als dass Lame und sein Tross sich ruhig in den Gassen von Loth hätten bewegen können.

»Herr Llandon! Friede sei mit Euch!«

Unter allergrößten Schwierigkeiten, seinen Schritt ihrem weit ausladenden Schreiten anzugleichen, beinahe im Rennen, bestätigte der Herold ihnen, dass Baldwin da sei und der Große Rat tagen werde.

»Also ist Baldwin tatsächlich höchstpersönlich erschienen?«, meinte Llandon nachdenklich. »So ein Zwerg verlässt seine Berge nicht ohne guten Grund. Was will er bloß?«

»Ich weiß es nicht, Herr«, antwortete der Herold leise. »Aber er wirkte sehr mürrisch!»

»Na und?«, rief Rassul gut gelaunt und schlug Llandon auf die Schulter. »Die Zwerge wirken immer mürrisch!«

Der Elfentross brach in unbekümmertes Gelächter aus und verschwand in dem ihm reservierten Flügel, den der Architekt des Palastes vernünftigerweise an das der Zwergenunterkunft entgegengesetzte Ende gelegt hatte …

Der Herold wiegte das Haupt, er war offenbar beunruhigt über die Wendung, die die Dinge nahmen, dann ging er, dem König Pellehun Bericht zu erstatten. Gedankenverloren wie er war, bemerkte er nicht die riesenhafte Gestalt eines Barbarenkriegers, die im Schatten stand. Der Barbar ließ den Mann vorübergehen, trat dann langsam ins Licht und blickte ihm nach.

In ihren Rüstungen und dem Überwurf mit dem blau-weißgestreiften Wappen, den Farben des Königs, bildeten die zwölf Recken hier im Ratssaal die Wache der Könige, die rund um den Tisch Platz nehmen sollten. Sie waren alle Männer von edler Herkunft und stammten aus Familien, denen in den Alten Zeiten der Titel eines Freundes der Elfen zuteil geworden war oder eines Genossen, was bei den Zwergenkriegern das Gleiche bedeutete.

Einige unterhielten sich leise, andere würfelten, nur Uther und Roderik, die beiden Jüngsten, blickten aus dem einzigen Fenster des Saals nach draußen, das triste Wetter schlug ihnen aufs Gemüt.

Seit der Ankunft der Elfen waren mehrere Stunden vergangen, und bald würde die Mittagsglocke ertönen. Uther schauderte. Seine polierte Metallrüstung glänzte im Nieselregen, der wieder eingesetzt hatte. Roderik murmelte etwas, was sein Kamerad nicht verstand; der bat ihn aber nicht, es zu wiederholen, sondern ließ seinen Blick träumerisch über die Dächer der Stadt, die engen Gassen des Hafenviertels und die Ufer des riesigen Sees schweifen, der sich bis zum Horizont erstreckte.

Uther schreckte hoch, als ein lang gezogenes Stöhnen ertönte, das von der Mitte des Tischs kam. Das war der Stein von Fal, der Talisman der Menschen und das Symbol der Hoheit, der die Ankunft eines legitimen Königs ankündigte. Beinahe augenblicklich ertönte das Geräusch von Schritten im Korridor. Ulfin, der Älteste unter ihnen, rief einen kurzen Befehl. Die Sitzenden sprangen auf, die Spielenden schoben Würfel und Becher beiseite, und alle Blicke richteten sich auf die Tür, die sich gleich öffnen würde.

Der Herold trat ein, überprüfte mit einem Blick, ob alles in Ordnung war, und wich dann vor dem Herrscher zurück, indem er mit seinem eisenbeschlagenen Stock auf den Boden klopfte.

»Pellehun, Sohn Kers, König der Menschen vom See und der umliegenden Lande, Herr des Großen Rats!«, verkündete er.

Die Ritter standen stramm und fassten den Griff ihres Schwerts ein wenig fester.

Pellehun ging, gefolgt vom Seneschall, um den riesigen bronzenen Tisch herum, der den größten Teil des Raums einnahm, und setzte sich dann gegenüber der Tür auf den Thron aus Zedernholz, der in grauer Vorzeit von einem seiner Vorfahren direkt aus dem Stamm gehauen worden war.

Gorlois dagegen blieb hinter seinem Stuhl stehen, denn es ziemte sich nicht, dass ein Ritter, und mochte er auch Prinz, Seneschall und Hausmeier des Palastes sein, sich vor dem König der Zwerge oder dem der Elfen setzte.

Draußen erklang das Geschepper von Rüstungen, der heilige Stein seufzte erneut, und die Tür öffnete sich ein weiteres Mal.

»Llandon, König der Hohen Elfen, Herr im Wald von Eliande!«, verkündete der Herold.

Der Elf lächelte und kniete, wie es Sitte war, vor Pellehun nieder. »Friede sei mit dir, Llandon«, sagte der und erhob sich.

»Der Himmel schütze dich, Pellehun«, erwiderte der Elf. »Warum tagt der Rat?«

»Ich weiß kaum mehr als du … Baldwin ist in Loth. Aber ich nehme an, dass du das bereits erfahren hast …«

Llandon antwortete mit einem Kopfnicken und nahm seinen Platz neben dem König der Menschen ein; dann stieß der Herold erneut seinen Stock auf den Boden.

»Rassul, König der Grauen Elfen, Herr der Sümpfe jenseits der Berge! … Lliane, Königin der Hohen Elfen!«

»Jedes Mal noch schöner«, bemerkte Pellehun, als er der Königin seine Reverenz erwies.

»Deine ergebene Dienerin«, murmelte sie, ohne den Blick zu senken.

Ihr Blick blieb einen kurzen Moment auf dem Seneschall haften und sie neigte höflich den Kopf. Trotz seines Alters fühlte der wackere Gorlois sich verwirrt und räusperte sich, um seine Verlegenheit zu überspielen. Schwer, sich dem Charme dieser grünen Augen zu entziehen …

Llandons Gefolge postierte sich um den bronzenen Tisch und es wurde wieder still im Saal.

Die zwölf Recken wirkten mit ihrem starren Blick und den auf den Knauf ihrer langen Schwerter gestützten Händen wie Statuen.

Uther, der hinter den Elfen stand, starrte auf den Nacken der Königin Lliane. Die elfischen Frauen waren von einer derartigen Schönheit, dass Menschen, die nicht regelmäßig durch ihre Gefilde kamen, sie leicht für Feen hielten. Abgesehen von ihrer blauen Haut, ähnelten die Elfen den Menschen, aber selbst der bestaussehende Mann und die makelloseste junge Frau wirkten klobig und schwerfällig angesichts ihrer grazilen Leichtfüßigkeit. Und die Hohen Elfen, die in den Ebenen lebten und mit dem Wind liefen, waren die agilsten von allen.

Offenbar spürte Lliane auf ihrem Nacken den brennenden Blick des jungen Ritters, denn sie drehte sich halb um und lächelte ihm zu. Uther spürte, wie sein Herz unter der Rüstung einen Sprung tat. Die Augen der Elfe waren von einem beinahe ins Gelbe spielenden Grasgrün, das aufs Vortrefflichste mit dem Blauschimmer ihrer Haut kontrastierte.

Er erwiderte ihr Lächeln und verlor dabei ein wenig von der steifen Würde, die seine Aufgabe von ihm verlangte, aber in diesem Augenblick seufzte der Stein zum dritten Mal, und der Stock des Herolds schlug auf den Boden, wie um ihn zur Ordnung zu rufen. Das protokollarische Zeremoniell, das bei den Zwergen galt, war sehr viel komplizierter als bei den Elfen, den Menschen oder selbst den Gnomen, die doch so titelversessen waren. Es war nicht ganz einfach, alle Floskeln und Gepflogenheiten der freien Völker zu kennen sowie ihre Sprachen zu beherrschen, denn es gab Situationen im Palast, in denen es unschicklich gewesen wäre, sich der gemeinsamen Sprache zu bedienen, die von allen verstanden wurde, sogar von einem guten Teil der monströsen Rassen der Schwarzen Lande.

»Baldwin, Sohn des Twor, Sohn des Urs Blaubart, König und Sohn von Königen!«, rief der Herold. »Baldwin, Meister des Gesteins und der Metalle. Baldwin Langaxt, Langbart und teuerster Herrscher! Baldwin, Lehnsherr der Zwerge unter dem Roten Berg! Möge sein Bart immer dichter werden!«

Der alte Zwerg kam wie üblich unter großem Aufhebens hereingepoltert. In Anbetracht seiner altersbedingten Gebrechlichkeit verzichtete er darauf, vor Pellehun niederzuknien. Wenn man erst einmal dreihundert Jahre hinter sich hat, kann man sich einige Freiheiten gegenüber dem Protokoll erlauben …

Eine Spitze des langen, gewichsten graumelierten Schnurrbartes hob sich ein wenig, was bedeuten konnte, dass er dem König der Menschen zugelächelt hatte, dann neigte er kurz den Kopf zum Gruß.

»Friede sei mit dir, Pellehun«, sagte er mit seiner rauhen, tiefen Stimme.

»Der Himmel möge dich beschützen, Meister der Steine. Setz dich zu meiner Rechten.«

Baldwin ging um den Bronzetisch herum, gefolgt von seinen Ratgebern und einem Zwerg, der kaum geschmückt und gar nicht bewaffnet war.

Die Recken, die hinter der Zwergengruppe standen, versuchten, das Antlitz dieses Zwerges zu studieren, aber sie kamen nach der Sitzung überein, dass sie diesen Bärtigen mit dem träumerischen Gesichtsausdruck (eine Seltenheit bei Zwergen) noch nie gesehen hatten. Endlich setzte Baldwin sich und drehte den Kopf ostentativ zu seinem Gefolge. Llandon zögerte einen Augenblick vor Verwirrung. Die Etikette verlangte, dass er als der Jüngere den König der Zwerge zuerst grüßte, aber dieser hatte ihn noch keines Blicks gewürdigt.

»Friede sei mit dir, König«, sagte er schließlich mit einem diplomatischen Lächeln. »Es ist lange her, dass wir uns gesehen haben …«

Baldwin antwortete nicht und ein empörtes Gemurmel lief durch die Reihen der Elfen. Gorlois, der Herold, der bereits hinausging und die schwere Tür hinter sich schloss, sowie Pellehun runzelten zwangsläufig die Brauen angesichts des Benehmens, das der König unter dem Roten Berg an den Tag legte. Der verstörte Uther suchte den Blick Ulfins und bemerkte bei seinem älteren Kameraden dieselbe veränderte Haltung: Anspannung, Unruhe, Erwartung …

»Der Herr Llandon heißt Euch willkommen!«, wiederholte Pellehun und legte die Hand auf den Arm des alten Zwergs.

»Hä?«, machte Baldwin und drehte sich endlich um. »Ach ja, die Elfen! Natürlich, die Elfen … Entschuldigt … Ich hatte nicht gehört … das Alter zweifellos …«

Er neigte das Haupt und machte eine Geste in Richtung der Elfen, die sie einlud, sich zu setzen.

»Der Himmel schütze dich, Llandon … Und auch dich, Königin der Elfen. Willkommen schließlich, König Rassul!«

Die Elfen warfen einander vielsagende Blicke zu und nahmen verstimmt ihre Plätze ein.

Gorlois vergrub sich in seinem Sessel und spielte geistesabwesend mit einem seiner mit roten Bändern durchflochtenen Zöpfe. Er musste ein Lächeln unterdrücken. Die Versammlung fing ja gut an …

Pellehun erhob sich und setzte eine joviale Miene auf.

»Meine Freunde, wir haben uns hier auf die Bitte des Königs Baldwin versammelt, des Herrn der Zwerge unter dem Roten Berg. Hören wir also, was er uns zu sagen hat, und beratschlagen wir gemeinsam über unser Vorgehen!«

Auf der anderen Seite der Tür lauschte der Herold derart gespannt, dass ihn das Auftauchen eines riesigen, in Pelz gehüllten und mit einem eindrucksvollen Schwert bewaffneten Kriegers mit struppigem Bart und blondem Haar am anderen Ende des Korridors überraschte.

»Wer bist du?«, schrie er und lief auf den Barbaren zu. »Wie hast du bis hierher kommen können?«

»Ich bin Frehir, Häuptling der freien Menschen von Seuil-des-Roches. Lass mich durch.«

Der Herold verstand nicht sogleich. Frehir sprach die gemeinsame Sprache mit dem schrecklichen Akzent der Menschen aus dem Norden. Er trat nicht zur Seite.

»Wie ist dein Name?«, fragte er noch einmal.

»Platz da!«, grollte der Riese.

Zugleich drückte er ihn gegen die Mauer, und zwar mit derartiger Wucht, dass der andere das Bewusstsein verlor und langsam und mit einem Stöhnen zu Boden sackte.

Der Barbar runzelte die Brauen, blickte sich eilig um und bewegte sich dann, nachdem er erleichtert festgestellt hatte, dass niemand den Vorfall beobachtet hatte, auf die Tür zum Ratssaal zu.

Baldwin brüllte in seiner Wut so laut, dass der Barbar jedes einzelne Wort durch die schwere Eichentür hindurch hören konnte.

»Ich bin hier, um vom Rat Gerechtigkeit zu fordern!«, wetterte er. »Und wenn sie mir nicht zuteil wird, werde ich den Ingrimm der Zwerge anstacheln und unsere Rache wird schlimmer sein als das Gewitter im Gebirge!«

»Wir werden dir Gerechtigkeit zuteil werden lassen, Baldwin«, erwiderte Pellehun ruhig.

Der Zwerg schwieg einige Augenblicke lang, er war in seinem Redefluss unterbrochen. Seine Augen unter den buschigen Brauen suchten die seines Ratgebers, des Zwerges mit dem braunen Bart und der bescheidenen Aufmachung.

Dieser erhob sich ein wenig verlegen aus seinem Stuhl. Lliane hatte sogar den Eindruck, als habe er den Elfen einen freundlichen Blick zugeworfen (aber sie hätte es nicht beschwören mögen).

»Mein Name ist Tsimmi«, sagte er mit ruhiger Stimme. »König Baldwin hat mich beauftragt, Euch von den entsetzlichen Vorkommnissen zu berichten, die sich unter dem Berg abgespielt und ihn zu seiner Reise zum Rat hierher bewogen haben. Es gibt Dinge, die zu unwürdig sind, um aus dem Mund eines Königs ausgesprochen zu werden ...«

Auch er machte eine Pause und blickte den alten Baldwin Bestätigung heischend an. Aber der hielt den Kopf gesenkt und starrte eigensinnig auf seine geballten Fäuste, die auf dem Bronzetisch ruhten.

»Der Elf Gael hat Troïn getötet«, erklärte er schließlich.

Der Zwerg Tsimmi setzte sich seufzend wieder hin, während sich ein Gewirr empörter, überraschter und ungläubiger Aufschreie erhob. Llandon und Rassul waren aufgesprungen und hatten ihre Stühle umgeworfen, die auf die Marmorplatten des Saals fielen, während die Königin Lliane ihn ansah, als sei er verrückt geworden.

»Bei der Göttin, nimm diese Worte zurück, Bärtiger«, brüllte Rassul, der Graue Elf, der stets als Erster die Beherrschung verlor.

Gael war der Herr einer kleinen Gemeinde von Sumpfelfen in den Marken und daher theoretisch einer seiner Vasallen. Aber mehr noch als jeder andere Clan der elfischen Nation waren die Grauen Elfen in Wahrheit völlig unkontrollierbar.

Sie hatten nicht immer in den Sümpfen gelebt. In den früheren Zeiten nannte man sie »Die Elfen der Hügel«, und von da waren sie von den Zwergen verjagt worden, als jene dort Gold fanden. Die Zwerge hatten begonnen, ihre Laubhüttendörfer niederzubrennen und ohne Ansehen der Person Krieger, Frauen und Kinder zu töten. Dann, als nur mehr eine Hand voll

Überlebender übrig gewesen waren, hatten sie sich einen Spaß daraus gemacht, Hetzjagden auf sie zu veranstalten und sie mit der Schleuder abzuschießen wie Hasen. Noch Jahrhunderte später hegten die Nachkommen ihrer Opfer einen fürchterlichen Groll gegen die Zwerge. Die Elfen waren zu einem wilden Volk geworden, unberechenbar und grausam. Und trotz des Bündnisses hätte kein einziger Zwerg, auch der mutigste und stärkste nicht, freiwillig einen Fuß in die Sümpfe gesetzt …

Llandon brachte Rassul mit einer Geste zum Schweigen und wies ihn an, sich wieder auf den Stuhl zu setzen, den einer der zwölf Recken wieder aufgestellt hatte. Auf der anderen Seite des Tischs waren die Zwerge ebenfalls aufgesprungen und hatten die Hand bereits am Griff ihrer Äxte. Nur Baldwin und Tsimmi hatten sich nicht bewegt.

»Ich bitte Euch«, sagte Pellehun eindringlich und gab jedermann ein Zeichen, sich wieder zu setzen. »Fahrt mit Eurem Bericht fort, Meister Tsimmi.«

»Troïn, König unter dem Schwarzen Berg und Prinz der unterirdischen Stadt von Ghâzar-Run, ist tot«, hob der Zwerg mit dem braunen Bart wieder an, wobei er versuchte, die Blicke der Elfen zu meiden. »Gael hatte ihn aufgesucht, um ihm ein silbernes Kettenhemd abzukaufen, das von den Handwerksmeistern der Stadt geschmiedet worden war. Ihr alle kennt den Wert der Schmiedearbeiten von Ghâzar-Run …«

Jedermann nickte bestätigend, vor allem die Zwerge. Diese Silberrüstungen waren so leicht wie Leder und dabei widerstandsfähiger als Stahl. Llandon strich unwillkürlich mit der Hand über sein Moiréwams, unter dem auch er ein solches Kettenhemd trug.

»Als es ans Zahlen ging«, fuhr Tsimmi fort, »ermordete Gael den König Troïn mit einem Dolchstoß in den Rücken und floh mit seiner Beute aus Ghâzar-Run, bevor irgendjemand sein Verbrechen entdeckt hatte … Der König Baldwin, mein Herr, ist hierher gekommen, um in seinem eigenen Namen, aber auch in dem des Volks unter dem Schwarzen Berg, Gerechtigkeit zu fordern!«

Eine ganze Weile herrschte Totenstille im Saal. Die Zwerge bissen die Zähne zusammen und starrten auf den Tisch, der Menschenkönig und sein Ratgeber spielten nervös mit ihren Zöpfen, und die Elfen, bleicher noch als sonst, schlugen die Augen nieder und saßen mit schlagenden Herzen starr da.

»Was ist aus Herrn Gael geworden, Rassul?«, fragte Pellehun so beherrscht wie nur möglich.

Der Graue Elf senkte das Haupt und schloss die Augen. Er fühlte sich vor den Zwergen erniedrigt und außerstande, ihre Geschichte für eine Lüge zu erklären. Natürlich, Gael hätte mehr als jeder andere einen solchen Panzer aus Zwergenherstellung gebrauchen können, er, der sich im Grenzgebiet zu den Schwarzen Landen niedergelassen hatte, wo er in Reichweite der Dämonenattacken war. Aber die Sumpfelfen waren arm, entsetzlich arm, selbst an den Maßstäben der anderen Elfenvölker gemessen. Womit hätte er einen solchen Silberpanzer bezahlen sollen?

Auch Llandon senkte den Kopf. Gael war ein Grauer Elf, kein Hoher, und er konnte sich nicht an ihn erinnern. Vielleicht kannte ihn Till, der Spurensucher. Früher einmal hatte er zusammen mit den Grauen Elfen in den Sümpfen gefochten und im Feindesland einen Partisanenkrieg gegen die dämonischen Spähtrupps geführt … Einen Augenblick lang machte sich Llandon Vorwürfe, diesem Namen kein Gesicht zuordnen zu können, aber wer kannte die Grauen Elfen denn wirklich? Nicht einmal Rassul, ihr eigener König, der über nichts als die Schatten eines Volks herrschte, das in kleinen Clans über das unwirtlichste aller Gebiete verstreut lebte, in den Marken der Schwarzen Lande. Die Grauen Elfen hatten sich, mit Ausnahme Rassuls und einiger Gemeinden, die nach wie vor auf die herkömmlichste Weise lebten, mit der Zeit isoliert und trafen nur mehr sehr selten mit den Grünen Elfen, den Elfen der Dünen oder den Hohen Elfen zusammen. Letztendlich war es ja mit fast allen Elfen dasselbe … Llandon hätte größte Schwierigkeiten gehabt, sich an ein Treffen zu erinnern, bei dem mehr als hundert seiner Artgenossen zusammengetroffen wären.

»Ich weiß es nicht«, murmelte schließlich ein leichenblasser Rassul. »Ich weiß es nicht, wo er ist.«

Llandon blickte in die hellgrünen Augen Llianes und gab durch ein Kopfschütteln zu verstehen, dass er ebenfalls keine Ahnung hatte.

»Sire, die Ehre der Elfen und die Erhaltung des Friedens zwischen den freien Völkern gebieten uns, Gael aufzufinden«, sagte Lliane.

»Wir danken dem Herrn Baldwin … und Meister …«

Sie suchte nach dem Namen des braunbärtigen Zwergs.

»… Tsimmi«, flüsterte der ihr verlegen zu, was die hohen Herren zum Schmunzeln brachte.

»Meister Tsimmi, ganz recht«, fuhr die Königin fort. »Entschuldigt … Wir danken Euch, dass Ihr den Rat über diesen Fall in Kenntnis gesetzt habt. Wenn Herr Pellehun es uns gestattet, werden wir Gael nach Loth bringen, damit er sich uns erklärt.«

»Ja, ja«, murmelte Baldwin ungehalten in seinen Bart. »Worte, alles schöne Worte! Und in zwei Wochen werdet ihr uns sagen, dass er spurlos verschwunden sei!«

Wieder explodierte Rassul.

»Willst du uns noch mal beleidigen, verfluchter Steinbeißer?«

Der Graue Elf war aufgesprungen, die Hand um den Griff seines langen Dolchs. Am anderen Ende des Tischs zückten Baldwin und seine Ratgeber ihre Äxte, aber sofort traten die zwölf Recken näher an die Mitglieder des Rats heran, bereit, sie zu überwältigen, bevor irgendwelches Blut floss.

»Genug«, donnerte Pellehun und erhob sich.

Sein Schrei sorgte für ein wenig Ruhe.

»Herr Rassul, Eure Worte waren heftiger als beabsichtigt, aber ich bin überzeugt, dass König Baldwin sie Euch nicht nachtragen wird. Wir sind alle müde und mit den Nerven am Ende … Setzen wir uns doch wieder, meine Herren. Ich bitte euch …«

Wiederum setzten Elfen und Zwerge sich rund um den bronzenen Tisch nieder, nicht ohne zuvor ausgiebig und auf vielfältige Weise ihren Unmut kundgetan zu haben.

»Königin Lliane hat Recht«, fuhr Pellehun fort. »Es liegt bei den Elfen, die Gerechtigkeit wiederherzustellen. Aber wir verstehen auch alle den Zorn Herrn Baldwins und ... sein Misstrauen.«

Der Seneschall Gorlois neben ihm hüstelte.

»Vielleicht ..., da es sich um ein Verbrechen an königlichem Blut handelt ...«

»Nun?«

»Vielleicht könnte die Königin sich persönlich um die Ermittlungen kümmern?«

Eine Sekunde lang war ein Leuchten in den Augen des Menschenkönigs zu erkennen und die Andeutung eines Lächelns huschte über sein faltiges Gesicht.

»Welch eine großartige Idee!«

Gorlois schloss bescheiden sein einziges Auge und neigte den Kopf.

»Was meint Ihr dazu, Genossen?«

Der Barbar verharrte regungslos vor der schweren Tür des Ratssaals und trat von einem Fuß auf den anderen, unfähig, eine Entscheidung zu treffen. Der Weg nach Loth war weit gewesen, und Frehir war die Rede, die er dem König Pellehun halten wollte, schon hundertmal im Geiste durchgegangen. Aber jetzt, im Herzen dieser Festung, wusste er nicht mehr, was er tun sollte. Plötzlich berührte ihn eine Lanzenspitze im Rücken.

»Keine Bewegung, Barbar! Hast du den Herold getötet?«

Die einzige Antwort des riesigen blonden Kriegers war, sich mit einem schrecklichen Brüllen umzudrehen und mit der geballten Faust auf den Lanzengriff zu schlagen, so dass er dem Soldaten, der ihn bedrohte, aus der Hand gerissen wurde. Der Barbar nahm Kampfhaltung ein und zog ein wuchtiges Schwert, dessen schartige Klinge deutlich zeigte, dass er sich seiner des Öfteren bediente. Der entwaffnete Wachtposten vor ihm suchte rasch das Weite, während zwei andere Soldaten ihre Lanzen auf ihn richteten.

Da wurde die Tür des Ratssaals abrupt aufgestoßen und Gorlois erfasste mit einem Blick die Situation. Er wurde flankiert von zwei Rittern, die ihre Schwerter gezückt hatten und bereit waren, den Riesen in der Mitte durchzuhauen, falls er versuchte, Gorlois anzugreifen.

»Was ist hier vorgefallen?«, fragte der und deutete auf den noch immer leblosen Herold. »Ist er tot?«

»Nein, nein, nicht tot. Nur bewusstlos …«

»Wer bist du?«

»Ich bin Frehir, Häuptling der freien Menschen von Seuil-des-Roches«, sagte der Barbar, dessen Miene sich wieder entspannt hatte, lächelnd.

»Was hast du hinter dieser Tür zu suchen?«, fragte der Seneschall. »Hast du versucht, uns auszuspionieren?«

»Frehir spioniert niemanden aus! Ich will mit dem König reden.«

»Später!«, sagte der Seneschall und stieß den Krieger zurück, der unter seinem Pelz halb nackt war. »Der König hat jetzt keine Zeit für dich!«

»Warte!«, erklang eine laute Stimme.

Alle Blicke richteten sich auf Pellehun. Der Herr des Großen Rats war unvermittelt aufgestanden.

»Lass den Herrn Frehir eintreten«, befahl er in einem Ton, der nichts mehr von der Ruhe hatte, die er seit Beginn der Versammlung bewiesen hatte. Elfen und Zwerge schwiegen verwundert und musterten abwechselnd den König und den Barbaren. Warum unterbrach Pellehun auf diese Weise die Versammlung?

»Aus welchem Dorf stammst du gleich noch?«, fragte der König, nachdem der Krieger den Saal betreten hatte.

»Seuil-des-Roches …«

»Sagt dir das nichts, Gorlois«, stieß der König triumphierend und spöttisch hervor.

»Ich verstehe nicht recht …«

»Seuil-des-Roches ist ein befestigtes Dorf im Herzen der Schwarzen Marken … Es kann Luftlinie nicht weiter als zehn

Meilen von den ersten Hütten der Grauen Elfen Gaels entfernt sein.«

Jetzt wandten sich alle Gesichter mit neu erwachtem Interesse dem Riesen zu.

»Meine Herren«, fuhr der König fort und hob die Hand weit nach oben, um den Barbaren bei der Schulter zu fassen. »Frehir ist einer der wenigen freien Menschen, denen es gelungen ist, sich in den Marken niederzulassen. Ich bin überrascht und erfreut über deinen Besuch in Loth, Frehir. Was führt dich zu mir?«

»Seuil-des-Roches ist zerstört worden. Hilf mir, mich zu rächen, und Frehir wird dein Sklave sein … Ich habe alles verloren.«

Pellehun antwortete nicht. Neben dem Riesen wirkte der König der Menschen winzig wie ein Zwerg. Uther empfand ein Gefühl der Erleichterung darüber, sich nicht mit ihm messen zu müssen. Mit ernster Miene tätschelte Pellehun noch einmal die Schulter des Barbaren, dann trat er schweigend an das einzige Fenster des Saals. Draußen hatte es aufgehört zu regnen. Der Rauch aus den Schornsteinen trug Küchengerüche bis zum Palast, und der König merkte, dass er hungrig war.

»An wem willst du dich rächen?«, begann er wieder.

»An Dem-der-keinen-Namen-haben-darf. Er war es, der die Zerstörung von Seuil-des-Roches veranlasst hat.«

»Der Schwarze Herr …«, murmelten Llandon und viele andere rund um den Bronzetisch wie aus einem Munde.

Die meisten von ihnen hatten ihn während der letzten Schlachten des Zehnjährigen Kriegs bekämpft, und schon allein bei der Erinnerung an diese schreckliche Zeit lief es ihnen kalt den Rücken herunter. Niemand hatte den Schwarzen Herrn jemals erblickt, aber im Volksglauben sowohl der Menschen vom See wie auch der Dünenelfen oder Zwerge unter dem Berg besaß er unermessliche Kräfte. Alle, einschließlich der dem Großen Rat angehörenden Könige, glaubten, dass man seinen Namen nicht aussprechen dürfe, da man sonst Gefahr liefe, einen Fluch auf sich zu ziehen. So kannte nach einer Weile kaum noch jemand seinen Namen.

Am Ende des Kriegs war der Unnennbare geschlagen worden und hatte sich bis hinter die Marken zurückgezogen, in wüstes Land, wie die Ungeheuer es liebten. Es hieß, er habe dort eine Festung errichtet und baue eine neue Armee von Wölfen und Dämonen auf. Wie dem auch war, jedenfalls bildeten die Marken das Grenzgebiet zwischen dem Königreich von Logres und dem Lande Gorre, dem Herrschaftsgebiet des Unnennbaren, das die Menschen Wüste, Schwarze oder Ferne Lande nannten.

»Ja natürlich, der Schwarze Herr!«, rief Baldwin. »Und, was hat das alles mit der Ermordung Troïns zu tun?«

»Kennst du den Elf Gael?«, fragte die Königin Lliane den Barbaren, ohne auf den Zwergenkönig zu achten.

»Ja.«

»Wann hast du ihn das letzte Mal gesehen?«

»Vor fünf Tagen. Nachdem Seuil-des-Roches zerstört worden war.«

Llandon sprang von seinem Stuhl auf und näherte sich dem Riesen. Baldwin, den ein Schauer überlief, sackte tiefer in seinen Thron und biss auf seinem grauen Bart herum. Wie alle Elfen war Llandon hoch gewachsen, größer als ein normaler Mann, aber der Barbar war noch ein Stück größer und wirkte dreimal so breit. Er musste mindestens acht Fuß messen. So hoch wie drei Zwerge …

»Sire Baldwin!«, rief der König der Hohen Elfen mit einer Stimme, in der eine Spur Hoffnung mitschwang. »Wann ist Troïn getötet worden?«

»Vor einer Woche.«

»Das heißt, wenn dieser tapfere Riese hier uns die Wahrheit erzählt, ist Gael unschuldig! Zwischen der unterirdischen Stadt von Ghâzar-Run, wo Troïn ermordet wurde, und den Marken liegen mehr als hundert Meilen! Wer könnte schon so schnell reiten? Unmöglich!«

»Nicht mit einem freien Pferd«, meinte Pellehun.

»Ich habe Gael nicht in den Marken gesehen«, sagte der Riese langsam. »Er war in Kab-Bag.«

Kaum jemand in der Runde kannte diesen Ort. Die Unwissenheit stand den meisten Elfen so deutlich ins Gesicht geschrieben, dass Gorlois das Wort ergriff, nicht unzufrieden übrigens, seine Wissenslücke von zuvor ausgleichen zu können.

»Kab-Bag ist die Handelsstadt der Gnome. Eigentlich ist es kaum eine Stadt im eigentlichen Sinne, sondern eher ein riesiges Loch, in das Höhlenhäuser gebaut sind. Was man so hört, sollen einige davon sogar richtiggehende Paläste sein. Aber ihr kennt die Gnome … Ebenso diebisch wie verlogen!«

»Wo ist diese Stadt?«, brummte Baldwin.

»Auf halber Strecke zwischen den Marken und unserer guten Stadt Loth … Ich würde sagen, ungefähr neunzig, hundert Meilen in Richtung Norden. Sie ist ziemlich schwierig zu finden, nehme ich an, denn kaum jemand kann von sich behaupten, sie besucht zu haben … Mit Ausnahme der Diebe von der Gilde und der Gnome selbst natürlich.«

»Was hat Gael in Kab-Bag zu tun gehabt?«, fragte Pellehun, die selbstgefälligen Ausführungen seines Seneschalls unterbrechend, den Barbaren.

»Ich weiß es nicht. Gael hat mich nicht gegrüßt. Vielleicht hat er mich nicht gesehen …«

Der König unterdrückte ein Lächeln. Diesen Riesen in einer Masse von Gnomen, die kaum höher waren als ein Schwert, nicht zu sehen …

»Aber ihr müsst mir helfen, mich zu rächen, ja?«

»Ja, ja … Schon gut!«

Gorlois warf dem König Pellehun einen fragenden Blick zu und begleitete den Barbaren dann aus dem Saal.

Die ganze Zeit über, die er draußen war, herrschte Schweigen im Raum. Von draußen drangen Fetzen vom Gesang Betrunkener herein und das schmierige Gelächter einer Marketenderin.

»Wie lautet unser Beschluss, meine Herren?«, fragte Pellehun, während er seinen Zinnbecher absetzte.

Da die Versammlung sich in die Länge zog, hatte Gorlois eine kräftige Mahlzeit servieren lassen. Dienerinnen hatten Wein und Bier für die Menschen und Zwerge, frisches Wasser für die Elfen und Schlachtplatten herbeigebracht. Erst als ein Diener große Kandelaber in die Mitte des Bronzetischs stellte, wurde allen klar, dass sie seit geraumer Zeit im Halbdunkel redeten, obwohl gerade erst die neunte Stunde des Tages geschlagen hatte.

»Es scheint, wir haben keine Wahl«, meinte Llandon. »Wenn Gael in Kab-Bag ist, dann müssen wir eben dorthin. Ich werde gleich morgen meine Königin mit drei Elfen hinschicken, damit sie ihn ausfindig machen.«

»Der Sheriff der Gnomen von Bag-Mor ist im Palast, Sire! Soll er vor den Rat geholt werden?«

»Nein, das ist nicht nötig. Bag-Mor ist Meilen von Kab-Bag entfernt, und es ist höchst unwahrscheinlich, dass der Sheriff dieses Dorfes uns irgendetwas Interessantes zum Thema Gael sagen kann … Zudem sollten wir vermeiden, zu viel über die Sache laut werden zu lassen.«

Alle Versammelten nickten zustimmend. Zahlreiche Völker lebten unter dem Schutz der Armeen des Großen Rats, aber nur die Menschen, die Elfen und die Zwerge gehörten dazu. Dafür gab es mehrere Gründe. Manche Völker hatten es nie zu größeren Vereinigungen gebracht und lebten in kleinen Stämmen, die kaum mehr als zehn Köpfe zählten. Andere waren trotz ihrer Bevölkerungsanzahl nicht unbedingt verlässlich … Und genau das war der Fall bei den Gnomen.

Sie waren zwar im Prinzip mit dem Großen Rat verbündet, hatten aber kaum je an einer Schlacht gegen die Armeen des Schwarzen Herrn teilgenommen (worüber niemand wirklich unglücklich war, denn ihre Unfähigkeit in militärischen Dingen war legendär). Außerdem stand es mehr oder weniger fest, dass ihre Handelszentren – so auch Kab-Bag – Beziehungen zu den Ungeheuern der Marken unterhielten. Und zu oft war zwischen den Goldstücken, die dem Großen Rat als Steuern abgegeben wurden, Dämonengeld gewesen, als dass man noch an die uneingeschränkte Loyalität der Gnomen hätte glauben können.

Wieder herrschte Schweigen im Saal. Die Zwerge rutschten auf ihren Stühlen hin und her und kauten geräuschvoll. Die vor ihnen aufgebauten Platten waren so gut wie leer.

»Ich glaube, die Idee Herrn Llandons ist gut«, sagte Pellehun. »Wir müssen tatsächlich einen Trupp mit der Königin Lliane nach Kab-Bag schicken, um Gael ausfindig zu machen und hierher zu bringen ...«

»Ja, ja, oder ihm zu helfen, dass er entkommt«, knurrte Baldwin.

»... aber es scheint mir angemessener, zwei Vertreter von jedem unserer Völker auszuwählen«, fuhr Pellehun, sich gegen ihn verneigend, fort. »Ich werde zwei Ritter von der Ratswache schicken, sowie Herrn Frehir, den letzten Menschen, der Gael gesehen hat und zweifellos der Einzige ist, der die Gnome gut kennt.

»Einverstanden!«, rief Lliane.

Alle Blicke richteten sich auf die Königin der Hohen Elfen. Sie erhob sich würdig, sah, zu ihrer vollen Größe aufgerichtet, gebieterisch über den Tisch und schlug dann ihre hellgrünen Augen nieder und schaute den König der Menschen an. Trotz seines Alters und seines Rangs spürte Pellehun, wie er rot wurde, und das ärgerte ihn. Das Bild der Königin Igraine erschien kurz vor seinem inneren Auge. Wie lange war es her, dass er ihr nicht mehr seine Aufwartung gemacht hatte?

»König Pellehun hat Recht«, fuhr Lliane fort. »Stellen wir eine Truppe zusammen und reisen gleich morgen! Wenn Gael wirklich in Kab-Bag ist, wird das Ganze nur eine Formalität sein. Ich bin mit von der Partie, wenn mein König es mir gestattet.«

Llandon schloss zum Zeichen seines Einverständnisses kurz die Augen.

»Zwei Elfen wird die Königin zur Eskorte haben«, murmelte er.

Baldwin stieß ein kurzes ersticktes Lachen aus.

»Einen!«, verbesserte er.

»Die Königin der Hohen Elfen kann nicht zu den Kriegern dieser Truppe gezählt werden!«

Baldwin grinste angesichts von Llandons Empörung.

»Glaubt Herr Llandon vielleicht, die Völker unter dem Berg wissen nicht, was in der Ebene vorgeht ... oder in den Wäldern?«

»Bei uns«, murmelte Tsimmi mit seiner für einen Zwerg ungewöhnlich ruhigen Stimme, »erzählt man den Zwergenkindern, um ihnen Angst zu machen, die Geschichte von der Elfe Lliane und ihrem langen Dolch, der die Dämonen mordet.«

Tsimmi hatte diese letzten Worte mit einem kleinen Lächeln unterstrichen, und Lliane errötete (wobei sich bei den Elfen die Wangen dunkelblau färben).

»Ich habe von dieser Geschichte gehört«, mischte Gorlois sich ein. »Ich habe mich immer gefragt, ob es sich um eine Legende oder um die Wahrheit handelt ... Die Minnesänger kennen da ein Lied über die Königin der Elfen, die im Wald von Eliande von Chaw, dem Dämonen angegriffen wurde. Holzfäller entdeckten Chaw dann von einem Dolch an einen Baum genagelt. Der Baum ist vertrocknet und schwarz geworden ... Ich wusste nicht, dass dabei von Euch die Rede war, Majestät.«

»In allen Legenden steckt immer ein Körnchen Wahrheit«, meinte Lliane leise, während ihre Finger zum Halfter von Orcomhiela fuhren, ihrem langen versilberten Dolch. »Nur ein Elf wird mich begleiten.«

Während die Königin sich wieder neben ihren erzürnten Gatten setzte, begannen die Ratgeber des Zwergenkönigs lautstarke Verhandlungen.

»Wir werden euch morgen wissen lassen, wer von uns auf die Suche nach dem Elf geht«, sagte Baldwin schließlich, um der Diskussion ein Ende zu bereiten.

Pellehun nickte, schlug mit beiden Handflächen auf den Bronzetisch und erhob sich, um die Versammlung aufzuheben.

»So, ich glaube, wir können die Ratssitzung jetzt als geschlossen betrachten … Ich schlage euch vor, heute Abend mit mir die Messe zu hören und mit mir zu tafeln, nun, da wir uns geeinigt haben!«

»Das ist eine große Ehre, die du uns da erweist, König Pellehun«, sagte Llandon. »Aber ich muss die Abreise der Königin vorbereiten und außerdem denjenigen auswählen, der sie begleiten soll.«

Die Elfen standen auf, verneigten sich sehr tief vor Pellehun und seinem Seneschall und verließen dann lautlos den Raum, ohne Baldwin und seine Ratgeber auch nur eines Blickes zu würdigen.

»Entschuldige mich«, sagt der Zwergenkönig, »ich bin müde. Ich bin zu alt für Festgelage, das weißt du ja. Und die Messe … Erlaube mir, mich zurückzuziehen.«

Die Zwerge erhoben sich wie ein Mann, grüßten und polterten genauso lautstark hinaus, wie sie hereingekommen waren.

Pellehun war sitzen geblieben. Seine Augen waren auf die schwere Eichentür gerichtet, die sich hinter den zwölf Recken geschlossen hatte, und er verharrte eine ganze Weile schweigend.

»Nun, Gorlois, was hältst du von der Sache? Es ist doch gar nicht so schlecht gelaufen, oder?«

Der Seneschall nickte und schenkte ihnen beiden ein Glas Grenachewein ein, den dunklen dickflüssigen Wein, den der König über alles liebte.

»Besser, als wir gehofft hatten, Sire … Habt Ihr das gesehen? Die waren drauf und dran, sich hier in diesem Saal gegenseitig abzuschlachten!«

»Ja …«

Pellehun lächelte und trank einen kräftigen Schluck Wein.

»Es verlief beinahe zu reibungslos.«

III

Eine durchwachte Nacht

Die Elfen verließen Loth noch in derselben Nacht. Die Könige waren zu ihrem Gefolge in ihre Gemächer zurückgekehrt, und das wenige Gepäck, das sie mitgenommen hatten, war schnell gepackt. Till, der Spurensucher, wurde vorgeschickt, um Lame und die freien Pferde zu finden und sie zu bitten, an der Beratung teilzunehmen, die der König Llandon abhalten wollte, da die Reise auch sie selbst betreffen würde.

Die blauen Wesen bewegten sich lautlos über das nasse Pflaster, durch die schlafenden Gassen der Stadt. Sie weckten nicht einmal die Hunde auf, die in den warmen, verschlossenen Häusern der Menschen am Fußende des Betts ihrer Herrn schliefen. Till, Lame und die Pferde warteten bereits, als sie die Stadttore von Loth erreichten. Wortlos bestiegen die Elfen ihre Reittiere und verschwanden in der Dunkelheit. Um Mitternacht hatten sie ihr Lager am anderen Seeufer erreicht.

Während des Ritts war kein einziges Wort gefallen, und die Laute Hamlins, des Minnesängers, hatte geschwiegen. Lame hatte zwar einige Male fragend gewiehert, doch Llandon, in seine dunklen und trüben Gedanken versunken, hatte nicht geantwortet. Der weiße Hengst hatte seine lange Mähne geschüttelt und genickt, er verstand, dass irgendetwas Ernstes im Gange war.

Llandon ließ den Elfen keine Zeit, in ihren Hütten zu verschwinden oder ihre Familien zu begrüßen. Kaum war er vor seiner Holz- und Laubhütte abgesessen, murmelte er Lame einige leise Worte zu und bedeutete den Elfenherren dann mit einer Geste, ihm zu folgen.

Seine Hütte war niedrig und feucht, trug keinerlei Zeichen von Reichtum und unterschied sich vollkommen von den prunkvollen Bauten, die Edelleute vom Rang Llandons sich bauen ließen, wenn sie Menschen oder Zwerge waren.

Die Elfen kannten keinen Komfort, mit Ausnahme vielleicht der Dünenelfen, die die Sonne so gerne hatten. Selbst die Hohen Elfen, das alte Geschlecht Morigans, tranken trotz ihrer edlen Herkunft Regenwasser und schliefen auf Moos.

Im Wald von Eliande lebten die Elfen auf zwischen den Ästen errichteten Plattformen und bewegten sich über Brücken aus gespannten Seilen, die so dünn waren, dass die wenigen menschlichen Holzfäller, die sich bisweilen in die Ausläufer des Waldes wagten, glaubten, die Elfen könnten durch die Lüfte fliegen.

Jede Reise nach Loth stürzte Llandon in eine Depression, so sehr schien die Stadt ihm der Gegensatz von allem zu sein, was den Elfen kostbar war. Das Blaue Geschlecht mochte weder Steine noch Feuer, Gold, Metalle oder kostbare Stoffe, alles, was in den Augen der Städter das höchste Glück zu bedeuten schien. Was das betraf, ähnelten die Menschen mehr den Zwergen als dem ätherischen Baumvolk, wenn auch die Bärtigen sich wirklich wohl nur in ihren dunklen unterirdischen Gängen fühlten, die den Menschen solche Angst einjagten.

Llandon schüttelte sich und betrachtete seine Vasallen, die im Schneidersitz rund um ihn hockten. Müde und traurig blickte er sich nach Lliane um, er spürte die Hand seiner Königin auf seinem Arm. Sie hatte sich hinter ihn gekniet, ruhig und lächelnd, als wäre nichts geschehen, als würde sie gar nicht fortgehen müssen … Llandon, den eine unbändige Melancholie ergriffen hatte (ein für Elfen typischer Charakterzug), ließ die Schultern hängen. Lliane würde ihn zurücklassen, und er würde allein bleiben müssen, so nah bei der Stadt der Menschen, so weit fort vom Wald von Eliande ... Wieder musste er sich anstrengen, um sich in die Gewalt zu bekommen.

»Die Zwerge klagen einen der unseren an, Troïn ermordet zu haben, ihren König unter dem Schwarzen Berg«, erklärte er. »Der Rat hat die Königin beauftragt, eine Truppe anzuführen, die aus Kriegern aller Rassen besteht, um ihn ausfindig zu machen und ihn nach Loth zu bringen, wo über ihn gerichtet werden soll.«

»Wer ist das?«, fragte Hamlin.

Der König machte eine Pause, sein Blick begegnete dem von Rassul, der abseits neben Assan saß.

»Sein Name ist Gael«, sagte er schließlich. »Ein Grauer Elf, Führer eines Clans aus den Sümpfen ...«

Er redete nicht weiter und beobachtete die Reaktion der Elfen seines Rats. Alle kommentierten leidenschaftlich die unglaubliche Neuigkeit, bis auf Till. Schweigsam wie immer, konnte der Spurensucher aber doch nicht verhindern, dass seine Augen vor Zorn funkelten. Da begriff Llandon, dass er sich nicht geirrt hatte: Till musste Gael kennen.

»Und jetzt muss ich denjenigen unter euch auswählen, der die Königin begleiten und während der gesamten Reise beschützen wird.«

»Mich!«, rief Rassul und erhob sich.

Llandon lächelte seinem Freund zu.

»Du kannst nicht, Rassul. Ebenso wenig wie ich ... Wir sind Könige und müssen im Großen Rat bleiben, solange diese Geschichte nicht aufgeklärt ist.«

Alle anderen Elfen mit Ausnahme Rassans, der Rassul nicht verlassen konnte, boten sich an. Blorian und Dorian, weil sie Llianes Brüder waren, Hamlin, der Minnesänger, weil er alle Sprachen beherrschte und sein Gesang die Macht besaß, die Feinde zu schwächen, Kevin, weil er der beste elfische Bogenschütze war, Lillian, der Jongleur, weil seine Geschicklichkeit und Gewandtheit ihn stets in die Lage versetzen würde, die Königin aus einem gefährlichen Kampf zu befreien, und schließlich Till, weil er über die Natur und die Tierwelt Kräfte besaß, die nicht nur keiner der Feinde kannte, sondern auch die Menschen und Zwerge nicht, mit denen sie zusammen reisen mussten.

Llandon bedankte sich ausgiebig bei allen.

»Ich bin euch sehr verbunden, Blorian, und auch dir, Dorian, ihr tapferen Brüder. Aber ihr werdet nicht ausgewählt. Der Wunsch, eure Schwester zu beschützen, würde euch den Gefahren dieser Reise gegenüber blind machen … Und diese Gefahren sind zahlreich.«

Eine entsetzliche Enttäuschung war auf den Gesichtern der beiden Prinzen zu lesen.

»Und außerdem, wie sollte ich einen von euch beiden auswählen, ohne den anderen zu kränken?«

Rassul fing an zu lachen, perlend wie ein Bergbach im Frühling, und alle ließen sich von diesem Lachanfall des Königs der Grauen Elfen anstecken. Selbst Blorian und Dorian kicherten schließlich mit und stießen sich mit dem Ellbogen in die Seiten.

»Ich danke dir, Hamlin, aber auch du wirst nicht mit von der Partie sein.«

»Aber … Warum denn nicht?«, fragte der Minnesänger.

»Erinnere dich, lieber Hamlin, was du mir alles beigebracht hast«, schaltete Lliane sich ein. »Dank dir spreche ich die Sprache der Gnome, die der Zwerge und die der Dämonen. Du hast mich deinen Gesang gelehrt. Ich bin deine Dienerin, edler Hamlin, und deine Schülerin, und viele deiner Lieder sind mir noch unbekannt, aber letztendlich geht es doch nur darum, zu den Gnomen zu reisen und nicht in die Schwarzen Lande!«

Der Minnesänger nickte und lächelte der Königin mit einem seltsamen Lächeln zu, in dem sich Bewunderung mit Bedauern mischte.

»Dasselbe gilt auch für dich, Kevin, der Bogenschütze«, fuhr sie fort. »Dich, der du so viel von deiner Zeit geopfert hast, um mich den Umgang mit Pfeil und Bogen zu lehren.«

Auch Kevin nickte und wandte die Augen ab. Dann entledigte er sich mit ruhigen Bewegungen seines Köchers und hielt ihn Lliane hin.

»Hier, meine Königin. Nimm wenigstens diese Pfeile an.«

Lliane zögerte, nahm dann aber das Geschenk des Schützen entgegen. Alle in der Hütte hatten die legendären silbernen Pfeile Kevins wiedererkannt, die vor Urzeiten von Gwydyn dem Alten geschmiedet worden waren, deren wahre Kräfte jedoch niemand kannte … Nur eines war sicher: Wen sie trafen, der überlebte nicht, und sie verfehlten nie ihr Ziel.

Kevin senkte bescheiden den Blick, um den Dankesbezeugungen seiner Schülerin zu entgehen. Er spürte einen Kloß im Hals und schniefte. Den anderen musste es schwer fallen zu verstehen, was dem Bogenschützen seine Pfeile bedeuteten.

»Ich danke auch dir, Lilian«, hob Llandon wieder an, »aber ich glaube nicht, dass die Truppe die Dienste eines Jongleurs benötigt. Es geht nicht darum, eine Festung lautlos anzugreifen, Mauern hinaufzuklettern, oder Wachtposten zu überraschen – was du alles so gut beherrschst. Und außerdem bist du ganz allein so viel Wert wie eine Armee, also wäre es eine Art Betrug, dich zu der Truppe abzustellen!«

Lilian lächelte über das Kompliment und verneigte sich.

»Also werde ich die Königin begleiten«, sagte Till ohne die Stimme zu heben. »Ich kenne Gael. Er ist mein Freund. Ich glaube nicht, dass er den Bärtigen umgebracht hat, aber wenn er es doch getan hat, dann muss er einen triftigen Grund dafür gehabt haben. Ich werde ihn zu finden wissen, und er wird mit mir reden.«

Llandon nickte und sah fragend zu Lliane und Rassul hin, die ihm ihr Einverständnis bedeuteten.

»Bei dir, mein Freund, ist die Königin in Sicherheit«, schloss der König. »Lasst uns jetzt ruhen. Morgen früh werdet ihr in die Stadt der Menschen zurückkehren müssen … Ich muss noch mit Lame reden und ihn um ein Pferd für die Königin bitten.«

Die Elfen verließen die königliche Hütte und ließen das Paar allein, und die Stille der Nacht, die nur durch das schauerliche Schuhu einer Eule gestört wurde, senkte sich auf sie herab. Mit zugeschnürter Kehle sah Llandon seine Frau an, ihm fehlten die Worte. In der schwarzen Nacht und der Dunkelheit der Hütte hätte ein Mensch nichts zu sehen vermocht, aber die mit dem Mond befreundeten Elfen besaßen Katzenaugen. Der König ließ seine Blicke über Lliane schweifen, wie ein Ertrunkener, zutiefst bewegt. »Es geht doch nur darum, Gael in Kab-Bag zu suchen«, murmelte die Königin. »Nichts weiter …«

Llandon lächelte traurig.

»Glaubst du? Ich weiß nicht … Gewiss, ja. Und trotzdem war mein Herz während des gesamten Ritts von Loth schwer, als sollten wir uns nicht wiedersehen …«

Lliane rieb sich an Llandons Schulter. Llandons Visionen waren bei allen Clans bekannt und respektiert, und die Elfen hielten die Magie und die Träume für viel zu wichtig, als dass sie irgendetwas, was an eine Vorahnung erinnerte, auf die leichte Schulter genommen hätten.

»Und außerdem bezweifle ich, dass Gael noch in Kab-Bag ist«, begann der König wieder. »Was sollte er dort auch? … Ich muss unbedingt mit Till sprechen. Ich kenne diesen Gael nicht, ich weiß nicht, wozu er fähig ist. Die Sumpfelfen sind alle …«

Er sprach den Satz nicht zu Ende, er wollte die Reserven oder die unguten Gefühle nicht aussprechen, die die meisten Elfen bei den seltenen Treffen mit ihren wilden Vettern empfanden. Auch König Rassul selbst konnte manchmal so unberechenbar sein …

»Irgendetwas stimmt da nicht … Die Zwerge klagen ihn an, Troïn getötet zu haben, was ja immerhin möglich wäre. Die Grauen Elfen hassen die Zwerge, vor allem die aus den Bergen. Wenn sie von einem Hinterhalt gesprochen hätten oder einem Streit, hätte ich ihnen aufs Wort geglaubt, aber diese Diebstahlgeschichte, ganz ehrlich! Den König unter dem Schwarzen Berg umzubringen, um ihm ein Kettenhemd zu stehlen, selbst eines aus Silber … Das ist zu lächerlich. Das wäre ein solcher Wahnsinn!«

»Woran denkst du?«, fragte Lliane.

Llandon sah sie lange an, dann streichelte er ihre Wange und entspannte sich für die Dauer eines Lächelns.

»Man kann nie wissen mit den Zwergen. Vielleicht ist das Ganze nur irgendein Missgeschick im Zusammenhang mit einem ihrer verdammten Nachfolgekriege, und wer weiß, ob nicht irgendeiner ihrer vor Ehrgeiz platzenden Prinzen Troïns Ermordung arrangiert hat, mit Hilfe Gaels oder indem er sich seiner bedient hat … Vielleicht ist es auch noch ernster. Wenn Gael es wirklich geschafft hat, in Ghâzar-Run einzudringen, wenn er Troïn wirklich ermordet und bestohlen hat, dann geht es ganz gewiss um einen sehr viel größeren Schatz … Du wirst all das bedenken müssen … und dich vor den Zwergen in Acht nehmen.«

Lliane stimmte mit einem Lidschlag zu, aber ihr beschwichtigendes Lächeln vermochte den König nicht zu beruhigen.

»Da ist noch etwas«, sagte er und zog eine zweifelnde Grimasse. »Du wirst dich auch vor Till in Acht nehmen müssen, fürchte ich … Ich weiß, dass er Gael nicht vor den Rat bringen wird, und wenn er dazu alle Menschen und alle Zwerge der Truppe umbringen müsste. Aber dir wird er gehorchen … Er wird dir gehorchen, so wie wir alle.«

Er näherte sich der Königin, nahm sanft ihr Gesicht zwischen seine Hände und blickte sie eindringlich an. Sie lächelte und küsste ihm die Hände, erst die eine, dann die andere. »Ich weiß das alles, mein König. Aber sei unbesorgt. Ich werde auf der Hut sein …«

Llandon senkte den Kopf. Dieser Kloß in seinem Hals, dieses beklemmende Gefühl in seinem Herzen … Hatte er zu lange in Kontakt mit den Menschen gestanden, dass er dieses den Elfen unbekannte Gefühl verspürte, das jene Liebe nannten? Er betrachtete Lliane, die sich auszuziehen begann und dieses Lächeln in den Augen hatte, das ihm so gefiel. War es möglich, dass er sie liebte, oder war es nur die Aussicht auf ihre Abwesenheit, die ihn so leiden ließ?

Das lange Moirékleid der Königin fiel zu Boden. Sie war nackt, sie trug nur noch ihre silbernen Armreifen, sie wiegte sich langsam wie ein Schilfrohr im Wind, und Llandons aufkeimende Begierde vertrieb seine Melancholie.

Der Ritter Miolnir, im Morgengrauen von einem Pagen König Baldwins geweckt, hatte seine prunkvollen Samtgewänder abgelegt und stattdessen grobere Reisekleidung angezogen, über der er einen glanzlosen Kettenpanzer trug, der ihm bis auf die Knie reichte. Der Zwerg war barhäuptig, aber sein Helm hing am Gürtel und schlug gegen die Axt mit der breiten Klinge.

Der Page war nicht sehr gesprächig gewesen, er hatte lediglich den Befehl des Königs weitergegeben: sich reisefertig machen und ihn so schnell wie möglich aufsuchen. Doch Gerüchte verbreiteten sich unter den Zwergen in Windeseile, und Miolnir war bereits auf dem Laufenden über die Reise, die da vorbereitet wurde. Er gehörte seit fünfzig Jahren zur Garde des alten Königs und hielt sich für einen seiner besten Ritter. Nicht weiter erstaunlich also, dass er ausgewählt worden war! (Eigentlich sogar selbstverständlich. Wer denn sonst. Ha!) Mit der Zeit hatte er gelernt zu gehorchen, ohne Fragen zu stellen, auch wenn ein Zwerg sein Samtwams und sein Federkissen nie ohne Bedauern zurücklässt, selbst wenn er ein Krieger ist.

Als er an einem Fenster vorbeikam, warf Miolnir einen kurzen Blick auf den anbrechenden Morgen. Der Himmel war grau und hing voller Wolken. Ein weiterer kalter Regentag stand zu erwarten …

Die Korridore des Schlosses lagen im Halbdunkel, nur hier und da von an Kandelabern befestigten Fackeln aufgehellt, und der Zwerg fühlte sich von dieser Düsternis zuversichtlich gestimmt, die ihn an seine geliebten Stollen in den Bergen erinnerte.

Er bog um eine Ecke und kam in Sichtweite der Gemächer des Königs, wo zwei mit Lanzen bewaffnete Zwergenwächter aufsprangen, als sie ihn herankommen sahen.

»Stehen bleiben!«, rief der eine. »Wer kommt da?«

»Miolnir«, antwortete der Ritter. »Kündige mich an, der König erwartet mich.«

Der Posten klopfte dreimal an die kleine Eichentür, die er bewachte. Der Architekt des Palasts hatte aus diplomatischen Gründen kleine Türen für den Flügel geplant, der den Zwergen zugedacht war. Es war ein Detail, das mithalf, sie zu beschwichtigen. Niemals würde ein menschlicher oder elfischer Krieger mit üblen Absichten in die königlichen Gemächer eindringen können, ohne sich ganz gefährlich zu bücken und dabei seinen Nacken den Äxten der Bewacher des Königs darzubieten.

Ein weiterer Posten im Inneren machte dem Ritter ein Zeichen einzutreten.

In einen großen Sessel dicht beim Kamin versunken, schien König Baldwin der Alte halb eingeschlafen, verloren blickte er auf das Spiel der Flammen. Auch der Zwerg Tsimmi war anwesend und Miolnir grüßte ihn mit einem kurzen Lächeln. War der Meister der Steine etwa auch erwählt worden? Als der Posten hinausging und die Tür der königlichen Gemächer hinter sich schloss, hallten das Quietschen der Tür und das laute Einrasten des Schlosses in dem riesigen, in seiner Leere und Dunkelheit einer Grotte gleichenden Steinsaal wider, ohne dass der alte König auch nur mit der Wimper zuckte.

»Hier bin ich, König Baldwin«, sagte der Ritter nach einer Weile in der Absicht, den Herrscher aufzuwecken.

»Ich weiß, ich habe dich gehört«, antwortete dieser und schüttelte sich (aber Miolnir hatte doch den Eindruck, ihn geweckt zu haben). »Schön … Ich nehme an, du weißt, warum du hier bist?«

»Ich glaube, verstanden zu haben, dass es um eine Expedition …«

»Wusste ich's doch!«, grummelte Baldwin. »Man könnte wirklich meinen, dass die Zwerge unfähig sind, ein Geheimnis für sich zu behalten. Unfähig!«

Er machte eine schicksalsergebene Handbewegung. Es stimmt schon, dass der übertriebene Hang der Zwerge zum Klatsch ihnen schon mehr als einmal zum Nachteil gereicht war …

»Wenn ich dich hergerufen habe, und ebenso Tsimmi, so früh am Morgen, dann weil es Dinge gibt, die ihr wissen müsst, alle beide, bevor ihr abreist.«

Der Ritter ging um den massiven Thron des Königs herum und hockte sich nah ans Feuer. Erst da bemerkte er die Gegenwart eines hoch gewachsenen Zwerges, der wie ein Page gekleidet war, und seine mit Entrüstung gemischte Überraschung entging dem König keineswegs.

»Friede, Ritter. Dieser Zwerg ist kein Page, und sein Blut mindestens ebenso edel wie das deine. Es ist nicht ehrlos, neben ihm zu sitzen, das werdet ihr beide gleich verstehen ... Aber zunächst muss ich euch enthüllen, was ich vor dem Großen Rat nicht gesagt habe.«

Wieder schien Baldwin bei halb geschlossenen Lidern eingeschlafen oder in tiefes Nachdenken versunken zu sein.

»Der Elf Gael hat nicht nur ein silbernes Kettenhemd geraubt«, brummte er plötzlich mit seiner leiernden, kehligen Stimme. »Ich halte ihn übrigens auch nicht für so verrückt, dass er den Berg betritt, nur um einen silbernen Panzer zu erstehen. Der alte Troïn, Friede seiner Asche, hätte ihn für weniger als das ganz schnell ins Jenseits befördert! ... Nein, sein Verbrechen wiegt sehr viel schwerer. Gael hat das Schwert von Nudd gestohlen.«

Der Krieger erbebte. Das Schwert war laut einer der ältesten Legenden des Volks unter dem Berg von der Göttin selbst Dwalin anvertraut worden, dem ersten König der Zwerge, dessen Namen die Tradition bewahrt hatte, und es diente unter dem Schwarzen Berg als Szepter und Symbol des Königtums.

Aber es war noch mehr als das. Genau wie der Kessel der Elfen oder der Stein von Fal, war Caledfwch, »Tiefe Kerbe«, das Heilige Schwert der Zwerge, der Talisman des gesamten Volks und der Garant seines Überlebens. Das Schwert von Nudd zu stehlen hieß, die Seele der Zwerge zu stehlen und ihr ganzes Geschlecht dem Vergessen zu überantworten.

Die Legende besagt, Caledfwch sei zu Anfang ein simples goldenes Schwert gewesen, dessen Klinge auf einen Griff aus

Eiche gezogen war, dem Baum der Stärke. Dwalins Sohn, und nach ihm all seine Nachkommen, die König unter dem Berg wurden, hatten seine Klinge mit dem schönsten Edelstein ihrer Herrschaftsdauer geschmückt und die Einarbeitung ihren besten Goldschmieden überlassen. Im Laufe der Jahrhunderte und dank all der am abendlichen Feuer erzählten wunderbaren Geschichten war das Schwert von Nudd so zu einem der vermutlich wertvollsten Schätze des ganzen Königreichs von Logres geworden.

Kaum einer hatte es je mit eigenen Augen sehen dürfen. Miolnir kannte es nur vom Hörensagen, und selbst Baldwin, der doch königliches Blut in den Adern hatte und Troïns Vetter war, hatte es nie in die Hand nehmen dürfen. Die Nachfahren Dwalins gehörten zu den edelsten aller Zwerge, und der Verlust des Talismans war ein unerträglicher Schandfleck für ihre Familie.

Baldwin begann wieder zu sprechen, ohne dabei die Augen zu öffnen.

»Du verstehst, Tsimmi, warum ich vor dem Rat nicht von diesem Raub gesprochen habe. Wenn diese Kunde sich verbreitete, wären Dwalins Linie und alle Könige unter dem Berg auf ewig entehrt. Und dann …«

Baldwin schüttelte langsam den Kopf, und endlich öffneten sich auch seine Augen, aber sein Blick war leer, verloren im Nebel seiner schrecklichen Gedanken.

»All das ist so lange her … Im Grund meiner Seele habe ich, glaube ich, aufgehört, an Dana und diese Talismane zu glauben. Und wer glaubt denn überhaupt noch daran, außer den Elfen? Die Menschen erfinden sich einen einzigen Gott, und die Ungeheuer … Aber wenn es doch wahr wäre, hm? Wenn es mehr wäre als nur ein goldenes Schwert? Wenn es tatsächlich der Talisman der Zwerge wäre?«

Der König wandte sich zu Tsimmi und starrte ihn an, als müsse er, mehr als jeden andern im Saal, gerade ihn überzeugen.

»Glaubst du, dass es sich um einen einfachen Diebstahl handelt? Das Schwert von Nudd ist gewiss einer der größten Schätze der freien Völker, aber das wäre …«

Baldwin lachte gequält.

»… das wäre beinahe zu schön. Ein einfacher Diebstahl. Ein Dieb muss bestraft werden, und alles ist wieder in Ordnung … Aber ganz so leicht ist es nicht. Man sagt, die Göttin Dana sei unter dem Erdboden verschwunden, nachdem sie den vier Stämmen ihre Talismane hinterlassen hätte. Sicher, das ist eine Legende, aber es bedeutet, dass das göttliche Prinzip in diesen Talismanen enthalten war und dass jedes unserer Völker einen Teil davon besitzt. Was würde geschehen, wenn ein einziges Volk alle vier Schätze der Tuatha Dê Danann in seiner Gewalt hätte? Was wird aus uns werden, wenn die Elfen uns Caledfwch geraubt haben, um es ihrem Kessel zur Seite zu stellen? Wie lange werden die Zwerge ohne Talisman überleben können?«

Der große, ganz in Rot – also Baldwins Farben – gekleidete Zwerg, stöhnte laut auf und rutschte auf seinem Kissen herum.

Von neuem betrachtete Miolnir ihn von Kopf bis Fuß. Seine Größe war für einen Zwerg einfach erstaunlich, beinahe vergleichbar mit der des Königs Pellehun oder seines Seneschalls. Sein roter Bart, der eine stolze Länge besaß, steckte unter dem Gürtel, an dem ein Dolch befestigt war, eine bei den Zwergen wenig gebräuchliche Waffe. Der Ritter unterdrückte eine verächtliche Grimasse, sein Blick kreuzte Tsimmis, und er sah ihn fragend an. Der aber begnügte sich, mit seiner üblichen Ruhe den Kopf zu schütteln, während er seine obligatorische weiße Tonpfeife rauchte.

»Dwalins Linie ist jedoch noch nicht ausgelöscht«, fuhr der König fort. »Ich bin über den Mord an Troïn von einem Familienmitglied des Getöteten in Kenntnis gesetzt worden.«

»Also gibt es einen neuen König unter dem Schwarzen Berg!«, rief Miolnir laut.

»Noch nicht«, antwortete Baldwin. »Die Tradition von Ghâzar-Run will es, dass ein Zwerg von Dwalins Familie nur dann Anspruch auf den Thron erheben kann, wenn er das Schwert von Nudd besitzt. Und genau das ist eure wirkliche Mission, Zwerge. Findet das Schwert wieder, egal wo es sich befindet, und bringt es mir. Die Menschen und die Elfen, die euch begleiten, dürfen, wenn es irgend möglich ist, nicht erfahren, was geschehen ist.«

»Aber … Und Gael?«, fragte Miolnir.

»Kümmere dich nicht um den Elf. Der Erbe von Troïns Thron wird seinen König selbst rächen.«

»Aber wer ist dieser Erbe?«, riefen Tsimmi und der Krieger wie aus einem Munde.

»Ich bin es.«

Die beiden Zwerge schreckten auf und drehten sich zu dem rot gekleideten Pagen um.

»Ich bin Rogor, Troïns Neffe und Erbe des Throns unter dem Schwarzen Berg«, sagte er mit einer kräftigen, tiefen Stimme, die in dem leeren Saal widerhallte. »Ich werde Caledfwch wiederfinden und Gael töten. Das schwöre ich hiermit.«

Der Zwerg hatte sich erhoben, um sich vorzustellen, und Miolnir überlief es kalt bei dem Gedanken, dass er es ihm gegenüber vor einigen Minuten an Respekt hatte mangeln lassen. Mit einer langsamen Bewegung öffnete er seinen roten Waffenrock mit dem Runenwappen Baldwins und gab den Blick auf eine Rüstung frei, auf der ein schwarzes Wappen mit goldenem Schwert prangte, das Wappen der Linie Dwalins. Außerdem trug er unter dem Waffenrock auch die Schneide einer riesigen Axt, die mit einem Stiel versehen, eine ungleich gefährlichere Waffe darstellte als der einfache Dolch an seiner Seite.

Rogor schloss die Tunika wieder und steckte von neuem seinen roten Bart in den Gürtel.

»Ich bitte dich um Verzeihung, Herr«, sagte der Ritter mit allem Respekt, zu dem er fähig war. »Ich wollte dich nicht beleidigen, vorhin.«

»Es kann keine Rede von einer Beleidigung sein, Miolnir. Allein der Elf Gael hat mich beleidigt. Aber dank euch und dem gütigen König Baldwin wird dieser Fleck bald reingewaschen sein. Und wenn der König mir dann zu gegebener Zeit die Verwahrung des Schwerts anvertraut, werde ich unter dem Berg herrschen und dich und Herrn Tsimmi zu meinen Pairs machen …«

»Du wirst herrschen, du wirst herrschen«, knurrte Baldwin. »Tsimmi und mein Ritter werden dir nach Kräften helfen, aber sie suchen vor allem das Goldene Schwert. Gaels Tod ist zweitrangig.«

»… aber er ist notwendig, König«, fuhr Rogor dazwischen.

Der alte Zwerg schüttelte nachdenklich den Kopf. Einige Augenblicke lang waren nur das Geprassel des Feuers und der Wind draußen zu hören.

»Es ist gerecht, dass du Gael züchtigst, wenn er die Schuld am Tod deines Onkels Troïn trägt«, begann er wieder. »Aber nimm dich in Acht … Nehmt euch alle in Acht, Kinder. Wir wollen doch keinen neuen Krieg gegen die Elfen, nicht wahr?«

Der König wandte sich zu Tsimmi und dem Krieger, die beide nickten. Rogor dagegen blickte woanders hin.

»Es ist eine ernste Geschichte, aber es ist kein Krieg«, beharrte der alte König … »Vergesst das nicht. Du Miolnir, hast die Statur, jeden dieser dünnen Bläulinge zu besiegen, falls er sich euch in den Weg stellt. Und du Tsimmi …«

Baldwin machte eine Pause. Seine Augen hinter den buschigen Brauen funkelten vor Vergnügen, und seine Schultern zuckten rhythmisch, während eine Art heiserer Husten durch seinen grauen Bart brach. Miolnir fragte sich, ob es sich hierbei möglicherweise um ein Lachen handelte …

»Du«, fuhr der König fort, »halte deine Kräfte so lange wie möglich geheim. Umso besser, wenn sie in dir nur ein simples Ratsmitglied sehen.«

Tsimmi legte seine Pfeife beiseite und verneigte sich bis zur Erde. »Ich werde dir gehorchen, Meister der Steine.«

»Dieser Titel steht dir zu, und das weißt du auch«, antwortete Baldwin. »Du beherrschst die Kunst, zu den Felsen zu sprechen, und du kannst Gebirge vor deinen Feinden auftürmen. Und das wissen weder die Elfen noch die Menschen. Sie halten die alten Taten der zwergischen Magier für hübsche Märchen und glauben nicht an diese Kräfte. Du hast eine gehörige Überraschung für sie bereit ... Aber, bis dahin, benutze nur deinen Streithammer und deine Schleuder, sonst nichts!«

»Ich werde dir in allem gehorchen«, wiederholte Tsimmi.

Baldwin fing lauthals zu lachen an, mit über die Lehne zurückgeworfenem Kopf.

»Außerdem werdet ihr, dank unserer List, zu dritt sein und nicht zu zweit! Herr Rogor wird seine Pagenlivree die ganze Reise über tragen. Er wird den Anschein erwecken, als sei er nur mit einem Dolch bewaffnet und wird keinerlei sichtbare Rüstung tragen. Böses Erwachen für die Elfen, wenn er sich zu erkennen gibt!«

Die Zwerge begannen einer nach dem andern zu lachen, in Anbetracht der muskulösen Arme Rogors und im Bewusstsein von Tsimmis Kräften. Böses Erwachen für die Elfen, in der Tat ...

Endlich war es Tag geworden. Ein schwacher Lichtschimmer fiel durch die engen Mauerschlitze rund um den Saal, in dem die für die Nacht entzündeten Fackeln noch immer brannten. Dies war der höchstgelegene Raum des Palastes, das oberste Stockwerk im höchsten Turm, dessen Schlüssel nur der Seneschall und Hausmeier des Palastes besaß. Ein runder, beinahe leerer Raum, bis auf die beiden Sessel, in denen sie versunken waren, und eine geräumige, in die Wand eingelassene Truhe.

König Pellehun blinzelte schläfrig und rekelte sich. Sein ganzer Körper schmerzte und er fror trotz der Pelze. Er verzog das Gesicht und erhob sich, um Gorlois mit einem Fußtritt aufzuwecken. »Hoch mit dir!«

Der Seneschall schrak zusammen. Sein Auge flatterte, bis er allmählich zu sich kam.

»Ich ... Ich glaube, ich bin eingeschlafen!«, stotterte er.

»Und deswegen bist du auch nur Herzog und ich der König!«, bemerkte Pellehun, wobei er ein Gähnen unterdrückte. »Wie spät ist es?«

Gorlois stand nun selbst auf und ging bis zu einer der Schießscharten, um einen Blick nach draußen zu werfen.

»Zwischen Matutin und Laudes … Eher schon Laudes.«

»Wir müssen wieder hinunter«, sagte Pellehun »Haben wir … Haben wir an alles gedacht?«

Gorlois sammelte nun auch seine Pelze zusammen und legte sie um, bevor er antwortete.

»Ich glaube ja, Sire. In Kab-Bag ist alles vorbereitet, man wartet dort nur noch auf ihre Ankunft, um mit dem Stück zu beginnen. Und dann kann dort unten ja alles Mögliche passieren! Man kann nie wissen mit diesen Gnomen!«

Pellehun sah ihn schweigend an und verzog zweifelnd das Gesicht.

»Oh, die Gnome …«

Zu seinem alten Seneschall gewandt, schüttelte er den Kopf.

»Das ist noch nicht genug. Finde mir einen Mann, jemand Außenstehenden, der die Spur nicht bis zu uns zurückverfolgen kann. Einen Dieb, einen Mörder der Gilde, ganz egal, lass dir was einfallen … Er soll ihnen folgen und tun, was nötig ist. Hast du mich verstanden?«

Der Seneschall bejahte, indem er sein Auge schloss.

»Wir können uns keine Niederlage erlauben, Gorlois. Das wäre …« Er unterbrach sich und strich über seine müden Augen und seine stoppeligen Wangen. Er hatte ein Bad nötig und den Barbier, und außerdem hatte er Hunger … Der Kaplan mit seiner Frühmesse konnte warten. Welch eine vermessene Idee aber auch, eine Messe vor dem Frühstück zu halten!

Der König betrachtete seine Truhe mit beinah angeekelter Miene. Dann drehte er sich wieder zu Gorlois, der schweigend wartete, nickte ihm zu und fuhr fort, seine Gedanken auszubreiten.

»Wenn wir scheiterten, mein Freund, das wäre entsetzlich.«

IV

Der Aufbruch

Es regnete nicht, als die Gruppe sich auf den Weg nach Kab-Bag, der Handelsstadt der Gnome, machte. Der König Pellehun hatte befohlen, dass die Abreise der Gesandten des Großen Rats ohne irgendwelchen Pomp vor sich gehen solle, aber dennoch hatte sich die Bevölkerung von Loth auf dem Wehrgang versammelt, denn eine derart gemischte Truppe sah man nicht alle Tage.

Till, der Spurensucher, und sein Hund, die weit voraus waren, entgingen der Neugier der Menge. Die grünliche Kleidung des Elfs verschmolz im Grau des Wintermorgens mit den gleichfarbigen Wiesen rund um die Stadt. Till reiste nur zu Fuß, auf gleicher Höhe mit seinem Hund, und seinen Falken über sich in den Lüften. Er redete fast ausschließlich mit ihnen und nahm seine Mahlzeiten immer ein wenig abseits der anderen ein. Mit seiner Bewaffnung, die nur aus einem Langbogen und einem feinen, elfischen Dolch bestand, schien er keines Blickes würdig, unterschied sich nicht von den reisenden oder Handel treibenden Elfen, die jeden Tag durch Loth kamen; und so hatte auch das gemeine Volk nicht weiter Notiz von ihm genommen.

Dagegen erregten die ersten Reiter des Trosses weit mehr Bewunderung. Uther, der Braune, ritt voran, kerzengerade auf seinem schwarzen Pferd sitzend, und die jungen Mädchen von Loth stießen sich in die Seiten und kicherten, als der braunhaarige Mann, der so jung und martialisch wirkte, und dessen Zöpfe einen Kontrast zu dem matten Glanz seiner Rüstung bildeten, an ihnen vorüberkam.

Hinter ihm ritt die Königin Lliane. Diesmal waren es die Männer, die die Hälse reckten, um sie zu bewundern. Die Königin trug keinerlei Kopfbedeckung, und ihr Haar war wie üblich zu Zöpfen geflochten. Sie hatte ein langes Moirécape um, das um ihren Hals mit einer doppelten Silberschnalle befestigt war und bis zur Kruppe ihres Pferdes herabfiel. Ilra, ihre Fuchsstute, auf deren Harnisch ein weißer Stern prangte, war eine der Frauen Lames, des freien, mit König Llandon befreundeten Hengstes. Die Königin hatte ihr geschlitztes Moirékleid anbehalten, unter dem man eine Brigantine erriet, ein kurzes silbernes Kettenhemd, das von den Zwergen hergestellt war und jenem anderem glich, das Gael unter dem Berg geraubt hatte. Der bläuliche Schimmer ihrer Schenkel hob sich von ihren langen, bis über die Knie hochgeschlagenen Wildlederstiefeln ab, ihre Arme waren nackt, sie trug lediglich silberne Armreifen, die ihre Handgelenke schützten wie die Panzerhandschuhe einer Rüstung. Orcomhiela, der legendäre Dolch, baumelte an ihrer Seite, und ein Köcher mit dem Langbogen und den Pfeilen Kevins, des Bogenschützen, war am Sattel befestigt. Aus der Menge ertönten Vivats, die die Königin der Hohen Elfen mit einem Lächeln quittierte, das so manches Herz brach. Vivats, aber auch Kreuzzeichen, die die alten Klatschweiber und die Betschwestern schlugen, die die heidnischen Elfen fürchteten, diese Mondanbeter, die gewiss auch alle Hexen und schwarze Magier waren.

Mürrisch und düster, die Kapuzen in die Stirn gezogen, trotteten die beiden Zwerge Tsimmi und Miolnir hinter ihr her, und die Jubelrufe, mit denen die Königin empfangen worden war, stimmten sie nur noch düsterer. Im Morgennebel sahen sie auf ihren kräftigen Ponys wie Fässer aus, ebenso breit wie hoch, und in Miolnirs Fall noch dazu gespickt mit einem beunruhigend glitzernden Waffenarsenal. Roderik und Frehir bildeten den Abschluss der Prozession und plauderten, von diesem unvorhergesehenen Interesse von Seiten des Volkes angenehm überrascht, angeregt miteinander.

Die Füße des blonden Kriegers berührten beinahe den Boden, und seine Mähre drohte unter seinem Gewicht zusammenzubrechen; dieser Anblick amüsierte die Städter (umso mehr, als sie sich im Schutz der Stadtmauern wussten und kein großes Risiko eingingen, wenn sie ihm einige Spottworte nachriefen), aber Frehir hörte sie gar nicht. Es war das erste Mal, dass er mit jemandem reden konnte, seit er sein Dorf verlassen hatte, auch wenn es in der gemeinsamen Sprache geschehen musste, die er nur schlecht beherrschte, und er ging Roderik schon jetzt mit seinen endlosen Erzählungen auf die Nerven.

Die Nachhut bildeten drei auf Maultieren sitzende Pagen, die die kleine Gruppe der Packpferde mit Waffen, Proviant und Gepäck hinter sich herzogen. Der Zwergenpage, der in seiner roten Tunika sofort auffiel, wirkte ebenso groß wie jener der Menschen, aber jedermann sagte sich, dass das wohl eine optische Täuschung sein müsse.

Seit Tagesanbruch waren in Loth die wildesten Gerüchte über den Sinn dieser ungewöhnlichen Expedition im Umlauf. Manch einer glaubte, die Vereinigung der drei freien Völker in einem gemeinsamen Tross könne nur eines bedeuten: einen neuen Krieg gegen Den-der-keinen-Namen-haben-darf. Und war denn nicht auch der Barbar, der mit ihnen ritt, der Beweis, dass sie in die Marken unterwegs waren? Andere redeten von einer Drachenjagd (aber wer in Loth glaubte noch an Drachen, außer den Kindern?) und von einer verkohlten Leiche, die westlich der Stadt am Seeufer gefunden worden war. All das war jedenfalls Grund genug für die Städter, sich an den Wehrmauern zu drängen …

Als der letzte Maulesel das Stadttor passierte, erhob sich von den Zinnen ein Beifallssturm, man applaudierte der davonziehenden Gruppe, und dann zerstreuten die Städter sich wieder, nicht ohne wild durcheinander zu reden und lautstark ihre einander widersprechenden Kommentare zu äußern. Neue Menschen starrten ihnen in der Vorstadt nach, Arbeiter, die hier waren, um die Kraft ihrer Arme anzubieten, Bettler und Hausierer, die am Zollhaus zurückgeschickt worden waren, Händler und Reisende, die ihre Gebühren zahlten, um die Stadt betreten zu dürfen. Dann folgten die Bauern, Knechte und Leibeigenen der umliegenden Dörfer, schließlich die demütigen Hirten, die aus Lehm- und Strohhütten heraustraten, um mit offenen Mündern das Vorbeiziehen des seltsamen Trupps zu beobachten. Sie kreuzten auch einige Elfen, die sich ehrerbietig vor der Königin verneigten, hektische Gnome mit hochrotem Kopf, die mit allen möglichen Waren bepackt, die Straße entlanghasteten, Zwergenfamilien, die in gesetztem Tempo und übertrieben würdevoll auf ihren Karren reisten. Und schließlich wurden die Begegnungen immer seltener.

Der Morgennebel war einem feinen Regen gewichen, es war nur ein leichter Nieselregen, aber er hatte genügt, den Hohlweg, durch den sie ritten, aufzuweichen, so dass der Boden unter den Schritten der Pferde glitschig wurde.

Die Königin stieg ab und streichelte zärtlich die lange Mähne ihrer Stute. Plötzlich verzerrte sich ihr Gesicht vor Schreck. Sie blieb stehen, und gepackt von einer unerklärlichen Furcht, fasste sie sich an die Kehle.

Und da sah sie ihn.

Der Kindmann im blauen Gewand war da, er saß oben auf der Böschung neben einer Gruppe von Birken, deren Rinde abblätterte, und lächelte wie immer, schwieg wie immer. Und er blickte sie an. »Drachenherz, ich werde auf dich warten.«

Sie stolperte zurück und stieß gegen ihr Pferd.

»Kannst du ihn sehen?«, fragte sie und deutete auf die Erscheinung. Ilra, die Fuchsstute, wandte den Kopf, spitzte beunruhigt die Ohren, schüttelte sich dann und ging weiter.

»Da ist nichts …«

Lliane ließ die Zügel der Stute los, kletterte mit wenigen Schritten die matschige Böschung hinauf und tauchte am Fuße der Birken wieder auf. Niemand war da.

»Was ist denn los?«

Nichts, außer ein paar Bäumen und Heidekraut und in weiter Ferne die Ebene, einige Dörfer und die verschwommenen Umrisse von Loth.

»Was gibt es denn?«, fragte Roderik noch einmal, während er mühsam und mit gezogenem Schwert zu ihr hinaufkletterte.

Lliane starrte ihn wie eine Schlafwandlerin an, sie hatte Mühe, sich wieder in die Gewalt zu bekommen.

»Nichts weiter ... Ich dachte, ich hätte jemanden gesehen.«

Die Straßen waren erfüllt von lautem Stimmengewirr. Dies war eine Angewohnheit der Menschen aus den Städten, so viel zu reden, um so wenig zu sagen, wobei jeder sich das Recht herausnahm, seine Meinung laut und deutlich kundzutun, ohne natürlich die der anderen anzuhören, was all den Diskussionen eine gewisse Hitzigkeit verlieh.

Zumindest aber ein Mann in der Menschenmasse, die von den Stadtmauern herabströmte, blieb stumm. Sein Gesicht war ebenso zu einem Lächeln verzogen wie das der Passanten, die sich um ihn drängten, aber er hörte ihrem Geschwätz nicht zu. Mit einem Pfriem bewaffnet, der ebenso scharf war wie ein Rasiermesser, schnitt er geschickt die Geldbeutel der Städter ab, wobei er sie in dem Moment, da die Klinge das Leder durchtrennte, leicht anrempelte, damit sie nichts bemerkten. Keiner bemerkte jemals etwas. Blade war einer der besten Diebe des Landes.

Die weniger Geschickten wurden nach ein paar Monaten mit der Hand in jemandes Tasche erwischt und baumelten bald an den Galgen der Stadt. Die Besten überlebten zwei, drei Jahre, um dann am Ende einer dunklen Gasse mit von einem anderen Dieb durchgeschnittener Kehle zu enden. Auch Blade hatte man die Kehle durchgeschnitten. Nur hatte sein Angreifer keine ganze Arbeit geleistet, vermutlich hatte er es zu eilig gehabt, mit dem Geldbeutel seines Opfers zu verschwinden. Drei Monate später spürte Blade ihn in einer Taverne in Tintagel auf, der Stadt am Meer. Am nächsten Morgen wurde der Mann von den Stadtwärtern entdeckt: Er war an die Tür der Hafenmeisterei genagelt.

Von dieser Begegnung hatte Blade eine entsetzliche Narbe

quer über den Hals zurückbehalten sowie die Angewohnheit, niemandem mehr zu trauen. Seither war er der Beste geworden.

Er hielt sich jetzt vorsichtig abseits der Menge, die sich allmählich zerstreute und tauchte in die Unterstadt ein, wo er eine Herberge betrat, um seinen Tagesgewinn zu zählen.

»Ein Bier!«, rief er und setzte sich.

Der Inhalt der Börsen war mager. Zwanzig Kupfermünzen, zwei Silberlinge. Immerhin genug, um eine Woche auszukommen, aber nicht genug, um sein Leben dafür zu riskieren ...

»Was haben die da eigentlich gemacht, diese ganzen Elfen, Zwerge und Ritter?«, fragte jemand, der in der Nähe saß.

»Ich habe gehört, sie sind ausgefahren, einen Drachen zu töten. In den nördlichen Landen«, antwortete ein Gast.

»Die einzigen Drachen, die es in den nördlichen Landen gibt, sind die Dämonen!«, fuhr ein Dritter dazwischen und zuckte die Achseln. »Nein, die suchen einen Schatz! Ich weiß es ganz sicher, ich hab's von einem der Zwerge aus Baldwins Eskorte!«

»Und warum nicht gleich von Baldwin selbst!«, höhnten die anderen.

»Aber wenn ich euch doch sage, dass ich es ...«

»Lass die ruhig lachen«, meinte Blade und wandte sich zu dem Erzähler. »Komm an meinen Tisch. Ich gebe dir ein Bier aus, aber nur, wenn deine Geschichte es wert ist.«

Der Mann, nicht mehr ganz jung und mit einem Hängebauch, grinste breit und zeigte dabei eine unvollständige Reihe schwarzer Zahnstümpfe.

»Bring das Bier, Kamerad, und sperr die Ohren auf«, sagte er, während er sich dem Dieb gegenübersetzte. »Meine Geschichte hab ich von einem von Baldwins Wachen, Tillion Blaues Haus, einer von den Zwergen aus dem Gebirge!«

»Servier meinem Freund hier ein Ale«, rief Blade dem Wirt zu.

Der dicke Mann wartete vorsichtig, bis das Bier vor ihm stand, bevor er begann.

»Tillion hat mir erzählt, dass ein Elf den König unter dem Berg getötet und ihm einen Schatz geraubt hat«, begann er nach einem kräftigen Schluck. »Also, wenn du meine Meinung hören willst, sind sie losgezogen, ihn zu rächen und den Schatz wiederzubekommen!«

»Ein Schatz, sagst du …«

»So wahr ich hier sitze! Angeblich soll es eine Rüstung voller Edelsteine sein oder noch Wertvolleres!«

Der Mann trank sein Bier gierig aus und stand dann rasch vom Tisch auf, bevor Blade sich vielleicht anders besann, und ihn zahlen ließ. Aber der Dieb war regungslos sitzen geblieben. Das Kinn in die Hand gestützt, spielte er geistesabwesend mit einer Silbermünze. Vielleicht war das ja die Gelegenheit, auf die er so lange gewartet hatte … Einen großen Coup landen und dann verschwinden, ein Stück Land kaufen und irgendwo als Gutsherr leben, wo die Leute nicht zu viele Fragen stellten … In den Marken zum Beispiel. Gegen die Dämonenangriffe würde er sich schon zu verteidigen wissen, und dahin käme niemand und machte ihm sein Rittergut streitig.

Blade schreckte auf. Ein anderer Mann hatte sich ihm gegenübergesetzt, mit einem Weinkrug in der Hand.

»Ihr müsst nicht glauben, was dieser Säufer euch da erzählt hat, Herr. Der ist von morgens bis abends besoffen.«

»Ihr habt Recht«, sagte der Dieb. »Aber daran dachte ich gar nicht. Seine Geschichte hat mich amüsiert, alles in allem war sie wohl ein Bier wert.«

»Bei Gott, das ist allerdings wahr!«, meinte der Mann und lachte kurz auf. »Obwohl …«

Mit einem Mal fühlte sich Blade unbehaglich. Der Unbekannte, der halb unter einem formlosen Mantel verschwand, glich in nichts den übrigen Gästen. Eine beeindruckende Narbe lief im Zickzack bis zu der leeren rechten Augenhöhle, über seine Wange, und seine kräftigen Unterarme mussten einen Troll mir nichts, dir nichts in der Mitte durchbrechen können, obwohl der Mann nicht sehr groß war und schon alt.

Der Unbekannte musterte Blade eindringlich.

»Obwohl doch ein Körnchen Wahrheit in dieser Geschichte steckt«, fuhr er fort.

»Tatsächlich?«, meinte der Dieb im Aufstehen. »Nun, um so besser, aber ich muss jetzt ....«

Die Hand des Einäugigen fiel auf Blades Arm, umschloss ihn wie ein Schraubstock und zwang ihn so, sich wieder zu setzen.

»Trink einen Schluck mit mir!«

Er schenkte ihnen beiden Wein ein, stieß an und trank seinen Becher mit einem Zug aus. Blade zögerte zunächst, dann trank auch er. Auf das Bier hin hatte der Wein einen unangenehmen Geschmack.

»Sieh mal«, sagte der Mann und ließ seinen Arm los. »Erkennst du diesen Ring wieder?«

Der Dieb senkte die Augen. Es war ein goldener Ring mit einem roten Edelstein von beeindruckender Größe. Das Schmuckstück eines Hochadligen, das man in der Unterstadt besser nicht herumzeigte ... Der Mann bediente eine versteckte Mechanik, die den Edelstein zur Seite schob. Darunter kam eine seltsame Zeichnung zu Tage. Blades Herz setzte einen Schlag lang aus. Der Ring trug eine Prägung der Rune Beorns, einen dreiarmigen Baum, im Allgemeinen Symbol eines reichen oder adligen Herrn, der aber für eine kleine Gruppe Eingeweihter auch das Erkennungszeichen des exklusivsten Geheimbundes des Königreichs war – der Gilde. Blade konnte nicht umhin, auf seinen eigenen Finger zu sehen, den ein Ring mit denselben Zeichen schmückte, jedoch einer aus Kupfer.

»Dort draußen«, murmelte der Mann, »stehen die Soldaten des Königs. Sie haben den Befehl, Blade, den Dieb, zu verhaften, sobald er die Nase zur Tür herausstreckt. Braunes, kurzes Haar, weder Bart noch Schnauzer, keine auffällige Kleidung, kein Schmuck, keine besonderen Merkmale ... Ach, doch, die Narbe ... Obwohl, mit dem Kragen, den du trägst, kann man die nicht sehen. Ich frage mich, ob sie dich wohl erkennen werden ...«

Der Meisterdieb schauderte, aber der Mann lächelte friedfertig. Er zog die Kapuze seines Mantels ab, und Blade wich unwillkürlich zurück, als er das Gesicht des Hausmeiers erkannte, des Seneschalls Gorlois höchstpersönlich … Die Tische um sie herum waren binnen weniger Augenblicke leer. Blade war nicht der Einzige, der den Herzog erkannt hatte.

Gleichgültig setzte Gorlois den Krug direkt an die Lippen, trank und sah dann wieder den Dieb an. Dem kam es vor, als lache das eine Auge jetzt.

»Was wollt Ihr?«

Der Seneschall begann, wie er es so oft tat, mit einem seiner mit einem roten Band durchflochtenen Zöpfe zu spielen.

»Ich glaube, du bist der Mann, den ich brauche, Blade … Offen gestanden hast du auch gar nicht die Wahl.«

Zwei Tage lang bewegte der Trupp sich in zügigem Tempo nach Norden und legte in dem kalten, aber trockenen Wetter täglich dreißig Meilen zurück. Am dritten Tag begann gegen Mittag ein eisiger Nieselregen zu fallen, der den Trupp bis auf die Knochen durchnässte und zwischen Himmel und Erde einen dichten grauen Dunstschleier spann. Menschen, Elfen, Zwerge, Ponys, Pferde und freie Pferde zogen den Kopf zwischen die Schultern und schritten schweigsam voran. Die Gruppe hatte seit langem die letzten zum Königreich von Logres gehörenden Bauernhöfe hinter sich gelassen und marschierte durch die trostlose, flache Landschaft der großen, von den Menschen kultivierten Ebenen, die im Winter wie ausgestorben dalagen. Es schneite kaum je in Pellehuns Königreich, nur einige Wochen pro Jahr, aber in der nassen Jahreszeit nahmen Erde und Gras hier eine graue, düstere und schmutzige Färbung an, die der Landschaft ein deprimierendes Aussehen verlieh.

Die rauen Menschen, die hier lebten, untersetzt und mit schwieligen Händen, rangen trotz allem dem Winter jedes Jahr neues Land ab und drängten die Ränder der unbebauten Wildnis immer weiter zurück. Bald käme eine Zeit, da würde es diesen Menschen, deren Herz härter war als der Erdboden, den sie rodeten, gelingen, die Jahreszeiten zu überlisten und sich zu den Herren der Erde, des Gesteins und des Waldes aufzuschwingen …

Lassa, das freie Pferd, das Llewelin, dem Pagen der Elfen, zugeteilt war, stieß ein lang gezogenes Wiehern aus.

»Ich habe Angst vor all diesem Regen und Wind, vor dem Winter und diesen traurigen Weidegründen!«, rief es klagend in den Regen. Llewelin verstand es nicht. Er beherrschte die Sprache der Tiere nicht, konnte aber immerhin, wie alle Elfen, ihren Seelenzustand spüren. Er beugte sich zum Hals von Lassa vor und summte ihr leise eine süße Melodie ins Ohr.

Das schwarze Pferd Uthers vor ihnen schüttelte sich.

»Ich habe Lames Pferde für etwas widerstandsfähiger gehalten«, sagte das Hauspferd.

»Niemand hat Regen und Winter gerne«, wieherte Lassa. »Aber was weißt du schon von Kälte und Hunger, der du in einem Stall schläfst und da hinläufst, wo man dir hinzulaufen befiehlt?«

Uthers Pferd bäumte sich plötzlich auf, was seinen Reiter heftig erschreckte. Lliane, die vor ihm ritt, drehte sich um und stieß, was die Verwirrung des Reiters noch steigerte, ein leises Wiehern aus. Als würde es ihr gehorchen, trabte das gezähmte Pferd bis auf ihre Höhe und brachte damit seinen hilflosen Reiter neben die Königin. »Sprecht Ihr mit den Pferden?«, fragte Uther, dem gar nicht aufging, welch absurden Gedanken er da aussprach.

»Mit den Pferden, den Hunden, den Wölfen und den Vögeln«, sagt Lliane, die keineswegs erstaunt wirkte. »Aber nur ein paar Brocken. Till, der Spurensucher, dagegen, der beherrscht wirklich die Sprache der Tiere.«

Uther errötete, was ihn extrem irritierte. In diesem Moment wünschte er sich, er hätte seinen Helm nicht abgelegt, damit ihm seine Verwirrung nicht anzusehen wäre.

Lliane lachte ein melodiöses, sorgloses Lachen. Ihre regennassen, langen schwarzen Haare klebten auf ihrem Gesicht und glänzten wie ein Helm. Mit diesem eisigen Regenwasser bedeckt, wirkte sie mehr denn je, als bestünde sie aus Silber, fast unwirklich und wie durchsichtig, so sehr verschmolzen ihre Haut und ihre Moirékleider mit der grauen Umgebung. Ihre goldgrünen Augen leuchteten vor diesem Hintergrund umso heller.

»Uther?«

Der junge Ritter zuckte zusammen und errötete wieder, als er sich bewusst wurde, dass er seit fast einer Minute die Königin der Hohen Elfen wortlos anstarrte. Lliane lachte wieder, diesmal noch unverhohlener, als sie seine Verwirrung bemerkte.

»Ich glaube, Euer Pferd hat sich jetzt beruhigt, lieber Ritter. Vielleicht solltet Ihr bis zu Till vorausgaloppieren und ihm sagen, er solle Quartier machen für unsere Mahlzeit?«

Uther, der Braune, nickte zustimmend und gab seinem Pferd die Sporen. Der Page Llewelin löste sich aus der Reihe und nahm seinen Platz ein.

»Die Schönheit meiner Königin lässt nicht alle Männer gleichgültig«, stellte er lächelnd fest.

»Es scheint so«, gab Lliane zu und erwiderte sein Lächeln.

»Umso besser. Vielleicht wird er so umso leichter auf unsere Seite umschwenken, wenn die Dinge sich schlecht entwickeln.«

Die Königin der Hohen Elfen runzelte die Brauen.

»Uther, der Braune, ist einer der zwölf Recken des Großen Rats. Er ist ein Freund der Elfen, aber auch ein Genosse der Zwerge. Und das ist sehr gut so. Ich würde nichts unternehmen, um daran etwas zu ändern.«

»Vergebt mir, meine Königin«, murmelte Llewelin.

Der Page zügelte sein Pferd und ließ sich zurückfallen. Nichtsdestoweniger wusste er, dass er Recht hatte. Die Menschen, die der Schönheit der Elfen widerstehen konnten, waren so dünn gesät, dass sich die schönen Damen an Pellehuns Hof, um ihren Gatten zu gefallen, seit langem abmühten, die Blässe, die Grazie und die entspannte Ruhe jener Elfen zu imitieren, die in den vagen Legenden der Menschen auch manchmal Feen, Sylphiden, Undinen, weiße Göttinnen oder Waldgeister genannt wurden. So waren im Königreich Batistkopftücher in Mode gekommen, die aus extrem feinem Leinenstoff bestanden und Gesicht und Hals umschlossen und sie so schlanker erscheinen ließen, oder lange Ärmel, die die Hände bedeckten und an den Fingern befestigt waren, sowie spitze, schleierbesetzte Hauben.

Kurz gesagt, alles, was die Damen größer und blasser wirken ließ. Sie puderten sich das Gesicht und aßen nicht mehr, bis sie in Ohnmacht fielen, außerdem zwängten sie sich in derart enge Kleider, dass sie nicht mehr frei atmen konnten. Und all das, um den Elfen zu ähneln …

Llewelin zuckte die Achseln. Mochte die Königin ihn auch zurechtweisen, so blieb doch die Tatsache bestehen, dass ein junger Mann gar nicht anders konnte, als sich in eine Elfe zu verlieben. Es sei denn, er fürchtete sich vor ihr … Was ebenfalls oft genug vorkam. Rufe von der Spitze des Trupps rissen Llewelin aus seinen Gedanken. Uther und der Spurensucher hatten einen Unterstand für die Mahlzeit gefunden.

Es handelte sich nur um eine bescheidene, während des Winters verlassene Hirtenhütte, die aus grob aufgeschichteten Steinen bestand, die Wind und Regen nur unvollkommen abhielten, aber sie vermochte dem Trupp während der Rast zumindest die Illusion von ein wenig Komfort zu vermitteln. Da die Hütte klein war, blieben die Elfen, die der Regen nicht im Geringsten störte, zusammen mit den Pferden draußen.

In der Hütte gelang es Guirre, dem Pagen der Menschen, ein Feuer anzuzünden, was angesichts der Feuchtigkeit ein echtes Kunststück war, das mit allgemeinem Beifall bedacht wurde. Der Ritter Miolnir, der völlig durchnässt war, profitierte davon, um die Hosen zu wechseln und murrte so lange, bis der groß gewachsene Zwergenpage in der roten Livree das erste Weinfass aus ihrem Proviant anzapfte.

Bald drangen neben der Rauchfahne des kleinen Lagerfeuers Gelächter und laute Stimmen aus dem steinernen Hüttchen. In den Rauch des Feuers mischte sich der aus der Tonpfeife Tsimmis, der einen süßen Honiggeruch hatte, der allen wohl tat und die Gemüter besänftigte. Vor der Hütte saßen die Elfen und aßen scherzend im deutlichen Bemühen, sich den Zwergen von der besten Seite zu zeigen. Die Königin Lliane lachte sogar bei der Pointe eines Witzes, den der Meister der Steine erzählte, schallend los, was dazu beitrug, auch den Rest des Trupps in gute Laune zu versetzen.

Immer noch lachend legte sie ihre lange Hand auf den geharnischten Arm Roderiks, der neben ihr beim Eingang saß. »Ritter, gebt mir eine Münze …«

Roderik blickte sie, genau wie die anderen Teilnehmer der Expedition, überrascht an, aber die Königin lächelte noch immer (sie hatte, wenn sie lächelte, ein Grübchen um den Mundwinkel, das der junge Mann entzückend fand) und streckte hartnäckig die Hand aus.

»Bitte, verehrter Ritter.«

»Ja, natürlich«, erwiderte Roderik verwirrt und lief rot an. Er begann, in seinen Sachen nach einem Geldbeutel zu kramen, als Uther, der Braune, ihn unsanft zur Seite stieß und der Elfe eine Silbermünze hinhielt.

»Bitte, teuerste Königin …«

Lliane dankte ihm mit einer graziösen Kopfbewegung, nahm das Geldstück mit den Fingerspitzen und zeigte es herum.

»Seht her, edle Herren! Eine silberne Münze! Ein ganz frischer Dukaten!«

Sie nahm Frehir zum Zeugen dafür, und der Barbar, der vor Heiterkeit gluckste, prüfte sogar seine Echtheit nach, indem er, wie er es hatte tun sollen, kräftig hineinbiss.

»Ich danke Euch, Meister Frehir«, sagte Lliane und nahm die Münze in ihre rechte Hand zurück. »Es handelt sich also um einen echten Dukaten? Einen echten Dukaten des Königs?«

»Ja, ja!«

Die Königin lächelte, zwinkerte Uther zu, hob die linke Hand und schnippte mit den Fingern. Als die Blicke zu ihrer Rechten wanderten, zog Lliane eine betrübte Grimasse …

»Oh, welch ein Unglück, verehrter Herr Uther! Euer Dukaten … euer schöner Silberdukaten!«

Sie öffnete ihre Hand. Das Geldstück auf ihrer Handfläche hatte sich in eine erbärmliche Kupfermünze verwandelt.

»Das gibt's doch wohl nicht!«, stieß Frehir aus. »Habt ihr das gesehen? Habt ihr das gesehen?«

Lliane lächelte ihm zu, und zog dann die Brauen hoch, als wollte sie ihn schelten.

»Meister Frehir! Warum habt Ihr die Münze von Herrn Uther genommen?«

»Ich?«

Die Elfe schritt um das spärliche Lagerfeuer herum, näherte sich dem riesigen Barbaren und wühlte in seinem dicken Haar.

»Da ist sie doch!«, rief sie und hielt wieder den Silberdukaten hoch. Frehir starrte sie fassungslos an und fing dann brüllend zu lachen an; und es dauerte nicht lange, da stimmte die ganze Runde mit ein.

Auch Tsimmi lachte, aber nur obenhin, er war zu verwirrt, um an der allgemeinen Ausgelassenheit teilzuhaben. Das war gewiss ein ganz billiger Trick, das Zauberkunststückchen eines Gauklers, das eigentlich nur Kinder amüsieren konnte, und trotzdem vermochte er nicht dahinter zu kommen, wie die Elfe es angestellt hatte. Er stopfte mit sorgenvoller Stirn seine Pfeife und dachte über das Problem nach, so dass er das Gelächter und Stimmengewirr um sich herum nicht mehr wahrnahm.

Auch Till draußen lachte nicht mit.

Er hatte sich schweigend erhoben, streckte ähnlich wie sein Hund, die Nase in die Luft und suchte, gleich seinem Falken, mit den Augen den verschwommenen Horizont ab.

Da war irgendjemand.

Seit gestern schon spürte er seine Gegenwart. Jemand, der genügend Abstand hielt, um im Nebel verborgen zu bleiben, ihnen jedoch, hartnäckig und schweigend, auf den Fersen war.

Der Spurensucher kehrte zur Hütte zurück und berührte unauffällig die Schulter der Königin.

»Jemand folgt uns«, sagte er. »Ein Mensch, glaube ich. Allein und zu Pferd.«

»Bist du sicher?«

Der Spurensucher lächelte, und Lliane bereute ihre Frage. Till irrte sich nie.

»Soll ich ihn töten?«, fragte er.

»Warum? Vielleicht handelt es sich nur um einen Zufall, irgendeinen Reisenden, der denselben Weg benutzt wie wir … Und da es sich um einen Menschen handelt, ist es an den Menschen unseres Trupps, sich um ihn zu kümmern … und uns zu beweisen, dass sie nicht versucht haben, uns auf irgendeine Weise zu täuschen. Meine Herren!«

Die Königin wandte sich zu den anderen um, die sich um die dürftige Wärme der Feuerstelle drängten und deren Lächeln angesichts ihres ernsten Blicks erstarrte.

»Es scheint, dass uns ein berittener Mann folgt, der darauf bedacht ist, nicht gesehen zu werden.«

Uther und Roderik blickten einander an. Der Satz der Königin hatte das Gelächter radikal beendet und lastete schwer auf ihnen, wie eine dunkle Wolke von Misstrauen.

Miolnir meldete sich mit gezwungenem Lächeln zu Wort.

»Ihr seid doch schon drei Krieger«, sagte er zu Roderik. »Ist das denn nicht genug?«

»Wenn uns tatsächlich ein Mann auf den Fersen ist, dann hat er nichts mit uns zu tun«, entgegnete der Ritter im Aufstehen.

Der junge Mann konnte einen Schauder nicht unterdrücken. Die einzelnen Teile seiner Rüstung hatten sich bei der Bewegung leicht knirschend gegeneinander verschoben und ein Rinnsal Regenwasser war ihm den Rücken hinuntergelaufen.

»Ich werde diesen Mann einladen, sich zu uns zu gesellen und unser Essen zu teilen, bevor er weiter seines Weges zieht.«

»Willst du, dass Frehir dich begleitet?«, fragte der Barbar, der die Lage nicht wirklich erfasst hatte und sich mehr um den Inhalt seines Tellers kümmerte als um die inneren Spannungen der Gruppe, der es aber, nachdem er zwei Tage lang neben dem Ritter verbracht hatte, ganz normal fand, ihn zu begleiten, wohin er auch ging.

»Ich danke dir Frehir«, antwortete Roderik lächelnd. »Aber

ich glaube nicht, dass ich mich in Gefahr begebe, wenn ich einen Reisenden einlade.«

Der Barbar zuckte die Achseln und knurrte dem Pagen der Menschen zu, ihm noch etwas zu trinken einzuschenken. Die drei Zwerge taten es ihm gleich und hielten alle zugleich ihre Becher hin.

Roderik trat aus der Hütte und lief in den Regen hinaus, während Uther, der Braune, sich draußen neben der Königin der Hohen Elfen niederließ.

»Ich möchte auf keinen Fall, dass Ihr glaubt …«

»Ich glaube gar nichts, mein lieber Ritter«, schnitt sie ihm das Wort ab. »Aber Till täuscht sich nie. Ein Mann ist hinter uns her und versteckt sich … Wisst Ihr warum, Ritter?«

Uther versuchte die Andeutung eines Lächelns, stand auf und machte einige Schritte in die Richtung, in der Roderik zwischen den Regenschnüren wie hinter einem Vorhang verschwunden war. Er schüttelte den Kopf, wobei seine Zöpfe flogen wie bei einem Hund, der sich trocknet. Die Heide um ihn herum war gottverlassen, und außer der Hirtenhütte war weit und breit kein Baum, kein Hügel und keine menschliche Behausung zu sehen. Der Regen hielt schon stundenlang an, ein feiner, leiser und eisiger Regen, der alles durchdrang und sich wie Rost selbst in die heitersten Gemüter fraß. Er hörte Frehirs sonore Stimme aus der Hütte und drehte sich um. Die Elfen lehnten mit dem Rücken an den Natursteinmauern, bleich und regungslos in ihren Moirégewändern, deren Farbe changierte. Es kam ihm vor, als sähe die Königin ihn an, aber sie stand zu weitab, als dass er es hätte schwören wollen.

»Uther! Zu mir!«

Der Ritter fuhr herum und begann sofort loszulaufen. Er hatte Roderiks Stimme erkannt, aber sein Schrei klang seltsamerweise zugleich schwach und durchdringend, gurgelnd und verzagt.

Trotz der Eisenplatten seiner Rüstung lief er schnell genug, um noch das Trappeln eines davongaloppierenden Pferdes hören zu können, als er bei seinem Freund ankam.

Roderik stand taumelnd mit dem Rücken zu Uther. Er hielt den Kopf gesenkt und berührte seinen Hals mit einer Hand.

»Roderik!«, schrie der Ritter.

Der Recke versuchte sich zu seinem Kameraden umzudrehen, knickte aber weg, ließ sein Schwert fallen und brach mit scheppernder Rüstung auf dem Boden zusammen. Uther sank neben ihm auf die Knie, da sah er die entsetzliche Wunde. Ein Wurfmesser stak bis zum Anschlag in seinem Hals, dessen Klinge auf der Rückseite bis in die Glieder des blutverschmierten Kettenhemdes gedrungen war.

Roderik öffnete die Augen und wollte sprechen: Ein scharlachroter Blutschwall stürzte mit einem entsetzlichen Gurgeln aus seinem Mund, das jedes Wort erstickte. Einen Augenblick lang durchlief ein gewaltiger Krampf seinen Körper, dann fiel er leblos in Uthers Arme.

Völlig versteinert starrte Uther auf den endlosen Blutstrom, der durch die Maschen der Halsberge floss und auf die Brustplatten rann, wo er einen scheußlichen Kontrast zum blassen Glanz des Metalls bildete. Mit zusammengeschnürter Kehle und nach Atem ringend, hob er die Augen zum Himmel, unfähig zu sprechen, unfähig, um Hilfe zu rufen oder irgendetwas zu unternehmen. Der Wind änderte seine Richtung, und der Regen peitschte den beiden ins Gesicht und wusch das Blut von der Rüstung, das sich in den Pastelltönen der Erde und des Grases verlor. Da senkte er den Kopf und bot seinen Nacken der Regendusche dar.

Es war das erste Mal, dass er einen Menschen sterben sah. Einen Freund. Roderik und er kamen aus zwei benachbarten Baronien nahe dem Dünenland, und sie waren gemeinsam in die Lehre gegangen. Ihre Kraft, ihre hohe Geburt oder ihre Geschicklichkeit mit der Waffe, vielleicht auch alle drei Dinge zusammen, hatten ihnen die Ehre eingetragen, zu den zwölf Recken zu zählen, den Rittern der Wache des Rates, aber sie waren zu spät geboren, um im Zehnjährigen Krieg mitzukämpfen, und seither lebte Pellehuns Reich in Frieden ... Roderiks Geschick bei den Übungen hatte ihm nichts genutzt.

Ohne aufzustehen griff Uther nach dem Schwert seines Kameraden und legte es zwischen dessen gekreuzte Hände. Sollte er ein Gebet sprechen? Die Mönche beteten immer, wenn sie die Toten begruben. Aber Uther kannte keines, und er war auch gar nicht sicher, dass Roderik an die neue Religion geglaubt hatte …

Er fasste den Griff des Dolches und zog ihn aus dem Hals seines Freundes. Die Klinge war dünn und lang wie die eines Pfriems. Es war eine leichte und effiziente Waffe ohne irgendwelche Gravuren oder sonstigen Schmuck. Das Werkzeug eines Mörders, keine Paradewaffe, etwas, das in einem Stiefelschaft oder einer Mantelfalte verborgen getragen wurde, nicht an einem Gürtel … Mit einer brüsken Bewegung stieß er ihn in die Erde und legte den Kopf des Ritters behutsam auf den Boden.

Als er sich aufrichtete, bemerkte er, dass die anderen um ihn herum standen.

Alle anderen um Schulter- und Haupteslänge überragend, starrte Frehir mit entsetzter Miene, in der sich Trauer und Gewissensbisse die Waage hielten, auf den Leichnam Roderiks.

Der Ritter schob die Zwerge, die sich in die erste Reihe gedrängt hatten, beiseite und ging mit hängenden Schultern auf die Hütte zu.

»Uther«, murmelte Lliane, als er an ihr vorüberging.

Der Mann würdigte sie keines Blickes.

»Uther, ich wollte …«

Till hielt die Königin am Arm fest. Der Recke war nicht stehen geblieben, und Llianes Worte waren sinnlos.

Er deutete auf Roderiks Körper und die Geldbörse, die dieser für den Zaubertrick der Königin herausgezogen hatte und die noch immer an seinem Gürtel hing.

»Schau«, sagte er. »Man hat ihn nicht getötet, um ihn zu bestehlen … Ich hatte Recht, meine Königin. Dieser Mann folgt uns. Möchtest du, dass ich ihn aufspüre?«

Lliane konnte nicht antworten, denn Frehir rempelte sie an, als er den Leib des Ritters aufhob und ganz allein auf seine

Schulter legte, trotz des Gewichts der Rüstung. Dann ging der Barbar Uther hinterher.

Die Gesellschaft war wieder aufgebrochen und hatte Uther und Guirre, seinen Pagen, zurückgelassen. Roderiks Leiche war auf ein Maultier gebunden worden, dem man seine Lasten abgenommen hatte. Er musste nach Loth zurückgebracht werden.

Die Hand auf das kalte Eisen der Rüstung seines Kameraden gelegt, schien der Recke ganz in Gedanken versunken, und Guirre wagte es nicht, ihn aufzuschrecken. Sein Pferd schüttelte sich und scharrte mit dem Huf. Die Elfen hätten gewiss verstanden, was es sagen wollte, der Page des Ritters jedoch hatte seine eigene Interpretation: In ein paar Stunden wäre es dunkel – im Winter wurde es in Loth rasch dunkel – und er musste allein zurückkehren, ohne irgendeine Waffe außer einem Bogen und einem Dolch, musste zwei Tage lang die Leiche eines erstochenen Ritters begleiten, bei diesem Hundewetter, und außerdem trieb sich hier irgendwo der Mörder des armen Roderik herum, der nur darauf wartete, dass es Nacht wurde, um ihn zu überfallen und auszurauben!

»Fürchte dich nicht«, sagte Uther plötzlich, als hätte er seine Gedanken erraten. »Wer immer Roderik getötet hat, wollte nicht sein Geld … Der ist auf uns aus. Das ist jemand, der uns verfolgt … Aber warum nur …«

Der Ritter blickte seinen Pagen mit einem gezwungenen Lächeln an.

»Nun reite ruhig … Sobald du in Loth bist, geh zum Seneschall Gorlois, und erklär ihm, was vorgefallen ist.«

Uther ergriff die Zügel seines Pferdes und schwang sich in den Sattel. »Heute Abend werden wir in Kab-Bag sein«, sagte er mehr zu sich selbst.

Dann gab er seinem Pferd die Sporen und verschwand in kurzem Galopp in Richtung Norden.

V
Kab-Bag

Der Trampelpfad war seit einigen Meilen einer mit flachen und perfekt verfugten Steinplatten gepflasterten Straße gewichen. An den zahlreichen Weggabelungen zeigten Holzschilder mit vertikalen, horizontalen und schrägen Kerben – die Schrift der Gnome – die Richtung nach Kab-Bag an.

Von ihren Pferderücken aus konnten die Reisenden bis zu den düsteren Hügeln am Horizont, wo die Marken begannen, nur eine wüste, unbebaute Ebene sehen. Kab-Bag war keine Stadt, die von weitem sichtbar war. Die Gnome, die Höhlenbewohner waren, hatten ihre Hauptstadt in die Erde gegraben, um den eisigen Winterwinden und der sommerlichen Hitze zu entgehen.

»Wir können nicht mehr weit entfernt sein«, sagte Lliane, die neben Till an der Spitze des Trosses ging, und deutete auf die groteske Silhouette eines Gnoms, der so hutzlig und dunkel war wie eine Dörrpflaume und unter den Bergen von Waren, die er in der Stadt tauschen würde, beinahe verschwand.

Es wurde Abend, die Sonne, die sich den ganzen Tag nicht gezeigt hatte, ging unter, und der Trupp aus Menschen, Elfen und Zwergen war völlig erschlagen.

Roderiks Tod hatte während der ganzen Reise auf ihnen allen gelastet, drückte ihre Schultern herab und erstickte ihre Worte noch in der Kehle. Darüber hinaus spürte die Königin etwas wie einen stummen Vorwurf von Seiten Uthers und des

Barbaren, als sei sie schuld am Tod des jungen Ritters. Es war ein unangenehmes Gefühl.

Bald bemerkten die beiden Elfen einen Erdhügel mitten auf der gepflasterten Straße. Er war kaum einen Meter hoch, wölbte sich wie eine Warze aus dem Boden und schien den Durchgang zu versperren …

Im Näherkommen sahen sie, dass in die Erhebung eine Tür und ein Fenster geschlagen waren. Einige Meter dahinter gähnte ein riesiger Abgrund, der mehrere Meilen Umfang hatte und von einem breiten gepflasterten Weg umrandet wurde, der sich in einer Spirale in die Tiefen des Loches hinabschraubte. Das war Kab-Bag.

Die Elfen waren wortlos stehen geblieben, und erst in dem Moment, als der Rest des Trupps die Bodenerhebung erreichte, bemerkten die darin hausenden Gnome ihre Gegenwart. Die Tür der Erdhütte schlug auf, und ein wirrer Haufen von Wachleuten, die Haltung anzunehmen versuchten und dabei ziemlich grotesk und unprofessionell wirkten, kam zum Vorschein.

»Wer seid ihr?«, schrie der erste Gnom, dessen erdverkrustetes Gesicht einer Kartoffel glich. »Warum habt ihr euch nicht angesagt? Habt ihr etwa versucht, uns zu überraschen, mit diesem lautlosen Anschleichen?«

»Keine Angst, Sergeant«, sagte Lliane, die den Rang des wütenden, kleinen Wesens erkannt hatte. »Wir kommen in Frieden …«

Eine Handvoll weiterer Gnome mit Lanzen, die zu groß für sie waren, kamen aus dem Erdloch heraus.

»Wir haben absolut keine Angst!«, krähte der Sergeant. »Nennt mir eure Namen, und sagt mir, was ihr in Kab-Bag wollt!«

Frehir trat mit seinem langsamen, schweren Schritt auf ihn zu, und Menschen, Elfen und Zwerge wichen vor ihm zur Seite. Die Hände um den Griff seiner Streitaxt gekrallt, blinzelte der Gnom und schlug die Augen nieder, als er den Barbaren so nah auf sich zukommen sah, dass er ihn fast berührte.

»Ich bin Frehir, Häuptling der freien Menschen von Seuil-des-Roches«, brummte er mit dumpfer Stimme.

Der Gnom verneigte sich und wich vorsichtshalber zurück, wie um dem riesigen Barbaren den Weg in die Stadt hinein freizugeben.

»Vergebt mir, Herr, ich hatte Euch nicht wiedererkannt. Vergebt mir … Willkommen, Herr.«

Frehir grummelte etwas Unverständliches und ging stracks, wobei er sein Pferd am Zügel hinter sich herführte, auf die enge Straße zu, die am Rande der Schlucht entlang in die Tiefen der Handelsstadt führte.

Die kleine Truppe, die einen Moment lang starr vor Staunen gewesen war angesichts der Initiative des Barbaren, setzte sich ebenfalls in Bewegung, willkommen geheißen vom katzbuckelnden Lächeln der wachhabenden Gnome.

Uther, der Braune, trödelte ein wenig hinterher und betrachtete länger die seltsame Ausrüstung der Gnomensoldaten, die sie empfangen hatten. Nicht nur hatten sie diese komischen kleinen Eisenhelme wie Kalotten auf ihren großen runzligen Köpfen sitzen, auch ihre Bewaffnung wirkte ungeheuer bunt zusammengewürfelt und passte überhaupt nicht zu ihrer Gestalt. Im Gegensatz zu den Zwergen, die in ihren unterirdischen Stollen Eisenwaffen schmiedeten, die selbst den Fels durchhauen konnten, und den Menschen, deren Handwerker nicht müde wurden, neue Mordmethoden zu erfinden, waren die Gnome kein Volk, das irgendetwas schuf. Auch die Elfen erschufen nichts und bearbeiteten keine Metalle, mit Ausnahme des Silbers, aus dem sie ihren Schmuck und all ihre Waffen herstellten, aber wenn sie nichts erschufen, dann weil sie keinen Besitz wünschten. Die Gnome dagegen waren Händler, sie lebten wie Parasiten in den Vorstädten der großen Siedlungen, in den Königreichen der Menschen und zweifellos auch jenseits der Marken bis in die Fernen Lande.

Die Gnome hatten wenig Sinn für Schönheit. Gold und Schmuck waren für sie lediglich Tauschobjekte. Sie häuften keine Reichtümer an, sondern kauften, verkauften, stahlen auch, wenn nötig, und alles mit einem fieberhaften und nicht versiegenden Tauschgeist, den keines der übrigen Völker wirklich verstand, so ziel- und sinnlos kam er ihnen vor.

Die Gnomensoldaten des Wachtpostens trugen Samtgewänder, die ihre Beine bedeckten, die so krumm und knorpelig waren wie Rebstöcke. Nietenversehene Lederstreifen, die sie statt einer Rüstung trugen, umspannten ihre gedrungenen Oberkörper und ließen sie ein wenig den Keulen ähneln, mit denen sie bewaffnet waren. Aber Uthers Blick wurde mehr von einem Spieß aus dunklem Eisen angezogen, der mit gezahnten, stählernen Widerhaken besetzt war. In der Mitte der Schneide verlief eine lange Rille für Gift, und grobe Ziselierungen verzierten den Schaft bis zu dem mit geflochtenem Hanf umwickelten Griff, der viel zu lang für die ungeschickte Gnomenhand war, die ihn so stolz präsentierte. Uthers Blick suchte den des Sergeants, und er fixierte diesen, bis er den Kopf senkte. Der Spieß des Soldaten war genau wie der für ihn viel zu große Dolch, den er am Gürtel trug, eine Dämonenwaffe …

In Kab-Bag drängte sich eine unfassbare Zahl von Verkaufsständen, Passanten und Tieren, und es herrschte ein unglaublicher Lärm. Aus den Gassen stieg der Geruch von Gewürzen auf, in den sich der Duft der für die Nacht angezündeten Öllampen mischte.

Man konnte in der Höhlenstadt nicht reiten. Das Durchkommen wurde von den Wäscheleinen erschwert, an denen frisch gefärbte Stoffe trockneten, und von einem Wirrwarr aus Gestellen und Hanftrossen, an denen alle Arten von Waren hingen, die sämtlich zu verkaufen waren. Und so ging das bis zum Grund der Stadt hinab, dem Unterviertel, in dem Häuser standen, die denen der Menschen ähnelten, aber aus Strohlehm gebaut und zum Teil mehrere Stockwerke hoch waren. In den Straßen und entlang des spiralförmigen Wegs, der in ihre Stadt hinabführte, hatten die Gnome hoch über ihren Köpfen Hängebrücken gespannt, in einer Höhe von knapp zwei Metern, was für sie immens hoch war, den Tross jedoch zwang, zu Fuß zu gehen, und Frehir und die Elfen gar, sich hin und wieder zu ducken.

»Passt auf eure Geldbörsen und Satteltaschen auf«, warnte Lliane. »In Kab-Bag ist nichts sicher ...«

Die freien Pferde scharrten bei jedem Halt, beklommen angesichts der Menschenmenge und der gierigen Blicke der Händler, die sie auffingen. Denn in Kab-Bag war alles käuflich, Waren, Pferde, Männer und Frauen. Und ebenso konnte alles gestohlen werden. Recht und Ordnung wurden lediglich von der Gnomenwehr gehütet, die ihre eigenen Gesetze gut genug kannte, um nicht zu versuchen, sie mit Gewalt durchzusetzen ... So war die Höhlenstadt trotz ihrer Enge der Treffpunkt all dessen geworden, was das Königreich an Raubmördern, Betrügern und Ausgestoßenen sämtlicher Rassen zählte.

Es war Nacht geworden, aber die Stadt schien nicht zur Ruhe kommen zu wollen, im Gegenteil. Die Betriebsamkeit war größer denn je, und es wurde immer schwieriger und mühsamer voranzukommen. Umso mehr, als sie, je tiefer sie kamen, gegen den beißenden Gestank anzukämpfen hatten. Vor allem die Elfen hielten sich eine Mantelfalte vor die Nase, sie waren unfähig, die unglaublichen Ausdünstungen der Stadt zu ertragen, die sich aus tausend widerstreitenden Gerüchen zusammensetzten. In den Gestank der in die Gassen ausgeleerten Nachttöpfe, deren Inhalt der Regen in die Unterstadt schwemmte, mischte sich der üble Geruch der Färbereien, die Düfte von Benzoeharz, Kardamom, Koriander oder auch von Patchouli, mit dem sich herausgeputzte Gnominnen, denen sie begegneten, einparfümiert hatten, sowie die Küchengerüche und Schwaden von angebranntem Fett, die rund um die Gasthöfe in die Nasen der Passanten stiegen und diesen den Atem raubten. Nimmt man zu all dem noch das Gedränge, den Lärm und die Abwesenheit eines Horizonts, so hat man schon ein recht vollständiges Bild der Gnomenstadt.

Es sah so aus, als hätten sich alle Völker des Königreichs in Kab-Bag verabredet. Die Zwerge, kaum größer als die Gnome, aber doppelt so breit, schüchterten alle ein und redeten zu laut. Clanlose Elfen näherten sich zögerlich, um die Hand der Königin Lliane zu küssen, und jedes Mal ging Till, der Spurensucher, einige Schritte mit ihnen fort, um sie zu befragen. Keiner von ihnen hatte Gael gesehen. Weder in Kab-Bag noch in den Marken. Graue Elfen, bleich und düster in ihren langen Mänteln, taten so, als würden sie sie nicht sehen und wichen ihnen aus. Zwei Küstenelfen am Tisch einer Taverne, die laut lachten und mit ihren langen grauen Zöpfen spielten, grüßten sie mit einer nachlässigen Kopfbewegung. Wie all jene, die zur See fuhren, zeigten die Küstenelfen niemals irgendein Zeichen von Überraschung …

Aber von allen drei freien Völkern waren die Menschen hier am zahlreichsten vertreten.

Einige Händler, die sich entspannt und dicht von ihren Leibwächtern gefolgt, durch die Menge bewegten, lächelten ihnen vorsichtshalber zu, ein wenig beunruhigt von der Tatsache, hier im Herzen des Gnomenlandes einen Ritter in Rüstung anzutreffen, der seinen Waffenrock in den blau-weiß gestreiften Farben des Königs trug. Die übrigen Männer, die sehr viel zahlreicher waren, schlugen die Augen nieder oder zogen ihre Mantelkapuzen übers Gesicht.

»Die Gilde der Diebe«, sagte die Königin Lliane und deutete auf eine Gruppe, die in einem offenen Loch verschwand, das als Eingangstür einer in den Fels geschlagenen Behausung diente. »Kab-Bag ist auch ein bisschen ihre Hauptstadt …«

Instinktiv schlossen die Zwerge sich dicht um ihre Ponys zusammen, und Miolnir zog seine Streitaxt.

Auf Grund der engen Gassen und des allgemeinen Gedränges war der Trupp bald über hundert Meter auseinandergezogen, ohne es auch nur zu bemerken. Die Elfen an der Spitze schienen, geführt von Tills Falken, durch die Massen zu gleiten. Frehir und Uther kamen langsamer voran, den einen hinderte seine Größe, den anderen seine Rüstung. Aber die Menge trat respektvoll vor ihnen zur Seite. Die beiden Zwerge dagegen schienen in der Flut des Pöbels unterzugehen. Kaum größer als die Gnome, waren sie unfähig, nach vorne etwas zu sehen, und fürchteten, sich im Gassengewirr zu verirren, was sie nur umso vorsichtiger und langsamer gehen ließ. Dabei riskierten sie nicht viel. Niemand, selbst ein Mitglied der Gilde der Diebe und Mörder nicht, hätte versucht, einen eisengewappneten Zwergenritter anzugreifen, oder auch nur Tsimmi, der, obwohl er weniger kriegerisch aussah, doch in seiner knotigen Hand einen Kriegshammer von beeindruckender Größe trug.

Aber hinter ihnen gab es leichtere Beute ... Oder zumindest sah es so aus.

Am Ende des Konvois waren die Pagen mit den Packpferden deutlich zurückgefallen. Sie waren erschöpft davon, die verängstigten Tiere, die bei jedem Schritt vor der Menge scheuten und andauernd angerempelt oder von irgendwelchen Menschenaufläufen aufgehalten wurden, hinter sich herzuziehen.

Und genau auf sie wartete, unter dem Eingang einer Erdhöhle hockend, Thane de Logres. Thane war ein Mörder.

Seine rechte Hand war von einem Zwergenherzog der Mittelgebirge abgehackt worden, der ihn am Bettrand seines Sohnes überrascht hatte, mit dem Dolch in der Hand und kurz davor zuzustechen, und der Stumpf war mit einem glühenden Eisen gebrannt worden. Thane de Logres war fünf Jahre lang in den Verließen des Mittelgebirges geblieben. Seine Arme und Beine waren mehrmals von den Folterknechten der Zwerge gebrochen worden, aber er hatte nicht geredet. Den Mördern der Gilde gebot ihre Ehre nur eins: Morden und niemals sprechen. Und so erfuhr nie jemand, wer die Ermordung des jungen Prinzen der Mittelgebirge in Auftrag gegeben hatte.

Bei seinem Ausbruch tötete Thane den Prinzen, womit er seinen Kontrakt erfüllte und verschwand. Ein Jahr später wurde auch der jüngere Bruder des Zwergenherzogs ermordet aufgefunden, aber niemand konnte je mit Sicherheit sagen, ob er zum Opfer von Thanes Rache geworden war.

Seither war Thane, der Einarmige, nie wieder erwischt worden. Er war einer der Führer der Gilde geworden und trug am Ringfinger seiner einzigen Hand einen Kupferring mit der

Rune von Beorn. Eine ganze Armee von Halsabschneidern, Spionen und Dieben diente ihm, der sich in Kab-Bag niedergelassen hatte, der letzten Stadt vor den Marken, in der es genügend Zerstreuungen aller Art gab und die weit genug entfernt von Loth lag, um die Bogenschützen des Königs nicht fürchten zu müssen. Wobei ein Meistermörder vom König ohnehin nicht allzu viel zu befürchten hatte … Solange das Gesetz der Gilde respektiert wurde und er den Befehlen seiner Vorgesetzten aufs Wort und rechtzeitig Folge leistete – was immer sie auch verlangten und wie viel es auch kosten mochte – genossen die Träger des Rings eine gewisse Narrenfreiheit, was ihre Nebenbeschäftigungen anging.

In der Stadt der Gnome, in der er einer der Drahtzieher im Hintergrund war, gab es wenig, was Thane entgangen wäre. Ein Tross von Rittern, Elfen und Zwergen gehörte gewiss nicht dazu … Llewelin, der Page der Elfen, der vor den beiden Packpferden, die er am Halfter hielt, ging, hüpfte ab und zu hoch, um den Rest des Trupps über die Menschenmenge hin auszumachen. Als er an dem Mörder vorüberkam, sah dieser, dass er Angst hatte, dass er fürchtete, abgehängt zu werden. Eine leichte Beute, wahrhaftig …

Thane de Logres richtete sich auf, löste sich aus dem Höhleneingang und hob dann, um sein Zeichen zu geben, die Hand. Er achtete nicht auf die massive Silhouette des Zwerges, der den Pferden folgte und in einen staubigen Mantel gehüllt war. Das war sein Fehler.

Llewelin spürte, wie jemand ihn heftig anrempelte. Der Elf drehte sich wütend um, doch seine Worte blieben ihm im Hals stecken. Mit einem raschen Stoß hatte ein spitzes Messer seinen Lederharnisch durchbohrt und war in seinen Bauch gefahren. Er begegnete dem kalten Blick eines abstoßend schmutzigen Mannes und begriff halbwegs, dass dieser Mann dabei war, ihn zu ermorden. Mit einer Hüftbewegung riss der Page sich von der Klinge los und fiel zu Boden, mitten in den Schlamm und Unrat der Gasse. Das helle Elfenblut sprudelte zwischen seinen auf den Bauch gepressten Fingern hervor. Mit schreckgeweiteten Augen zog er seinen langen Elfendolch und stand taumelnd auf, um dem Mörder gegenüberzutreten.

Mit einem Schlag war die Gasse voll bewaffneter Wesen. Es waren vor allem Menschen, aber auch ein Grauer Elf gehörte zu der Mörderbande, der gefährlich lächelte und einen scharfen Dolch mit schwarzer Klinge in seine Richtung hielt. Die Gnome stoben gackernd in alle Richtungen davon, und die Trinker in den Tavernen drängten sich bereits an den Fenstern, um sich das Spektakel nicht entgehen zu lassen. Es waren fünf Diebe, bewaffnet mit Dolchen oder kurzen Schwertern, deren breite Klingen scharf und deren Spitzen fast rund waren. Der verletzte Elf zitterte und krümmte sich über seiner tödlichen Wunde zusammen. Er drehte sich mit kleinen Sprüngen im Kreis und wedelte hilflos mit seinem Dolch, um die Mörder auf Distanz zu halten. Er war kein Kämpfer.

Thane de Logres lehnte sich gegen den Hauseingang und grinste. Wie konnten diese Fremden sich in Kab-Bag nur so sorglos verhalten? Zwei Packpferde nur von einem erbärmlichen Elf bewachen zu lassen, wer konnte bloß auf so einen Gedanken kommen? Schon ertönten aus den Tavernen hämisches Gelächter und erregtes Gegluckse angesichts des bevorstehenden Mordes. Da stieß plötzlich einer der Mörder einen spitzen Schrei aus, der den Einarmigen aufschrecken ließ und die ganze Gasse zum Schweigen brachte. Ein paar Sekunden lang ruderte der Mann mit den Armen in der Luft, versuchte irgendetwas aus seinem Rücken zu ziehen, dann erlosch sein Blick, und er fiel zu Boden, wodurch derjenige sichtbar wurde, der ihn gerade umgebracht hatte. Es war ein Zwerg, rot gekleidet und überraschend groß, dessen roter Bart in seinem Gürtel steckte. Thane und seine Mörder fühlten, wie sie leichenblass wurden. Der Zwerg, fast ebenso groß wie ein Mensch, hatte seine kräftigen Hände um eine lange Axt geschlossen, deren Klinge von Blut troff. Der Mörder schloss seine Hand nervös um den Griff seines Schwertes und trieb mit einer Geste seine Männer zum Angriff.

»Dwaaalin!«, heulte Rogor und stürzte sich auf sie.

Der erste Dieb hieb mit dem Schwert durch die Luft und zwang den Zwerg zum Zurückweichen. Aber gleich darauf stieß er einen entsetzlichen Schrei aus: Rogors Axt hatte einige Zentimeter über dem Erdboden einen rasenden Bogen beschrieben und ihm am Ende ihrer tödlichen Bahn das Bein direkt über dem Knie abgehackt. Der Mann brach zusammen und behinderte dabei zwei der Mörder, die so mehrere kostbare Sekunden verloren. Der dritte, der Graue Elf, fand sich Rogor allein gegenüber, als die Axt wie ein Pendel auf ihn zurückschwang. Das Eisen zersplitterte die Kettenglieder seines Harnischs in tausend Stücke und fuhr ihm mit einer solchen Wucht in die Flanke, dass die Hälfte der Axt darin stecken blieb. Im Fallen riss der Elf sie aus den Händen des Zwergs, der sofort seinen Dolch zog und seine beiden letzten Gegner herausforderte. Der eine von beiden zögerte nur einen kurzen Augenblick, dann rannte er, so schnell er konnte, davon. Der zweite blieb, aber er schwitzte vor Angst. Dann sprang er in einem verzweifelten Angriff auf den Zwerg zu, aber Rogor konnte mühelos ausweichen. Die starke Hand des Erben von Troïn schloss sich um den Arm des Diebs, drehte ihn um und schleuderte den Mann zu Boden. Bevor der sich noch wieder aufrichten konnte, hatte Rogor ihn mit seinem Dolch auf die Erde genagelt.

Vor dem Eingang der Erdhöhle stand niemand mehr: Thane de Logres war von der Bildfläche verschwunden.

Der Zwerg in der roten Livree versetzte den Sterbenden den Gnadenstoß, nahm ihnen Waffen und Gold ab und holte sich dann seine Axt zurück, die noch immer im Körper des Grauen Elfs steckte; all das ohne ein Wort und ohne sich um die Vivats der enthusiastischen Menge zu scheren. Mit einem Fußtritt löste er die Schneide seiner Axt vom Stiel und wischte sie gründlich am Mantel der Leiche sauber, bevor er sie wieder unter seine Tunika mit dem Zeichen Baldwins steckte. Auch die beiden Pferde sammelte er ein, hob den verletzten Pagen der Elfen wie ein Paket zwischen das Gepäck, griff die Zügel und zog die Pferde mit sich fort in die Gassen, fort von den blutigen Leichen.

»Warte!«, stöhnte Llewelin, der versuchte, sich aufzurichten. »Ich verliere mein Blut, ich muss behandelt werden ... Wie hast du das gemacht, die alle umzubringen? Du bist doch gar kein Krieger ... Oder ...«

Rogor sah den jungen Elf müde an. »Ich werd dir's erklären«, murmelte er. »Aber nicht hier. Nicht mitten auf der Straße ...«

Sie ließen die Pferde am Pfosten einer Taverne unter der Obhut von Wächtern, die jedes dieser Häuser für seine Gäste zur Verfügung stellte, dann hob Rogor den Elf auf seine Schulter, und sie traten in eine der zahlreichen Grotten der Stadt ein.

Die Höhle, die von einigen Fackeln in düsteres Licht getaucht war, war so voll, dass die Gesichter einander alle glichen. Rogor setzte den Elf auf dem Boden ab, lehnte ihn gegen die Steinwand, erhob sich und zog die Schöße seines langen Mantels über seine rote Tunika. Llewelin, fast besinnungslos vor Schmerz, konnte die Augen dieses Zwergs nicht sehen, den er für einen Pagen gehalten hatte, und der ein größerer Experte in der Kunst des Tötens war als der beste Fechtmeister.

»Ich bin Rogor, Neffe Troïns, Erbe des Throns unter dem Schwarzen Berg«, sagte er und legte seine schwere Hand auf die Schulter des Verletzten. Im Fackelschein schien sein roter Bart Flammen zu schlagen. Der Page fing das dunkle Blitzen seines Blicks unter den buschigen Brauen auf und wusste, dass der Zwerg ihn töten würde.

»Nein!«

Rogors Bewegung war so schnell, dass der Page nicht einmal fühlte, wie er starb, mit durchschnittener Kehle sank er langsam zu Boden, während der Zwerg die Klinge an seiner Moirétunika säuberte. Dann ergriff er mit beiden Armen die Leiche des Pagen und stand mühelos auf. Daraufhin ging er hinaus, ohne sich zu beeilen oder irgendjemanden anzusehen.

Unter freiem Himmel schloss Roger die Augen und atmete mehrmals tief durch. Als seine Hände aufgehört hatten zu zittern, warf er den Wächtern eine Bronzemünze zu, hievte Llewelins Körper von neuem auf einen der Gäule und schob sich dann auf der Suche nach den andern durchs Gedränge.

Thane de Logres, den Dolch in der Hand, glitt halb aus dem Schatten einer Arkade und machte einen Schritt auf den Zwerg zu. Jetzt ging es nicht mehr darum, die Pferde zu stehlen, nur darum, die Toten zu rächen, zu beenden, was begonnen war, um dem besonderen Ehrenkodex der Gilde Genüge zu leisten. Eine feste Hand bremste ihn mitten in der Bewegung und zog ihn brutal in den Schatten zurück. Der Einarmige drehte sich um, bereit zuzustechen, aber dann ließ er seine Waffe sinken.

»Blade!«

»Es ist noch zu früh, deinen Durst nach Rache zu stillen, mein Freund«, sagte der Dieb von Loth. »Gehen wir etwas trinken und reden wir miteinander …«

Thane de Logres antwortete nicht gleich, sondern wartete, bis seine pochenden Schläfen und sein Pulsschlag wieder einen normalen Rhythmus angenommen hatten. Blade der Dieb war so etwas wie eine Legende für die Mitglieder der Gilde, und einer der wenigen, der genau so einen Kupferring trug wie er selbst, der Beweis für die Wertschätzung, die die unbekannten Herren der Meisterdiebe ihnen zollten. Es gab nur wenige, die wie Blade die lebensgefährliche Kunst des Diebstahls und Mordes mitten in der Stadt des Großen Rats auszuüben wagten. Thane zwang sich zu einem Lächeln und steckte seinen Dolch wieder ein.

»Ich folge dir, Blade …«

Die Truppe hatte sich auf einem Platz zusammengefunden, der von Menschen wimmelte und von Dutzenden Öllampen und Fackeln, die an den Mauern oder den Holzfassaden der Geschäfte hingen, leidlich erleuchtet wurde. Der geringste Windstoß hätte genügt, und die Flammen hätten auf die Samtbehänge übergegriffen, die vor den Fenstern der Wohnungen hingen, oder die Strohballen, die hier überall für die Tiere herumlagen, oder die Auslagen eines der unzähligen Stoffhändler der Stadt, und dann hätte nichts mehr einen Flächenbrand aufhalten können. Zum Glück wehte hier in den Tiefen der Unterstadt kein Wind. Dennoch war die Stadt schon mehrere Male in Flammen aufgegangen, nur gehörten die Gnome nicht zu denen, die aus solchen Erfahrungen eine Lehre zogen. Das war Schicksal, und damit hatte es sich. Es war einfacher, hier und da Votivaltäre aufzustellen, neben die Hunderte von Tempeln, Kapellen oder Nischen, die all den unzähligen Göttern geweiht waren, die diese Welt zählte – einschließlich der großen Kruzifixe der Menschenreligion und der düsteren, diabolischen Idole der Dämonen aus den Wüsten Landen. Außerdem ließen die Gnome noch das schlimmste Unglück mit einer Art selbstzufriedener Resignation über sich ergehen, zogen aus ihren Niederlagen sogar eine gewisse Befriedigung und gingen dann mit der Emsigkeit von Ameisen, die alle anderen Völker faszinierte, daran, wieder aufzubauen, was zerstört war.

Hier im Herzen der Stadt war die Menschenmenge noch buntscheckiger, noch dichter und anrüchiger. Beim Anblick der Königin der Hohen Elfen und der glänzenden Rüstung Uthers, des Braunen, änderten die geduckten Silhouetten einiger Hundemenschen unauffällig die Richtung und tauchten in der Menge unter. Eines dieser grotesken und monströsen Wesen stieß dabei voll gegen Frehirs Hüfte. In seine finsteren, trübseligen Gedanken vertieft, bemerkte der Hundemensch sein Versehen nicht sofort. Seine erste Reaktion war, die kahlen Lefzen hochzuziehen und die Reißzähne in seinem kräftigen Kiefer zu fletschen, was eine Grimasse von bestialischer Hässlichkeit erzeugte, die dieser Rasse etwas von Hyänen oder wilden Hunden verlieh. Dann hob er den Kopf und seine Augen begegneten denen des riesigen Barbaren.

»Buuh!«, brüllte Frehir unvermittelt und mit grimmiger Miene.

Der Hundemensch kläffte und lief dann heulend davon, wobei er alles anrempelte, was ihm in den Weg kam.

Frehirs Lachen übertönte einige Augenblicke lang den Lärm der Menge.

»Warum hast du ihn nicht umgebracht?«, rief Miolnir und

umklammerte nervös seine Axt. »Das war ein Hundeführer, einer von denen, die die Dämonen Kobolde nennen und die ihre Kampfwölfe füttern!«

»Kobolde sind nicht gefährlich«, sagte der Barbar ganz schlicht und mit einem Lächeln. »Sie leben mit den Hunden, essen wie Hunde, sind ängstlich wie Hunde … Die sind nicht einmal einen Schwertstreich wert …«

Die beiden Zwerge blickten einander düster an. In den Bergen brachten diese Hundeführer die Hyänen und Wölfe bis an die Ränder der Zwergendörfer und fraßen von Zeit zu Zeit Kinder. Auch Till, der Spurensucher, war auf dem Sprung gewesen. Ein Blick der Königin hatte ihn zurückgehalten, und er war niedergekniet, um seinem Hund Worte ins Ohr zu flüstern, die dessen instinktive Angriffslust bezähmten. Die Hundeführer der Schwarzen Lande waren die dunkle Seite der Gemeinschaft zwischen aufrecht gehenden Wesen und Tieren. Und wenn es für die Zwerge, die in einsamen Bergdörfern lebten, eine Pflicht gegenüber ihren Kindern war, einen Hundemenschen zu töten, so war es für die Hunde der Elfen und die Grünen Elfen selbst eine Art heiliger Auftrag, ein instinktiver Kampf des Guten gegen das Böse …

»Da sind sie!«, rief Uther und deutete auf die beiden Packpferde, die sich einen Weg durch die Menge bahnten und endlich herankamen. Erst als die Gäule vor ihnen stehen blieben, sahen die Gesandten des Großen Rats die Leiche Llewelins, die über das Gepäck geworfen war.

»Was ist geschehen?«, fragte Uther tonlos.

Rogor ließ den Kopf sinken und rang zum Zeichen seiner Zerknirschung die Hände.

»Banditen haben uns angegriffen, Herr. Drei haben ihr Leben gelassen, und die Überlebenden sind geflohen, aber mein Kamerad hat sein Blut vergießen müssen …«

Die Elfen standen vor ihrem Pagen. Er hatte eine Stichwunde im Bauch, und seine Kehle war von einem Ohr bis zum anderen durchgeschnitten – das war nicht die Art von Verletzung, die man in einem Kampf empfängt.

Rogor sah ihre überraschten Blicke und wandte sich ihnen zu, wobei er noch immer wehklagte und die Hände rang.

»Er hat sich wie ein Löwe geschlagen, Königin Lliane. Sie mussten zu zweit auf ihn losgehen, um ihn zu töten ... Einer hat ihm die Kehle durchgeschnitten, der andere einen Schwerthieb versetzt ...«

»Und du hast ihm nicht geholfen?«

»Ich konnte nicht«, sagte Rogor und senkte den Kopf, als wolle er seine Scham verbergen. »Ich bin kein Kämpfer ...«

Die Elfen nickten und Lliane tätschelte mitfühlend die Schulter des Zwergenpagen.

»Du hast großen Mut bewiesen, die Pferde allein bis hierher zu bringen. Wenn unser Page tot ist, so ist das unsere Schuld. Wir hätten euch in dieser Menschenmenge nie aus den Augen verlieren dürfen.«

Till griff sich die Zügel der Packpferde und ging auf eine Herberge zu, gefolgt von den freien Pferden der Königin und des Pagen, die nicht geführt werden mussten. Es war Nacht geworden, ein feiner Nieselregen brachte die Fackeln zum Knistern, aber die Menschenmenge aus Gnomen und Fremden zerstreute sich keineswegs. In Kab-Bag schlief man, aß man und handelte man zu jeder Tages- und Nachtstunde. Jeder konnte sich seinen Tag einteilen, wie er wollte.

Uther und Frehir eskortierten die Königin in die Herberge und mussten sich bücken, um durch das Hoftor zu kommen, das in einen kleinen, quadratischen Hof führte. Die Zwerge setzten sich als Letzte in Bewegung. Tsimmi murmelte, zu Miolnir gewandt, einige Worte in seinen Bart, und der ging allein mit den Pferden voraus und ließ den Pagen zurück.

Todmüde und vom Tod Roderiks und Llewelins gleich zu Beginn ihrer Reise schockiert, bemerkten Elfen und Menschen nicht, dass der Zwergenritter seine Pferde persönlich in den Stall brachte. Draußen wartete Tsimmi, bis alle verschwunden waren, um Rogor zu befragen.

»Was ist geschehen, Sire?«

»Wir sind wirklich von Dieben angegriffen worden, Meister

Tsimmi. Ich habe um mein Leben kämpfen müssen, aber der Elf hat mich gesehen. Ich konnte doch nicht riskieren, dass er seiner Königin und dem Spurensucher erzählt, dass er mich beim Kampf beobachtet hat.«

»Ihr habt ihn also getötet …«

Rogors Augen sprühten vor Zorn.

»Was hätte ich denn sonst tun sollen? Habt Ihr vergessen, dass meine Identität geheim bleiben muss?«

Tsimmi wiegte bedächtig den Kopf und strich sich mit seiner rauhen Hand den langen braunen Bart glatt.

»Vergesst aber auch nicht, Sire, dass wir keinen neuen Krieg zwischen Elfen und Zwergen provozieren wollen, ja?«

Rogor antwortete nicht.

»Ja?«

Der rote Krieger wollte etwas antworten, aber dann sah er in die grauen Augen des Meisters der Steine, und er schwieg. Man erzählte sich so viele Dinge über diese Meister der Steine. So viele kaum zu glaubende und erschreckende Dinge, die sich hinter den grauen Augen dieses kleinen Zwerges verstecken mochten, der so sanft und harmlos aussah und lediglich mit einem Streithammer und einer Schleuder bewaffnet war.

»Ich bin Euer Diener, Meister Tsimmi«, sagte Rogor und schauderte unter dem Regen.

»So viel verlange ich gar nicht.«

Die beiden Zwerge blickten einander noch einen Moment lang schweigsam an, dann fasste der Meister der Steine Rogor herzlich am Arm.

»Ihr werdet ein großer König sein, Sire Rogor. Gehen wir etwas essen …«

VI
Der Dämon

In der Herberge herrschte beinahe ebensolches Gedränge wie in den Straßen von Kab-Bag. Ein Ekel erregender Frittiergestank hing in der Luft und mischte sich mit den Schweißausdünstungen Dutzender und Aberdutzender von Reisenden. Ein kleines Podium in einer Ecke überragte den Saal, auf dem den Gästen ununterbrochen Darbietungen der verschiedensten Gaukler und zweier junger Gnominnen geboten wurden, die splitternackt im Rhythmus der Flöten und Tambourine tanzten und dabei ebenso graziös wirkten wie Fische auf dem Trockenen.

Der Eintritt der Gesandten des Großen Rats hatte eine plötzliche Stille provoziert und mehrere Esser in die Flucht geschlagen, deren Gewissen ebenso schwarz war wie der Himmel über der Stadt. Nach und nach hatten die Unterhaltungen von neuem eingesetzt, bis schließlich wieder der ohrenbetäubende Lärm herrschte, der in dieser Art Lokale die Regel war.

Die Reisenden waren nur noch zu viert. Miolnir, muffliger denn je, war zu Bett gegangen. Rogor, der Page, hatte sich in den Stall zurückgezogen, um während der Nacht ein Auge auf die Pferde zu haben. Und Till, der Spurensucher, war lautlos verschwunden, nachdem er einige Worte ins Ohr der Königin geflüstert hatte. Er hatte ein Pferd mitgenommen, das Llewelins Leiche trug, und die bedrückende Atmosphäre der Stadt hinter sich gelassen, um den Körper des Pagen der Natur zurückzugeben und die Nacht mit seinem Hund und seinem

Falken im Schutze eines Wäldchens außerhalb von Kab-Bag zu verbringen.

Trotz seiner Müdigkeit bemühte sich Uther, der Braune, der endlosen Geschichte zu lauschen, die Tsimmi erzählte, während er an seiner weißen Tonpfeife zog. Es war eine Geschichte, die unter dem Berg sehr beliebt war, und Tsimmi war ein guter Erzähler, aber für einen Menschen war es beinahe unmöglich, ihr zu folgen, so zahlreich waren die Abschweifungen und Anspielungen auf große Zwergengeschlechter, die mit all ihren Titeln erwähnt wurden. Uther hatte den Faden schon seit geraumer Zeit verloren. Der junge Ritter warf von Zeit zu Zeit einen kurzen Blick auf die Königin der Hohen Elfen, die den Zwerg mit einem undefinierbaren Lächeln ansah und kerzengerade dasaß. Aber das wollte nichts heißen … Lliane konnte genauso gut mit geöffneten Augen schlummern.

Frehir dagegen scherte sich wenig um die Gebote der Höflichkeit. Er kehrte dem Tisch ganz offen den Rücken zu, lachte dreckig oder applaudierte begeistert den verschiedenen Nummern, und soweit Uther es hatte mitverfolgen können, hatte er gewaltige Mengen Wein zu sich genommen.

Hundertmal glaubte Uther den Moment gekommen, sich entschuldigen und aufstehen zu können, wenn der Zwerg sich die Zunge mit einem Schluck Wein befeuchtete. Aber leider war der Meister der Steine jedes Mal schneller und wandte sich, als würde er es mit Absicht tun, dem Ritter persönlich zu oder legte ihm die Hand auf den Arm, um seine Aufmerksamkeit zu erheischen.

Seit drei Tagen hatte Uther seine Rüstung nicht abgelegt, und er erbebte fortlaufend unter den Kälteschauern. In diesem Augenblick hätte er sein Schwert für ein weiches Federbett gegeben …

Plötzlich wich das laute Stimmengewirr der Herberge überraschtem und angstvollem Gemurmel. Ein neuer Gaukler hatte die Bühne betreten. Der Mann war alt, aber kräftig, hatte eine Glatze, und sein Gesicht war von Narben übersät. In seinem Gürtel steckten eine mit Bleikugeln beschwerte Peitsche und ein breiter Dolch, der nur eine Schneide hatte und einem Schlachtermesser ähnelte. Mit einer etwas theatralischen Geste zog er ein schwarzes Tuch von einem Eisenkäfig weg, und die Zuschauer erstarrten, als sie dessen Inhalt erblickten.

»Und hier der Höhepunkt meiner Attraktionen!«, schrie er mit lauter, heiserer Stimme. »Ein Dämon aus den Schwarzen Landen, den ich unter größter Lebensgefahr selbst gefangen habe!«

Uther fuhr jäh herum. Er hatte noch nie einen Dämon gesehen, einen von diesen scheußlichen Kämpfern von unbezwinglicher Stärke, die im Kampf von entsetzlicher Grausamkeit waren, nur blutrünstige Götter anbeteten und ausschließlich ihrem Herrn gehorchten, Dem-der-keinen-Namen-haben-darf …

Das Ungeheuer, das gebückt in dem engen Käfig hockte, hatte mehrere primitive Verbände auf dem Körper, die von seinen zahlreichen Verletzungen zeugten. Gewiss war es bewusstlos gewesen, als der Tierbändiger es entdeckt hatte. Andernfalls wäre es ihm, trotz seiner Peitsche mit den Bleitroddeln und seines Messers nie gelungen, es lebendig zu fangen … Frehir war in blinder Wut aufgesprungen, sobald er eines dieser Monster erblickt hatte, von denen sein Dorf zerstört worden war. Bevor Uther ihn noch zurückhalten konnte, war er auf die Bühne gesprungen, hatte sein Schwert gezückt und versuchte, durch die Käfigstäbe den gefangenen Dämon abzustechen.

»Bist zu verrückt geworden, Barbar?«, brüllte der Tierbändiger und fiel ihm in den Arm.

Frehir antwortete nicht, aber seine linke Faust schoss plötzlich los und traf den Mann genau unter der Nase mit einer solchen Wucht, dass der Schlag diesen von der Bühne fegte. Der Dämon in seinem Käfig kläffte wie ein Hund und brüllte wie ein Löwe, er stieß in der scheußlichen Sprache der Schwarzen Lande Flüche aus und schüttelte die Gitterstäbe mit beängstigender Kraft.

Die Tische, die am nächsten an der Bühne standen, hatten sich bereits geleert und mehr als einer der Trinker suchte den

Ausgang, so sehr machte ihnen die Auseinandersetzung zwischen diesen beiden Riesen Angst.

»Frehir!«, schrie Uther, der dazugekommen war. »Er kann sich nicht verteidigen! Du kannst keinen hilflosen Feind ermorden!«

»Lass mich!«, grollte der Barbar und versetzte ihm einen Stoß mit dem Ellbogen, der seine Rüstung einbeulte.

Uther hielt sich aufrecht und schaffte es, den rechten Arm des Kriegers zu packen.

»Lass mich! Lass mich!«

Auch Lliane war auf die Bühne gesprungen. Sie war unbewaffnet, streckte aber den linken Arm aus, dessen offene Handfläche nur ein paar Zentimeter von Frehirs Gesicht entfernt war. Und der vermochte mit einem Mal, ohne zu verstehen, warum, seinen Blick nicht mehr von dieser Hand abzuwenden, die sanfte Wellenbewegungen vollführte.

»Beruhige dich«, murmelte die Magierin mit kaum hörbarer Stimme. *»Anmod eorl hael hlystan stylle … Anmod eorl hael hlystan stylle …«*

Aber die Worte hallten so unglaublich heftig im Hirn des Barbaren wider, dass er glaubte, der Kopf müsse ihm zerspringen. Man erzählte sich, dass die magischen Befehle gewisser Hoher Elfen, wenn sie laut geschrien wurden, einem auf immer den Verstand rauben konnten.

Lliane senkte die Hand. Frehir spürte, wie der Schmerz nachließ und einer ungeheuren Müdigkeit Platz machte. Er taumelte. Der Waffenarm, den Uther bis dahin nur mit größter Mühe hatte festhalten können, wurde schlaff und schwer.

»Ihr könnt ihn zurückbringen, Herr Ritter«, sagte die Königin, ohne ihr rätselhaftes Lächeln aufzugeben.

Frehir schüttelte den Kopf, als wäre er halb bewusstlos und ließ sich gehorsam von Uther wegführen. Die drei Gesandten des Großen Rats durchquerten den Saal in einer Stille, in der sich Respekt und Furcht die Waage hielten. Und jetzt verließ noch ein weiteres Dutzend Gäste die Herberge.

Auf dem Tisch stehend hatte Tsimmi alles genau mitverfolgt. Nun zündete er seine Pfeife neu an und betrachtete nachdenklich die Silhouette der Königin, die wieder herankam, ohne auf die lüsternen oder beunruhigten Blicke zu achten, die ihren Körper streiften. Alle beide benutzten sie die Magie, aber nun war der Zwerg gegenüber der Magierin im Vorteil: Er hatte seine Kräfte noch nicht offenbart.

Tsimmi wollte ihr gerade ein subtiles Kompliment aussprechen, als eine unvorhergesehene Bewegung auf der Bühne seinen Blick auf sich lenkte. Eine riesige dunkle Masse war aus dem Käfig gestürzt ...

»Vorsicht!«

Uther fuhr herum, zuckte unwillkürlich zusammen, als er die monströse Gestalt des Dämons sah, der das breite Messer des Tierbändigers in der Hand hielt, mit dem er das Schloss seines Käfigs hatte aufbrechen können.

Er war mehr als zwei Meter groß und in Lumpen gehüllt, zwischen denen man hier und da dunkle, haarige Haut von aschgrauer Farbe sehen konnte, unter der sehnige Muskeln spielten. Selbst seine Hände wirkten mit den schwarzen, krallenhaften Nägeln wie Waffen. Das Monster röhrte und stürzte sich angriffslustig direkt in Richtung der Gruppe der Gesandten des Großen Rats. Schleimiger Speichel rann ihm aus den Mundwinkeln, und zwischen den kräftigen Kiefern standen abgebrochene Zähne hervor, ebenso scharf wie die Reißzähne eines Wolfs.

Einen Moment lang übertönte das Angstgekreisch der Gnome, die vor ihm flüchteten, das Gebrüll des Dämonen. Der Tumult war so groß, dass die in Panik geratenen Gnome das Monster daran hinderten vorwärts zu kommen, aber auch den Männern, der Elfe oder dem Zwerg den Weg versperrten, um mit ihm kämpfen zu können.

»Könnt Ihr die hier nicht auch alle zur Ruhe bringen?«, rief Uther der Königin zu.

»Auf eine solche Menschenmenge habe ich keinen Einfluss!«

Dann ertönte ein Schrei, der noch spitzer war als die übrigen, und der gedrungene Körper eines Gnoms klatschte an die

Decke, dass das Blut durch die Luft spritzte. Rings um den entfesselten Dämon ließen Angehörige aller Rassen brüllend ihr Leben, wurden von seinen wilden Messerstichen zerhackt, aber um diese Toten kümmerte sich das Monster nicht weiter. Das Massaker hatte nur einen Zweck: an den Barbaren heranzukommen, der ihn in seinem Käfig mit seinen Schwertschlägen traktiert hatte, und ihn das Wergeld zahlen zu lassen; er würde bluten … Ein Tisch wurde in eine Ecke des Saals geschleudert, und das Monster war eine Sekunde lang abgelenkt, als es zusah, wie er an der Wand in Stücke sprang. Als sein Blick sich wieder auf seinen Peiniger richtete, entdeckte es vor sich einen jungen Ritter mit braunem, zu Zöpfen geflochtenem Haar in einer Rüstung aus glänzendem Metall. Der Mann hatte Angst, das war an den kleinen Schweißtröpfchen zu sehen, die auf seinem Gesicht standen, aber seine Augen leuchteten vor Entschlossenheit. Kein Gnom und kein Tisch trennten ihn jetzt mehr von seinem Gegner, also stieß der Dämon ein entsetzliches Grollen aus und ging, das Messer voraus, zum Angriff über.

Uther, ganz wie man es ihm beigebracht hatte, bewegte sich erst im letzten Moment. Sein langer Zweihänder ruhte zu seiner Linken auf dem Boden, so dass der Ritter seinem Angreifer die Flanke zu bieten schien. Als der Dämon sich vorbeugte, um zuzustoßen, wich Uther mit einer plötzlichen Bewegung aus. Das Monster, von seinem eigenen Schwung mitgerissen, stolperte über sein rechtes Bein und fiel nach vorn. Da pfiff Uthers Schwert durch die Luft, mit der ganzen Kraft seiner Arme geschwungen. Der Streich war so mächtig, dass das Schwert den entsetzlichen Kopf des Dämons glatt abtrennte und einige Meter weit durch die Luft katapultierte, während der enthauptete Leib noch weiterlief und dann zu Füßen Tsimmis zusammenbrach.

Eine Weile lang war nichts anderes mehr zu hören als das Geknister der Fackeln und das brutzelnde Fett auf den Rosten. Ein Schwall dicken schwarzen Bluts strömte gurgelnd aus dem abgehackten Kopf des Dämons und sammelte sich auf dem Boden zu einer entsetzlichen, klebrigen Lache, von der Uther so gebannt war, dass er den Blick nicht abwenden konnte.

Dieser grausige Kopf, dieser dämonische Kopf, sah genauso aus wie die der Wasserspeier, die die Mönche bildhauerten und auf die Frontgiebel ihrer Kirche setzten … Jemand klopfte ihm herzlich auf die Schulter und er riss sich aus seiner Erstarrung los. Es war Frehir.

»Hübscher Schlag«, sagte der Barbar mit einem breiten Lächeln. »Den würde ich gerne lernen.«

Uther nickte und zwang sich zu einem Lächeln.

Ringsherum nahmen die Gnome und die Reisenden wieder Platz und kommentierten das Vorgefallene mit einer Erleichterung, aus der heraus sie noch lauter durcheinander redeten als zuvor.

»In der Tat, ein recht schöner Schlag!«, fiel Tsimmi ein und setzte sich zu ihnen. »Das ist doch ein Anlass, ein neues Fass anzuzapfen!«

Uther ließ sich ein wenig steif nieder, seine Hände zitterten.

»Was ein Krieger wert ist, sieht man in der Schlacht«, meinte die Königin leise und mit diesem undefinierbaren Lächeln, das sie stets auf den Lippen trug.

Uther nickte und leerte einen Becher Wein. Das gab ihm Zeit zu verstehen, was sie gemeint hatte.

»Nun dann, ich wünsche euch eine gute Nacht, meine Herren«, fuhr Lliane fort. »Das waren genügend Aufregungen für einen Tag.«

Die drei Reisekameraden erhoben sich, auch Tsimmi, der aufrecht kaum über den Tisch reichte.

»Möchtet Ihr …«

Uther zögerte.

»Möchtet Ihr, dass ich Euch bis vor Euer Zimmer begleite, Majestät?«

»Ich danke Euch, Ritter, aber ich glaube, heute Abend haben wir nichts mehr zu befürchten …«

Uther nickte und spürte wiederum, wie er unter dem Blick der grünäugigen Königin errötete. Die drehte sich um und bahnte sich einen Weg zwischen den Tischen hindurch. Sein Herz schlug noch immer heftig in den Nachwehen des Kampfs, und er blieb stehen und blickte ihr nach, bis sie im Korridor verschwunden war, der zu den Zimmern führte. Als er sich wieder setzte, erhielt er von Frehir einen solchen Schlag auf die Schulter, dass er fast vom Stuhl kippte.

»Hoho! Majestät … Sie gefällt dir wohl, die hübsche Königin?«

»Halt den Mund!«, knurrte der Ritter.

Frehir hieb mit der flachen Hand auf die Tischplatte und ein lautes Lachen schüttelte ihn.

»Er ist verliebt! Hast du das gesehen, Zwerg? Er ist verliebt!«

Uther warf nur einen kurzen Blick auf Tsimmi, aber es schien ihm, als funkelten die Augen des Magiers.

»Weißt du, ich war auch verliebt«, meinte der Barbar in einem plötzlich viel weniger heiteren Ton. »Wir wollten sogar heiraten …«

Uther schloss die Augen. Das fehlte jetzt gerade noch: Ein Barbar, den das Trinken sentimental machte …

Auch Tsimmi bemerkte die plötzliche Melancholie ihres Kameraden.

»Ich sagte also, bevor wir unterbrochen wurden ….«

Er war schon wieder mitten in einer seiner endlosen Kriegsgeschichten, als ein schwer bewaffneter Gnom in bunt zusammengewürfelter Rüstung sich ihrem Tisch näherte.

»Seid ihr das, die den Dämon getötet habt?«, fragte er so zackig wie möglich.

»Warum?«, fragte Uther.

Der Gnom fasste die Frage des Ritters als Bejahung auf und gab den Wachen, die ihn begleiteten, ein Zeichen, den Körper und den Kopf des Monsters mitzunehmen.

»Es wäre uns ein Leichtes gewesen, ihn zu bezwingen. Dennoch gilt euch unser Dank, uns diese Mühe erspart zu haben.«

Frehir grinste amüsiert und öffnete den Mund, um etwas zu sagen, aber ein Fußtritt Tsimmis unter dem Tisch hielt ihn davon ab.

»Unser Sheriff, Herr Tarot, hat mich beauftragt, euch einzuladen, ihm ganz persönlich von diesem Kampf zu erzählen.«

»Die Dinge sprechen sich schnell herum in Kab-Bag«, murmelte Uther. Tsimmi sprang rasch auf und ging um den Tisch herum.

»Eine große Ehre für uns«, sagte er und verneigte sich vor dem Gnom, der kaum kleiner war als er. »Sag dem Herrn Tarot, dass wir die Einladung mit Freuden annehmen und in einer Stunde bei ihm sein werden.«

»Aber …«

Der Gnom hielt inne, denn er wusste nicht, was er sagen sollte. Beiläufig, aber mit festem Griff, bugsierte der Zwerg ihn zum Ausgang der Herberge, wobei er ihn freundschaftlich an der Schulter hielt. War nicht letztendlich das Entscheidende, dass die Fremden sich beim Sheriff einfinden würden? Gewiss, es wäre vorzuziehen gewesen, dass sie ihn auf der Stelle begleiteten, aber auch so fand er, seine Sache nicht schlecht gemacht zu haben …

Tsimmi schloss die Tür der Wirtschaft hinter sich und beeilte sich, zurück zu den anderen zu kommen.

»Und was machen wir nun?«, fragte er, während er sich einen Becher Wein eingoss.

»Ich weiß nicht recht«, antwortete Uther. »Vielleicht ist es eine Falle … Der große Rat hat uns gesagt, wir sollten uns vor den Gnomen in Acht nehmen. Wenn sie tatsächlich mit den Dämonen aus den Wüsten Landen Handel treiben, wollen sie uns vielleicht dem Schwarzen Herrn ausliefern, als Wiedergutmachung für den Tod des Monsters …«

»Das wäre denkbar«, gab Tsimmi zu. »Aber wir riskieren nicht allzu viel. Wir sind zu dritt, gut bewaffnet, und unser großer Freund hier müsste eigentlich auch die schlimmsten Hitzköpfe davon überzeugen, dass es besser ist, ihre üblen Pläne zu vergessen!«

Im Sprechen versetzte er dem Barbaren einen freundschaftlichen Stoß, und der lachte laut auf und revanchierte sich mit einem anständigen Klaps auf die Schulter.

»Da hat er Recht!«, sagte er und lachte immer noch. »Da braucht es mehr als ein paar Gnome, um Frehir Angst zu machen!«

Tsimmi lächelte und massierte sich die Schulter. Dieser Bulle hatte ihm beinahe den Arm ausgekugelt.

»Wahrscheinlich habt ihr Recht«, gab Uther zu. »Und dann wäre das eine unverhoffte Gelegenheit, den Sheriff direkt zu Gael zu befragen. Wenn der immer noch in Kab-Bag ist, wird er uns sagen können, wo er sich versteckt, nehme ich an.«

»Wir werden allerdings auf der Hut sein müssen vor allem, was er uns zu trinken oder zu essen anbietet«, schloss Tsimmi. »Die schwachen Völker haben immer eine Schwäche für Gifte, die für sie töten, so dass sie nicht selbst zu kämpfen brauchen ... Sagen wir den andern Bescheid?«

»Zumindest der Königin«, meinte Uther. »Sie kennt den Sheriff Tarot. Und sie leitet schließlich unsere Mission ...«

Es entstand ein kurzes Schweigen, während dessen sich alle fragten, ob es vernünftig war, die Königin in etwas hineinzuziehen, was eine Falle sein konnte, oder nicht.

Zur Überraschung der beiden andern war es Frehir, der als Erster das Wort ergriff.

»Wir sagen ihr morgen Bescheid. Ich kenne Tarot auch. Wenn es tatsächlich eine Falle ist, warum wollten wir dann die hübsche Elfe in Gefahr bringen?«

Wieder ließ er sein anzügliches Lachen hören.

»Hm, Uther?«

Der Ritter warf ihm einen wütenden Blick zu, aber der blonde Barbar war viel zu zufrieden, einen Anlass zum Scherzen gefunden zu haben, als dass er sich hätte beeindrucken lassen.

»Ich meine, wir sollten unseren Freund, den Sheriff, nicht warten lassen«, sagte Tsimmi schließlich.

VII
Die Nacht der Gnome

Das Heim Herrn Tarots erhob sich auf halber Höhe von Kab-Bag wie ein kleines Kastell auf einem Vorsprung, von dem aus man die Unterstadt überblickte. Es wirkte ebenso windschief und plump wie ein Baumkuchen, so viele Türmchen, Befestigungen, Wasserspeier, Vor- und Innenhöfe waren in jahrhundertelanger Arbeit von wahnsinnigen Architekten auf ein massives Gebäude gebaut und gesetzt worden, das ursprünglich nichts von einer Burg an sich gehabt hätte. Die Gesandten des Großen Rats fühlten sich mit Ausnahme Tsimmis in diesen Mauern vom ersten Moment an beklommen und beengt, aber schließlich war das Haus ja auch nicht für Wesen ihrer Größe konzipiert.

Ein Wachtposten hatte sie in einen Saal voller Kissen und Puffs geleitet, dessen Wände mit dunklen Samtbehängen in Lila, Blau und Grün bespannt waren (eine Farbkombination, die das Auge ziemlich schockierte) und der ausschließlich von Öllampen beleuchtet wurde. Tarot ließ auf sich warten, um sich wichtig zu machen.

»Wenn diese Missgeburt nicht in einer Minute hier ist, dann werd ich ihn selbst holen!«, knurrte der Barbar plötzlich.

Uther sagte nichts. Konnte es angehen, dass ein Gnomen-Sheriff die Gesandten des Großen Rats so behandelte? Das ruhige und ausdruckslose Gesicht Tsimmis gab ihm keinen Aufschluss bezüglich dieser Frage von Protokoll und Stolz. Uther spürte, dass es ihn selbst juckte, sein Schwert zu ziehen …

Schließlich bauschte sich einer der Wandbehänge und ein Trupp von Wachen erschien in dem Raum, gefolgt vom Sheriff der Gnomen höchstpersönlich.

»Ihr müsst entschuldigen, hohe Herren!«, begann dieser in einer geschickten Mischung aus Respekt und Ironie. »Diese Idioten haben mich gerade erst von eurer Ankunft in meinem Schloss in Kenntnis gesetzt. Natürlich bin ich sofort losgelaufen.«

»Natürlich«, wiederholte Tsimmi und maß dabei den Gnom mit eisigem Blick.

Tarot zögerte einige Augenblicke, nahm sich dann aber wieder zusammen.

»Die Königin Lliane ist nicht mit euch gekommen?«

»Die Königin lässt sich entschuldigen, Sheriff. Es war ein langer Tag. Sie wird Euch morgen besuchen, wenn Ihr wünscht.«

»Gewiss, gewiss«, nickte Tarot. »Morgen, sehr schön …«

Er lächelte und zog dabei sein Gesicht, das wie Fallobst aussah, noch mehr in Falten, aber Uther bemerkte seine Verstimmung. Es war sogar noch mehr als Verstimmung …

»Ich habe nach Speise und Trank geschickt«, fuhr Tarot fort. »Macht es euch bequem, hohe Herren! Es ist eine große Ehre für mein Haus, gleich zwei Gesandte des Großen Rats zu empfangen … Und natürlich auch Herrn Frehir, den Häuptling der freien Menschen von Seuil-des-Roches.«

»Schon gut!«, brummte der Barbar.

Als alle sich setzten, knisterten die Stoffe und klirrten die Waffen. Tarot hatte bereits wieder begonnen zu reden, jetzt wollte er in allen Einzelheiten wissen, wie der Dämon zu Tode gekommen war, ging bei den verschiedenen Episoden begeistert mit und stieß bei jedem Satz ein bewunderndes Glucksen aus.

Uther, der es Tsimmi überließ, den Kampf zu schildern, blickte nervös um sich und wartete ungeduldig darauf, dass die Erzählung beendet wäre und er den Gnom endlich zu Gael befragen konnte. Ein Knuff Frehirs riss ihn aus seinen Gedanken.

»Hast du gesehen?«, murmelte der Barbar. »Jetzt umzingeln die Wachen uns …«

»Ich hab's gesehen«, antwortete der Ritter.

In diesem Moment betrat eine Gnomin den Saal, die auf einem Tablett eine herrliche Kristallkaraffe voll dunklem Wein trug und vier Becher aus ziseliertem Metall. Seltsamerweise waren die Becher bereits gefüllt.

Der Sheriff wartete selbst auf und reichte jedem der Gesandten sein Glas, wobei er sich schier überschlug vor lauter Verbeugen, Gelächel und freundlichen Aufforderungen zu trinken.

Tsimmi war der Erste, der bedient wurde. Die Geste, die er über dem Glas andeutete, war nur für Uther sichtbar, der neben ihm saß und auf seine Reaktion lauerte. Der Zwerg ließ die Flüssigkeit in seinem Becher kreisen und lachte dann schallend los.

»Was ist?«, fragte der Sheriff.

»Nichts, nichts«, sagte Tsimmi immer noch kichernd. »Was ist … trinken wir?«

»Ja, einen Toast! Langes Leben dem Großen Rat und den freien Völkern!«

Tarot hatte schon den Arm gehoben, um den Becher zum Mund zu führen, als Tsimmi ihn unterbrach.

»Trink aus meinem, Gnom.«

Die Augen des Sheriffs blitzten auf. Sein faltiges Gesicht schien noch röter zu werden und seine Lippen wurden schmal wie ein Strich. Wie konnte dieser Zwerg es wagen, in so einem Ton mit ihm zu reden? Er hätte irgendwie reagieren wollen, die Wache rufen und diesen unverschämten Kerl aus dem Palast werfen lassen, aber da waren auch noch der Ritter in seiner Rüstung und Frehir mit seinem langen Schwert … Unwillkürlich schlossen seine Finger sich fester um sein eigenes Glas.

»Künstlerpech!«, sagte Tsimmi mit betrübtem Gesichtsausdruck. »Siehst du Gnom, das ist nicht dein Glückstag … du dachtest, dass die Königin kommen würde, aber sie ist nicht gekommen.«

Er begann, seine Finger über dem Becher zu bewegen.

»Du kennst sie gut, die Königin Lliane. Und du kennst ihre Kräfte … Selbst du bist nicht so dumm zu versuchen, eine Elfe mit einem Pflanzengift zu vergiften, stimmt's?«

Dem Gnom brach mittlerweile der Schweiß in dicken Perlen aus. Frehir hatte sich unmerklich aufgerichtet und beugte sich jetzt verwundert und unsicher nach vorn, er verstand nicht recht, was hier genau vorging. Seine Augen suchten Uthers Blick, aber der starrte gebannt auf Tsimmis Becher, über dem die kurzen Finger des Zwergs noch immer kreisten. Es kam ihm vor, als stiegen silberne Blasen aus dem Wein auf.

»Und da hast du eine Idee gehabt … Ein Gift, natürlich, aber ein Gift, das kein elfischer Zauberkünstler ausmachen kann. Ein mineralisches Gift …«

Mit einer Bewegung goss der Zwerg seinen Becher über seiner offenen Hand aus. Der Wein spritzte auf die Fliesen, aber eine Reihe silberner Kügelchen blieben zwischen den rauhen Fingern zurück.

»Quecksilber …«

Tsimmi schüttelte den Kopf.

»Das ist aber gar nicht schön, verehrter Tarot.«

Die Wachtposten rings um sie herum wussten nicht recht, was sie tun sollten, und traten von einem Fuß auf den andern. Sie hielten ihre Waffen fest umschlossen und warteten auf irgendeine Reaktion ihres Sheriffs.

Der brauchte einige Sekunden, um sich aus dem Bann des Meisters der Steine zu lösen.

»Wie konntet Ihr glauben, uns mit einem solch primitiven Trick überlisten zu können!«, donnerte Uther. »Gift! Was für eine Dummheit, Sheriff Tarot! Und warum? Wer hat Euch befohlen, uns zu töten?«

Der Gnom hob den Kopf und schnappte nach Luft wie ein Fisch auf dem Trockenen, dann sah er verwirrt um sich, als hätte er vergessen, wo er sich befand. Schließlich blieb sein Blick an seinen grotesk aufgereihten Leuten hängen.

»Ergreift sie!«

Die Wachen schreckten angesichts dieses etwas kühnen Befehls zusammen. Aber waren die Fremden letztlich nicht nur zu dritt, einer davon gar nur ein Zwerg, und sie selbst mehr als zwanzig, besser bewaffnet und gepanzert als irgendwer sonst in der Stadt? Der Sergeant der Wachsoldaten stieß einen kehligen Schrei aus und sie gingen zum Angriff über.

»Tötet so wenige von ihnen wie möglich!«, brüllte Uther und ohrfeigte mit seinem eisenbesetzten Handschuh den ersten Gnom, der vor ihm auftauchte.

Tsimmi stieß ein drohendes Knurren aus, das die Wachen einen Moment zögern ließ, so dass er Zeit hatte, seinen Streithammer zu schnappen und rasch bis in einen Winkel zurückzuweichen, damit niemand ihn von hinten angreifen konnte.

Frehir reagierte am langsamsten und ein besonders wagemutiger Wachtposten traf ihn mit seiner Keule an der Schulter. Es war, als hätte man einen Orkan ausgelöst. Frehir sprang mit einem Satz auf, brüllte wie ein wütender Bär und versetzte dem Unvorsichtigen einen Faustschlag unter die Nase, der ihn auf der Stelle tötete, indem er Knochen und Knorpel zermalmte und die Splitter bis ins Hirn trieb. Der Angriff eines zweiten Gnoms wurde mit einem Fußtritt abgewehrt, der ihn scheppernd gegen die Wand prallen ließ und die Kampfeslust seiner Kollegen erheblich abkühlte. Uther, den seine Rüstung schützte, wich seelenruhig den Keulenschlägen, Lanzen- oder Dolchstößen seiner Gegner aus und wischte die Wachen mit der Breitseite seines Schwerts oder seinem eisenbeschlagenen Handschuh beiseite. Es sah fast aus, als amüsiere er sich.

Nur Tsimmi musste wirklich um sein Leben kämpfen. Die Kräfte eines Meisters der Steine von seinem Niveau hätten hundertmal ausgereicht, sich seiner Angreifer zu entledigen, aber für einen so geringen Anlass wollte er sich vor den anderen nicht zeigen und kämpfte ausschließlich mit seinem Streithammer. Die Leiche eines Gnoms zu seinen Füßen, dessen Kopf trotz des Helms zertrümmert war, bewies, dass er damit umzugehen verstand. Dennoch drohte er gegen die Überzahl zu unterliegen. Aus seiner Flanke, die eine stachlige Lanzenspitze aufgerissen hatte, floss bereits Blut.

»Frehir, zu mir!«, schrie Uther und stürzte dem Zwerg zu Hilfe.

Zwei mit kurzen Spießen bewaffnete Wachen wollten ihm den Weg versperren, aber diesmal benutzte der Ritter nicht mehr die Breitseite seines Schwerts. Ohne seinen Lauf zu verlangsamen, senste er den Weg mit einem Streich frei, der die beiden Hände des Gegners abhackte, der vor ihm stand, und den zweiten am Helmrand traf, sein Ohr abschlug und den dicken Schädel bis zur Nasenwurzel öffnete.

Der Kampf war kurz und blutig. Die Spitze einer eisenbeschlagenen Keule riss Uthers Kettenhemd am Ellbogen auf und ritzte ihm die Haut, Frehir schnitt sich die Hand auf, als er ein Krummschwert, das ein Wachtposten ihm bedrohlich entgegenhielt, an der Klinge ergriff. Tsimmi der Zwerg dagegen war ernsthafter verletzt. Blut perlte aus seinen zahlreichen Wunden und er hinkte, denn ihn hatten etliche Keulenschläge an den Beinen getroffen.

Von den Gnomen waren zehn tot, verletzt oder auch nur bewusstlos, die Überlebenden hatten sich vorsichtig ans andere Ende des Saals zurückgezogen und ihre Waffen zum Zeichen ihrer Kapitulation auf den Boden gelegt.

Der Sheriff Tarot dagegen war verschwunden. Uther betrachtete eine Weile mit gezücktem Schwert die zitternde Gruppe der Gnome, die in einer düsteren Ecke zusammenstanden, und wandte sich dann dem Barbaren zu.

»Frehir!«, rief er so laut, dass er sicher sein konnte, gehört zu werden. »Bring dieses Gewürm um! Lass nur denjenigen am Leben, der bereit ist, uns zum Sheriff zu führen!«

Der riesige Barbar gehorchte wortlos und bewegte sich auf die Gnome zu. Ein panisches Gekreisch brach los, und mehrere der Wachen warfen sich auf die Knie und schrien, sie seien bereit, alles zu tun, was man wolle, wenn man sie nur am Leben ließe.

Uther lächelte. Mehr hatte er nicht hören wollen.

Es dauerte ein wenig länger, Frehir zu erklären, dass er die Gnome nun doch verschonen solle, und ihn daran zu erinnern, dass sie den Sheriff aufgesucht hatten, um einige Informationen aus ihm herauszubekommen …

Das unablässige Lachen und Reden, das bis in ihr Zimmer hinaufdrang, hinderte die Königin am Einschlafen. Wie ihr Gatte, der König Llandon und die meisten Elfen, war auch Lliane nicht an dieses geballte Leben in den Städten gewöhnt und schon gar nicht an das nervtötende Treiben in einer Gnomenstadt. Wie anders war das alles im Wald von Eliande … Alles besaß eine andere Dimension, auch Zeit und Raum, und alles war dort so viel einfacher. Leider lag der Wald zu dicht an den Schwarzen Landen und viele Elfen hatten schon den Geschmack an diesem Leben in der Wildnis verloren …

So auch Gael …

Hatte der Herr der Marken tatsächlich den Zwerg Troïn getötet? … Denkbar war es. Alles war denkbar geworden. Die Welt würde zweifellos nie mehr ins Gleichgewicht kommen, denn offenbar war es durch nichts zu verhindern, dass die Elfen früher oder später verschwanden.

Die Menschen ließen es zu, dass die Zwerge sich immer tiefer in ihre verwünschten Berge eingruben, wo sie nach jenen Edelsteinen suchten, die ihnen so teuer waren, und breiteten sich währenddessen über die gesamte Fläche der Länder aus, die noch frei waren. Und behaupteten steif und fest, nur sie könnten die Armeen der Schwarzen Lande besiegen und den Unnennbaren in die Finsternis zurückstoßen, aus der er kam … Das Schlimmste dabei war, dass sie wahrscheinlich auch noch selbst glaubten, was sie da erzählten.

Königin Lliane dachte an Uther und den verwirrten Blick des Ritters, sobald er die Augen auf sie richtete. Dann kamen ihr ihre Brüder in den Sinn, Dorian und Blorian, und Llandon, ihr Mann … Ein kurzes Knarren direkt hinter ihrer Tür riss sie aus ihren Träumen. Trotz des dumpfen Stimmengewirrs von den Diskussionen im großen Saal der Herberge hörte sie die gemurmelten Worte eines kurzen Gesprächs und ein leises Klirren von Eisen.

Ohne sich damit aufzuhalten, sich anzukleiden, glitt die Königin lautlos aus dem Bett und griff nach ihrem Bogen und einem von den Pfeilen, den ihr Kevin, der Bogenschütze, in Llandons Hütte geschenkt hatte. Sie huschte vor dem schmalen Fenster ihres Zimmers vorüber, wobei ein Strahl Mondlicht über die bläulichen Kurven ihres nackten Körpers glitt, und erreichte eine dunkle Ecke, in die sie sich völlig regungslos stellte. Wie alle Elfen sah Lliane im Finstern wesentlich besser als ein Mensch, den die geringste Spur Dunkelheit schon blind machte, und selbst besser als manche Zwerge, die doch an die Düsternis ihrer Stollen gewöhnt waren. So sah sie auch ganz deutlich, wie der Türgriff Zentimeter um Zentimeter nach unten gedrückt wurde …

In einen grauen Mantel gehüllt, der ihm bis zu den Knöcheln reichte, hob Thane de Logres seine einzige Hand. Am andern Ende des Korridors standen zwei seiner Männer vor der Zimmertür der Zwerge. Die Zimmer des Ritters und des Barbaren waren leer … Blade würde sich mit denen begnügen müssen, die in ihrer Unterkunft waren.

Thane gab einem seiner Mörder ein Zeichen und tippte auf die Schulter des Mannes, der ihn begleitete.

»Los …«

Ohne einen Laut öffnete sich die Tür, und Lliane erkannte die Umrisse eines Mannes, der eine Kapuze trug und ins Zimmer schlich.

Der Eindringling blieb kurz stehen, damit seine Augen sich an die Dunkelheit gewöhnten, dann lief er, ein Messer in der Hand, aufs Bett zu. Durch die offene Tür sah die Königin eine zweite Gestalt im Korridor, einen Einarmigen in einem langen Mantel, der ein gekrümmtes Schwert in seiner einzigen Hand hielt.

»Sie ist nicht da!«, rief der Mann mit dem Messer. »Man hat uns zum Narren gehalten!«

»Doch«, flüsterte Lliane und bewegte sich in den Mondstrahl hinein. »Ich bin hier, sieh nur ...«

Der Mann blickte auf und erstarrte vor Verblüffung. Eine Elfe von magischer Schönheit, splitternackt, war aus dem Hintergrund des Zimmers aufgetaucht, hatte sich aus der Dunkelheit geschält. Er sah nichts anderes als ihre Brüste, ihren Bauch, ihr glattes Geschlecht, ihre langen Beine, die sich langsam und geschmeidig vorwärts bewegten wie die einer Raubkatze, aber den Bogen, den sie in der Hand hielt und den funkelnden Pfeil sah er nicht. Er stieß ein obszönes Gurgeln aus, grinste und tat einen Schritt auf die Erscheinung zu. Plötzlich trat eine zweite Elfe, die der ersten glich, aus der Dunkelheit, beugte sich über einen Stuhl und zog einen langen Elfendolch hervor. Der Mann prallte zurück. Er schloss eine Sekunde lang die Augen und schüttelte den Kopf. Als er sie wieder öffnete, waren da drei Elfen. Eine Welle von Panik stieg in ihm hoch, und er stürzte sich mit wütendem Gebrüll auf die Nächststehende. Er stach zu, aber seine Klinge durchschnitt nur Luft.

Als der Mörder sich der zweiten Silhouette gegenüberstellte, pfiff der lange Elfendolch der Königin durch die Luft, und er stürzte mit durchbohrtem Herzen zu Boden.

Lliane fuhr herum und konzentrierte sich auf den Mann, der im Korridor geblieben war. Im selben Augenblick zerbarst Miolnirs Tür, und der Kriegsschrei der Zwerge König Baldwins erklang wie ein Donnerschlag. Ein zweiter Schrei – ein Todesschrei diesmal – hallte durch den Korridor, und zugleich war der grausige Einschlag einer Axt zu hören, die Knochen zersplitterte und in Fleisch fuhr. Die Gestalt machte auf dem Absatz kehrt und flüchtete zur Treppe, die in den großen Saal führte, gefolgt vom vorbeihuschenden Schatten des Zwergenkriegers, der seine Mordwaffe hochhielt.

Lliane entspannte sich und atmete in tiefen Zügen die Nachtluft ein. Ihre Sinnestäuschung hatte sie erschöpft. Ein simpler Mörder hatte es nicht verdient, dass sie einen ihrer silbernen Pfeile an ihn verschwendete, und ohne Magie hätte sie nicht die Zeit gehabt, an ihren Dolch zu kommen. Die legendäre Waffe steckte im Körper des Mannes, der leise stöhnte und sich auf dem Erdboden wand. Sie stellte ihren nackten Fuß auf seine Brust, fasste den gerundeten Griff ihres Dolches und zog ihn mit einem Ruck heraus, woraufhin das Blut des Mörders auf den Boden strömte. Das Letzte, was er auf Erden sah, war der Schatten, wo die langen Schenkel der Königin ineinander übergingen, und er starb mit dem Ansatz eines Lächelns auf den Lippen. Da erst wurde es Lliane bewusst, dass sie nackt war.

Der Sheriff hatte all seine Haltung verloren. Er war nur noch ein alter, runzliger und zitternder Gnom, ein Häufchen Elend, in sich zusammengesunken wie eine Sandburg nach der Flut. Es war nicht sehr schwer gewesen, ihn zu finden, er hatte sich in seinem Schlafzimmer verborgen wie ein geprügelter Hund.

»Warum hast du versucht, uns zu vergiften?«, fragte Tsimmi mit müder Stimme.

Er hatte sich hingesetzt, so sehr taten ihm seine Beine weh. Ein Keulenschlag hatte ihn aufs Knie getroffen und er konnte kaum stehen. Aber auch sein ganzer übriger Körper schmerzte. Er hatte einen Geschmack von Blut im Mund. Zum Glück hatte er, was er brauchte, um sich zu behandeln, in seinem Gepäck, sowie ein Kraut für seine Pfeife, das Schmerzen linderte. Aber das Gepäck war in der Herberge, und jetzt musste er erst einmal etwas erfahren …

Uther, der abseits stand, hatte die Lederriemen gelöst, die Armkachel, -schiene und Panzerhandschuh festhielten, die Teile seiner Rüstung, die seinen Arm schirmten. Die Lanzenspitze, die zwar nicht durch seinen Panzer, aber durch sein Kettenhemd gedrungen war, hatte ihn zum Glück nur leicht geritzt, aber sein Arm war verkrampft. Frehir dagegen hatte sich damit begnügt, ein Stück violetten Samt um seine verletzte Hand zu wickeln, das er aus einem der Vorhänge des Sheriffs herausgeschnitten hatte.

»Nun?«, hakte Tsimmi nach.

Tarot zögerte, dann schien er plötzlich jede Gegenwehr aufzugeben.

»Ihr habt einen Dämon getötet«, jammerte er. »Der Schwarze Herr wird mir niemals den Tod eines seiner Krieger in meiner Stadt verzeihen ...«

Uther und der Barbar fuhren vor Überraschung unwillkürlich zusammen. Tsimmi dagegen blieb völlig gleichmütig.

»Du kennst also Den-der-keinen-Namen-haben-darf?«

»Nein! Gott sei Dank, nein!«

Dem Gnom stand die blanke Panik ins Gesicht geschrieben, dann lächelte er resigniert.

»Aber Loth ist weit von hier, Herr. Sehr viel weiter als die Marken. Wie, glaubt Ihr, hat eine Stadt wie die unsere wohl überleben können, so nah an den Schwarzen Landen?«

Er deutete auf Frehir.

»Fragt ihn, was aus den Dörfern der Marken wird! Seuil-des-Roches ist trotz der Kraft der Barbaren zerstört worden ... Wie sollten wir, wir armen Gnome, dann wohl Widerstand leisten können?«

»Aber dieser Dämon war ein Gefangener! Ein Mann hat ihn in einem Käfig ausgestellt!«

»Ein Mann, ja, Herr. Ein Mann, kein Gnom. Ich hatte befohlen, dass man ihn verhaftet, und den Dämon diskret aus Kab-Bag hinausbegleitet und sich bei ihm entschuldigt. Und da wurde mir mitgeteilt, dass ihr ihn getötet habt.«

Bei diesen Worten ergriff der Gnom mit beiden Händen seinen Kopf und jammerte so herzerweichend, dass Uther auf der Stelle Lust bekam, ihn zu ohrfeigen.

»Herr Tarot«, sagte Tsimmi mit sanfter Stimme. »Was wisst Ihr von Gael, dem Grauen Elf?«

Tarot antwortete, ohne zu zögern oder das geringste Erstaunen angesichts dieser Frage zu zeigen.

»Er ist hier gewesen ... Ich habe ihn sogar im Palast empfangen.«

»Wo?«, fragte Frehir sarkastisch. Tsimmi runzelte die Brauen, um ihn zum Schweigen zu bringen: Unnötig, das Restchen

Ehre, das dem Sheriff von Kab-Bag noch blieb, auch noch zu zertrampeln.

»Hier im Palast«, wiederholte Tarot, ohne auf den Spott des Barbaren einzugehen. (Und was wusste im Übrigen schon einer von Palästen, der in besseren Hundehütten hauste!) »Das ist so Sitte in Kab-Bag. Jeder wichtige Besucher muss zu mir kommen.«

»Und was hat er Euch erzählt?«

»Nichts, nichts, nur, ähm …«

Er unterbrach sich, als brächte er es nicht über sich weiterzureden, aber wieder so theatralisch, dass Uther sehr an sich halten musste, um den Gnom nicht anzuschreien, er solle mit seinen Spielchen aufhören.

»Nun?«, bohrte Tsimmi weiter.

»Nun ja, meine Spione haben mir zu verstehen gegeben …«

»Nun spuck's schon aus!«

»Nun ja … Ich glaube, er wollte Mitglieder der Gilde treffen. Ich habe ihm natürlich gesagt, das sei unmöglich und dass wir alles täten, diese Verbrecher zu verhaften und es mir daher unmöglich sei, ihm zu helfen, wie Ihr Euch denken könnt!«

»Jetzt reicht's!«, schrie Uther.

Er packte den Sheriff am Kragen und klatschte ihn gegen die Wand.

»Wenn du noch weiterlügst, bring ich dich um. Ist das klar?«

Tarots Lider flatterten, er war zu verängstigt, um auch nur einen Ton herauszubringen.

»Ich glaube, wir haben uns verstanden … Wir wissen, dass Gael nach Kab-Bag gekommen ist, also beantworte nur eine einzige Frage: Hat er wirklich Kontakt zur Gilde aufnehmen wollen?«

Der Gnom öffnete den Mund, aber Uther hob einen Finger, um ihn zu warnen.

»Denk gut nach!«

»Ich schwöre es, Ritter! Er war wegen der Gilde hier, das ist alles!«

Die Gesandten des Großen Rats blickten einander düster an.

Der Umstand, dass Tarot log wie gedruckt oder auch irgendetwas erzählte, was man ihn beauftragt hatte zu sagen, änderte nichts an den Tatsachen. Wenn der Herr der Sumpfelfen die Diebe der Unterstadt aufgesucht hatte, dann weil er etwas zu verkaufen gehabt hatte. Etwas von großem Wert …

»Das silberne Kettenhemd«, murmelte Uther.

Tsimmi dachte so heftig an das Schwert von Nudd, dass er sich beinahe verraten hätte, indem er dem Ritter widersprach.

Doch er fing sich gerade noch und bestätigte: »Ja, das Kettenhemd …«

»Was für ein Kettenhemd?«, fragte der Sheriff mit beinahe kindlicher Unschuld.

Der Meister der Steine tätschelte ihm dankbar die Schulter, stand dann mit schmerzverzogenem Gesicht auf und wandte sich ohne ein weiteres Wort zum Gehen. Rogor hatte also die Wahrheit gesagt … Gael hatte tatsächlich das Schwert gestohlen, oder zumindest dieses Kettenhemd, und dann versucht, es an einen der zahllosen Hehler der Gilde zu veräußern. Vielleicht war es bereits verkauft. Vielleicht war es bereits durch mehrere Hände gegangen. Wie sollte man es dann jemals wiederfinden … Tsimmi drehte sich um und musterte nachdenklich den Gnom. Feige, verlogen und noch dazu ein schlechter Schauspieler … Aber wer zwang ihn, diese Rolle zu spielen?

VIII
Blade

Der Einarmige nahm die Treppe, die von den Zimmern herabführte, zwei Stufen auf einmal, erreichte den großen Saal der Herberge und mischte sich sofort unter die Gäste.

Miolnir tauchte nur einen Augenblick später auf. Er trug lediglich seine Unterhosen, hatte seine Axt in der Hand und blinzelte in den hell erleuchteten Saal. Bald schon stellte er die Axt entmutigt ab. Wie sollte er in einer solchen Menschenmenge denjenigen identifizieren, der soeben versucht hatte, den Menschen, ihn und die Königin der Hohen Elfen zu ermorden?

Der Mörder hatte sich an einem Tisch ganz in der Nähe niedergelassen und rasch seines langen grauen Mantels entledigt, um nicht wiedererkannt zu werden. Als der Zwerg sich auf dem Absatz umdrehte und auf sein Zimmer zurückkehrte, wobei ihm angesichts seines wütenden Gesichts, das einen komischen Kontrast zu seiner Nachttoilette abgab, spöttisches Gelächter nachhallte, entspannte der Einarmige sich und bestellte ein Bier.

Er hatte es noch nicht ausgetrunken, als die Tür der Herberge sich wieder öffnete und Frehir, Uther und Tsimmi eintraten. Die beiden Männer und der Zwerg, erschöpft und angeschlagen, durchquerten wortlos den Saal und trennten sich am Fuß der Treppe, nur einige Schritte von dem Tisch, an dem der Einarmige saß.

»Sollen wir die Königin benachrichtigen?«, fragte Uther.

»Um diese Stunde?«, meinte Tsimmi mit müdem Lächeln. »Sie wird schlafen und wir sollten das Gleiche tun. Es ist schon tiefste Nacht und morgen steht uns ein harter Tag bevor …«

Daran hatte Uther noch gar nicht gedacht. Während des gesamten Rückwegs waren seine Gedanken ausschließlich um sein Bett oder die Schramme an seinem Arm gekreist, der stechend schmerzte, und er war so gerädert vor Müdigkeit, dass er keinen klaren Gedanken hatte fassen können. (Allerdings war Tsimmi auch wegen seines schmerzenden Knies von Frehir auf dem Rücken getragen worden … Der Zwerg hatte also mehr Ruhe gehabt, über den morgigen Tag nachzudenken.)

»Morgen«, erklärte der Zwerg und stieg einige Stufen hinauf, um auf derselben Höhe zu sein wie die beiden Männer, »morgen werden wir Kontakt zur Gilde der Diebe aufnehmen müssen. Wenn Tarot uns die Wahrheit gesagt hat, ist das unsere einzige Spur, oder nicht?«

Er wandte sich an den Barbaren und legte ihm die Hand auf die Schulter, es gefiel ihm durchaus, einmal größer zu sein als er.

»Du, der du diese Stadt kennst, glaubst du, du kannst uns einen Hehler finden, der reich genug ist, ein Kettenhemd aus Silber zu kaufen?«

»Ja, doch!«, sagte Frehir breit grinsend. »Der Beste von allen ist Dame Mahault!«

»Eine Frau?«, rief Uther erstaunt.

»Die Beste! Die Allerbeste! Ich habe mich oft an sie gewandt!«

Tsimmi kicherte in seinen Bart, wünschte seinen beiden Freunden eine gute Nacht und stieg hinkend die Treppe hinauf.

»Wendest du dich so oft an Hehler, Frehir?«, fragte Uther, während er Tsimmi folgte.

»Äh … manchmal, nicht sehr oft … Weißt du, manchmal nach einer Schlacht liest man etwas auf …«

»Ich will lieber nichts davon hören, Frehir. Wirklich nicht.«

Oben auf dem Treppenabsatz blieb Frehir abrupt stehen, und Uther schreckte trotz der Düsternis auf, als er einen lang gestreckten Körper quer im Korridor liegen sah, der zu den Zimmern führte. Der Mann hatte sein ganzes Blut verloren, und eine dunkle Blutspur, die schon halb getrocknet war, führte bis zu einer Tür. Der Tür der Königin Lliane. Am anderen Ende des Korridors diskutierte Tsimmi aufgeregt mit Miolnir. Er drehte sich zu dem Ritter um und rief ihm mit seiner kräftigen Stimme zu: »Sie sind angegriffen worden!«

Uther riss die Tür der Königin auf. Mit laut schlagendem Herzen blieb er einen Augenblick auf der Schwelle stehen, bis seine Augen sich an die Dunkelheit gewöhnt hatten. Der schwarze Schatten der Blutspur reichte bis zur Zimmermitte, wo ein noch nasser Fleck im Mondlicht leuchtete.

»Uther?«

Die Königin hatte sich auf einen Ellbogen aufgerichtet. Wie schon der Mörder vor ihm, konnte auch der Ritter nur die schmale, blau schimmernde Kontur ihrer Schulter und ihres Halses sehen. »Meine Königin? Ihr seid nicht verletzt?«

Ohne es selbst zu bemerken, war er vor ihrem Bett auf die Knie gefallen und hielt die kühle Hand der Elfe.

»Aber nein«, sagte Lliane, und Uther konnte sehen, dass sie lächelte. »Ein paar Männer haben uns angegriffen, aber wir haben sie gebührend empfangen. Es ist überstanden.«

Uther schielte auf die Blutlache und sah die Leiche draußen auf dem Korridor vor sich.

»Habt Ihr ihn …«

Er unterbrach sich.

»Ob *ich* ihn getötet habe?«, beendete Lliane seine Frage. »Natürlich … Und ich hab ihn auch nach draußen geschleppt. Ich hatte keine große Lust, die Nacht mit ihm zu verbringen.«

Sie lächelte immer noch, aber Uther war mit einem Mal erstarrt. Das Leinenlaken war von Llianes Busen gerutscht und der Mondschein zeichnete jetzt die Kurve ihrer Brüste nach. Die ruhige Atmung der Königin bewegte sie sachte auf und ab und hob von Zeit zu Zeit ihre dunklen Höfe in einen der

Mondstrahlen. Es waren nur noch ihrer beider leiser Atem und das dumpfe Echo der Geräusche von der Straße und dem Schankraum zu hören. Uther wagte nicht, seinen Blick abzuwenden, noch seine Hand wegzuziehen, noch irgendeine andere Bewegung zu machen. Sein Arm tat ihm weh, seine Stirn war schweißnass, er fühlt sich schmutzig und hatte den Eindruck zu stinken. Die Königin dagegen roch wie frisch gemähtes Gras. Ein Duft wie Morgentau.

Sie befreite sich behutsam aus dem Griff des Ritters und streckte sich unter ihren Leintüchern aus.

»Ich bin jetzt nicht mehr in Gefahr«, sagte sie. »Ihr müsst schlafen, Herr Ritter.«

Uther nickte und erhob sich mit einem Ruck, wobei seine Rüstung laut schepperte. Er ging aus dem Zimmer, schloss die Tür hinter sich, ohne sich noch einmal umzudrehen und lehnte sich neben der Leiche an die Wand.

Sie hatte ihn umgebracht, dann seelenruhig hier herausgeschleppt und war danach schlafen gegangen … Hatte er sie nackt gesehen? Uther stieß mit dem Fuß nach dem Körper, der zusammengesackt auf dem Boden lag.

Der Einarmige hatte gewartet, bis sie alle verschwunden waren, bevor er die Herberge verließ. Ein zweiter Mann erwartete ihn im Hof.

»Und?«

»Dein Plan ist gescheitert, Blade. Die Elfe und die Zwerge haben uns erwartet, oder aber ihre Ohren sind feiner als die einer Katze.«

Blade musterte sein Gegenüber verächtlich.

»… oder aber deine Männer machen mehr Krach als eine ganze Schweineherde, Thane de Logres.«

Der Mörder wurde blass vor Wut.

»Niemand hat je gewagt, so mit mir zu reden! Beim vergossenen Blut, ich brauche mir so etwas nicht sagen zu lassen, selbst nicht von dir, Blade von Loth. Zwei meiner Männer sind tot, und wir haben nicht mal eine Bronzemünze gesehen! Zahl mir meinen Lohn und dazu zehn Silberlinge für jeden Getöteten! Das ist das Gesetz der Gilde!«

»Du wirst bezahlt werden, Thane … Aber wir müssen noch einmal von vorn anfangen. Wir brauchen eine neue Gelegenheit … Und jetzt werden sie auf der Hut sein.«

»Die wird vielleicht schneller kommen, als du denkst!«

Blade zog den obersten Mörder aus dem Hof hinaus und in den Schutz der Nacht.

»Erkläre, wie du das meinst.«

Thane de Logres grinste und hielt ihm zur Antwort seine geöffnete Hand hin. Blade zögerte einen Augenblick und lächelte dann ebenfalls.

»Einverstanden …«

Er fasste mit einer Hand hinter sich, unter seinen Mantel, berührte dabei die dort festgeschnallten Messer und zog dann eine an seinem Gürtel hängende Geldbörse vor, die er dem Mörder zuwarf.

»Sie werden morgen bei Mahault der Hehlerin sein«, sagte der und wog die Börse. »Sie wohnt mitten in Scâth, dem Viertel der Weiber, der Vergnügungen und der Diebe. Mit einem Wort: in meinem Viertel …«

»Ja, ich kenne sie«, murmelte Blade nachdenklich.

»Ich kann so viele Männer dorthin bestellen, wie du möchtest«, fuhr der Mörder fort. »Oder auch Elfen, wenn dir das lieber ist. Oder sogar Kobolde! Alles nur eine Frage des Preises.«

»Deine Männer«, sagte Blade und fasste mit beiden Händen unter seinem Mantel nach hinten, »sind dreckige Hunde, und du bist keinen Deut besser. Du wirst gar nichts kriegen … Nicht einmal mein Geld.«

Thane de Logres machte große Augen, er verstand nicht recht. Endlich ließ er die Börse fallen, um sein kurzes Schwert zu ergreifen. Zu spät. Er war tot, noch bevor er seine Waffe aus ihrer Scheide ziehen konnte. Ein Messer steckte bis zum Anschlag in seinem Hals …

Der Einarmige zuckte noch ein paar Augenblicke am Boden

in einer sich ausbreitenden Blutlache, dann wurde er steif, die linke Hand noch immer um den Griff seines Schwerts gekrampft.

Blade blieb mit pochenden Schläfen regungslos stehen und horchte auf das geringste verdächtige Geräusch. Dann kniete er sich hin, steckte seine Börse wieder ein und zog rasch den Ring der Gilde vom Finger der Leiche. Man dürfte sie nicht identifizieren können, andernfalls würde die Gilde nicht ruhen, bis sie den Mörder gefunden und bestraft hatte. Das war das Gesetz. Den Ring verschwinden zu lassen war noch nicht genug. Er musste die Leiche unkenntlich machen.

Wer würde einen zerstückelten Toten mit abgeschnittener Nase, gehäutetem Gesicht und zerrissenen Kleidern wiedererkennen? So viele Männer verloren nachts in Kab-Bag ihr Leben. Einer mehr oder weniger … Blade hob das kurze Schwert auf und setzte die scharfe Klinge auf die Wange seines Opfers.

»Tut mir leid, Thane«, murmelte er.

Im Augenblick, in dem das Schwert in das Gesicht zu schneiden begann, stieß ein Jagdfalke, der über ihm schwebte, seinen Schrei aus.

»Scher dich zum Teufel!«

Als würde er dem Befehl Folge leisten, schraubte der Raubvogel sich mit zwei Flügelschlägen höher und verschwand in der Nacht. Er stieg hoch, weit über den Krater von Kab-Bag, bis alle Lichter der Stadt flackerten und dann in der Nacht verschwanden. Dann stieß er durch die eisige Wolkendecke, kurvte über einen Flügel und ließ sich fallen wie ein Stein, berauscht von seiner eigenen Geschwindigkeit. Einige Meter über dem Boden begann er wieder zu kreisen, sog die Luft ein und hielt schließlich auf ein Ginstergebüsch zu.

Dort schlief Till in seinen Moirémantel gehüllt, der so dunkel war wie die Nacht, zusammen mit seinem Hund. Seine Augen öffneten sich, als der Falke sich auf einem Ast über ihm niederließ. Der Spurensucher der Elfen gähnte, streckte sich und setzte sich auf. Dann zupfte er mit den Fingerspitzen ein paar der schwarzen Beeren vom Ginsterbusch ab, warf sie in die

Luft, und der Vogel schnappte sie im Flug. Er spitzte die Lippen und stieß einen langen, schrillen, mehrere Töne umfassenden Pfiff aus.

»Nun?«, fragte er.

»Ich habe ihn gesehen«, sagte der Falke. »Und er hat wieder gemordet.«

Ein neuer Tag war über Loth hereingebrochen und eine fahle Wintersonne stand über der Stadt. Wenigstens regnete es nicht. Gut gelaunt spazierte der Seneschall Gorlois über die Wehrmauern und grüßte die von der Nachtwache steif gefrorenen Posten. Von Zeit zu Zeit beugte er sich über die Zinnen, um die Trainingskampfplätze am Fuß der Mauern zu begutachten, die in den Gräben aufgebaut waren. Jeden Morgen unterrichteten Fechtmeister und andere Ausbilder hier mit schweren, bleiverstärkten Stöcken brutal die gesamte Jugend des Königreichs in der Kriegskunst. Da gab es Bogenschützen mit fünf Fuß hohen Eibenbögen, die manchmal größer waren als die Anfänger, die sie mühevoll zu spannen versuchten. Mit derartigen Waffen war das Üben kein Spaß. Mit diesen Bogen konnte man bis zu hundert Spannen weit schießen, mehrere Pfeile pro Minute abfeuern, und zwar mit einer Kraft, die eine Rüstung zu durchschlagen vermochte, und die besten Bogenschützen durften sicher sein, in der Armee des Königs einen gut bezahlten und nicht allzu anstrengenden Posten zu finden, vorausgesetzt, die Kraft in ihren Armen ließ nicht nach.

Ein Stück weiter übten Lanzenträger unermüdlich, ihre Reihen zu formen, ein Knie auf den Boden zu setzen, um eine doppelte oder dreifache Mauer scharfer Spitzen zu formen, die groß genug war, einen Angriff gepanzerter Reiter zu stoppen. Unzählige Fußsoldaten, die Brustpanzer aus nietenbeschlagenem Leder trugen, über die sie eine blau-weiß gestreifte Tunika in den Farben des Königs Pellehun zogen, arbeiteten mit der Axt, der Keule oder dem Kurzschwert. Und dann gab es da noch die Edelleute, Schildknappen, Ritter oder Bannerträger, die weit abseits des niederen Volks übten, in einem von drei Tribünen umschlossenen Feld, von denen eine, die mit einem roten Baldachin bespannt war, für den König und seinen Hofstaat reserviert war.

Es war eine ganze Armee, und sie bereitete sich auf den Krieg vor …

Auch Pellehun war dort unten. Er trug ein dickes Lederwams und focht mit einem Knüppel gegen einen der Recken, den Gorlois auf die Entfernung nicht erkennen konnte. Er verließ die Wehrmauer und stieg eilig hinab.

Als er die Arena betrat, hatte der König aufgehört zu kämpfen und erfrischte sich, gegen das Holzgatter gelehnt, das den Turnierplatz abgrenzte, während gerade die Quintane, eine Schwenkpuppe für das Training mit der Lanze, aufgebaut wurde. Gorlois musste grinsen, als er sah, dass man die dicke Puppe mit einem Dämonenhelm und -schild versehen hatte, zur Erinnerung an die alten Kriege. Ein Ritter, der es eilig hatte, dem König seine Fähigkeiten zu demonstrieren, stieg bereits in den Sattel, zwei Schildknappen steckten die Quintane mitten auf dem Feld auf eine Stange und prüften nach, ob sie sich auf ihrer Achse auch richtig drehte. Am rechten Arm der Puppe war ein Morgenstern ohne Stacheln befestigt, eine einfache Eisenkugel an einer Kette, aber groß genug, einen jeden Ungeschickten niederzustrecken und bewusstlos zu schlagen.

Der Seneschall ging zum König und grüßte ihn mit einem Nicken.

»Warte«, sagte Pellehun.

Er machte dem Ritter ein Zeichen. Der gab seinem Pferd die Sporen, hielt den Spieß dicht am Körper und galoppierte auf die Puppe zu, wobei er auf die Mitte des Schildes zielte. Er traf nicht genau, und die Konstruktion schwenkte heftig um ihre Achse und versetzte ihm einen so harten Schlag in den Rücken, dass er vor Schmerz aufschrie und fast vom Rücken des Pferds gefegt wurde.

Pellehun fing schallend zu lachen an.

»Tölpel! … Willst du ihm zeigen, wie's geht, Gorlois?«

»Ein andermal«, sagte der Seneschall. »Ich muss mit Euch sprechen.«

Der König stellte seinen Becher auf dem Zaun ab und führte seinen alten Freund unter den Baldachin. Sie setzten sich in die erste Reihe der Tribüne und beobachteten mit einem Auge den zweiten Versuch des Ritters. Jeder hatte ein Recht auf fünf Versuche gegen die Quintane, daher der Name der Puppe.

»Was gibt's?«

»Heute morgen hat ein Page den Körper Roderiks zurückgebracht.«

Pellehun wandte sich dem Seneschall zu.

»Tot? Schon?«

Gorlois bestätigte mit einem Lidschlag seines einzigen Auges.

»Und Uther?«

»Lässt Euch ausrichten, dass er weiterhin auf dem Weg nach Kab-Bag ist.«

»Natürlich … Wer hat ihn getötet?«

Gorlois antwortete nicht. Auf dem Kampfplatz hatte der Ritter die Quintane korrekt getroffen und die Puppe mit ohrenbetäubendem Krachen von ihrer Stange gerissen.

»Er ist gar nicht so schlecht«, murmelte er und kratzte sich mit dem Daumen die lange Narbe, die über sein Gesicht lief. »Ihr solltet ein Auge auf ihn haben.«

»Wer hat Roderik umgebracht, Gorlois?«, wiederholte der König. »Ist es dein Mann gewesen?«

»Was weiß ich denn? Möglich ist es … Oder irgendwelche Räuber, eine umherziehende Bande.«

Pellehun schlug mit der flachen Hand auf die hölzerne Balustrade. »Das gefällt mir nicht! Das gefällt mir überhaupt nicht!«

»Mir auch nicht. Aber es war eben das Risiko … Deswegen haben wir doch zwei Neulinge ausgesucht.«

Er deutete mit einer nachlässigen Bewegung auf die Gruppe der Recken, die ohne Helme dastanden, miteinander scherzten oder den Ritter im Sattel anfeuerten.

»Andernfalls hätten wir Ulfin schicken sollen, oder Rodomond … Aber die wären in der Lage gewesen, die Sache durchzuziehen und uns den Elf hierher zu bringen. Könnt Ihr Euch das vorstellen?«

»Allerdings …«

»Im Übrigen«, beharrte der Seneschall, »erinnere ich Euch daran, dass Ihr es wart, der mir gesagt hat, ich solle Roderik und Uther auswählen … Vor allem Uther, wegen der Königin Igraine und weil …«

»Ja, schon gut!«

Der König stand nervös auf und verließ den Kampfplatz.

»Mir ist kalt und ich stinke nach Schweiß. Ich brauche ein Bad … Komm nachher rüber ins Badehaus.«

Zwei Recken in Rüstung beeilten sich, ihm das Tor des Kampfplatzes zu öffnen und ihn mit gezücktem Schwert zu begleiten, aber er machte noch einmal kehrt, ging zurück und beugte sich zum Ohr des Seneschalls.

»Ich will Meldung von deinem Mann. Und zwar schnell!«

»Er wird uns Meldung machen, so schnell es geht. Er weiß, was er riskiert, wenn er scheitert.«

Pellehun atmete tief aus und richtete sich wieder auf. Er lächelte und grüßte mit einer Handbewegung den Ritter, der sich zu einem dritten Angriff bereitmachte.

»Gut so!«, brüllte er streng. »Stich kräftig zu, und ins Herz!«

Der Mann griff wie ein wütender Stier an. Zu überstürzt. Und ohne sein Pferd kurz zu halten, das, von der Puppe erschreckt, scheute. Er wollte trotzdem zustechen, aber die Lanze klemmte sich unter dem Dämonenschild fest und brach ab. Diesmal kreiselte die Eisenkugel pfeifend und traf ihn am Kopf. Er sank zu Boden wie ein nasser Sack und bewegte sich nicht mehr.

»Siehst du, ich hatte Recht«, sagte Pellehun kopfschüttelnd. »Er taugt nichts. Schick ihn zum Fußvolk. Soll er eine Schwadron befehligen, das ist gut genug für ihn …«

Der alte König seufzte von neuem und blieb eine ganze Weile schweigend ans Gatter gelehnt stehen. »Und der Page? Der mit Roderiks Leiche zurückgekommen ist?«, fragte er schließlich, ohne Gorlois dabei anzusehen. »Er darf nicht reden …«

Der Seneschall nickte mit einem freudlosen Lächeln. »Ich habe ihn erdrosseln lassen.«

IX
Mahault von Scâth

Im tiefsten Inneren von Kab-Bag lag Scâth – die Schattenstadt – und schien Tag und Nacht ins selbe Dämmerlicht getaucht, so weit weg war der Himmel hier, und so wenig kam die Sonne hier gegen die Funzeln, Fettkerzen, Fackeln und Öllampen an. Im Winter strömte Scâth einen gewittrigen, schweren, feuchten Schweißgeruch aus, im Sommer waren die Viertel der Unterstadt ein wahrer Backofen. Scâth bestand nur aus einer Handvoll Straßen (wenn man das unübersichtliche Gewirr von Strohlehmhütten, Brettern und Tuchbahnen so nennen will, das von einem Tag zum andern hochgezogen wurde und wieder verschwand), aber alle Einwohner von Kab-Bag kannten und respektierten die Grenzen des Viertels, insbesondere die Gnomenwehr.

Scâth war das Territorium der Gilde, ein Refugium, das von hundert unsichtbaren Mördern bewacht wurde, einer ganzen Armee von Halsabschneidern, die nicht lange zögerten, die Kehle jedes Eindringlings durchzuschneiden, der verrückt genug war, ohne Eskorte in dieses Labyrinth einzudringen. Die meisten Städte des Königreiches hatten solch ein übel beleumundetes Viertel, aber die Schattenstadt war auf Grund des Sittenverfalls der Gnomenmetropole mit Abstand das verrückteste von allen. Dorthin kamen Räuber, Piraten und Gauner aus sämtlichen Ecken der Welt, um, protegiert vom Gesetz der Gilde, ihr Gold in jenen erbärmlichen Hütten zu verstecken, die schwankend auf ihren Fundamenten standen, aber wie Paläste geschmückt waren und von Samt und Fehwerk, von wertvollen Waffen und Truhen voller Perlen überquollen.

Wein und Bier flossen hier in Strömen und es wurde üppig getafelt; es gab so viele Huren, wie das Herz begehrte, vorausgesetzt, man zahlte den entsprechenden Preis: Hoch gewachsene Küstenelfen, die ihre nackten Beine um den Hals ihrer Freier schlangen, laszive Mädchen aus dem Süden mit schwarzem Haar, Blondinen mit fast durchsichtiger Haut und breiten Hüften, Zwerginnen, deren Brüste hart waren wie Holz, und bunt geschminkte, groteske Gnominnen … Kurtisanen, die einem Prinzen angestanden hätten, gaben sich in seidenen Palästen hin und berauschten ihre reichen Liebhaber mit seltenen Düften und teuren Weinen, alte Bettlerinnen krochen um ein Glas Met auf der Erde herum, geschminkte Eunuchen massierten fiebernde und verschämte Bürger ausdauernd in den Hinterzimmern der Badehäuser im Schutz langer leinener Stoffbahnen … Nirgendwo sonst konnte man eine derartige Bandbreite verschiedenster Vergnügungen finden.

Hier riskierten die Besitzer des Rings mit der Rune von Beorn nichts. Denn die Gilde bestrafte jeden Diebstahl oder Mord an einem Mitglied ihrer Brüderschaft mit einem abscheulichen Tod. Und so fühlte sich jeder wohl. Trotz des Gestanks, trotz der feuchten Hitze, die aus diesem Erdloch aufstieg, das in der Regenzeit schlammig war und den Sommer über in Staubwolken erstickte, trotz der Menschenmenge, die sich hier ohne Unterlass drängte, kamen die Mörder mit den blutigen Händen und die Diebe mit Taschen voller Beute hierher, um den größten aller Schätze zu genießen: den Frieden einer traumlosen Nacht.

Die Gesandten des Großen Rats hatten am Eingang des Viertels Halt gemacht, oder zumindest an der Stelle, die Frehir ihnen als den Eingang ausgewiesen hatte: ein simpler, in die Erde gerammter Balken, mit tauschierten Motiven geschmückt, die einen dreiarmigen Baum darstellten, die Rune von Beorn, das Zeichen der Gilde. Frehir war allein losgegangen, einen Führer aufzutreiben, der sie zu Mahault, der Hehlerin, bringen würde. Die Truppe hatte die Herberge sehr früh verlassen, und keiner hatte viel geschlafen (mit Ausnahme Rogors, der im Stall allen nächtlichen Dramen entgangen war und friedlich geschnarcht hatte). Schon verbreitete sich das Gerücht, die Gnomenwehr suche sie, um sie auszuweisen, und sie hatten nicht die geringste Lust nachzuprüfen, ob an dieser Information etwas dran war …

Sie hatten die Pferde unter einem Zelt versteckt und sich an den Rand der Gasse zurückgezogen, abseits vom Strom der Passanten. Tsimmi, dessen Beine noch immer schmerzten, hatte sich auf die Erde gesetzt und rauchte mit angeekelter Miene eine Mixtur, die rund um ihn einen pestartigen Gestank verbreitete, von der er jedoch behauptete, sie könne Knochenschmerzen lindern. Selbst Rogor und Miolnir, die etwas abseits standen und die nächtlichen Ereignisse kommentierten, während sie ein Auge auf die Pferde hatten, fanden den Geruch unerträglich.

Die Königin Lliane hatte die Augen geschlossen und schien, kerzengerade und in ihr Moirécape gehüllt, im Stehen zu schlafen. Natürlich konnte Uther seine Augen nicht von ihr wenden. Sie hatte ihren Zopf gelöst, und ihr schwarzes Haar umrahmte ungebändigt ihr Gesicht und hob die Blässe der bläulichen Haut noch hervor. Ihre Ruhe, ihre Bewegungslosigkeit und die Blässe verliehen ihr etwas von einer Toten, und der Ritter musste an sich halten, um sie nicht zu schütteln.

»Sie gefällt dir, die hübsche Königin?«

Uther zuckte zusammen und stieß sich dabei den Kopf am niedrigen Querbalken eines Ladens.

»Frehir! Weißt du, du bist wirklich …«

Er beendete seinen Satz nicht, einmal, um den Barbaren nicht zu kränken, der in seiner gewohnt dämlichen Art losprustete und sehr zufrieden mit seinem kleinen Scherz war, vor allem aber, weil die Königin die Augen geöffnet hatte und ihn mit diesem feinen Lächeln anblickte, das er noch immer nicht einordnen konnte.

»Was ist denn nun?«, sagte er grob. »Wir warten seit Stunden auf dich! Hast du sie getroffen, deine Mahault?«

Frehir nickte und grinste die anderen, die sich um ihn scharten, stolz an.

»Sie will euch gerne empfangen, aber nur einen«, sagte der Barbar.

»Wie, nur einen?«, fragte Tsimmi. »Sie will, dass nur ein Einziger von uns hingeht, meinst du das?«

»Und ich natürlich!«, sagte Frehir noch immer grinsend.

»Warum?«, begann Uther wieder. »Traut sie uns etwa nicht?«

Frehir fing schallend zu lachen an.

»Natürlich traut sie euch nicht! Sie ist eine Hehlerin!«

Uther merkte, wie die anderen schmunzelten. Warum musste er auch immer zu viel reden?

»Schön«, sagte er. »Wer geht?«

»Ihr.«

Der Ritter musterte die Königin. Sie warf ihm ein kurzes Lächeln zu und wandte sich dann an die Zwerge.

»Oder?«

Miolnir und Rogor suchten mit ihren Blicken Tsimmis Einverständnis, aber der nickte, ohne sie anzusehen. Uther, der Braune, war der Einzige, zu dem sowohl die Elfe wie auch die Zwerge Vertrauen haben konnten. Er zwinkerte dem Ritter zu und setzte sich dann wieder, die Pfeife im Mund. Miolnir zuckte die Achseln und faltete dann die knotigen Arme über seiner im Gürtel steckenden Axt. Warten; wenn man im Dienst des Königs Baldwin stand, gab es gar nichts anderes. Er war es also gewohnt.

Lliane setzte sich neben Tsimmi, der seine Pfeife ausklopfte und den Kopf mit dem Daumennagel auskratzte, um sie sodann sorgsam in einer seiner zahlreichen Umhängetaschen zu verstauen. »Darf ich Euch etwas fragen, Königin Lliane?«, sagte der Zwerg mit einer schüchternen Stimme, ohne sie anzusehen.

»Natürlich …«

Der Zwerg zögerte und strich sich nachdenklich über seinen langen braunen Bart.

»Diesen Trick mit der Münze … Könntet Ihr ihn mir noch einmal vormachen?«

Lliane lächelte ihn verblüfft an. Angesichts seiner ernsthaften Miene nahm auch sie einen würdevollen Ausdruck an und hielt ihm ihre offene Hand hin.

»Gebt mir einen Silberdukaten.«

Ein paar Meter weiter schüttelte Rogor wütend den Kopf. Manchmal konnte man wirklich meinen, der alte Tsimmi sei ein kleines Kind … Er entfernte sich mit einem angewiderten Seufzer und konzentrierte sich auf die beiden Männer, die ins Gedränge der Gassen von Scâth eintauchten, ohne auf die halb nackten Huren zu achten, die sich bei ihnen einhängen wollten oder von ihren Balkonen aus, in deren Holz obszöne Figuren geschnitzt waren, zu ihnen herabriefen. Er blieb bei dem Grenzpfosten stehen, lehnte sich dagegen und stellte sich auf die Zehenspitzen, um ihnen besser nachsehen zu können.

»Nicht mehr lange«, murmelte er und berührte das eiserne Blatt seiner Axt unter der Tunika. »Nicht mehr lange …«

Schon in jungen Jahren musste Mahault hässlich gewesen sein und das hatte sich mit der Zeit nicht gebessert. Die Hitze und Feuchtigkeit der Unterstadt, dazu der Mangel an Sonne, Bewegung, sauberem Wasser oder frischem Gemüse, hatten ihr das Aussehen einer Kröte verliehen. Sie war aufgequollen, schlaff und bleich, mit hervortretenden Augen und steckte in einem königlichen Gewand aus gestreifter Seide, mit Aufschlägen aus Zobelpelz am Kragen und den Ärmeln, die so schwarz glänzten wie die Nacht. Ihre Glatze bedeckte sie mit einer wollenen Haube, unter der einige strohige Haarsträhnen heraushingen.

Die Hehlerin hielt Uther eine Hand hin, die beladen war mit Unmengen Ringen und Armbändern, und der Ritter verbeugte sich und schielte dabei auf den dicksten Smaragd, den er je gesehen hatte. Dass sie am Ringfinger auch den Ring der Gilde trug, entging ihm.

Mahault bewohnte einen Turm, einen der wenigen Steinbauten von Scâth, der die wackligen Hütten des Viertels der Diebe um ein ganzes Geschoss überragte. Dennoch war die Luft in ihrem Schlupfwinkel nicht weniger verpestet als woanders. Die alte Frau fror ständig und hatte daher das ganze Jahr über Kohlenbecken um sich, in die sie Weihrauch warf. Die Hitze und der Duft waren so stark, dass die Mauern schwitzten und auf den Wandbehängen riesige Schimmelflecken wuchsen.

Uther richtete sich wieder auf und trat respektvoll einen Schritt zurück. Er schwitzte und spürte unter dem verwünschten Plattenharnisch Bäche von Schweiß seinen Rücken hinunterlaufen.

»Danke, dass Ihr uns empfangt, gnädige Dame.«

»Dame?«

Mahault prustete los, es war ein asthmatisch pfeifendes Lachen. Wie alt mochte sie wohl sein? Ihr Fett, das die Falten füllte, ließ sie zwar jünger wirken, aber sie sah trotz allem noch unendlich alt aus!

»Ich bin keine Dame, mein Süßer«, sagte sie und wedelte mit ihrer beringten Hand vor dem Gesicht herum, als wolle sie einen derart grotesken Gedanken abwehren.

Uther schielte zu Frehir hinüber. Der Barbar, dessen Oberkörper im Schein der Becken leuchtete, hatte sich hinter ihm aufgestellt, unbeweglich wie ein Denkmal, riesengroß und höchst beruhigend. Dann warf er einen Blick auf die anderen Anwesenden. Es waren rund zehn Männer und Frauen, dazu noch ein Haufen Kinder, die beinahe nackt zu Füßen von Mahaults Thron saßen, ausgezehrt und mit gesenktem Blick, gleichgültig und resigniert. Sklaven.

»Frehir hat mir gesagt, was du willst, und ich habe mich entschlossen, dir zu helfen«, sagte sie. »Doch, doch …«

Wieder diese abwinkende Handbewegung.

»Ich hab die Elfen ohnehin nie leiden können … Zu mager. Und außerdem«, sie schauderte, »machen sie mir Angst.«

Das Bild der Königin erschien kurz vor Uthers innerem Auge.

»Gael hat mich aufgesucht, das ist wahr«, begann Mahault wieder. »Und es war nicht das erste Mal ...«

»Hat er dir etwas zum Kauf angeboten?«, fragte Uther.

»Natürlich! Alle, die zu mir kommen, haben etwas zu verkaufen ... Zu verkaufen oder zu kaufen. Das ist dasselbe ... Gold, Schmuck, Schätze, so viel, dass es einem zu den Ohren rauskommt. Und dann, Vorsicht! So was hätte ich noch nie gesehen! Das Allerschönste dies, das Allerunglaublichste jenes ... Ja, was glauben die eigentlich, diese ganzen jungen Bengel? Weißt du, ich habe so viel gesehen, so viel. Und jedes Mal ist es mindestens dies und das wert, nein, sogar das Doppelte, ein Einzelstück, es hat mich fast das Leben gekostet! Ja und, was interessiert mich das, hm?«

Sie rutschte auf ihrem Thron herum und streckte die Hand hinter sich aus. Ein junger Mann mit bloßem Oberkörper, der ein Stofftuch um die Taille geschlungen hatte, übergab der Hehlerin mit einem Lächeln und einer Miene, die absolut widerwärtig waren, ein großes Tablett mit Dragées. Sie griff sich eine Handvoll und legte sie zwischen ihre Schenkel in eine Falte des Seidenkleides. Dann überlegte sie hin und her, bevor sie sich schließlich für ein goldglänzendes Dragée entschied und es mit ekstatischem Genuss zu lutschen begann.

»Hm, was interessiert mich das?«

Uther nickte ein wenig verwirrt. Seine Schläfen pochten, er war halb betäubt von den Weihrauchschwaden und hatte den Faden verloren.

»Ein Kettenhemd«, sagte sie.

»Was?«

»Aber Vorsicht, ein silbernes Kettenhemd. Ein Harnisch, der von den Zwergen unter dem Berg gewirkt worden ist. Hast du so etwas schon mal gesehen, mein Süßer?«

Uther schüttelte den Kopf.

»Warte. Gleich wirst du's sehen ...«

Sie drehte sich in die andere Richtung und schnippte mit den Fingern. Ein grau gekleideter Mann mit dunkel loderndem Blick trat auf Uther zu, hielt ihm ein rotes Seidentuch hin und faltete es sorgfältig auf wie eine Blüte, bis auf seinem Grund etwas Glitzerndes sichtbar wurde, das im ersten Augenblick aussah wie ein Stück Stoff. Uther berührte es mit den Fingerspitzen. Das geflochtene Silber war leicht wie Wolle, wirkte aber so hart wie Eisen.

»So was kriegt man nicht alle Tage zu sehen, weißt du«, sagte Mahault mit gierigem Blick. »Selbst ich nicht … Und dabei hat man hier wirklich schon alles gesehen! Alles, alles, wirklich alles … Nun gut, ich hab also eingewilligt!«

Uther konzentrierte sich erneut auf die Alte. Er hatte Kopfschmerzen, seine Augen brannten, ihm stand der Schweiß auf der Stirn, und er hatte das Gefühl, in seiner Rüstung zu kochen, die so heiß war, als habe man sie in den Kohlebecken ausgeglüht. Sie plapperte noch immer mit ihrer kehligen Stimme, die in manchen Momenten wie eine unheimliche Karikatur der hochgestochenen Sprechweise des Hofes wirkte, dann wieder ein Ekel erregendes Geblubber war, und sie berauschte sich an ihren eigenen Worten.

Uther begriff, dass sie wahnsinnig war, vermutlich schon seit langer Zeit, eine erbarmungswürdige, eingekerkerte Königin, die über die paar Klafter ihres überheizten Turmes herrschte und mit ihren Sklaven und Lustknaben, ihren Dragées und ihrem Weihrauch dick und fett auf einem Berg Gold saß. Sterbensöde.

»Habt Ihr Gael das silberne Kettenhemd abgekauft?«, forschte er.

»Neeeein … Viel zu teuer! Dieser verfluchte Bastard hat mir nur diesen erbärmlichen Fetzen dagelassen, damit mir das Wasser im Mund zusammenläuft! Aber jetzt, nicht wahr mein Süßer, jetzt sieht die Sache ja ganz anders aus!«

»Ja … nein … Ich weiß nicht. Warum?«

Die Alte lachte ihr heiseres und pfeifendes Lachen.

»Weil du es mir abkaufen wirst!«

Der grau gekleidete Mann nahm Uther das Musterstück aus der Hand und schlug es sorgfältig in das Seidentuch ein. Der Ritter sah ihm feindselig zu. Mit seinem braunen und der

Mode im Palast von Loth gar nicht entsprechenden kurz geschnittenen Haar, der grauen Haut und der stämmigen Figur war der Mann jemand, der kein Aufsehen erregte und in jeder Masse unterging. Nur seine glühenden schwarzen Augen und die entsetzliche Narbe quer über seine Kehle ließen auf seine wahre Natur schließen: Er war ein Dieb oder ein Mörder. Aber was war denn auch anderes zu erwarten, in Scâth?

»Das ist Blade«, sagte Mahault. »Ein Dieb natürlich. Ein Gauner. Aber du musst ihm vertrauen, doch, doch, doch ... Er wird dir alles erklären, mein Süßer!«

Uther sah das kurze Aufblitzen einer bösen Freude in den Augen des Diebs, das sofort darauf von einer unterwürfigen Miene abgelöst wurde.

»Ich weiß, wo Gael zu finden ist«, sagte er. »Und ich kann dich zu ihm führen. Was Mahault dir vorschlägt ...« Er unterbrach sich, um sich feierlich vor der alten Hehlerin zu verneigen, die ihm mit vor Gier glitzernden Augen zunickte und ihm auf diese Weise bedeutete weiterzureden.

»... ist also, ihr das Kettenhemd im Gegenzug für unsere Hilfe zu überlassen«, sagte Blade.

Uther sah ihn auf eine Weise an, die dem Dieb deutlich machte, dass er sich etwas genauer ausdrücken musste.

»Ich führe dich zu Gael unter dem Vorwand, ihm das Kettenhemd abzukaufen. Ich erkläre ihm, dass Mahault einen Kunden gefunden hat und gebe ihm das Geld ... Dein Geld. Du lässt mich das Kettenhemd kaufen und damit verschwinden. Und danach machst du mit ihm, was du willst.«

»Aber ... Ich habe kein Geld!«, sagte Uther.

»Oh, kein Geld!«, krächzte Mahault von ihrem Thron herunter. »Kein Geld, kein Geld, der arme kleine Ritter. Kein Geld, die schöne Königin Lliane, kein Geld, die kleinen Zwerge, kein Geld auf den Packpferden, kein Schmuck, keine Ketten, nichts, gar nichts! Kein Geld im Großen Rat! Armer König Pellehun ...«

Sie unterbrach sich brüsk und änderte ihren Ton.

»Wie du siehst, kennen wir dich, Uther, der Braune.«

Der Ritter zuckte zusammen. Mit einem Schlag hatten der Blick und die Stimme der alten Mahault jeden Anschein von Wahnsinn verloren.

»Mir ist es ganz egal, was du von Gael willst. Aber wenn du ihn finden möchtest, hast du keine Wahl. Du musst der alten Mahault folgen … Und ich, ich brauche das Panzerhemd. Vom Gold des Königs bezahlt. Das würde mir Freude machen … Also, was meinst du, süße Unschuld?«

»Ich bin keine …«

»Und was soll es denn schließlich!«, sagte Blade neben ihm. »Du kannst dir dein Gold immer noch zurückholen, wenn die Sache erledigt ist. Schließlich willst du Gael ja festnehmen. Oder etwa nicht, verehrter Ritter?«

»Ha! Das stimmt ja überhaupt!«, prustete Mahault. »Was für ein schöner Handel! Ganz genau! Im Endeffekt wird es dich ja gar nichts kosten, mein hübscher Sire! Du kriegst den Elf, und Mahault den Panzer! Das Panzerhemd der Zwerge unter dem Berg!«

Andere Lacher stimmten in ihr unerträgliches Geglucksе mit ein. Uther versuchte, kühl abzuwägen. Aber was gab es schon für einen anderen Weg, um den Grauen Elf wiederzufinden? Frehir stand noch immer regungslos da und war ihm überhaupt keine Hilfe.

»Einverstanden«, sagte er. »Ich akzeptiere den Vorschlag.«

Er verbeugte sich kurz vor Mahault und wandte sich dann zu Blade, der ihn mit einem unterwürfigen Lächeln ansah.

»Seid in zwei Stunden am Ausgang der Stadt«, sagte der Dieb. »Nehmt Pferde und Proviant mit. Wir werden nach Norden reiten müssen, bis in die Sümpfe, bis in die Marken … Bis in die Wüsten Lande.«

Blade lauerte mit einem überlegenen Lächeln auf die Reaktion seines Gegenübers, als erwarte er, dass Uther die simple Erwähnung der Schwarzen Lande ebenso erschrecke wie alle anderen Menschen vom See. Aber vergebens.

Uther begnügte sich damit, sein Einverständnis mit einem

Nicken zu verstehen zu geben, und verließ, gefolgt von Frehir, den Raum.

Die laue und süßliche Luft draußen auf der Straße erfrischte ihn wie eine eiskalte Dusche.

Es hatte die Nacht über geschneit und den Gesandten des Großen Rats schlug eine klirrende Kälte entgegen, als sie Kab-Bag verlassen hatten. Sie saßen rund um ein Strohfeuer, und jeder hing seinen Gedanken nach. Uther und der Barbar hatten die Geschichte König Baldwins bestätigt. Gael hatte also tatsächlich das silberne Kettenhemd gestohlen. Niemand, selbst die Königin Lliane oder Till, der Spurensucher, zweifelten mehr daran, dass er auch den König Troïn getötet hatte. Der von allen am wenigsten vor den Kopf Geschlagene war vermutlich Rogor, der schon lange fest davon überzeugt gewesen war und den Beweis für die Schuld des Grauen Elfs gar nicht gebraucht hatte. Er war höchstens ärgerlich, dass er nach vier Tagen Reise noch immer seine Dienerrolle spielen und schweigen musste, immer und immer schweigen, während die anderen die ganze Zeit miteinander palaverten.

Momentan schwiegen sie alle und aßen Brot und Knochenschinken, und dieses triste Mahl trug nicht gerade dazu bei, ihre Moral zu verbessern. Die drei Zwerge waren völlig durchgefroren, saßen dicht aneinander gedrängt und hatten die mürrische Miene, die ihr natürlicher Gesichtsausdruck war, aufgesetzt. Tsimmi, von dem unter der grünen Kapuze seines Mantels, den er eng um sich geschlagen hatte, nur der braune Bart zu sehen war, fühlte sich traurig. Die Nacht in Kab-Bag war gar nicht komisch gewesen, und seine Beine schmerzten noch immer von den Schlägen, die er im Haus des Sheriffs empfangen hatte. Er fühlte sich Uther freundschaftlich verbunden, ja selbst diesem verrückten Frehir, und er hatte das Gefühl, sie zu belügen, indem er schwieg. Fast wäre es ihm lieber gewesen, dass Rogor sich zu erkennen gäbe und seine ganze Wut herausließe. Aber der Thronerbe von Troïn hatte sich nach wie vor in der Gewalt.

»Was denkt Ihr über all das, Meister Tsimmi?«, fragte die Königin Lliane und riss ihn abrupt aus seinen düsteren Gedanken.

Der Meister der Steine räusperte sich und murmelte ein paar unverständliche Worte, er hatte keine Ahnung, was man ihn gefragt hatte … Zum Glück wurde er schnell durch einen Ausbruch Miolnirs aus seiner Bedrängnis befreit. »Wozu soll es gut sein, noch weiter zu reden!«, knurrte der Zwergenritter im Aufstehen und streifte mit einer Schulterbewegung seinen Umhang ab. »Sind wir nicht hierher gekommen, um Gael zu finden? Und jetzt wissen wir, wo wir ihn finden können, oder nicht? Er ist in seine verflixten ekligen Sümpfe zurückgegangen! Das war ja wohl letztlich vorauszusehen! Wer sollte ihn da schon finden? … Und, was ist jetzt mit euch? Habt ihr etwa Angst?«

Er zog seinen Helm ab, raufte sich die Haare und forderte dann die ganze Gesellschaft heraus, indem er sich mit einem bösen Blick vor der Königin der Hohen Elfen aufbaute.

»… Oder vielleicht habt ihr ja nun plötzlich gar nicht mehr so viel Lust, noch weiterzureisen und für Gerechtigkeit zu sorgen?«

»Niemand hat Angst«, schaltete Tsimmi sich vermittelnd ein. »Aber wir wissen nicht einmal, ob Gael tatsächlich in den Sümpfen ist. Dieser Blade hat auch etwas von den Marken und den Schwarzen Landen erzählt …«

Er hatte sich beim Sprechen Uther zugewandt, wie um dessen Bestätigung zu erheischen.

»Das stimmt«, sagte der und stellte seine Schale ab. »Das Ganze wirkt, als ob …«

Er unterbrach sich; die Anwesenheit der Königin und Tills, des Spurensuchers, dem ein Blick genügte, um zu verstehen, worauf Uther hinauswollte, machte ihn verlegen.

»Das Ganze wirkt, als ob der ehrenwerte Gael in den Diensten Dessen-der-keinen-Namen-haben-darf stünde, meinst du das? Na, dann sag es auch!«

Tills scharfer Ton traf Uther wie ein Peitschenhieb.

»Ja, und warum auch nicht?«, gab er rüde zurück. »Dieser ›ehrenwerte Herr‹, wie du ihn nennst, hat den König Troïn getötet und ein wertvolles Kettenhemd gestohlen, das er dann seinen Freunden, den Hehlern von Kab-Bag angeboten hat! Hast du immer noch nicht begriffen? Das ist ein Dieb! Ein Dieb und Mörder! Das heißt, ja, warum nicht, ich behaupte, dass er auch in den Diensten der Schwarzen Lande stehen kann!«

Uther war aufgestanden und hatte sich in voller Größe vor dem dünnen elfischen Spurensucher aufgebaut, in dessen Augen ein wütender Funke glitzerte.

»Gael und ich haben Seite an Seite in den Sümpfen gegen den Unnennbaren gekämpft, da warst du noch ein kleiner Hosenscheißer, Mensch!«, zischte der Elf mit tonloser Stimme. »Wer bist du überhaupt, dass du es wagst, von den Schwarzen Landen zu reden?«

»Nun ist's gut, Till …«

Die Königin hatte sich erhoben, noch bleicher als sonst. Der eisige Winterwind fuhr in ihr Moirécape und ihre langen schwarzen Haare. Auch ihre Tunika wurde knatternd hochgeweht und gab oberhalb ihrer hohen Wildlederstiefel die bläuliche Haut ihrer Schenkel frei. Uther, der nach dem Dampfbad von Scâth jetzt in seiner Rüstung schier erfror, bemerkte, dass sie kaum bekleidet war und dennoch überhaupt nicht unter der Kälte zu leiden schien.

»Das Böse, verehrter Ritter, ist nicht auf die Schwarzen Lande beschränkt. Es ist auch in uns selbst, es existiert in jedem unserer Völker, als hätte der Krieg uns alle angesteckt … Ihr wisst, dass es unter den Menschen Diebe, Mörder und Vergewaltiger gibt, und das erstaunt Euch nicht weiter. Aber bei uns ist es nicht anders. Die Elfen sind keine perfekten Wesen, allerdings auch nicht die blutrünstigen Ungeheuer aus Euren Kindermärchen. Die Elfen sind ein Volk mit guten und bösen Angehörigen, ganz wie bei euch. Oder den Zwergen, nicht wahr?«

Miolnir zuckte die Achseln, aber Tsimmi nickte der Königin bestätigend zu.

»Na gut, Gael hat gemordet, er hat gestohlen … Das bedeutet noch nicht, dass alle Elfen Mörder und Diebe sind. Und außerdem wissen wir nicht, was genau passiert ist. Keiner von uns … Vielleicht hat er auf eigene Faust gehandelt, vielleicht aus Geldgier, vielleicht um sich zu verteidigen, vielleicht sogar auf Geheiß des Unnennbaren … All das werden wir nur erfahren, wenn wir ihn wiederfinden und ihm eine Gelegenheit geben, sich zu erklären.«

»Ja, ja!«, knurrte Miolnir. »Das möchte ich gerne hören!«

»Und doch, Herr Miolnir, ist das Böse nicht die Regel, weder bei den Elfen noch bei den Zwergen oder irgendeinem anderen der freien Völker!«

Sie hatte laut gesprochen, mit einer weithin vernehmbaren Stimme, die alle zwang, zu schweigen und sie anzusehen. Tsimmi fragte sich, ob sie sich eines Zaubers bedient hatte oder ob diese unbekannte Stimme ihre natürliche war.

»Wir werden in die Sümpfe gehen«, begann sie wieder und setzte sich hin, wobei sie ihren Mantel um sich schlug. »Wir werden Gael finden, koste es, was es wolle. Und wir werden es weder um der Ehre der Elfen willen tun, noch für das Gedenken des Königs unter dem Schwarzen Berg …«

Bei diesen Worten biss Rogor die Zähne zusammen.

»Sondern um Gerechtigkeit zu üben und den Frieden zu wahren … Und wenn es nötig ist, gehen wir bis ins Land Gorre, bis in die Schwarzen Lande.«

Tsimmi schüttelte den Kopf. Allein in die Sümpfe einzudringen war für einen Zwerg schon ein selbstmörderischer Wahnsinn. Die Grauen Elfen verfolgten sie mit tödlichem (und vermutlich gerechtfertigtem) Hass, seit der Zeit vor dem Zehnjährigen Krieg, als die Zwergensoldaten sich einen Spaß daraus gemacht hatten, sie von ihren Hügeln bis in die Moore hineinzujagen. Aber wenn man außerdem tatsächlich die Marken würde durchqueren müssen und sich in die Schwarzen Lande wagen … Der Zwerg ließ seinen Blick über die kleine Truppe gleiten. Sie waren gerade eine Handvoll. Was konnten sie gegen die Dämonenlegionen ausrichten?

»Es ist Wahnsinn«, murmelte er in seinen Bart. »Kaum einer von uns wird zurückkehren … Der helle Wahnsinn …«

Kopfnickend, wie um seine Worte zu unterstreichen, verließ er mit auf dem Rücken gekreuzten Händen den Kreis und lief bis zu einem kleinen Hügel, von wo aus das riesige Loch, in dem die Stadt Kab-Bag lag, zu sehen war.

Der Schnee war nur an wenigen Stellen liegen geblieben, und die ganze Landschaft wirkte gleichförmig schmutzig und traurig, wüst und flach wie ein Teller.

Ein bedrücktes Schweigen hatte sich von neuem unter den Reisenden ausgebreitet. Es war Wahnsinn und manch einer von ihnen würde ihn womöglich mit seinem Leben bezahlen. Andererseits hatte die Königin Recht. Würden sie es aufgeben, Gael weiterhin zu verfolgen und mit leeren Händen nach Loth zurückkehren, dann wäre alles noch schlimmer. Niemand würde je die Unschuld des Elfen aus den Sümpfen beweisen können, noch seine Schuld, und der Mord an König Troïn bliebe unaufgeklärt und ungesühnt. Bis die Zwerge unter dem Berg sich dann entschließen würden, selbst ihr Recht einzufordern. Und es war klar, was das hieße.

»He!«

Alle drehten sich zu Tsimmi um, der mit der Hand in Richtung Stadt deutete.

»Da ist er! Ich glaube, das ist unser Mann!«

Nachdem Uther und der Barbar fort waren, hatte Mahault ihren Hofstaat weggeschickt, um mit Blade unter vier Augen die Einzelheiten seiner Expedition besprechen zu können. Der Meisterdieb hatte zugegeben, noch nie einen Fuß in die Sümpfe gesetzt zu haben, was es ihm nicht erleichtern würde, die Gesandten des Großen Rats bis zu Gaels Versteck zu führen. Umso weniger, als Blade, den angesichts seines Plans eine fieberige Erregung gepackt hatte, den Erklärungen und Warnungen der alten Frau kaum Gehör schenkte. »Meister Blade, bitte, hört mir genau zu!«, sagte sie schon zum zehnten Mal.

Der Dieb nickte geistesabwesend, während er vor einem der wenigen Fenster des Zimmers stand, das von den kleinen Scheiben aus trübem gelbem Glas in schummriges Licht getaucht wurde. Gedankenverloren ließ er seinen Blick von neuem über das Gewimmel in der Gasse unten gleiten, die durch das milchige Glas nicht deutlich zu erkennen war. Dann hob Blade die Augen zum Himmel, das heißt zu dem kleinen hellen Fleck, der davon zu sehen war. Es war schon ziemlich spät. Bis zum Einbruch der Nacht würden ihnen nur ein paar Stunden Wegs bleiben, aber morgen um die Mittagszeit wären sie in den Marken.

Bis jetzt hatte Blade blind dem Seneschall gehorcht, der den goldenen Ring der Gilde trug, genau, wie die alte Mahault ihm gehorchte, ohne zu zögern oder zu fragen. Außerdem hatte er gar keine andere Wahl gehabt, als den Befehlen nachzukommen: sich auf die eine oder andere Weise der Truppe anzuschließen und die gesammelte Macht der Gilde zu nutzen, um Gael vor ihr zu finden. Und zu töten.

Aber nichts würde ihn daran hindern, bei derselben Gelegenheit einen hübschen Coup zu landen ... Was sollte ihm das schaden, solange er seine Mission erfüllte?

Blade musste lächeln, als er an den exorbitanten Preis dachte, den der Graue Elf für das in Ghâzar-Run gewirkte Panzerhemd gefordert hatte: hundert Silberdukaten. Ein Vermögen. Genug, um in einem anderen Königreich eine neue Existenz zu beginnen, weit fort von allem, und wie ein großer Herr zu leben. Und dann, wenn er sich dort in den Sümpfen nur geschickt genug anstellte, würde er vielleicht den doppelten Gewinn einstreichen, das Gold behalten und das Kettenhemd dazu?

Er lachte kurz auf, worauf Mahault aufschreckte. Sie musterte ihn mit einer Mischung aus Misstrauen und Furcht. Würde er mit ihr teilen müssen? Zweifellos. Das war das Gesetz der Gilde. Aber hatte er nicht bereits das heiligste all ihrer Gesetze verletzt, indem er Thane de Logres ermordet hatte?

»Ist alles bereit?«, fragte er, ein möglichst offenes Lächeln auf den Lippen.

»Ich habe meine Befehle erteilt«, erinnerte ihn die Alte. »Du wirst dein Pferd, deinen Proviant und deine Waffen bald haben. Man gibt uns Bescheid.«

»Gut. Dann tu mir noch einen letzten Gefallen. Kannst du schreiben?«

Mahault zuckte die Achseln. Wofür hielt er sie denn, das Jüngelchen? Natürlich konnte sie schreiben, das war in ihrem Beruf unabdingbar. Und sie sprach zehn verschiedene Sprachen, darunter das Geschnatter der Gnome und das scheußliche Geknurr der Dämonen.

»Dann wirst du unserem Obersten eine Nachricht zukommen lassen, mit dem Siegel von Beorn darauf.«

»Und wohin schicke ich sie?«

»Das brauchst du nicht zu wissen. In meinem Gepäck befinden sich drei Brieftauben. Benutze sie, sie werden ihn finden. Und lass kein einziges Detail aus. Sage ihm, dass ich in einer Woche, maximal in zehn Tagen zurück bin, und dass seine Befehle ausgeführt sein werden.«

Wieder bemühte er sich um ein Vertrauen erweckendes Lächeln.

»Ich komme hier auf dem Rückweg vorbei wie abgesprochen. Wir teilen durch zwei. Das ist das Gesetz.«

»Das ist das Gesetz«, bestätigte Mahault.

X
Der Sumpf

Die Mittagsstunde war gerade erst vorüber, aber die aus den Sümpfen aufsteigenden Nebel verdüsterten die Landschaft so sehr, dass die Gesandten des Großen Rats gerade noch ein paar Meter weit sehen konnten. Sie fühlten sich alle erschlagen, waren völlig durchgefroren (mit Ausnahme der Elfen, denen die Kälte nicht viel ausmachte) und schlechter Stimmung. Vor fünf Tagen hatten sie Loth verlassen und geglaubt, nur eine einfache Reise zu Pferde vor sich zu haben; jetzt lastete auf jedem die unangenehme Erkenntnis, in welcher Situation sie sich befanden: Sie waren überhaupt nicht darauf vorbereitet, sich unter der Führung eines Galgenvogels, der sie womöglich in irgendeine tödliche Falle lockte, in die Sümpfe zu wagen. Blade, der an der Spitze ritt, bereute bereits, der alten Mahault nicht genauer zugehört zu haben. Zu seinem Glück führte der einzige steinige Weg der ganzen Gegend direkt zum Landesteg und zum Haus des Fährmanns.

Längs des Weges wuchs kaum Gras, beinahe alle Bäume waren abgestorben und halb von einem undurchdringlichen Dornengestrüpp überwachsen. Jedes einzelne Mitglied der Gruppe war zugleich mürrisch und angespannt. Die Landschaft selbst schien sie davor zu warnen, was sie jenseits der Sümpfe erwartete, in den Schwarzen Landen. Irgendjemand nieste laut, der Heftigkeit nach zu urteilen vermutlich einer der Zwerge, und Uther stieß ein etwas gezwungenes Lachen aus. Dann verfiel der Trupp wieder in Schweigen, und die Stille wurde nur ab und zu vom heiseren Schrei eines Raben oder dem Wiehern eines der Pferde unterbrochen.

»Halt«, befahl Frehir, der zu Fuß und sein Pferd am Zügel haltend, direkt hinter dem Dieb herlief, mit leiser Stimme.

Ein paar Klafter vor ihnen war plötzlich eine baufällige Hütte aus dem Nebel aufgetaucht.

»Ist das die Hütte des Fährmanns?«, fragte Lliane Blade im Nähertreten.

Der Dieb nickte stumm.

»Bleibt hier«, sagte er. »Besser, ich gehe und rede allein mit ihm. Zu viele Leute auf einmal würden ihm Angst einflößen …«

Ohne abzuwarten, stieg er ab und ging mit geschmeidigen Schritten auf die Hütte zu. Bald war er halb vom Nebel verschluckt, man sah nur noch seine Umrisse. Sein Pochen an der Tür hallte durch die beängstigende Stille um die Ufer des Sumpfes. Hundegebell antwortete ihm, dann war ein Keifen zu hören, das das Tier zur Ruhe brachte.

»Wer ist da?«, ertönte eine Gnomenstimme.

»Mahault schickt mich! Mahault von Kab-Bag! Macht auf, Meister Oisin! Wir wollen über die Sümpfe setzen! Wir bezahlen in Gold …«

Der Gnom antwortete nicht, aber einige Sekunden später ging seine Tür knarrend auf. Wieder begann der Hund zu bellen.

»Ruhig!«, schrie der Fährmann.

»Ich grüße dich, Oisin.«

Der Gnom musterte den Mann mit dem kurzen braunen Haar und den grauen Kleidern, der vor seiner Tür stand. Oisin hatte wie alle Gnomen ein faltiges Gesicht und gerötete Haut, aber im Gegensatz zu seinen Artgenossen war er in Kleider und Pelze gehüllt, denen anzusehen war, dass sie nur aus Gründen der Bequemlichkeit getragen wurden und den eigentümlichen gnomischen Vorstellungen von Eleganz nicht entsprachen.

»Habt Ihr schon einmal die Sümpfe überquert?«, fragte er schließlich.

Blade schüttelte stumm den Kopf und setzte dabei ein joviales Lächeln auf. Dann wandte er sich zu den anderen um und machte ihnen ein Zeichen näher zu kommen.

»Ich bin nicht allein, Meister Oisin«, sagte er leise.

Der Gnom kniff die Augen zusammen und streckte den Kopf zur Tür heraus, in dem Bemühen, die Gestalten zu erkennen, die sich da nach und nach aus dem Nebel schälten.

»Elfen …«, murmelte er erbebend.

Blade nahm ihn freundschaftlich an der Schulter.

»Wir möchten …« (Er musste einen Blick auf Mahaults Pergament werfen, um den Namen zu entziffern, und hatte dann die größte Mühe, ihn auszusprechen) … »Wir möchten nach Gwragedd Annwh, der Stadt in den Sümpfen. Nenn uns deinen Preis!«

»Der Stadt in den Sümpfen, sagst du!«, rief der Fährmann und zog eine amüsierte Grimasse. »Der Witz ist nicht schlecht!«

Dann wandte er seine Aufmerksamkeit der seltsamen Gruppe zu, die vor seinem Haus Aufstellung genommen hatte. Ein Ritter des Großen Rats in Rüstung neben einem Barbaren aus den Marken … Zwergenkrieger Schulter an Schulter mit Elfen, die von einem Hund und einem Falken begleitet wurden … Und alle sprachen von Gwragedd Annwh, als würde es sich dabei um eine Stadt handeln!

»Ihr seid so viele, ehrenwerte Herrschaften. Man bräuchte mindestens drei Flöße … Und dann, so bepackt wie ihr seid und mit all den Pferden, wird die Überfahrt lang werden!«

Ilra, die Fuchsstute, wieherte leise, und Königin Lliane nickte.

»Wir behalten nur die Tragpferde«, sagte sie. »Die anderen kommen nicht mit. Deinen Preis, Fährmann!«

Tsimmi versetzte dem gepanzerten Bein Uthers, des Braunen, einen Stoß mit dem Ellbogen.

»Das ist doch Wahnsinn!«, flüsterte er. »Wie sollen wir denn ohne Pferde durch die Schwarzen Lande kommen?«

Uther antwortete nicht sofort. Oisin hatte seinen Preis festgelegt: ein Goldstück pro Floß. Eine horrende Summe, wie nicht anders zu erwarten gewesen.

Mit einem Mal waren die Zwerge bereit, auf die Pferde zu verzichten. Mit vor Empörung roten Köpfen begannen Tsimmi und Miolnir hartnäckig zu handeln, wobei sie nacheinander drohten, flehten, freundlich und vertraulich wurden, alles vergebens.

Uther hatte sich der Königin genähert.

»Warum sollten wir die Pferde fortschicken, teuerste Königin?«, fragte er leise.

Lliane lächelte ihm zu und blickte ihn einen Moment lang aus ihren unergründlichen grünen Augen an. Unwillkürlich verspürte die Königin ein Glücksgefühl, dass er wieder zu ihr sprach und sie »teuerste Königin« nannte …

»Man kann ein freies Pferd nicht zwingen, dahin zu gehen, wohin es nicht möchte, mein lieber Ritter. Und eure Rösser würden zu viel Lärm machen. Da, wo wir hin wollen, ist es schon unklug, zu Fuß zu gehen. Und in den Sümpfen kommt man ohnehin nur zu Fuß voran. Das einzige, was wir davon hätten, quer durch die Schwarzen Lande zu galoppieren, wäre, dass man uns noch schneller bemerkt!«

Uther nickte und suchte nach Worten, aber Frehirs laute, schleppende Stimme unterbrach seinen Gedankenfluss.

»Kommt. Sie haben sich geeinigt.«

Die Elfe ließ den Ritter vorausgehen, zum Rest des Trupps am Ufer des Moors, und gesellte sich dann zu Till, der neben Ilra stand und ihr sanft den Hals streichelte.

»Auf bald«, sagte die Fuchsstute schnaubend. »Wir werden jeden Tag zu diesem Ufer kommen und euch erwarten!«

»Auf bald, Ilra«, murmelte Lliane. »Aber warte nicht auf uns. Geh nach Hause … Und wenn du König Llandon und die unseren siehst …, sag ihnen, dass … Sag ihnen, dass wir bald zurückkommen werden.«

Till sah sie aus den Augenwinkeln an und respektierte dann ihr Schweigen, bis die großen Pferde außer Sichtweite waren.

Die Königin fühlte sich traurig, und als sie ihnen nachblickte, traten ihr Tränen in die Augen. Sie galoppierten zu Llandon, zu ihren Brüdern, weit weg von diesen eiskalten, feindseligen Sümpfen, in denen doch auch Elfen lebten.

»Na komm«, sagte sie mit einem erbarmungswürdigen Lächeln. »Wir müssen mithelfen, die Flöße zu beladen …«

»Meine Königin?«, fragte Till und hielt sie zurück. »Dieser Blade, was sollen wir mit ihm machen?«

Von der ersten Sekunde an, da der Meisterdieb sich zu ihrem Trupp gesellt hatte, hatte der Spurensucher ihn wiedererkannt. Er war es, dessen Präsenz er seit ihrer Abreise von Loth gespürt hatte, er war es, der Roderik getötet hatte, dem sein Falke bis ins Herz von Kab-Bag gefolgt war, der tief in der Unterstadt von neuem gemordet hatte. Till kannte seine Beweggründe nicht, aber er wusste, dass der Dieb sich ihnen nicht zufällig angeschlossen hatte. Er hatte die Königin sofort gewarnt, doch Lliane hatte sich entschieden, den anderen nichts zu sagen.

»All das ändert nichts«, meinte sie mit dem singenden, elfischen Ton in ihrer Stimme. »Vielleicht lockt dieser Mann uns in eine Falle, aber warum sollte er dann solche Umstände machen? In Kab-Bag hätte er uns hundertmal töten können … Ich glaube, er weiß tatsächlich, wo Gael sich befindet und kann uns zu ihm führen. Und das ist das Einzige, was zählt. Vorerst.«

Bleierne Stille lag über den Sümpfen, gegen die auch das Schmatzen der aus dem Schlamm gezogenen Flößerstangen nichts vermochte. Der Trupp hatte sich auf drei große Flöße verteilt. Auf dem ersten befanden sich die Zwerge, deren kleiner Wuchs den Fährmann ein wenig beruhigte, sowie Frehir, der die Sümpfe bereits früher einmal überquert hatte, zu Zeiten, als die Menschen gewagt hatten, den Krieg in die Schwarzen Lande auszudehnen. Auf dem zweiten hatten die Königin, Uther und der Dieb Platz genommen, während sich die Packpferde unter der Obhut des Zwergenpagen und Tills, des Spurensuchers, auf dem letzten Floß drängten.

Nach kürzester Zeit schon war der Nebel so dick geworden,

dass sie gezwungen waren, Fackeln anzuzünden, um sich von Floß zu Floß noch sehen zu können. Sie kamen nur extrem langsam voran, und alle hatten sich Decken oder Pelze umgelegt, so eisig war der Nebel. Selbst die Elfen schienen zu frieren.

»Nicht genug Wasser, um zu rudern, zu viel Schlamm, um zu staken!«, knurrte Frehir über seine Stange gebeugt.

Er war bereits schweißüberströmt und warf wütende Blicke auf Oisin, der trotz seines kleinen Wuchses seine Stange auf der anderen Seite des Floßes mit verblüffender Leichtigkeit bewegte.

Auch Uther und Blade auf dem nächsten Floß rann vor Anstrengung der Schweiß in Bächen über den Körper. Bei jedem Stoß versanken die Stangen so tief im Schlamm, dass sie unter schmerzhaftem Reißen wieder herausgezogen werden mussten, was ihnen in die Muskeln fuhr und sie mit schwarzem, stinkendem Schlick bespritzte, der von winzigen weißen Würmern wimmelte.

»Ich kann nicht mehr!«, stieß Uther plötzlich, um Atem ringend hervor und drehte sich zur Königin um. »Ich ersticke unter dieser Rüstung, ich muss sie ausziehen!« Durch den Nebel drang Oisins Stimme zu ihm herüber.

»Lasst das bleiben, Herr! In weniger als einer Stunde werden wir im Sumpf der Stechmücken sein!«

»Was?«, schrie Uther, aber der Gnom antwortete nicht.

Der Ritter wandte sich seinen Gefährten zu, entdeckte in ihren Blicken aber nur die Leere und Müdigkeit, die auch in seinem eigenen liegen musste. Das Seil, das sie mit dem ersten Floß verband, spannte sich plötzlich an, und nun ertönte Frehirs Stimme: »Stakt! Ihr bremst uns ab!«

Uther zuckte unwillkürlich zusammen und machte sich wieder an die Arbeit. Blade tat es ihm gleich. Sie waren jetzt seit mehr als zwei Stunden unterwegs und hatten eigentlich gedacht, bald am Ziel zu sein. Was hatte es also mit diesem Stechmückensumpf auf sich, von dem der Gnom da redete? Wie lange sollte die Überfahrt denn noch dauern?

Die Königin Lliane erhob sich, griff eine Stange und gesellte sich zu dem Recken. Durch die Feuchtigkeit klebten ihre langen, schwarzen Haare an der Stirn, und ihre Moirétunika, die durchnässt und schlammbespritzt war, haftete an den Maschen ihres silbernen Kettenpanzers, was ihre anmutigen Formen unterstrich. Sie hatte den Bogen und Kevins Pfeile in der Mitte des Floßes abgelegt, ebenso ihren Gürtel mit dem langen Dolch. Breitbeinig stand sie da, und die geschlitzte Tunika gab ihre langen Beine bis hoch zu den Schenkeln hinauf frei. Feucht schimmernd wie sie alle in diesem Nebel sah sie aus wie aus Silber gemacht …

Uther bemerkte eine obszöne Begierde in Blades Blick, von der ihm übel wurde.

»Stake!«, bellte er ihn an.

Der Dieb verzog erstaunt den Mund und legte sich dann, leise kichernd, auf seine Stange, was den Ritter nur umso ärgerlicher machte.

»Oisin!«, brüllte er und trat an den Bug des Floßes vor. »Wie lange sollen wir denn noch in diesem verwünschten Sumpf bleiben?«

»Jahrelang, wenn ihr nicht stakt!«, brummte Frehir, der das Gefühl hatte, er sei der Einzige, der alle drei Flöße ziehen müsse.

»… Jedenfalls nicht weniger als drei Tage, meine Herren!«, fügte der Fährmann glucksend vor Heiterkeit hinzu.

Alle, Menschen, Zwerge, Elfen, hoben wie vor den Kopf geschlagen und von dieser Auskunft zerschmettert, die Augen. Selbst Blade, der seit ihrer Abfahrt so tat, als könne ihn nichts erstaunen, da er diese Überfahrt früher bereits gemacht hatte, verzog unwillkürlich das Gesicht.

Drei Tage in diesem stinkenden Moor. Drei Tage in diesem feuchtkalten Nebel. Drei Tage lang sich die Seele aus dem Leib schwitzen, um die Flöße bei jedem Stoß ein paar Fuß vorwärts zu wuchten. Drei Tage lang aufeinander hängen, auf schlammfeuchten Holzbohlen schlafen, um wenigstens ein klein wenig Wärme zu spüren …

Er blickte zur Königin hinüber und betrachtete schamlos ihre langen Beine, nackt bis zu den Hüften hinauf. Jedenfalls wüsste er schon, wo er sie finden könnte, die Wärme …

Oisin lächelte seinen Floßkameraden zu.

»Der Sumpf ist eine Welt für sich. Eine Welt ohne Sonne, ohne festen Boden, ohne Leben. Nichts als Schlamm, Würmer und Mücken …«

Er ballte seine Hand zur Faust und ließ sie einige Momente vor seinen Augen herumtanzen. Weder Tsimmi noch Miolnir fragten ihn, ob er mit dieser Geste versuchte, die Größe der Insekten anzudeuten, aber dieser entsetzliche Gedanke ließ sie vor Ekel erzittern.

»Ich habe die Sümpfe schon früher durchquert«, murmelte der Riese hinter ihnen. »Zweimal … Die Schwarzen Lande wirken beinahe schön, wenn man hier rauskommt. Die Stechmücken, die einen zum Wahnsinn treiben, die Dinger unter Wasser, die Kälte …«

Niemand antwortete und Frehirs Sätze verloren sich in der lastenden Stille.

»Was für Dinger unter Wasser?«, fragte Miolnir eine ganze Weile später in einem Ton, der beiläufig klingen sollte.

»Das weiß keiner, Sire«, erwiderte der Gnom. »Aber kaum jemand, der ins Wasser fällt, überlebt.«

Der Zwerg nickte und wechselte einen langen Blick mit Tsimmi.

»Das hier sind nur die Marken, Miolnir«, murmelte der Meister der Steine in seinen Bart. »In den Wüsten Landen werden uns sicher noch ganz andere Unannehmlichkeiten erwarten … Komm, lös mich mal ab.«

Er hielt seine Stange dem Zwergenritter hin, der sich bei der Erwähnung der »Dinger unter Wasser« seinen Helm aufgesetzt hatte. Tsimmi stützte die Hände ins Kreuz, dehnte sich und stöhnte, dann ging er ans Heck, formte mit den Händen einen Trichter und rief der Königin und ihren Mitfahrern zu: »Wenn wir drei Tage auf diesen Flößen bleiben sollen, brauchen wir Proviant und Wasser! Weitergeben!«

»Ja, das ist wahr«, bemerkte Uther mit einem Blick auf Lliane. »Könnt Ihr Euch darum kümmern?«

»Wenn's ums Essen geht, denken die Zwerge an alles«, stellte sie lächelnd fest.

Dann gab sie die Aufforderung an Tills Floß weiter, und der Spurensucher begann, den Proviant, der sich auf einem der Packpferde befand, nach vorn zu reichen.

Dort stieß Tsimmi beim Anblick der trostlosen Wasserlandschaft, die sie umgab, einen resignierten Seufzer aus. In solch einer Umgebung konnte ein Zwerg sich nur fürchten (denn es ist ja bekannt, dass Zwerge im Allgemeinen schwimmen wie Steine). Er begann in seiner Tasche zu wühlen, bis er seine lange Tonpfeife und seinen Maistabak fand,und dann dauerte es nicht lange, bis der Zwerg, mitten auf dem Floß sitzend, gegen das wenige Gepäck gelehnt und die rauen Hände am Pfeifenkopf wärmend, einzuschlummern begann.

Plötzlich riss ihn ein erschrecktes Gewieher aus dem Schlaf.

Trotz des Nebels, der alle Geräusche dämpfte, konnte man deutlich Hufschlag auf den Holzbohlen des letzten Floßes hören.

Der Zwergenpage fluchte laut, dann war eine seltsame Folge unterschiedlich klingenden Gewiehers zu vernehmen.

»Was ist los?«, rief die Königin mit hoher, heller Stimme.

»Die Pferde haben irgendetwas gespürt!«, antwortete Till. »Ich habe ihnen gesagt, sie sollen sich beruhigen, aber ich glaube nicht, dass sie sich noch lange beherrschen können!«

Am Heck des großen Floßes begann ein weiteres Pferd zu scheuen und gefährlich auszuschlagen, so dass Rogor gezwungen war, sich hinzuknien, um nicht durch das harte Schwanken des Gefährts über Bord geworfen zu werden.

»Helft mir, ihnen die Augen und Ohren zu verbinden!«, brüllte der Spurensucher.

Dann herrschte wieder Stille, in der nur das Gescharr von Hufen und Bruchstücke von Sätzen zwischen dem Elf und dem Zwerg zu hören waren.

Auf den beiden vorderen Flößen hielten alle den Atem an.

»Was haben sie wohl gespürt?«, murmelte Uther, der zur Königin getreten war.

»Wartet!«, flüsterte sie, legte ihre Stange nieder und nahm all ihre Sinne zusammen.

Dann hob sie ihr Haar hoch, um besser hören zu können, und Uther fuhr überrascht zusammen, als er ihre Ohren sah, die fein ziseliert waren und nach oben spitz zuliefen. Zur größten Verblüffung des Ritters (der wahrhaftig nicht viel von den Elfen wusste) konnte die Königin sie wie eine Katze oder ein Hund in die Richtung bewegen, aus der ein Geräusch kam … Der Ritter kniff die Augen zusammen und versuchte, durch den Nebel zu blicken. Einige Sekunden lang sah und hörte er gar nichts. Dann, plötzlich, fiel ihm eine Art Gesumm auf, ein undeutliches Sirren, ähnlich wie wenn der Wind durch hohes Gras fährt.

»Es ist so weit!«, warnte Oisin der Fährmann. »Der Stechmückensumpf! Bedeckt euch Gesicht und Hände, und lasst auf keinen Fall eure Fackeln ausgehen!«

Von plötzlicher Panik ergriffen, verloren die Gesandten des Großen Rats in wenigen Sekunden all ihre Würde in ihrer Hast, sich irgendwie vor dem Mückennebel zu schützen. Weiter hinten scheuten die Tiere von neuem, und das Floß schwankte gefährlich. »Ruhe bewahren!«, wisperte Till in die Nüstern der panischen Pferde. »Wir werden sie mit den Fackeln abwehren. Ihr braucht keine Angst zu haben …«

»Aber hörst du sie denn nicht?«, antworteten die Tiere. »Die wird nichts daran hindern können, uns in den Bauch, die Ohren, die Nüstern zu stechen. Hat man dich jemals in die Nüstern gestochen, Till?«

»Wenn ihr jetzt nicht ruhig seid, beiße ich euch in die Knöchel!«, schnappte Tills Hund plötzlich. »Und dann stoß ich euch in die Sümpfe, wo ihr rettungslos versinken werdet!«

Die Pferde schüttelten sich vor Entsetzen und zügelten sich ein wenig, während sie verängstigte Blicke auf die Reißzähne des Hundes warfen. Till ging unentwegt zwischen ihnen hindurch und schwenkte zwei Fackeln.

»Das Feuer wird sie fern halten«, wieherte er. »Das Feuer ist unser Freund.«

Rogor, der seine Stange umklammert hielt, schüttelte nervös seinen Bart aus. Dieser ekelhafte Sumpf und die Bedrohung durch die Mücken waren schon schwer genug zu ertragen, ohne dass auch noch direkt vor seiner Nase ein Elf die Mäuler der Pferde anwieherte!

»Zum Henker, Elf, was treibst du da?«, brüllte er plötzlich.

»Schrei nicht, Zwerg. Das macht sie nur noch scheuer.«

»Du sprichst also mit den Pferden?«

»Mit den Pferden, den Pflanzen, mit allem, was lebt!«

Till unterbrach sich unvermittelt. Er hatte bemerkt, dass er geschrien hatte, so laut war das Surren der Stechmücken unterdessen geworden. Am Bug des Floßes sträubte sein Falke nervös das Gefieder und steckte dann den Kopf unter einen Flügel.

»Das ist nicht möglich«, brummelte Rogor leise.

Durch den grauen Nebelschleier wurde jetzt eine flirrende Wolke sichtbar, das diffuse Surren wandelte sich rasch zu einer ganzen Tonskala von Gesirr. Rogor hatte sogar das Gefühl, das exakte Geräusch Tausender aneinanderschlagender Flügel hören zu können.

Auf dem ersten Floß hatte Oisin damit begonnen, einen Mast aufzustellen.

»Unnötig weiterzustaken!«, rief er. »Von hier ab gibt es eine leichte Strömung bis zu den Marken. Schützt euch und viel Glück!«

Kaum hatte er geendet, bedeckte er das gesamte Floß mit einem riesigen schwarzen Wachstuch von der gleichen Farbe wie das Wasser.

Uther zögerte einen Augenblick. Neben ihm falteten Blade und die Königin fieberhaft eine Plane auf. Obwohl er vor Angst zitterte, schien es ihm eines Ritters des Großen Rats unwürdig, sich tagelang unter einem provisorischen Zelt zu verstecken und übers Wasser treiben zu lassen, und all das wegen banaler Mücken.

Er blickte nach hinten und konnte den hellen Fleck von Tills Fackeln ausmachen. Der schützte sich auch nicht, offenbar … Irgendetwas wimmelte ihm im Haar, und instinktiv schüttelte er sich, wobei seine Zöpfe gegen die vor Feuchtigkeit glänzende Rüstung schlugen. Im selben Moment empfand er einen heftigen, stechenden Schmerz auf der Wange, dann einen zweiten auf der Stirn. Er rieb sich heftig übers Gesicht und drehte sich wieder nach vorn. Die ganze Luft war voll flüchtiger, flirrender Silhouetten, und vor seinen Augen schwirrten unaufhörlich schwarze Punkte. Wieder stach ihn etwas, diesmal in die rechte Hand. Er senkte den Blick auf die unförmigen Umrisse seiner verdeckten Kameraden und musste einen Schreckensschauder unterdrücken: Ihre Plane war lückenlos von einer glänzenden Masse von Insekten bedeckt, die wirkten, als wollten sie sie auffressen. Zwei weitere Stiche entlockten ihm einen Schmerzensschrei. Er schüttelte sich und sah auf seine eigene Rüstung. Auch sie war von einer Schicht schwarzer und glitzernder Punkte bedeckt, die wimmelte wie ein lebendiges Kettenhemd.

Panik ergriff Uther, er schrie auf und schlug wie irrsinnig um sich, er leerte den Inhalt seiner Tasche über das ganze Floß aus, um sein langes Cape zu finden, unter das er sich dann warf, wobei er einige Hundert Stechmücken mitnahm … Sein ganzer Körper brannte wie Feuer. Dutzende Insekten waren unter seine Rüstung gekrochen und zerstachen ihm die Arme, den Rücken, den Nacken, zwangen ihn, sich unter seinem schwachen Schutzdach hilflos und ungeschickt zu winden und zu strampeln, alles sinnlose Versuche der Verteidigung gegen einen derart erbarmungslosen Gegner.

Plötzlich spürte er einen Rempler, und sein Cape wurde ihm fortgerissen. Er sah, wie in Blitzesschnelle eine Plane über ihm aufgespannt wurde und blickte in die angespannten Gesichter Llianes und Blades. Uther wollte etwas sagen, da verbrannte die Flamme einer Fackel ihm das Gesicht. Er brüllte vor Schmerz. Die Behandlung war so plötzlich zu Ende, wie sie begonnen hatte. Er hechelte, sein Gesicht und sein Körper brannten, und er fühlte sich, als habe man ihn in einen Kessel kochenden Öls getaucht. Uther wehrte sich nicht mehr und sank auf die Stämme des Floßes zurück. Sein Blick begegnete dem der Königin, seine Lippen versuchten, eine Frage zu formen.

»Sprecht jetzt nicht, Ritter«, sagte Lliane und legte ihm sanft die Finger auf den Mund. »Wir haben den Großteil der Mücken verbrannt, die Euch bedeckt hatten. Jetzt sollten wir besser die Rüstung ausziehen, um die Sache zu Ende zu bringen … Wehrt Euch nicht.«

Uther nickte kraftlos. Ohne Unterlass stachen die Mücken auf ihn ein, als spicke man ihn am ganzen Körper mit Nadeln, aber der Schmerz kam in seinem Hirn nur noch als verzerrter, seltsamer Eindruck an. Er spürte, wie man ihn hochhob und ihm seine Schulterstücke und eisernen Handschuhe abnahm. Verschwommen erkannte er Blade, dessen Gesicht schweißüberströmt war, und der sich über ihn beugte, sein Gesicht von der Flamme seiner Fackel erhellt. Ihn durchzuckte ein brennender Schmerz und er krümmte sich unwillkürlich zusammen. Er brauchte einige Sekunden, um zu begreifen, dass sein Arm und seine Flanke nackt waren und der Dieb ihn von einer Wolke von Stechmücken befreite, indem er die Flamme über seine Haut streichen ließ. Erst dann verlor er das Bewusstsein.

Die Stirn auf den groben Bohlen des Floßes, das Haar im Brackwasser der Zwischenräume treibend, war die Königin Lliane in einen tiefen Schlaf gesunken, trotz des ohrenbetäubenden Gesurrs der Stechmücken im Sumpf, trotz des Mangels an frischer Luft und der drückenden Hitze, die unter dem behelfsmäßigen Zelt herrschte, das sie aufgebaut hatten. Sie hatte die ganze Nacht und ein Gutteil des Tages über Uther gewacht, bis ihre Kräfte sie verließen, und ihm die Melodie zur Besänftigung der Seele ins Ohr gesungen.

Anmod deore haeleth
Sar colian
Feothan
Feothan
Breost frofur
Hael Hlystan.

Und der Kopf des Ritters ruhte noch immer auf ihrer Brust.

Blade, schweißnass und mit schmerzenden Gliedern, konnte nur phasenweise schlafen. Als das treibende Floß ruckte, wachte er auf und verlor einen Moment vor Entsetzen die Beherrschung. Sein Gesicht klebte an der nassen Plane, das Gesirr von Tausenden von Flügeln hallte ihm in den Ohren wider, und die Stechmücken prasselten ohne Unterlass wie ein Platzregen auf den Stoff ... Schließlich hatte er sich wieder in der Gewalt.

Er versetzte der Plane einen wütenden Faustschlag und draußen schwoll das metallische Sirren noch heftiger an.

Die Stange, die als zentraler Stützmast ihres Zeltes gedient hatte, war beim Geschaukel auf dem Wasser weggerutscht, und die Plane bedeckte sie jetzt wie ein Leichentuch. Der Dieb tastete umher, fand die Stange und richtete sie wieder auf, und auf der Stelle war ein wenig frische Luft da und ein matter Lichtschein drang durch die Poren des Stoffs. War es nun der zweite oder schon der dritte Tag? Wie lange sollten sie noch in diesem Alptraum gefangen bleiben? Blade setzte sich hin, streckte die Beine von sich und rieb sich den Nacken.

Auf der anderen Seite des Floßes lag regungslos Uther, seine Brauen waren halb verbrannt, sein Gesicht geschwollen, nässend und von entsetzlicher grüngrauer Farbe (wozu auch die dürftige Beleuchtung beitrug). Blade fragte sich, ob er tot sei, aber bei genauerem Hinsehen schien es ihm, als ob die blauweiße, in den Farben des Königs Pellehun gestreifte Tunika, die seine Brust bedeckte, sich noch schwach im Rhythmus der Atmung hob und senkte.

Dann wandte er seine Aufmerksamkeit der Königin zu.

Ihre schwarzen Haare, die wie Algen zwischen den Planken

trieben, verhüllten ihr Gesicht. Wie konnte sie so schlafen, direkt auf den mehr oder weniger unbehauenen Baumstämmen des Floßes, am ganzen Körper nass von diesem schlammigen, ekelhaften Wasser, das durch alle Ritzen drang? Ihre lange Moirétunika klebte an ihrem Körper, und Blade betrachtete wieder lange die endlosen Schenkel der Elfe.

Er richtete sich auf, kroch auf die schlafende Gestalt zu, hielt inne und beugte sich über sie. Seine Augen hatten sich an das fahle Dämmerlicht gewöhnt und er konnte sie jetzt besser sehen. Unter der Fülle ihres Haars war der Blauschimmer ihrer Wange wahrzunehmen und der etwas dunklere ihrer halb offenen Lippen. Eine gelockte Strähne war bis auf ihren Mund geglitten, und Blade streckte die Finger aus, um sie behutsam beiseite zu schieben. Mit ihren geschlossenen Augen und den entspannten Zügen war sie von einer Schönheit, die den Meisterdieb anrührte. Er hatte Elfen gekannt, aber das waren Nutten von den Küsten, exotische Erfahrungen in den Bordellen der Vergnügungsviertel, aber sie waren zu mager und zu lang gewesen und außerdem von einer Kälte, die die Kunden nicht gerade anzog … Diese hier war anders. Er hockte neben ihr und ließ seinen Blick – aber nur seinen Blick – über den schlafenden Körper Llianes streichen, von der Rundung der nackten Schultern bis zu den Wildlederstiefeln über ihren Knien. Dann fiel ihm auf, dass die gekreuzten Bänder, die ihre Tunika an den Oberschenkeln zusammenhielten, sich gelöst hatten und noch ein paar weitere Zentimeter Haut, bis fast zur Hüfte hinauf, bloßgelegt hatten. Als er die Hand ausstreckte, um sie wieder zu schließen, knarzte eine der Bohlen.

Lliane hörte in der Tiefe ihres Schlafs das Holz ächzen. Die Bäume, die dazu gedient hatten, das Fahrzeug herzustellen, waren zwar schon lange tot, und sprachen kaum mehr, auch nicht zu den Ohren einer Elfe, die in die Sprache der Natur eingeweiht war. Dennoch verspürte Lliane eine Warnung, eine nahende Gefahr. Sie fuhr mit pochendem Herzen aus dem Schlaf hoch. Als sie Blades Gesicht dicht über sich sah, stieß sie einen Schreckensschrei aus.

»Nein, nein«, sagte Blade, der von ihrem plötzlichen Erwachen genauso überrascht war. »Ich wollte nur …«

Die Elfe hielt ihm die offene Handfläche vor die Augen.

»*Bregean! Bregean hael hlystan!*«

Der Meisterdieb verdrehte die Augen, sein Herz zog sich schreckensstarr zusammen. Die Elfe erschien ihm mit einem Mal Furcht erregend, so hässlich, dass es einem Angst machte, so abstoßend wie die Vampire aus den Legenden, diese Nachtmahre, die die Kinder in der Wiege fressen. Er zog hastig seine Hand zurück, als fürchtete er sich davor, sie zu berühren, und kroch weg, wobei er die Augen abwandte, um sie nicht sehen zu müssen und das Gesicht vor Ekel verzog.

Lliane erhob sich und murmelte, die Handfläche noch immer in seine Richtung ausgestreckt, mehrere Worte in ihrer seltsamen Sprache, so leise, dass der Dieb sie kaum hören konnte. Aber das war genug. Unvermittelt wurden ihm die Glieder schwer, und er sank in Schlaf, wie von einer Keule getroffen.

XI
Das Gift

Eine seltsame Wahrnehmung riss die Königin Lliane aus dem Schlaf empor. Etwas wie ein durchdringender Schrei, heiser und zugleich rein, bedrohlich und dennoch irgendwie bekannt. Sie setzte sich auf und schob mit dem Handrücken die Plane weg, die sie bedeckte. Ihr Gesicht verzog sich vor Schmerz. Es kam ihr vor, als sei jeder einzelne ihrer Knochen, jeder einzelne ihrer Muskeln wund, eiskalt und zerschlagen. Einen Moment lang legte sie ihre Stirn auf die rauhen Holzbohlen des Floßes, dann ging sie in die Hocke. Die beiden Männer neben ihr schliefen, schlaff wie Betrunkene, in der Brackwasserpfütze zwischen den Stämmen. Uther zitterte vor Fieber und stöhnte leise, sein Gesicht war von Schweißtropfen übersät.

Von draußen ertönte wieder der Schrei. Ein Falke ... Gewiss der Jagdfalke Tills. Aber was Lliane vor allem auffiel, war die Stille, die dieser Schrei zerrissen hatte.

Das Gesurr war nicht mehr zu hören ...

Eine ganze Weile horchte die Königin der Hohen Elfen regungslos. Kein Zweifel ... Das unaufhörliche Gesumm des Stechmückensumpfes war verstummt.

Sie spürte ihren Herzschlag schneller werden, sie war wie benommen vor Hoffnungsfreude. Ein weiterer Ruf des Falken überzeugte sie und mit einer ausladenden Bewegung öffnete sie die Plane.

Die Luft war frisch und kalt und ihr erster Atemzug schnitt

ihr in die Lungen. Sie stand taumelnd auf ihren verkrampften Beinen und blickte entzückt um sich. Das Moor lag still und friedlich da, nur noch einige zarte Nebelschleier hingen darüber. Die Flöße trieben sanft durch ein Meer aus Schilf und Sumpfpflanzen. Sie deckte ihre lang hingestreckten Gefährten auf, indem sie mit einem Schwung die Plane fortriss, die mit toten Insekten gesprenkelt war und sie ins Wasser warf.

Blade erwachte auf der Stelle, blinzelte und klapperte mit den Zähnen, aber er trug ein Lächeln zur Schau wie ein Kind, das aus einem Alptraum erwacht ist. Als sein Blick auf Lliane fiel, erstarrte das Lächeln, und ihn überkam ein ungutes Gefühl. Aus irgendeinem unerklärlichen Grund war ihr bloßer Anblick ihm unerträglich geworden …

Am Himmel, der fast wolkenlos war, schwebte immer noch Tills weißer Falke und kreiste über den Flößen. Von Zeit zu Zeit stieß er seinen durchdringenden Schrei aus.

»He da!«, rief die Königin. »Die Luft ist rein! Ihr könnt rauskommen!«

Sofort rührte sich etwas unter der Wachstuchplane des ersten Floßes und Frehirs gigantische Gestalt kam zum Vorschein. Der Krieger betrachtete eine Zeit lang die neue Umgebung, durch die sie glitten, sog genüsslich die eisige Luft ein und brach dann in ein triumphierendes, donnerndes Gelächter aus, das nach und nach alle Mitglieder ihres Trupps ansteckte.

Aber das Lachen verstummte ebenso plötzlich, wie es begonnen hatte. Auf dem zweiten Floß war Uther, der Braune, liegen geblieben und wurde von Fieberkrämpfen geschüttelt. Sein Gesicht war von beängstigender Blässe, und sein ganzer Körper, den Hunderte von Insekten zerstochen hatten, war von kleinen Schwellungen übersät.

»Wo sind die Pferde?«, rief Blade und deutete auf das dritte Floß.

Alle wandten die Köpfe nach dem Gefährt von Till und dem Zwergenpagen um, wo unter der glänzenden Plane nur eine flache, unbestimmte und regungslose Form zu erkennen war.

»Till!«, rief die Königin der Hohen Elfen.

Keine Antwort. Nicht die geringste Bewegung.

»Ziehen wir sie zu uns heran«, sagte Blade und griff nach dem Seil, das sie mit dem hinteren Floß verband.

Lliane kam ihm zu Hilfe, und Zug um Zug glitt das Floß näher und durchschnitt den Schilfvorhang, der sich hinter den beiden ersten wieder geschlossen hatte. Auf dem ersten Gespann reckten die beiden Zwerge, auf den Zehenspitzen stehend, vergeblich die Hälse. Sie hätten, um über die hohen Schilfrohre hinwegsehen zu können, auf Frehirs Schultern steigen müssen …

»Zum Teufel!«, fluchte Blade plötzlich. »Schaut euch das an! Entsetzlich!«

»Was ist los?«, fragte Tsimmi Frehir, der den Wald der Wasserpflanzen problemlos überblickte.

Der Barbar antwortete nicht, aber die angeekelte Miene, der verzerrte Mund und die Augen, die schier aus den Höhlen traten, waren nicht dazu angetan, seine Gefährten zu beruhigen. »Ja, was ist denn los?«, explodierte Miolnir. »Frehir!«

Der Riese antwortete, ohne die Augen abzuwenden.

»Blade hat zwei Pferde entdeckt. Oder besser das, was davon übrig ist …«

»Was soll das heißen?«, fragte der Zwerg und stellte sich verzweifelt auf die Zehenspitzen.

»Die Pferde sind zerfleischt worden.«

»Die Monster unter dem Wasser!«, jammerte Oisin und hielt den Kopf zwischen die Hände.

Hinten waren Blade und die Königin auf das letzte Floß gesprungen. Lliane riss mit einem Ruck die Plane weg und stieß einen Seufzer der Erleichterung aus, als sie die zusammengekauerten Körper Tills, seines Hundes und des Zwergenpagen sah. Sie schüttelte sie, um sie aufzuwecken, aber nur der Zwerg und der Hund kamen zu Bewusstsein.

Auch Till trug auf Gesicht und Armen die Spuren unzähliger Stiche und war wie Uther von einer eiskalten Schweißschicht bedeckt. Außerdem schien er einen entsetzlichen Schlag gegen die Stirn erhalten zu haben, der ihm offenbar das

Bewusstsein geraubt und die Haut über mehrere Zoll aufgerissen hatte. Seine rechte Gesichtshälfte war von getrocknetem Blut befleckt, und zwischen den Wundrändern bewegten sich noch schwach die Flügel einiger Stechmücken.

Lliane verlor das Gleichgewicht. Blade hatte mit dem Dolch die Leinen durchtrennt, die die beiden halb aufgefressenen Pferde noch festhielten, und die Kadaver versanken sofort blubbernd in den Untiefen des Sumpfes.

»So haben wir es also überstanden«, murmelte Rogor in seinen Bart und setzte sich auf.

Blade packte ihn rücksichtslos an den Schultern und zwang ihn aufzustehen.

»Was ist geschehen?«, schrie er.

Der Zwerg wehrte sich und eine Sekunde lang funkelten seine Augen gefährlich. Unwillkürlich zuckte die Königin angesichts dieses plötzlichen Furcht erregenden Aussehens des Zwerges zusammen. Der lange rote Bart, den er normalerweise im Gürtel trug, stand wild in alle Richtungen ab und gab, unter der roten, mit den Runen König Baldwins bestickten Tunika, den Blick auf das metallische Glänzen einer Rüstung frei.

Rogor bemerkte den Blick der Königin und brachte seine Kleidung rasch in Ordnung.

»Sagt uns, was geschehen ist«, verlangte auch sie.

»Diese Tage sind entsetzlich gewesen«, sagte Rogor mit niedergeschlagenen Augen und bemüht, sich wieder zu beruhigen. »Der verehrte Till wollte die Pferde retten, aber das war eine unmögliche Aufgabe. Sie waren verrückt geworden wegen der Mücken. Dann ist das erste Pferd mitsamt seinem Gepäck über Bord gegangen und wir sind beinahe gekentert. Unglücklicherweise wurde es immer noch von seiner Leine festgehalten und hat sich im Wasser so sehr aufgebäumt, dass es die anderen mit sich gezogen hat.«

Der Zwerg wandte sich seinen Gefährten zu und zeigte seine schlammverkrusteten Kleider.

»Ich bin selbst reingefallen, seht ihr? Letztlich glaube ich, dass der Schlick mich vor den Mücken beschützt hat …«

»Und dann?«, fiel Blade ihm ungeduldig ins Wort.

Rogor warf ihm einen Blick zu, in dem deutlich seine Wut und Gereiztheit zu lesen waren – was der Königin nicht entging.

»Und dann musste der Elf Till unbedingt diese verfluchten Gäule retten!«, fuhr Rogor mit lauterer Stimme fort. »Sie versanken in diesem Sumpf und wieherten wie verdammte Seelen, und dann sah man irgendwelche Schlangen oder Fische, was weiß ich, riesige, schuppige Biester, die das Wasser entsetzlich aufgepeitscht haben und sie stundenlang mit kleinen Bissen zerfleischt haben! Und er, er zog und zog wie ein Wahnsinniger, schrie, weinte, wieherte, als wäre er selbst ein Pferd, sein Hund heulte wie ein Verrückter, und alle waren wir über und über von Mücken bedeckt. Was sollte ich da wohl tun, eurer Meinung nach?«

»Beruhigt Euch!«, befahl eine autoritäre Stimme hinter ihnen.

Es war Tsimmi. Frehir hatte mit aller Kraft die beiden hinteren Flöße an ihres herangezogen und der Zwerg mit dem braunen Bart war an den Ort der Auseinandersetzung gelaufen.

»Ihr vergesst, dass Ihr in der Gegenwart der Königin der Hohen Elfen sprecht!«, brüllte er und blitzte Rogor dabei an.

Die Augen des Erben der Dynastie Dwalins funkelten vor verhaltener Wut, aber noch einmal nahm er sich zusammen und schlug demütig die Augen nieder.

»Verzeiht mir, Majestät«, sagte er in zerknirschtem Ton zu Lliane. »Aber diese Stunden sind so hart gewesen …«

»Sie waren es für uns alle«, räumte die Königin sanft ein. »Aber für Euch gewiss noch mehr, Page. Fahrt fort mit Eurem Bericht …«

Rogor verneigte sich dankend vor der Königin.

»Der verehrte Till schien – entschuldigt – er schien den Verstand verloren zu haben«, begann er wieder, diesmal mit ruhigerer Stimme. »Versteht Ihr, er wollte um jeden Preis diese armen Tiere aufs Floß hieven und riskierte dabei, dass wir endgültig kenterten. Und sie waren doch schon verloren, man konnte ihre Gedärme treiben sehen, und ihr Blut spritzte bis aufs Floß … Ich gestehe, dass ich um mein Leben gefürchtet habe, und um das seine. Und … und da habe ich ihn niedergeschlagen.«

»Ha!«, rief Blade. »Eine tolle Geschichte!«

»Es war ganz offenbar das Einzige, was Ihr tun konntet«, schaltete sich die Königin ein. »Wir wissen alle, mit welcher Liebe Till, der Grüne Elf, an den Tieren hängt. Aber diese Liebe hat ihn blind gemacht … Sein Leben und das des Zwergenpagen sind wertvoller für uns als das unserer Packpferde.«

Sie warf einen Blick auf die Überbleibsel ihres Gepäcks. Der Großteil der Kleidung, des Proviants und der Waffen war untergegangen.

»Wir schulden Euch Dank, Page. Ohne Euch wäre auch Till wahrscheinlich aufgefressen worden.«

Rogor verneigte sich nochmals und versuchte dann, sich, am Rand des Floßes kniend, den gröbsten Dreck abzuwaschen, während die Königin und Tsimmi auf ihr Boot zurückkehrten. Es wurde angeordnet, dass Blade zusammen mit dem Zwergenpagen hinten blieb, während die Königin und der Meister der Steine auf dem mittleren Floß versuchen wollten, Uther und Till zu behandeln.

Als sie weg waren und die Seile zwischen den Flößen wieder anzogen, um den alten Abstand herzustellen, stieß der Dieb ein diskretes Lachen aus.

»Du hast also diesen Elf bewusstlos geschlagen?«, murmelte er so, dass nur Rogor es hören konnte. »Gut gemacht, aber an deiner Stelle würde ich mich in Acht nehmen, wenn er wieder erwacht.«

»Gewiss Herr«, antwortete Rogor und griff nach seiner Stange.

Sein erster Stoß war so kraftvoll, dass Blade beinahe das Gleichgewicht verlor.

Um die Mitte des dritten Nachmittags kam endlich die dunkle Uferlinie einer Insel in Sicht. Nach der ungesunden Hitze, die unter den Planen geherrscht hatte, waren nun alle komplett durchgefroren und nass bis auf die Knochen und hatten wenig Lust, sich auf eine gefährliche Expedition zu begeben. Die meisten der Gesandten des Großen Rats hielt allein die Vorstellung, den Stechmückensumpf erneut zu durchqueren, davon ab, gleich wieder umzukehren.

Ein paar Minuten darauf legte Oisin der Fährmann an einem primitiven Holzponton an und alle traten widerwillig an Land.

»Verehrter Frehir«, sagte Lliane und deutete auf die immer noch Bewusstlosen, Uther und Till. »Helft mir. Wir müssen sie an irgendeine geschützte Stelle bringen …«

Sie musste lächeln, als sie sah, wie er den Körper des Ritters hochhob und in seinen Armen trug wie ein kleines Kind. Dann deutete der Barbar mit einer fragenden Bewegung seines Kinns auf die blechernen Reste seiner Rüstung auf dem Floß.

»Die wird er hier wohl nicht brauchen«, stellte die Königin fest. »Sein Kettenpanzer wird ihm reichen.«

Lliane zog ihren langen Dolch und bahnte sich damit, gefolgt von dem Barbaren, einen Weg in den Wald, indem sie wie mit einer Machete das Unterholz aus Weidenruten und Dorngestrüpp wegschlug, das den Durchgang versperrte. Bald erreichten sie den Stamm einer großen Weide, deren Äste sie wie ein Schleier umgaben und bis auf den von einem Moosteppich bedeckten Torfboden reichten.

Frehir legte den Ritter behutsam auf die Erde und wandte sich dann wortlos um, den Spurensucher zu holen.

Als er auf dem Ponton ankam, hatten die Zwerge und der Dieb bereits die Flöße abgeladen.

Tills Hund lag unbeweglich neben seinem leblosen Herrn, und der Falke zog langsam und bedrohlich seine Kreise über ihren Köpfen.

Frehirs Blick wurde von niemandem erwidert. Blade war mit Oisin auf dem Ponton geblieben, und die drei Zwerge, mit den mageren Resten ihres Gepäcks beschäftigt, wandten ihm den

Rücken zu. Ohne es sich erklären zu können, empfand der Barbar ein Gefühl der Beklemmung.

Er hob den grazilen Körper des Elfs hoch und verschwand, gefolgt von dessen Tieren, erneut im Wald.

Blade blickte mit tiefer Abscheu auf die ihn umgebende Landschaft. Binsen, schimmel- und dornenüberwachsene Bäume, aber keine Spur von Zivilisation, abgesehen von dieser Landebrücke, an der sie angelegt hatten.

»Was ist das denn hier für ein gottverlassener Fleck?«, meckerte er. »Wo hast du uns eigentlich hingeführt?«

»Da, wo Ihr hin wolltet!«, sagte der Gnom mit einem verunglückten Lächeln. »Nach Gwragedd Annwh! Der Stadt in den Sümpfen, wie Ihr sie genannt habt!«

Er kicherte schnarrend und es klang ziemlich unangenehm.

»Und wo ist sie dann, deine Stadt?«, brüllte der Dieb.

Wieder ließ Oisin sein unerträgliches Hohnlachen hören.

»Aber Ihr wart es doch, Herr, der von einer Stadt gesprochen hat! Ihr wart es! Gwragedd Annwh ist nichts anderes als der Name dieser Insel, der größten im Land der Grauen Elfen … Ich nehme an, dass Ihr hier schon irgendwo auf welche von ihnen stoßen werdet …« Er machte eine Pause und warf einen spöttischen Blick auf die drei Zwerge, die leise miteinander diskutierten.

»… es sei denn, sie stoßen zuerst auf euch!«

Der Gnom zuckte die Achseln. Zwerge im Reich der Grauen Elfen … Sie mussten den Verstand verloren haben!

»Also dann adieu, meine Herren! Und viel Glück, was immer ihr sucht!«

»Einen Moment!«, rief Blade, während der andere sich bereits auf seine Stange lehnte. »Wie sollen wir wieder zurückkommen, wenn du mit den drei Flößen wegfährst?«

»Das ist wahr, Herr«, meinte Oisin mit einem süffisanten Lächeln.

»Aber ihr habt nur für eine Fahrt bezahlt.«

»Was?«, schrien Tsimmi und Miolnir am Ufer fast wie aus einem Munde.

»Solltest du etwa wagen, noch einmal einen Preis für deine Flöße zu fordern?«, fügte der Meister der Steine zutiefst empört hinzu.

Blade sprang, ohne zu zögern, auf das Boot des Fährmanns und nahm ihn freundschaftlich bei der Schulter.

»Ich werde diese Kleinigkeit regeln«, sagte er zu den andern gewandt. »Geht schon voraus zur Königin, ich komme dann nach!«

Die drei Zwerge zögerten einen Moment lang ratlos, sie hatten wenig Lust, den Dieb ohne Überwachung zurückzulassen.

»Dabei fällt mir auf«, setzte Blade hinzu, »dass ich gar nicht weiß, wo sie abgeblieben ist … Es ist wahr, sie ist mit dem Barbaren, dem anderen Elf und dem Ritter verschwunden. Wir sind ganz allein hier!«

Miolnir und Rogor zuckten zusammen, wechselten einen kurzen Blick und trabten dann auf den Spuren Frehirs fort, ohne auf Tsimmi zu warten, der immer etwas länger brauchte, um sich zu entscheiden.

»Geht ruhig!«, rief Blade vom Floß herüber. »Ich bin sicher, dass ich mich mit Meister Oisin werde einigen können.«

Tsimmi zögerte einen Augenblick, aber die Aussicht, mit diesem Halsabschneider aus Scâth hier in diesem Sumpf voller Grauer Elfen allein zu bleiben, war ihm nicht geheuer. Auch er wandte sich ab und verschwand im Gestrüpp der unwirtlichen Insel Gwragedd Annwh.

»Schön«, meinte Blade und zog aus seiner Umhängetasche eine von einem Korbgeflecht geschützte Feldflasche. »Nun sind wir allein. Jetzt sag, wie viel du für die Rückfahrt verlangst.«

Der Gnom setzte sein Händlerlächeln auf und ging in die Mitte des Floßes, um eine Schachtel aufzuheben, die von einem großen Stück Stoff bedeckt war.

»Sobald ihr zurückfahren wollt, lasst diese Taube fliegen«, sagte er und hob den Stoff hoch, unter dem das Tier in einem kleinen Käfig saß. »Egal wo sie sich befindet, kommt sie zu mir zurück, und spätestens drei Tage später erwarte ich euch hier mit meinen drei Flößen.«

Blade trank einen großen Schluck, stieß einen zufriedenen Seufzer aus und hielt die Feldflasche ganz selbstverständlich auch dem Gnom hin.

»Ist Tresterschnaps. Wärmt einem die Knochen ...«

Oisin zögerte und musterte den Dieb misstrauisch.

»Ist natürlich ziemlich stark«, fügte Blade hinzu und verzog das Gesicht. »Nur etwas für Männer ...«

Der Fährmann, in seinem Stolz getroffen, griff nach der Flasche und trank direkt daraus.

»Drei Tage, sagst du?«, meinte Blade erstaunt und lächelte ihm dabei zu. »Das ist eine lange Zeit, vor allem für jemand, der es eilig hat ... Nein, das Beste wäre, du wartest hier auf uns. Es wird nicht lange dauern ...«

Der Gnom zog eine Grimasse (als wäre sein Gesicht nicht ohnehin schon fratzenhaft genug gewesen!).

»Herr, hier zu warten ist gefährlich ... Das wird sehr teuer werden!«

Blade prustete anerkennend los. Wirklich, es gab immer noch irgendeinen, der ein schlimmerer Gauner war als man selbst ...

»Na los, Gnom. Nenn deinen Preis.«

»Zwei Goldstücke pro Floß. Sechs also insgesamt, wenn ihr sie alle drei braucht.«

Der Meisterdieb zog amüsiert die Mundwinkel herab.

»Das Doppelte wie für die Herfahrt also, hm?«

Der Fährmann machte eine betrübte Miene und deutete mit ausgestrecktem Arm über den unendlichen Sumpf hinter sich.

»Herr, Ihr habt Euch selbst ein Bild von den Gefahren machen können, die ich bei jeder Überfahrt auf mich nehme. Und wenn ich hier auch noch ganz allein warten soll, überlegt einmal, was ich riskiere! Da sind die Elfen« (bei diesem Wort spuckte er ins Wasser), »aber auch die Ungeheuer im Sumpfwasser und was weiß ich noch alles! Und dann Herr, werdet Ihr ja vielleicht auf der Rückfahrt gar nicht mehr alle Flöße brauchen? Ihr wisst ja, die Grauen Elfen mögen die Zwerge nicht allzu gern ... Sie mögen sie wirklich nicht besonders ...«

Der Gnom ließ seine Anspielung im Raum stehen und bekräftigte sie mit einem heuchlerischen Grinsen, das dem Dieb auf die Nerven ging. Die Verhandlungen machten ihm Durst und er trank einen weiteren kräftigen Schluck. Blades Trester war gar nicht besonders stark, aber er hatte einen seltsamen Geschmack. Nicht unangenehm übrigens, eher ungewohnt. Blade lächelte, nahm ihm die Flasche aus den Händen und verkorkte sie wieder.

»Was diesen Geschmack verursacht, ist das Gift«, sagte er, während er die Flasche wieder in seine Tasche steckte.

»Was?«

Blade schwenkte ein kleines tönernes Fläschchen, griff nach der Hand des verblüfften Gnoms und legte sie ihm in die Handfläche.

»Das ist ein Antidot. Nimm lediglich ein paar Tropfen pro Tag, netze nur gerade deine Lippen daran. Im schlimmsten Fall bekommst du Schwindelanfälle und Schweißausbrüche, aber nichts Ernstes.«

Er lächelte und tätschelte die Schulter des Fährmanns.

»Damit überlebst du so ein, zwei Tage. Das sollte vollauf genügen … Ich bin morgen wieder hier, spätestens übermorgen, und bringe dir Nachschub. Wenn wir dann auf dem Rückweg heil durch die Sümpfe gelangt sind, kommst du mit mir nach Kab-Bag, wo ich dir ein endgültiges Gegenmittel gebe.«

Oisin starrte mit weit aufgerissenen Augen auf das Fläschchen. Er wagte nicht, zu glauben, was er gehört hatte. Da durchfuhr ihn ein schneidender Schmerz, als risse etwas in seinen Eingeweiden, und er krümmte sich zusammen. Fieberhaft entkorkte er das kleine Fläschchen und begann zu trinken.

»Achtung!«, sagte Blade lachend. »Nicht alles auf einmal, Meister Oisin! Sonst ist bald nichts mehr übrig!«

Der Gnom kniete im schlammigen Brackwasser auf den Bohlen seines Floßes und hob die Augen zu dem Dieb.

»Aber … Ihr habt doch vor mir getrunken! Ich hab es genau gesehen!«

»Das hast du, nicht wahr? Aber weißt du, es dauert lange, bis man sich daran gewöhnt hat … Kannst du dir vorstellen, dass ich vor ein paar Jahren beinahe daran verreckt wäre? Doch, doch … So ein Idiot von Seidenhändler in Mag Mor, der Stadt in der Ebene. Ich musste dreimal trinken, bevor er endlich beruhigt war.«

Er zwinkerte dem Gnom zu.

»Du warst schon nach einem Schlückchen überzeugt, stimmt's? Sakrament, dieser Händler, das war ein wahrer Alptraum! Du kannst es dir nicht vorstellen! Ich habe die ganze Nacht gekotzt und wie ein Hund gelitten! Aber am nächsten Morgen war das fette Schwein stocksteif und seine Ladung Seide gehörte mir! Was willst du … In meinem Beruf muss man sich eben ab und zu mit seiner ganzen Person einsetzen.«

Blade spähte rasch um sich, dann griff er den Fährmann am Wams und zog ihn mit einem Ruck auf die Beine.

»Du hattest Recht, Gnom. Wir werden keine drei Flöße brauchen. Ich glaube sogar, dass ein einziges ausreichen wird. Ein einziges, und mit mir als einzigem Fahrgast … Die anderen werden nicht zurückkommen!«

Oisin nickte, während es in seinen Gedärmen loderte und sein Kopf röter war denn je.

»… Aber sie dürfen nichts davon erfahren, kannst du mir folgen? Das wird unser kleines Geheimnis bleiben.«

Der andere nickte wieder.

»Schön«, sagte Blade. »Und jetzt gib mir die Taube.«

Der Gnom tat unwillig, wie ihm geheißen. Blade öffnete die kleine Käfigtür und streckte die Hand hinein.

»Eine wirklich schöne Taube. Wie schade das alles ist …«

Ohne dass der Gnom Zeit gehabt hätte zu reagieren, drehte er dem Vogel den Hals um und warf ihn ins Wasser.

»Was habt Ihr da getan?«, rief Oisin verzweifelt.

Ohne zu antworten, sprang Blade leichtfüßig auf das zweite Floß und löste es vom Ponton. Dasselbe tat er mit dem dritten, von dem aus er wieder einen Satz ans Ufer machte. Er sah ihnen kurz nach, wie sie forttrieben und in den Nebelschwaden verschwanden. Dann erst wandte er sich wieder dem

Gnom zu. Alle Freundlichkeit war aus seiner Stimme verschwunden.

»Verstecke dich mit deinem Floß, und sei hier jeden Abend bei Einbruch der Nacht, bis ich wiederkomme. Und denk daran, Gnom: Mit diesem Fläschchen überlebst du nur wenige Tage. Ich bin deine einzige Rettung. Sei also pünktlich ...«

Nachdem Frehir wieder fort war, blieb die Königin Lliane allein mit Uther zurück und lehnte sich gegen den Stamm der großen Weide. Ohr und Wange gegen die Rinde gepresst, sprach sie zum Herz des Baums und mischte, was sie von der Sprache der Pflanzen kannte, unter ihre magischen Beschwörungsformeln: Das Rauschen der Blätter, das Knarren der Äste, das Ächzen des Holzes ...

Bald begann die alte, schlafende Weide von den Wurzeln bis in die belaubten Astspitzen zu beben. Langsam und unmerklich glitten die Zweige über den Torfboden. Die Äste spannten sich, der Stamm neigte sich, die Blätter verflochten sich. So formte sich um den Ritter und die Königin ein undurchdringlicher Vorhang, eine geheime, vor allen Blicken geschützte Kammer.

Als Frehir mit Tills leblosem Körper in den Armen wiederkam, erwartete Lliane ihn am Waldrand. Sie führte ihn bis zu der Weide und brachte, während er Tills Körper in den Schutz des Laubs bettete, seine Tiere in Sicherheit. Sie streichelte den Kopf des Hundes, der leise jaulte, weil er sich Sorgen um den Zustand seines Herrn machte, und hielt dem Falken die Faust hin, damit er sich darauf niederlassen konnte.

»Nobler Vogel, du, der du höher fliegst und weiter siehst als irgendein lebendiges Wesen außer den großen Adlern in den Bergen von Moiran, entfalte deine Flügel und suche heilende Kräuter und Pflanzen. *Oll-iach*, die alles heilende Mistel, Bunge und Vogelmiere, Bilsenkraut, Klee und Ziest ... Flieg!«

Sie warf die Faust hoch und der große weiße Falke flog auf und hoch über den Wipfel der Weide davon.

Der Hund neben ihr winselte noch immer.

»Wir werden sie heilen«, sagte sie und kraulte mit den Fingern sein Fell. »Mach dir keine Sorgen …«

Uther erwachte und fuhr mit einem Schreckensschrei hoch. Dann spürte er auf seiner Stirn die Berührung unendlich sanfter Hände, die magisch das Fieber vertrieben, das in ihm brannte. Jemand hob seinen Kopf an und führte eine Feldflasche an seine Lippen.

»Trinkt«, sagte die Königin. »Das ist Eichenwasser … Auch Mistel und noch einiges andere. Das wird Euch kurieren …«

Uther nahm einen Schluck und ließ seinen Kopf in den Nacken fallen. Er bemerkte Till, der in seiner Nähe saß, gegen den Stamm der Weide gelehnt. Der Grüne Elf nickte ihm zu und kniff die Augen zusammen, was man als eine Art freundschaftliches Lächeln deuten konnte. Dann wurde ihm wieder schwarz vor Augen.

Der Falke segelte durch den dunklen Himmel, mit vom Regen schwerem, weißem, grau getupftem Gefieder. So weit das Auge reichte, ein Labyrinth aus Grün: Teiche, Torfgruben und dichtes Gebüsch, aber keine Spur von Leben. Nicht weit entfernt war die Hügelkette zu sehen, die den Beginn der Schwarzen Marken anzeigte, und ihn schauderte unwillkürlich. Er drehte über seinen rechten Flügel ab und überflog ein Wäldchen, das Frehir, der Barbar, der die Gegend erkunden sollte, mit großen Schritten durchmaß. Dick in Felle vermummelt und Arme und Beine mit Schlamm bedeckt, um sich zu tarnen. Der Vogel stieß ein kurzes, amüsiertes Glucksen aus. Man musste schon ein Mensch sein, um zu glauben, man könne sich vor den Bewohnern der Lüfte verbergen!

Ein kleiner weißer Fleck in der Nähe des Landungsstegs an den Sümpfen erregte seine Aufmerksamkeit und unvermittelt stürzte der Jagdfalke zu ihm nieder.

Es war eine Taube. Mit gebrochenem Hals tat sie die letzten Zuckungen und schlug verzweifelt mit den Flügeln, um dem Tod zu entgehen.

Der Raubvogel ließ sich sachte neben ihr nieder und betrachtete sie traurig.

»Es ist sinnlos zu kämpfen«, sagte er schließlich, und die Taube, die ihn nicht bemerkt hatte, schreckte auf beim Klang seiner Stimme. »Dein Hals ist gebrochen. Ich werde dir den Gnadenstoß geben, es wird nicht wehtun.«

»Nein!«, schrie die Taube. »Lass mich fortfliegen, Jagdfalke! Lass mich nach Hause zurückkehren, weit weg von diesen Sümpfen!«

»So bist du also gar nicht von hier? … Ich habe mich schon gewundert, in einer solchen Gegend eine Taube zu treffen.«

»Mein Herr, Oisin der Fährmann, hat mich hierher mitgenommen. Lass mich nach Hause, Jagdfalke!«

Der Falke schüttelte sanft den Kopf.

»Das wirst du nicht schaffen, Taube. Dein Sturz war tödlich.«

»Ich bin nicht gestürzt!«, piepte der verletzte Vogel schwach. »Ein Mensch hat mir den Hals umgedreht. Und mein Herr hat mich allein gelassen!«

Der Falke stieß einen langen ohrenbetäubenden Schrei aus.

»Ich werde dich nicht töten, Taube. Hab keine Angst, du wirst leben und deinen Herrn bald wiederfinden.«

Die Taube hörte auf, gegen den Tod anzukämpfen und entspannte sich. Der Jagdfalke grüßte sie ein letztes Mal, entfaltete die Flügel und flog auf. Einige Sekunden lang segelte er über ihr, außer Sichtweite, dann stürzte er in Sekundenschnelle mit gestreckten Krallen auf den Vogel mit dem gebrochenen Hals nieder. Seine Klauen fuhren ins Herz und in den Hals der Taube und töteten sie auf der Stelle. Dann legte er sie wieder auf der Erde ab und flog zurück zu Till, dem Spurensucher. Das Leiden der Taube war vorüber.

XII
Gwragedd Annwh

Es war eiskalt in dem Taubenturm, einem hohen, kreisrunden Gebäude aus grauen Ziegeln, die über und über mit Taubenmist bedeckt waren und in das in alle Himmelsrichtungen Hunderte von Fluglöchern geschlagen waren. Als er eintrat, musste der Seneschall und Hausmeier des Palastes, Gorlois, sich die Ohren zuhalten. Der Lärm, den die unaufhörlich gurrenden und flügelschlagenden Vögel veranstalteten, war ohrenbetäubend. Keine Sekunde verging, ohne dass eine der angeketteten Tauben versuchte loszuflattern und dabei erbarmungswürdig auf ihre Stange zurückgerissen wurde, ohne dass zwei Männchen sich flügelschlagend mit den Krallen angriffen oder dass das Geklapper der Schnäbel gegen die Steinplatten ertönte, auf denen Mais- und Hirsekörner zwischen dem Mist lagen. Gorlois rümpfte die Nase. Der Gestank, der hier im Turm herrschte, war unerträglich.

»Wie könnt ihr bloß einen solchen Lärm aushalten«, rief er den beiden Männern zu, die dort lebten, nur durch einen, ebenfalls von Mist bedeckten Bretterverschlag geschützt.

Die Gefangenen im Turm machten große Augen, sahen einander an und kamen dann, kopfschüttelnd und ein dümmliches Lächeln auf den Lippen, auf den Seneschall zu.

»Ach stimmt ja, ihr seid taub«, brummte der alte Soldat.

Taub und stumm. Der eine von Geburt an, der andere, weil man ihm die Zunge abgeschnitten und die Trommelfelle durchbohrt hatte. Eine Idee des Königs, um sein Gefangenendasein erträglicher zu gestalten. Und wer außer einem Tauben hätte denn in diesem Lärm sonst überleben sollen? Natürlich war die Tatsache, dass die beiden stumm waren, auch eine Garantie dafür, dass die Nachrichten, die seinen Brieftauben anvertraut wurden, geheim blieben.

Die beiden Männer waren Straftäter, die sowohl dem Turmverließ als auch dem Beil des Henkers entgangen waren, um sie gegen diese stinkende Hölle einzutauschen, die sie nie wieder verlassen würden. Aber hatten sie denn Grund, sich zu beklagen? In jenen Zeiten wurde ein Verurteilter entweder freigekauft oder aufgehängt. Das Gefängnis war ein Luxus, in dessen Genuss nur wenige kamen. Und sie brauchten nichts weiter zu tun, als die Tauben mit den Körnern zu füttern, die man ihnen unter der Tür durchschob und die schließlich auch zu ihrer eigenen Nahrung geworden waren. Wenn ein Vogel eintraf, mussten die Turmwächter die Glocke läuten. Ein-, zwei- oder dreimal, je nach Wichtigkeit der Botschaft, die sie an der Farbe des Rings ablasen, der an einem Fuß des Vogels befestigt war. Roter Ring: Exklusivbotschaft für den König oder den Seneschall. Drei Glockenzüge: Höchste Wichtigkeit. Genau das war heute der Fall gewesen.

Gorlois war erst eine Stunde später benachrichtigt worden, und als er den Taubenturm betrat, waren die beiden Taubstummen außer Rand und Band. Seit Monaten warteten sie auf die Gelegenheit, ihn zu sehen, um ihm ihre Klagen und Bitten vorzutragen, und endlich war dieser Moment gekommen.

»Also«, sagte Gorlois. »Wo ist die Botschaft?«

Der Größere der beiden Männer, genauer gesagt derjenige, der weniger gebückt ging, hielt ihm das rote Ledersäckchen hin, das er vom Fuß der Taube gelöst hatte, und in dem ein langer Pergamentstreifen steckte. Gorlois griff danach, rollte ihn aus und sah, dass die mit der Rune von Beorn gezeichnete Nachricht von Mahault stammte, der verrückten Alten aus Scâth … Er stopfte das Pergament in eine Tasche und ging wieder auf die Tür zu, aber der Gefangene stieß ein gutturales Gekrächze aus, um ihn auf sich aufmerksam zu machen.

»Was gibt es?«

Der Mann prallte zurück, blinzelte mehrmals und verzog seinen Mund zu einem zahnlosen und dümmlichen Lächeln.

Gorlois zuckte die Achseln und schlug mit der Faust gegen die schweren Eichenbohlen. Sogleich antwortete ihm von der anderen Seite der Tür das Klicken eines Schlüssels. Als er hinaus wollte, merkte er, wie er an seinem Umhang nach hinten gezogen wurde und verlor beinahe das Gleichgewicht. Die silberne Schnalle, die seinen Mantel zusammenhielt, zerbrach dabei, fiel zu Boden und landete in einer widerwärtigen Mischung aus Stroh, Körnern und der schlammigen Masse aus über Jahrzehnte angehäuftem Taubenmist.

»Was fällt euch ein, ihr dreckigen Bauern?«, brüllte Gorlois und riss ihnen seinen Mantel aus den Händen. Die beiden armen Teufel wichen erneut zurück, angesichts der wütenden Miene des einäugigen Seneschalls wurden sie starr vor Schreck. Der Größere der beiden wagte dann, ihm die Botschaft hinzuhalten, die er mühevoll auf die Rückseite eines Pergamentfetzens gekritzelt hatte und auf die sie all ihre Hoffnungen setzten.

»Was ist denn jetzt noch?«

Gorlois griff mit einer entnervten Geste nach dem Fetzen und versuchte, die ungelenken Buchstaben zu entziffern.

»›Ge… Gefängnis vorbei …‹ Also wirklich, wie kann man nur so miserabel schreiben! Obwohl, immerhin bemerkenswert, dass zwei solche Drecksbauern wie ihr überhaupt schreiben könnt … Habt ihr das beim Lesen der Pergamente gelernt?«

Der Größere schüttelte mit hoffnungsvoll strahlenden Augen den Kopf und strich sich über sein schmutzverkrustetes Haar, als wollte er, dass man ihn wiedererkenne.

»Stimmt ja, du standest früher in Diensten des Königs … Vogt oder Kämmerer, war's nicht so etwas? Aber wer soll sich daran erinnern? Muss mal mit dem König darüber reden, das wird ihn amüsieren.«

Er begann wieder zu lesen, wobei ein Lächeln seine Lippen umspielte, er kniff sein Auge zusammen und drehte den Pergamentfetzen in alle Richtungen, um das Gekritzel zu entziffern.

»›Wir … will … Hina … Hinaus‹? Soll das heißen, ›hinaus‹? Ihr wollt hier raus, meint ihr das?«

Gorlois deutete hinter sich auf die offene Tür und gab dem Posten ein Zeichen, zur Seite zu treten. Dazu hob er die Brauen und grinste, um seine Worte zu unterstreichen.

»Ihr möchtet fortgehen von hier?«

Endlich begriffen die Unglücklichen ihn, begannen eifrig zu nicken und produzierten dazu ziemlich abstoßende Kehllaute; das war ihre Art zu lachen.

Der Seneschall wandte sich dem Posten zu.

»Wie lange sind die beiden schon hier?«

»Äh … ich weiß es nicht, Sire. Ich habe diesen Posten hier seit zehn Jahren, und sie waren schon lange vorher hier drin.«

»Tja …«

Er spielte gedankenverloren mit dem schmuddeligen Pergament, neigte den Blick zu den dumpfen und abstoßenden Gesichtern der beiden Verurteilten, und plötzlich amüsierte ihr dummes Grinsen ihn überhaupt nicht mehr. Im Übrigen war der Lärm in diesem Taubenturm nicht auszuhalten, und außerdem war es zu kalt hier.

»Nein!«, sagte er kopfschüttelnd, damit sie ihn verstanden.

Und deutete mit ausgestrecktem Finger auf die zerbrochene Spange am Boden.

»Ihr habt ein wertvolles Schmuckstück kaputtgemacht, das ist böse!«

Und wie um sie zu schelten, fuchtelte er mit dem erhobenen Zeigefinger und wand sich, Bestätigung heischend, dem Posten zu.

»Stimmt's?«

Der Soldat lächelte zögerlich, er wusste nicht recht, was er darauf antworten sollte.

»Stimmt's?«, bohrte Gorlois nach.

»Ja, Sire.«

»Na also!«, fuhr der alte Mann fort. »Ich verurteile euch also hiermit zu zehn weiteren Jahren wegen Zerstörung eines Schmuckstücks! ... Und dafür, dass ihr ohne Erlaubnis des Königs lesen gelernt habt. Es ist verboten, anderer Leute Post zu lesen, hat euch das keiner beigebracht?«

Er knüllte ihren Pergamentfetzen zusammen, ließ ihn auf die Erde fallen und schritt, ohne sich umzudrehen, hinaus. Hinter ihm drückte der Soldat die schwere Holztür langsam wieder zu, und ein Schauer überlief ihn, als er den Ausdruck von Schrecken und Verzweiflung auf den Gesichtern der beiden Gefangenen wahrnahm. Er drehte den Schlüssel zweimal um, hängte den Bund dann an einen in die Wand eingelassenen Ring und stieg schwerfällig die Steintreppe hinab, die in den Wachsaal führte. Angewidert starrte er in den Korridor, in dem Gorlois bereits ins Innere des Palastes verschwunden war, und spuckte dann in seine Richtung auf den Boden.

Es wurde schon dunkel, als Till endlich aufzustehen vermochte. Er war rasch wieder zu Bewusstsein gekommen, aber die Königin hatte ihn gezwungen, still liegen zu bleiben, und ihm befohlen, den dicken, würzigen Rauch tief einzuatmen, der von einem kleinen Feuerchen aus Reisig und Torf aufstieg, das in der Mitte ihres Verstecks brannte. Till hatte die meisten Heilpflanzen wiedererkannt, die rings um die Feuerstelle lagen, und die langsamen Gesten, die die Königin in die Rauchsäule zeichnete, weckten uralte Erinnerungen in ihm. Als sein Blick wieder klarer wurde, entdeckte er Uther, der auf einem Bett aus Moos lag.

Der Ritter, noch immer bewusstlos, trug keinen Überwurf und kein Kettenhemd mehr, nur noch seine Beinlinge und die Oberschenkelhosen. Sein Schwert und seine Rüstung lagen in einer Ecke und glänzten schwach im flackernden Schein des Feuers. Sein Oberkörper, seine Arme und sein Gesicht, die noch immer grau waren, aber weniger verschwollen, waren mit Runen bedeckt, die die Königin mit Asche aufgemalt hatte. Auf ihre eigenen Finger und ihre Handkanten hatte sie die Meisterrunen der Heilung gezeichnet, *os, ear, ac, tir,* die folgendes, hundertmal wiederholtes Bild ergaben:

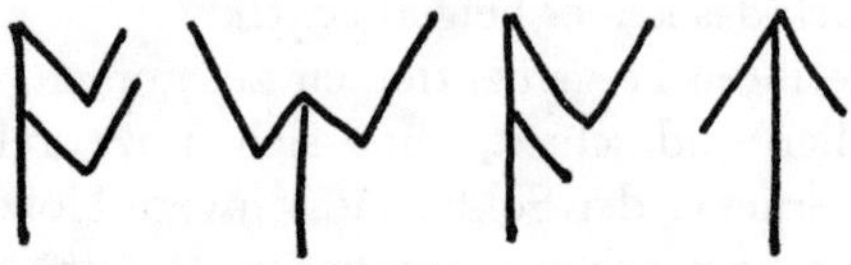

Die Königin beugte sich über Uther und wand den Oberkörper wie eine Schlange, wobei sie das alte Runengedicht psalmodierte:

Byth ordfruma aelcre spraece,
Wisdomes wrathu ond witena frofur,
ans eorla gehwam eadnys ond tohiht.

Byth egle eorla gehwylcun,
Thonne faestlice flaesc onginneth,
Hraw colian, hrusan ceosan
Blac to gebeddan; bleda gedreosath,
Wynna gewitath, wera geswicath.

Byth on eorthan elda bearnum,
Flaesces fodor, fereth gelome
Ofer ganotes baeth; garsecg fandath
Hwaether ac haebbe aethele treowe.

Byth tacna sum, healdeth trywa wel
With aethelingas, a bith on faerylde,
Ofer nitha genipu, naefre swiceth.

Was man allgemein verständlich etwa folgendermaßen übersetzen könnte:

Der Mund ist die Quelle aller Worte,
Sitz der Weisheit und des Weisen Trost,
Ruhe und Hoffnung dem Edlen.

Die Asche schreckt den Edlen,
wenn plötzlich das Fleisch erkaltet
Und der Leib die Erde zum tristen Gemahl wählen muss.
Die schönen Früchte faulen, die Freude schwindet, der Bund scheitert.

Die Eiche ist auf dieser Erde den Menschen nützlich,
wie die Rüben den Schweinen, so nährt sie ihn. Die speerspitzen Wellen des Meers
beugen sich der Hoheit des Eichenholzes.

Tir ist eine besondere Rune.
Dem Prinzen bewahrt sie die Treue,
Siegreich allezeit gegen die Finsternis der Nacht,
wird sie niemals fehlen.

Bei dem monotonen Singsang unter dem Pflanzendach in der Stille der Nacht, die nur vom Knistern des Feuers durchbrochen wurde, sank Till in eine hypnotische Lethargie, in der er von seltsamen Träumen heimgesucht wurde. Von Zeit zu Zeit tauchte er aus dem tiefen Nebel, in dem er versackte, dem bodenlosen, dunklen und eisigen Brunnen auf und war kurzzeitig ganz klar bei Sinnen, so dass er sogar mit seinem Hund und seinem Falken sprechen konnte. Gekläff, Gezirp, Geknurr … Selbst die Königin vermochte kein Wort zu verstehen.

Als er endlich aufstehen konnte, näherte er sich sofort Lliane. Er nahm ihre beiden Hände und neigte den Kopf.

»Meine Königin, danke …«

Die Elfe hob das Haupt und lächelte ihm zu. In der finsteren Nacht verbreitete das kleine Feuerchen aus Reisig und Heilpflanzen so wenig Licht, dass ein Mensch unter ihrem Blätterdach nichts anderes hätte erkennen können als die winzigen Flammen. Die Elfen jedoch waren Nachtwesen, Mondanbeter, und ihre Augen durchdrangen die Dunkelheit wie die der wilden Tiere. Lliane, die neben Uther kniete, wirkte zu Tode erschöpft; da verstand Till, dass sie ihre magischen Fähigkeiten eingesetzt hatte, um sie alle beide vor dem Gift der Stechmücken und dem Tod zu retten, und bis an die Grenzen ihrer eigenen Kraft gegangen war.

»Wie geht es ihm?«

Die Königin betrachtete den Ritter.

»Ich weiß nicht … Die Menschen sind nicht so wie wir, Till. Sie wirken so stark … aber dabei ist ihre Seele so schwächlich …«

Sie stieß einen resignierten Seufzer aus.

»Und dann gelingt es mir nicht, zu seinem Geist zu sprechen. Seine Ohren sind verschlossen, seine Augen sind zu, sein Herz ist versperrt. Ich weiß nicht, wo er ist … Seit wir euch hierher gebracht haben, hat er nur ein einziges Mal die Augen geöffnet. Frehir hat Wacholderbeeren und gebratene Vögel gebracht, aber er hat nichts davon angenommen. Wenigstens hat er getrunken …«

Lliane nahm sich zusammen und lächelte schwach.

»Und du, lieber Till, mein Freund, geht es dir besser?«

Der Grüne Elf grinste und rieb sich den Schädel.

»Es brennt überall … Und außerdem habe ich eine riesige Beule auf dem Kopf. Offenbar muss ich mich gestoßen haben, als ich auf das Floß gefallen bin.«

Die Königin sah ihn skeptisch an. Spielte er jetzt Theater, oder hatte er tatsächlich jede Erinnerung an seinen Kampf mit dem Zwerg Rogor verloren?

Aber er ließ ihr keine Zeit, sich weitere Fragen zu stellen.

»Meine Königin, wir müssen Rat halten«, sagte er mit einer Stimme, die plötzlich ernst war. »Mein Falke hat mir gesagt, dass der Mensch Blade eine Taube getötet hat, die der Fährmann benutzte, um mit uns Kontakt zu halten. Ich weiß nicht, was das bedeutet, aber du erinnerst dich, dass es fraglos jener Mann war, der auch den Ritter Roderik ermordet hat …«

»Ja. Und wenn das der Fall ist, bedeutet es, dass er sich unserem Trupp nicht zufällig angeschlossen hat … Dieser Mann folgt uns von Beginn an mit einem genauen Ziel. Wie hat er es angestellt, uns zu begegnen? Wie konnte er wissen, dass wir diese Frau in Scâth aufsuchen würden? Am Abend vorher wussten wir es doch selbst noch nicht!«

»Ich habe keine Ahnung …«

Die Elfenkönigin erhob sich und streifte dabei die Laubkuppel der Weide. Auch sie hatte ihre Waffen und Reisekleidung abgelegt und nur ihre lange, geschlitzte Moirétunika anbehalten. Sie hatte ihren Zopf gelöst und ihr langes Haar fiel offen bis zu ihren Hüften herab. Barfuß auf dem weichen, vollgesogenen Moosteppich stehend, streckte sie ihre verkrampften Glieder, kreuzte die runenbedeckten Hände hinter dem Rücken und lehnte sich dann gegen den Baumstamm.

»Er ist ein Spion«, sagte sie schließlich. »Er weiß, wo Gael sich befindet, und manipuliert uns, um uns zu ihm zu führen. Nur warum?«

»Weil er uns braucht, um sich ihm nähern zu können«, schätzte Till. »Die Sumpfelfen haben etwas gegen Fremde. Wenn Gael unter ihrem Schutz steht, dann können sich ihm nur Elfen nähern.«

Lliane blickte den Fährtenleser nachdenklich an und nickte dann zustimmend.

»Du hast zweifellos Recht. Aber das ist noch keine Antwort auf meine Frage … Warum will er um jeden Preis an Gael herankommen? Nur wegen dieses simplen silbernen Panzerhemdes?«

Sie deutete mit einer beinahe verächtlichen Geste auf ihr eigenes Kettenhemd, das sie achtlos auf die Wurzeln der Weide gelegt hatte, zusammen mit dem Rest ihrer Ausrüstung.

»Gewiss, die Dinger haben einen großen Wert. Und ich zweifle nicht daran, dass er und seinesgleichen auch nicht vor einem Mord zurückschrecken, um an eines heranzukommen. Aber wenn dem so ist, was hat ihn dann daran gehindert, mich in den Sümpfen anzugreifen, um mir meines zu rauben? Er hätte die Seile durchschneiden können, die uns mit den anderen Flößen verbanden und den armen Uther in seinem Zustand ohne Probleme loswerden können ... Aber er hat nichts dergleichen versucht.«

Die Königin hielt inne. Das stimmte nicht. Blade hatte sehr wohl irgendetwas versucht während der Reise ... Aber seine Gier war anderer Art gewesen, dessen war sie sicher.

»Da gibt es irgendetwas, was wir nicht wissen«, fuhr sie fort. »Irgendetwas, was man uns von Anfang an verheimlicht hat.«

Till, der schweigend seinen an ihn geschmiegten Hund streichelte, betrachtete den leblosen, neben dem Feuer ausgestreckten Körper Uthers.

»Viel zu viele Menschen«, murmelte er.

»Was?«

Der Spurensucher wandte sich der Königin der Hohen Elfen zu.

»Ich sagte mir, das Ganze sei eine Geschichte zwischen den Zwergen und uns, aber es sind die Menschen, die uns geschickt haben, Gael aufzuspüren, es ist ein Mensch, der im Hintergrund die Fäden zieht, und schließlich und endlich sind es auch zwei Menschen, Uther und der große Barbar, die mit dieser Hehlerin aus Scâth gesprochen haben ... Wir wissen ja gar nicht, was sie einander vielleicht erzählt haben. Und sie waren es schließlich auch, die mit diesem Blade zurückgekommen sind. Einem Dieb, im besten Falle ... einem Mörder, im schlimmsten. Und wenn all diese Menschen gemeinsame Sache machen würden?«

»Du vergisst, dass Blade den Ritter Roderik getötet hat«, sagte die Königin. »Und zweifellos würden sowohl Uther als auch Frehir ihn mit seinem Leben zahlen lassen, wenn sie davon wüssten ... Nein, sie stecken nicht unter einer Decke. Das ist nicht möglich ...«

Till begann wieder, seinen Hund zu streicheln, der wohlig seufzte und sich schmachtend ausstreckte.

»Aber, wie du selbst gesagt hast, meine Königin, die Menschen sind nicht wie wir.«

Es war kalt in der Kapelle, kälter noch als in irgendeinem anderen Raum des Palastes. Die Mönche hatten keine Kamine eingebaut, und kein Wandbehang wärmte die nackten Steine des Gemäuers, abgesehen von einem Baldachin in den königlichen Farben Weiß, dem Symbol der Reinheit und des Edelmuts, und Azurblau, der Farbe des Himmels. Auf einem samtgepolsterten Betschemel gegenüber dem Chor kniete Pellehun neben der Königin Igraine und ließ seinen Blick über das bemalte Gewölbe und die hohen Säulen des Schiffs schweifen. Wie jedes Mal, wenn sein Blick auf den Kapitellen haften blieb, musste er angesichts der gehörnten, krallenbewehrten und die Zunge herausstreckenden Ungeheuer, die sie schmückten, lächeln. All diese monströsen Gestalten waren den Dämonen der Wüsten Lande nachgebildet, aber das konnten nur die Veteranen des Zehnjährigen Kriegs erraten. Sonst war die Kapelle sterbenslangweilig …

»Sire, Ihr hört ja gar nicht zu«, hauchte Igraine.

»Aber natürlich«, knurrte Pellehun und wandte seine Aufmerksamkeit wieder dem Katechisten zu.

Der Mönch, den die mangelnde Aufmerksamkeit des Königs zur Verzweiflung brachte, hatte aufgehört zu sprechen und sah ihn derart entmutigt an, dass es schon fast wieder komisch war.

»Nun! Ihr habt gerade über die Sünden geredet, stimmt's?«

»Ja, Sire«, antwortete der Kaplan mit resigniertem Seufzen. »Die sieben Todsünden: Stolz, Neid, Zorn, Faulheit, Geiz, Wollust und Gier.«

»Na wunderbar«, meinte Pellehun und grinste die junge Königin an. »Ich glaub, ich habe mich aller schuldig gemacht! Was bekomm ich dafür?«

»Jede dieser Sünden ist ein Ast von demselben Baum und dieser Baum ist das Böse«, fuhr der Prediger fort. »Und jeder dieser Äste gabelt sich selbst wiederum in Zweige. So gebiert der Stolz Treulosigkeit, Trotz, Dünkel, Ehrgeiz, falschen Glanz, Verlogenheit, Schamlosigkeit! Und aus jedem Zweig sprießen frische Triebe! Treulosigkeit zum Beispiel bringt Undankbare,

Besessene und Renegaten hervor. Die kleinste Sünde also ist direkt mit dem Bösen selbst verbunden!«

Pellehun lächelte nicht mehr. Er stand langsam auf, und das Schaben seiner Schwertscheide auf den Steinplatten hallte lange in der Kapelle wider.

»Warum redest du von Treulosigkeit?«, fragte er mit tonloser Stimme. »Ein Besessener, hm? Ein Renegat? Wofür hältst du dich eigentlich, Mönch?«

Der Kaplan geriet ins Stottern und blickte Hilfe suchend zu der jungen Königin, die sich bemühte, ihren Gatten am Ärmel zurückzuhalten.

»Es war doch nur ein Beispiel, Sire …«

»Lasst mich, Madame!«, grollte Pellehun und machte sich frei. »Und außerdem geht jetzt! Das reicht für heute mit dem Pfaffengewäsch!« Der alte König kam dem Katechisten gefährlich nahe, der Schritt für Schritt in den Chor zurückwich, bis er vor dem Altar stand. Hinter sich hörte er das abgehackte Klappern von Igraines Schritten und dann das Quietschen der Tür, als sie die Kapelle verließ.

»Ich werde Euch heute Abend auf Eurem Zimmer besuchen!«, schrie er. »Wir wollen doch die Sünde der Wollust nicht vergessen!«

Und dann, ganz leise, zu dem Mönch: »Stimmt's, Priester?«

Eine laute Stimme ertönte in seinem Rücken.

»Sire!«

Pellehun drehte sich langsam um. Seine Mundwinkel zuckten noch einmal verächtlich. Es war der Herzog Gorlois, der mit langen Schritten durchs Kirchenschiff kam.

»Eine Nachricht!«, rief dieser und hielt das mit dem roten Band verschnürte Pergament hoch. »Es gibt Neues von unserem Mann!«

Pellehun bedeutete ihm mit einer Geste, stehen zu bleiben.

»Was fällt dir denn ein? Du stürmst hier in die Kirche wie ein Rüpel, du schreist, du rennst herum, du trampelst, du bekreuzigst dich nicht mal vor dem heiligen Kruzifix? Ja, hast du denn überhaupt keine religiöse Ehrfurcht?«

»Ja, ja, schon gut«, meinte der alte Seneschall, kniete nieder und machte ein rasches Kreuzeszeichen.

»Schon besser«, sagte Pellehun und drehte sich mit einem vergnügten Lächeln nach dem Mönch um. »Nicht wahr, Priester?«

Mitten in der Nacht begann Uther im Fieber zu fantasieren.

Sein Stöhnen und dann seine Schreie weckten die Königin der Hohen Elfen auf, die an sein Lager zurückkehrte. Sie warf Bunge und Vogelmiere in das kleine Feuerchen aus Reisig, wobei sie sich streng an die Riten der Pflanzenmagie hielt: nur die linke Hand benutzen und auf keinen Fall hinter sich blicken, um nicht die bösen Geister anzuziehen.

»Es hat keinen Sinn«, sagte Till hinter ihr. »Der Rauch hat seine Augen und seinen Leib geheilt, aber es ist seine Seele, die vergeht …«

»Sei still!«

Till beharrte nicht weiter. Lliane stieß einen tiefen Seufzer aus und senkte den Kopf. Natürlich hatte er Recht … Die Blasen und Schwellungen, die den Körper des Ritters bedeckten, waren dabei zu verheilen, aber er glitt fort aus dem Leben, hatte keine Lust mehr zu kämpfen.

»Es ist noch nicht zu Ende!«, sagte die Königin.

Sie griff nach einem Strauß Bilsenkraut mit gelben, purpur gestreiften Blüten, das Tills Falke gebracht hatte, und begann es gegen einen Feldstein zu zerstoßen. Ihr langes Haar klebte an ihren Wangen und in ihrem Nacken, und mit zusammengepressten Lippen zerrieb sie die Pflanze, bis sie zu einer breiigen Masse geworden war, die sie mit etwas Wasser verdünnte.

»Hilf mir«, befahl sie dem Fährtenleser.

Till packte den Kopf des Ritters ganz fest und öffnete mit Gewalt seinen Kiefer, während ihm Lliane die zähflüssige Suppe in die Kehle schüttete.

»Das wird ihn beruhigen«, murmelte sie. »Das wird ihn heilen …«

Till nickte wortlos. Er wusste, dass das Bilsenkraut mehr als ein Beruhigungsmittel war. Seit jeher kannten Magier und Wahrsager aller elfischen Gemeinschaften seine Kraft, sie in visionäre Zustände zu versetzen, und benutzten es zu diesem Zweck in kleinen Mengen. Er wusste aber auch – genau wie Lliane – dass das Bilsenkraut in zu hoher Dosis ein Gift war.

Er hielt den Kopf des Ritters fest, bis dieser die Mixtur heruntergeschluckt hatte. Dann zog er sich zurück und wartete schweigend darauf, welchen Effekt die Arznei haben würde.

Uther öffnete die Augen. Da war Lliane unter der Laubkuppel. Ihr seltsamer mandelförmiger Blick aus grünen, beinahe gelb schimmernden Augen ruhte zärtlich auf ihm, und ihre Lippen formten ihm unbekannte Worte. Er fühlte keine Schmerzen mehr. Von den tausend Nadelstichen, die ihn gefoltert hatten, war nichts mehr zu spüren. Das Fieber war gefallen und er befand sich in einem unendlich angenehmen Zustand völliger Schwäche.

Die Königin legte ein mit Eichensaft befeuchtetes Tuch auf seine Stirn und trocknete ihn dann mit den Händen ab. Uther lächelte und schaffte es, den Arm zu heben, um sie bei der Schulter zu fassen und sachte zu sich zu ziehen.

»Meine Königin«, flüsterte er.

Aber sie legte ihm den Finger auf den Mund.

»Du kehrst zurück«, sagte sie. »Du kehrst um meinetwillen zurück …«

Uther zog sie noch näher zu sich heran und ihre Körper berührten sich. Haut auf Haut.

Lliane war ebenso nackt wie er und lag mit ihrer ganzen Länge auf dem kräftigen Körper des Ritters. Sie war so leicht wie eine frische Brise. Er streichelte sie und schloss dabei, aus Angst, den Bann zu brechen, die Augen. Er öffnete sie erst wieder, als er das Haar der Elfe über seine Wangen streichen spürte. Lliane lächelte ihn noch immer an, und dann war sie es, die sich herabbeugte, um ihn zu küssen. Ihre Haut auf seinem Bauch war samtweich.

Till lächelte und warf der Königin, die neben ihm hockte, gegen den Stamm der Weide gelehnt und die Arme um die Knie geschlungen, einen Blick zu. »Ich glaube, ich weiß, wovon er träumt, meine Königin«, flüsterte der Elf.

Lliane antwortete nicht. Im Licht des Reisigfeuers leuchteten ihre Augen in der silbernen Bläue ihres Gesichts wie Gold. Und ihr Blick ruhte auf Uther.

Rassul war geradewegs und ohne nachzudenken losgelaufen. Mit seinen ausladenden Schritten, die ihn so schnell trugen wie ein galoppierendes Pferd. Und so unvermittelt, dass nur Assan, sein Lehnself, sein Verschwinden bemerkt hatte.

Lame und die freien Pferde waren mit hängenden Köpfen in Llandons Lager aufgetaucht, in schwerfälligem Trott und gebeugt vom Gewicht der schlechten Nachrichten, die sie zu überbringen hatten. Der weiße Hengst, den der König so liebte, schämte und fürchtete sich und brauchte lange, ihnen allen vom Tod des Pagen Llewelin zu berichten, vom Scheitern des Trupps in Kab-Bag und von ihrer Einschiffung in die Sümpfe, auf schlechten Flößen und nur von den Packpferden begleitet, denen jeglicher Charakter und Mut abging …

Niemand hatte eine Frage gestellt. Llandons einzige Worte dienten dazu, Lame und seine Genossen zu trösten, aber Rassul hatte das Gefühl, das Gewicht dieses Schweigens laste auf seinen Schultern. Wenn Königin Lliane ihren Weg in die Sümpfe und darüber hinaus fortgesetzt hatte, hieß das, sie befand sich auf der Spur Gaels und war so überzeugt von seiner Schuld, dass sie eine derart gefährliche Überfahrt wagte … Llandon hatte nichts gesagt, aber Gaels verlorene Ehre lastete auf allen Grauen Elfen, und ganz besonders auf ihm, ihrem König. Armer König ohne Königreich und ohne Macht, verspottet von diesen lächerlichen Zwergen mit ihrem Sarkasmus und ihrer Herablassung, die nach Gerechtigkeit schrien und dabei ihre Scharfrichterbeile schwenkten, von denen noch das Blut seines Volks tropfte! Und wenn sie Gael fänden, müsste man ihn dann den Zwergen ausliefern und sie um Gnade anflehen? Und wenn sie ihn nicht fänden? Und wenn Lliane zu Tode käme?

Rassul rannte noch immer, kümmerte sich nicht um die Zweige, die sein Gesicht peitschten, noch um die ersten fallenden winterlichen Schneeflocken. Er lief und weinte, aus Scham und Wut, und die Tränen froren auf seinem eiskalten Gesicht fest. Er lief bis zum Seeufer, bis das dunkle Wasser und das Schilf ihm Einhalt geboten. Und dann ließ er sich wie ein Erschlagener in das eisige Wasser fallen und gab sich jener absoluten Verzweiflung hin, von der die Elfen sich so oft bis zur Selbstzerstörung übermannen ließen.

Als Assan ihn endlich einholte, kroch der König der Grauen Elfen im Uferschlamm umher, gab erstickte Schluchzer von sich und stieß lang gezogene, herzzerreißende Schmerzenslaute aus. Er watete auf ihn zu, packte ihn unter den Achseln und zog ihn sachte aufs feste Land zurück, wo Rassul sich in seinen Armen vergrub, bis die Tränen versiegten.

Und so fiel die Nacht über die beiden Elfen, die einander in den Armen hielten, schneebedeckt und frostglänzend wie ein einziger von den Fluten des Sees umspülter Fels.

XIII
Ein Nebeltag

Die dunkle Klage der Ziegenmelker, jener Nachtraubvögel, die nicht größer sind als eine Hand und deren Gefieder aussieht wie Rinde, verebbte erst mit Tagesanbruch, und Tsimmi bemerkte, dass er kaum geschlafen hatte. Im trüben Licht der Morgendämmerung lagen die Sümpfe in tiefer Stille. Nichts regte sich. Wie versteinert ruhten sie zwischen Himmel und Wasser, eingehüllt in einen einzigen fahlen, milchigen Nebel.

Der Zwerg betrachtete die in ihre Decken gerollten Körper seiner Gefährten. Frehir war nicht da. Er war hinüber zu der Weide mit ihren sonderbar gebogenen, eine natürliche Laubhütte formenden Ästen gegangen. Die Elfenkönigin verfügte tatsächlich über höchst eigentümliche Kräfte …

Mit der Stiefelspitze versetzte er Miolnir einen Tritt und der wachte grunzend auf.

»Bei meinem Bart!«, stieß er hervor, während er sich aufsetzte und sich bedrückt umsah. »Ich habe geträumt, ich wäre zu Hause in den Bergen und läge auf meinem fellbezogenen Bett! … Was für ein Land!«

Tsimmi nickte zustimmend. Die Sümpfe boten so ungefähr alles, was ein Zwerg hassen musste: Nässe, wilde Natur und so gut wie kein festes Land, auf das man seinen Fuß setzen konnte. Eine in jeder Hinsicht verabscheuungswürdige Gegend.

Er kam auf seine kurzen Beine zu stehen, rieb sich ausdauernd den Rücken und begann, seinen Bart mit Hilfe eines

Zweigs zu kämmen (man hebt diesen Punkt selten hervor, aber den Zwergen ist ihre Erscheinung sehr wichtig). Dann putzte er sich mit demselben Zweig auch die Zähne, spülte sich den Mund mit einem Schluck Wasser aus und kramte in seiner Tasche nach etwas Essbarem.

»Wir werden dran denken müssen, etwas zu jagen«, sagte er. »Bald haben wir nur noch Haferkekse …«

Auch Rogor und Blade waren mittlerweile erwacht und blickten ebenfalls missmutig drein.

»Guten Morgen, meine werten Herren!«, rief er mit ziemlich plumper Ehrerbietung. »Was für ein schöner Tag! Ein richtiges Elfenwetter, nasse Füße von unten und Regen von oben!«

Blade hob die Augen zum Himmel und zuckte die Achseln. »Du redest Unsinn, Zwerg. Es regnet überhaupt nicht …«

»Und wenn schon! Wird bestimmt noch kommen! Seit Beginn unserer Reise regnet es, schneit es, und wir sind klitschnass. Warum sollte es jetzt plötzlich schönes Wetter geben?«

»Ach sei doch ruhig … Ich gehe jetzt erst einmal pinkeln.«

Der Dieb schlug seine Decke hoch, stand leichtfüßig auf und verschwand im Gesträuch.

Im selben Augenblick erbebte der Laubvorhang, und Königin Lliane trat heraus, gefolgt von Till und seinem Hund.

»Sieh mal an, wer da kommt!«, meinte Miolnir. »Ein Geist!«

Der Fährtenleser warf ihm einen finsteren Blick zu, doch Tsimmi trat mit einem jovialen Lächeln auf die Königin zu.

»Ihr habt ihn gerettet?«, rief er bewundernd und ungläubig und maß den Spurensucher mit einem Kennerblick. »Ich würde gern erfahren, wie Ihr das geschafft habt … Und Uther?«

»Es geht so.«

Tsimmi tat einen Schritt zur Seite und entdeckte hinter der Königin die hoch gewachsene Gestalt Uthers, des Braunen, noch schwach auf den Beinen, aber lebendig.

»Es geht so«, wiederholte der Recke. »Es muss ja …«

»Mein Freund!«, murmelte der Zwerg, trabte auf Uther zu und ergriff seine Hände. »Das freut mich aber!«

Auch der Ritter lächelte ihm zu, aber seine graue Haut und

sein erbärmlicher Zustand wollten dem Meister der Steine gar nicht gefallen.

»Warte mal«, sagte er und holte eine seiner wertvollen Umhängetaschen. Ich hab da eine Arznei, die dich wieder zu Kräften kommen lassen wird ...«

Er hob den Kopf und zwinkerte dem Ritter verständnisinnig zu. »Das heißt ... wenn die Königin es gestattet!«

Lliane ließ ein kurzes silberhelles Lachen hören.

»Meister Tsimmi, wenn Ihr irgendetwas habt, was uns unsere Kräfte zurückgibt, dann bin ich Eure erste Kundin!«

Hochzufrieden warf sich Tsimmi in die Brust, aber dann brachte ihn ein erstickter Schrei jäh zur Besinnung.

»Ruhe!«, zischte Blade, der im Gebüsch hockte. »Da kommt jemand!«

Wie auf Kommando ergriffen sie alle ihre Waffen und stürzten in Deckung, hinter einen morschen Baumstumpf, in ein Gebüsch oder hinter eine Erderhebung. Hinter einen großen Felsbrocken gekauert, seine Schleuder in der Hand, biss sich Tsimmi vor Anspannung auf die Lippen. Plötzlich knackte ein Zweig ganz in seiner Nähe und er fuhr hoch, als direkt vor seiner Nase das breite Gesicht Frehirs auftauchte, das unter seiner Maske von getrocknetem Schlamm Furcht erregend aussah.

»Buuh!«, brüllte der Barbar und rollte die Augen.

»Bei deinem Blut, Herr Frehir, das ist nicht witzig!«, protestierte Tsimmi und griff sich ans Herz.

Der Krieger grinste und ging bis in die Mitte des Wäldchens, zufrieden mit seinem Streich, aber auch mit der kleinen Demonstration seiner Geschicklichkeit, sich in waldigem Gelände unbemerkt zu bewegen.

Sobald er Uther erblickte, der dabei war, sich das Gesicht mit reinem Wasser zu waschen, wurde sein Grinsen noch ein wenig breiter.

»Du bist nicht mehr krank«, meinte er und versetzte ihm einen Klaps auf den Rücken, der ihn beinahe zu Boden gestreckt hätte. »Das freut Frehir sehr.«

»Danke, mein Freund«, antwortete Uther mit müdem Lächeln. »Königin Lliane hat eine Menge Talente …«

Die Elfe bedankte sich mit einem flüchtigen Lächeln bei Uther und wandte sich dann wieder ab, um fertig zu packen. Die Augen des Ritters blieben auf ihr haften, er vermochte nicht, sich von ihrem Anblick loszureißen. Die Erinnerung an die Nacht erhitzte noch seinen Geist, aber Llianes distanziertes Verhalten erfüllte ihn mit Zweifeln. War es möglich, dass er nur geträumt hatte? Nein, es war alles viel klarer als bei einem Traum. Er konnte sich noch an den Geschmack ihrer Lippen erinnern, an die Wärme ihrer Haut; kein Traum löst derartige Empfindungen aus.

»Hast du etwas entdeckt?«, fragte Blade.

Der Barbar hockte sich hin, das Schwert zwischen den Beinen. Mit einem Mal war seine Stirn wieder in Sorgenfalten gehüllt. Alle Blicke wandten sich ihm zu, auch die der drei Zwerge, die etwas abseits standen und Wache hielten.

»Da sind Hütten, ein Stück weiter, eine Wegstunde etwa«, sagte er und deutete nach Norden. »Ich hab ein paar Elfen gesehen, heute morgen, aber nur Frauen und Kinder. Die anderen verstecken sich offenbar …«

»Ja, wenn sie uns nicht gerade eine Falle stellen«, meinte Tsimmi.

»Euch vielleicht, aber nicht mir!«, rief Blade in selbstsicherem Ton. »Ich bräuchte nur hinzugehen und sie zu bitten, uns zu Gael zu führen, so einfach ist das!«

»So einfach ist das, ja«, knurrte Miolnir. »Und dann geraten wir alle in ihre dreckigen Fänge wie Jagdwild!«

Till wollte auf die Beleidigung gegen die Grauen Elfen reagieren, aber sofort legte die Königin ihm die Hand auf den Arm.

»Es stimmt«, gab sie zu, »dass unsere Freunde, die Zwerge, in Gwragedd Annwh keine gern gesehenen Gäste sind. Und da ich annehme, dass ihr nicht damit einverstanden wärt, dass wir Gael suchen, glaube ich, haben wir keine andere Wahl …«

»Aus Euren Worten spricht die Vernunft selbst«, antwortete

Blade anerkennend und neigte sich mit der Situation gemäßer Ehrerbietung der Elfe zu. »Warum sollten die Grauen Elfen mir etwas antun, wo ich doch komme, ihrem Herrn zu Reichtum zu verhelfen?«

Der Dieb unterbrach sich, um jedermann Zeit zu geben, seine Worte zu überdenken.

»Gesagt, getan, also! Wenn der verehrte Frehir einwilligt, mich zu führen, werden wir Gael finden, und ich kann mein Geschäft abwickeln wie vorgesehen. Danach überlasse ich ihn euch ...«

Frehir schniefte vernehmlich und trat von einem Fuß auf den andern. Er suchte Blickkontakt zu Uther, der langsam auf sie zukam. Er hatte seine Rüstung abgelegt, die zu schwer war für die Sümpfe und zu viel Lärm machte und nur seine Halsberge anbehalten, die den Nacken und die Schultern bedeckte. Arme und Beine wurden nur noch von einem simplen Kettenpanzer geschützt. Ein langer, mit breiten blau-weißen, horizontalen Streifen gemusterter Stoffüberwurf bedeckte den ganzen Körper von der Schulter bis zu den Knöcheln und bewegte sich im Rhythmus der Schritte. Uther nahm sich Zeit, das Gehänge festzuschnallen, in dem an seiner Flanke das große Schwert steckte, erst dann hob er seinen Blick zu Blade, dem Dieb.

Eine Weile lang musterten die beiden Männer einander wortlos. Uther war noch immer bleich und ein ungesunder kalter Schweiß bedeckte sein ausgemergeltes Gesicht. Die Brauen waren vom Feuer versengt, und ein Dreitagebart wucherte auf seinen eingefallenen Wangen. Sah man genau hin, so konnte man noch die Runen erkennen, die die Königin Lliane mit Asche auf seine Stirn und seine Wangen gezeichnet hatte. Der stolze Ritter, der Loth unter den Vivats der Menge verlassen hatte, war nur noch ein Schatten seiner selbst, und lediglich seine Augen hatten ihr dunkles Leuchten behalten. Blade hatte sich ein wenig geduckt und den Blick gesenkt, ihm war das Lächeln blitzartig vergangen, da er den prüfenden Blick seines Gegenübers nicht einzuordnen wusste. Plötzlich sauste die

Hand des Ritters auf seine Schulter nieder und drehte ihn um die eigene Achse, packte ihn dann am Kragen, um ihn auf die Knie niederzuwerfen.

Bevor irgendjemand reagieren konnte, hatte Blade sich aus dem kraftlosen Griff des Ritters befreit und schnellte hoch. In seiner Hand befand sich bereits eines der zahlreichen Wurfmesser, die er hinter seinem Rücken verbarg. Dann begriff er seinen Irrtum.

Beim Aufstehen hatte er vergessen, seinen langen grauen Mantel überzuziehen. Der Blick des Ritters war von der dunklen Reihe der Dolche angezogen worden, die nebeneinander im Gürtel des Meisterdiebs steckten, und als er die Machart der Waffen wiedererkannte, war ihm das Blut in den Adern gefroren.

Blade sah rasch in die Runde, während er noch immer seinen Pfriem vorstreckte. Der Ritter hatte sein Schwert nicht gezogen. Die Elfen hatten sich nicht gerührt und beobachteten ihn schweigend, nur die Zwerge hielten wie immer ihre teuren Äxte in der Hand. Frehir kam gefährlich nahe auf ihn zu.

»Was fällt dir denn ein?«, rief der Dieb in einem Ton, der weniger selbstsicher klang als beabsichtigt.

»Meinem Waffenbruder wurde die Kehle durchschnitten, vor weniger als einer Woche, und zwar mit genau so einem Dolch wie deinem«, sagte Uther.

»Na und! Dolche trägt doch jeder mit sich rum!«

»Mag sein, aber an deinem Gürtel fehlt einer ...«

Blade beging einen zweiten Fehler: Er prüfte nach.

»Du hast Roderik getötet, nicht wahr?«

Der Dieb hatte keine Zeit zu antworten. Ein bestialisches Gebrüll schreckte ihn auf, und er hatte gerade noch Zeit, sich zur Seite zu werfen, um Frehirs wütendem Angriff zu entgehen. Blade rollte über die Erde und kam mit unglaublicher Behendigkeit in derselben Bewegung wieder auf die Füße. Noch bevor der Koloss sich umgedreht hatte, schleuderte er seinen Dolch nach vorne und schlug sich, so schnell er konnte, in die Büsche. Ein paar Sekunden lang hörte er das Geschrei des

Trupps und Frehirs Geheul, dann nur noch das Gezeter eines einzelnen Verfolgers auf seinen Fersen, so laut, dass es sich nur um einen Zwerg handeln konnte. Blade lief schneller und hörte bald nichts anderes mehr als das Geräusch seiner eigenen Schritte. Dann erst wagte er es, sich umzublicken. Er war alleine.

Außer Atem und mit wild pochenden Schläfen ließ er sich zu Boden fallen. Er vermochte keinen klaren Gedanken zu fassen. Frehirs Gebrüll bewies, dass er sein Ziel offenkundig verfehlt hatte. Kaum glaubliches Ungeschick für einen Meisterdieb, der daran gewöhnt war, die Nerven zu behalten … Wieder zu Atem gekommen, stand er auf und sah sich um. Nichts als Stechginstergebüsch, ein paar verkrüppelte Erlen, dichtes Farnkraut. Kein Himmel, keine Sicht … Der Nebel hatte sich gehalten, und langsam begann die Kälte ihm durch und durch zu gehen. Er hatte keinen Proviant, keinen Mantel, keine anderen Waffen als diese verdammten Dolche, die ihn verraten hatten.

»Sollen sie doch verrecken«, knurrte er. »Sollen sie doch alle wie die Hunde verrecken!«

Blade unterdrückte einen Hustenanfall, seine Lungen brannten, so sehr war er gerannt. Jetzt war es vorbei. Er musste aus dieser verwünschten Gegend fort, wieder ans Ufer kommen und bis zum Abend warten, in der Hoffnung, dass Oisin, der Fährmann erschiene.

»Verflucht noch mal!«

Plötzlich war ihm aufgefallen, dass er auch seine Tasche nicht mehr hatte. Das bedeutete, dass er nichts besaß, was in den Augen des Gnoms als Gegengift durchgehen konnte. Egal, sollte er eben auch verrecken.

Blade begann auf den weißen Stamm einer Pappel zuzugehen, die aus dem Meer aus Farn und gelb blühendem Stechginster aufragte. Wenn er sie hinaufkletterte, würde er sich vielleicht orientieren können und bis zum Ponton zurückfinden …

Er zog einen seiner Dolche und schlug sich den Weg zwischen den langen Farnhalmen frei. Seine Füße sanken im matschigen Torfboden der Moorlandschaft ein. Der Dolch war eine Stich-, keine Schnittwaffe, und seine Klinge hatte keinen anderen Effekt, als den pflanzlichen Vorhang beiseite zu schieben, ohne ihn niederzusensen, aber seine weit ausholenden, zornigen Streiche halfen dem Meisterdieb wenigstens, seine Wut zu besänftigen.

Plötzlich ließ ihn ein spitzer Schrei aufhorchen. Geduckt und mit angehaltenem Atem suchte er den Himmel ab, um den Jagdfalken Tills zu entdecken. Der Nebel war zu dicht, aber vielleicht war er ganz nah und kreiste dort oben über ihm … Noch einmal ertönte der Schrei, diesmal ganz in der Nähe und nicht aus der Luft. Blade streckte den Dolch gegen den undurchsichtigen Farnwald aus und zog sich, heftig atmend, Schritt für Schritt zurück, wobei er in alle Richtungen um sich blickte.

Als er gerade loslaufen wollte, um so schnell wie möglich zu flüchten, packte ihn eine Hand am Arm und schleuderte ihn in den Schlamm. Blade stieß einen Schrei aus, kroch durch den schwarzen Matsch und drehte sich dann zu seinem Angreifer um.

Es waren zehn oder noch mehr, so mager, dass es einem Angst und Bange werden konnte, und alle hatten graue Gesichter.

»Und?«, fragte Tsimmi, als er Miolnir zurückkommen sah.

Aber sobald er den wütenden und beschämten Blick seines Freundes sah, wusste er, dass seine Frage sinnlos war. Die Zwerge waren im Nahkampf furchtbare Gegner, die entsetzlichen Sensenschläge ihrer schweren Äxte hinterließen bei den meisten ihrer Gegner in Hüfthöhe grässliche Spuren, aber sobald es ans Rennen ging, waren sie alles andere als Helden, was aller Welt wohl bekannt war. Nicht nur hatte sich Miolnir rasch abhängen lassen, er hatte sich auch in diesem widerlichen Stechginster- und Weidendickicht des Sumpfes verlaufen, das bei seiner Größe die Sicht nach allen Seiten versperrte. Er hatte sich verlaufen und hatte Angst bekommen (eine unangenehme Empfindung für einen Zwergenritter von seinem Ruf).

»Und warum hat der da eigentlich nichts unternommen?«, schrie er und deutete auf Till. »Nie da, wenn irgendwo Gefahr ist! So einen Fährtenleser lob ich mir!«

Till erblich unter dieser Beleidigung, griff nach seinem Bogen und einem der Pfeile im Köcher an seinem Gürtel. Schon bewegte sein Hund sich knurrend auf den Zwergenritter zu, mit über den ganzen Rücken hin gesträubtem Fell. Der Jagdfalke erhob sich in die Lüfte und hielt sich bereit, auf ihren gemeinsamen Feind niederzustürzen, um ihm mit Klauenschlägen und Schnabelhieben die Augen auszuhacken.

»Blades Reaktion hat uns alle überrascht«, sagte mit sanfter Stimme die Königin Lliane, ohne Anstalten zu machen, zwischen den Grünen Elf und den Zwerg zu gehen.

Till und der Zwergenritter spürten den tödlichen Hass aus ihren Gliedern weichen. Irgendetwas in der Stimme der Elfe besänftigte das Gemüt und zwang einen, ihr zuzuhören.

»Ihr wart der Einzige, verehrter Miolnir, der geistesgegenwärtig genug war, um die Verfolgung aufzunehmen«, fuhr die Königin fort.

»Ha!«

Der Zwergenkrieger warf sich in die Brust und reckte stolz das Kinn (Das heißt, eine Art hochmütiges Zittern durchlief seinen Bart). Er maß den Spurensucher und seinen Hund mit verächtlich herabgezogenen Mundwinkeln und hob beiläufig den Blick zum Himmel, wo der Falke schwebte. Dann wandte er ihnen mit abfälligem Grunzen den Rücken zu und ging zu Rogor hinüber.

Der Trupp verfiel wieder in Schweigen. Ein dumpfes Schweigen, undurchdringlich und gedämpft und schwer von all den unausgesprochenen Worten und Fragen, auf die es keine Antwort gab. Wieder war Miolnir der Erste, der es nicht mehr ertrug.

»Ja zum Henker, was machen wir denn jetzt?«

»Das ist wahrhaftig die Frage«, murmelte Tsimmi, der vergeblich versuchte, einen Funken aus seinem Feuerstein zu schlagen, um seine obligatorische weiße Tonpfeife anzuzünden.

Schließlich gab er es auf und räumte Pfeife und Feuerstein in seine Tasche zurück, bevor er bemerkte, dass sämtliche Blicke auf ihn gerichtet waren, als hätten seine Worte die düsteren Gedanken der gesamten Gruppe ausgedrückt. Ausweichende Blicke, gerunzelte Stirnen, aufeinandergepresste Lippen.

»Schön«, sagte der Meister der Steine und stand auf. »Der Stand der Dinge ist folgender: Wenn Uthers Verdacht begründet ist – und Blades Flucht scheint mir ein hinreichender Beweis dafür zu sein –, dann ist der Mann, der uns bis zu Gael führen sollte, uns vermutlich seit unserer Abreise aus Loth gefolgt. Er hat Roderik ermordet, und beinahe wäre es ihm gelungen, dasselbe auch mit unserem guten Frehir zu tun« (er unterstrich seine Worte, indem er dem Barbaren zunickte, der noch immer eine Mooskompresse gegen seine von der Klinge des Meisterdiebs aufgerissene Wange drückte). »Wenn er tatsächlich wusste, wo sich Gael befindet, dann wird er es uns jetzt nicht mehr sagen ... Das heißt ...«

»Das heißt, wir müssen in das Dorf, das Frehir entdeckt hat und die Grauen Elfen um Hilfe bitten«, schloss Königin Lliane. »Ich werde mit ihnen reden. Mich werden sie anhören ...«

»Pardon«, meinte Tsimmi, »ich bin noch nicht am Ende. Das heißt also, sagte ich, dass sich die folgende Frage stellt: Warum hat dieser Mann uns verfolgt, und warum ...«

»Das heißt, es ist klar, dass dieses ganze Theater jetzt lange genug gedauert hat!«

Die kraftvolle Stimme des Prinzen Rogor ließ alle erstarren. Er hatte sich zu voller Größe aufgerichtet (und die war beträchtlich für einen Zwerg), stand breitbeinig da, zog seine rote Pagentunika aus, die die Runen König Baldwins trug und vom Schlamm des Sumpfes verdreckt war, und warf sie zu Boden. Dann zog er eine Klinge von beeindruckender Größe aus seinem Gürtel und befestigte sie an dem kräftigen Stiel einer Axt, den Miolnir, der respektvoll zwei Schritte hinter ihm stand, ihm reichte.

»Oh nein«, murmelte Tsimmi, jäh unterbrochen in seinem Elan.

Unwillkürlich blickte er erst zu Uther, dann zur Königin. Der Ritter schien gebannt von jeder Geste Rogors, aber Lliane blickte ihn, Tsimmi, so vorwurfsvoll, schmerzlich und unendlich müde an, dass es dem Meister der Steine das Herz brechen wollte.

»Ich bin Rogor, Neffe des Königs Troïn und Thronerbe unter dem Schwarzen Berg!«, sagte der große Zwerg mit donnernder Stimme und wog die schwere Streitaxt in beiden Händen. »Der Elf Gael hat meinen Onkel ermordet und ich werde ihn rächen!«

Er schob seinen langen roten Bart zur Seite, wobei seine Rüstung sichtbar wurde, die ein schwarzes Wappen mit einem goldenen Schwert darin trug.

»Dwalin! Dwaaalin!«

»Langes Leben, langer Bart, Schrecken seiner Feinde!«, stieß Miolnir hinter ihm zu Tsimmis größtem Erstaunen mit etwas exaltierter Stimme hervor.

Uther, sprachlos und unfähig zu begreifen, was da vorging, blickte sich Hilfe suchend nach seinen Gefährten um. Er zuckte zusammen als er sah, dass Till bereits seinen Bogen gespannt und einen Pfeil aufgelegt hatte. Die Königin selbst wirkte, als sei sie kurz davor, ihren langen Elfendolch zu ziehen, aber es waren vor allem ihre Miene und der Ausdruck wilder Herausforderung, der in jenem Moment darin zu lesen war, die den Ritter erstarren ließen.

»Verehrter Uther!«

Der junge Recke trat auf Prinz Rogor zu.

»Bei meiner Treu! Ich bin es, dem hier Unrecht geschehen ist!«, sagte der Zwerg. »Du, Gefährte, bist vom Großen Rat mit einem einzigen Auftrag ausgeschickt worden: den meuchlerischen Elf zu bestrafen. Also musst du mir helfen, und auch du, Frehir … Denn wenn wir die Manen meines Onkels nicht rächen, werde ich keine andere Wahl haben, als den Ingrimm der Zwerge auf das Volk der Mörder zu lenken!«

Da Frehir ihn mit seinem üblichen Gesichtsausdruck anstarrte (das heißt, er schien kein Wort von der Schmährede des Zwerges verstanden zu haben), schlug Rogor mit seiner riesigen Axt auf den Boden.

»Krieg!«

Hinter ihm schwang Miolnir stolz seinen eigenen Axtstiel hoch. Seine Augen glitzerten vor Erregung.

»Krieg! Krieg!«

»Der Elf Gael muss bestraft werden, und das wird geschehen, mit oder ohne euch! Die Schande wird vom Blut weggewaschen werden! Das ist nicht mehr als Gerechtigkeit! So lautete die Entscheidung des Rats! Wir müssen zum Dorf dieser Hunde marschieren und sie zwingen, ihn uns auszuliefern!«

Bei dieser Beleidigung zog sich Tsimmi der Magen zusammen, und er wandte sich von neuem der Königin zu, um zu versuchen, Rogors Worte etwas abzumildern, aber als er das Gesicht der Elfe sah, wurde er starr vor Schreck. Erinnerungen an die beängstigenden und wundersamen Legenden, die man ihm früher an langen Abenden erzählt hatte, schossen ihm durch den Kopf. Die Drachen-Feen mit den alles verbrennenden Augen, die bleichen Vampire, kalten Gespenster, die tödlichen Flüche, die silbernen Pfeile. In diesem Augenblick schien die Königin einem dieser entsetzlichen Märchen entsprungen. Nachtalb und eiskalte Schlange, die sich ins Zimmer schleicht und die armen Zwergenkinder in der Wiege verschlingt oder einen mit ihren blauen Fingern packt und einem das Herz ausreißt, wenn man allein in den Wald geht …

Wie zwei Raubkatzen, die gelben Augen auf die Gruppe der Zwerge gerichtet, bewegten Lliane und der Fährtenleser sich mit gleitenden, kaum wahrnehmbaren Schritten auf sie zu. Ihr Gesicht war zu einer bestialischen Grimasse verzerrt, die Lippen über die Zähne hochgezogen wie bei den Vampiren aus der Legende, deren feenhafte Schönheit sich auch mit einem Schlag in tödliche Hässlichkeit verwandelt.

Uther und Frehir wandten ihnen den Rücken zu und versuchten verzweifelt, mit Rogor zu verhandeln. Ihre Worte wurden von Miolnir überschrien, der leichtfertig und angeberisch aus voller Kehle das alte Kriegslied der Zwerge unter dem Schwarzen Berg sang:

Om, Om, Ghâzar-Run,
Gold und Eisen,
Trommel rolle
Stürme Wind
Tod und Krieg
Trommel rolle
Ghâzar-Run

Lächerlicher Radau.

Entsetzt wich Tsimmi zurück, allerdings zu hastig, so dass er auf die torfige Erde stürzte. Die Königin kam ganz nah an ihm vorbei, sie bewegte sich vorwärts, ohne ihn auch nur eines Blickes zu würdigen, so, als existiere er überhaupt nicht. Ihre Augen richteten sich auf die Gruppe der Krieger. Durch die kriechenden Bodennebel und das hohe Gras, das ihre Füße verbarg, wirkte es, als schwebe sie, bleich und schweigsam, über den Boden. Ein Geist … Der Blick des Zwergs wurde magisch von der silbernen Klinge Orcomhielas angezogen, des langen Dolches mit der doppelten Schneide, den die Elfe dicht über dem Boden vor sich hielt. Er tastete nach einer Waffe an seinem Gürtel – sein Streithammer war außer Reichweite, er lag auf dem Gepäck. Dann brüllte Miolnir los und streckte den Finger in Richtung der Elfen aus, und alle drehten sich im selben Augenblick um, als Till seinen Pfeil abschoss. Tsimmi konnte gerade noch sehen, wie Uther und Frehir auf den Fährtenleser losstürzten. Dann hörte er Miolnir aufschreien, als der Pfeil seine Hand durchbohrte, die Königin stürmte zum Angriff vor, und der Meister der Steine warf sich in ihre Beine, um sie zu Fall zu bringen.

Lliane fiel flach auf den Bauch, verlor ihren Dolch, drehte

sich rasend um und durchbohrte ihn mit ihrem gelben Raubtierblick.

Aber schon stand Tsimmi, trotz seines kleinen Wuchses überragte er sie, und hielt eine Handvoll Erde in den Fingern. Er warf sie auf sie und stampfte mit aller Gewalt auf den Boden. Lliane kniff die Augen zusammen, als die niederregnende Erde ihr Gesicht peitschte. Als sie sie wieder öffnete, begegnete sie seinem Blick und sah, wie der Zwerg mit untröstlicher Miene den Kopf schüttelte. Eine Sekunde darauf erhob sich in ohrenbetäubendem Brausen eine Wand aus schwarzer, schlammiger Erde bis hoch über die Baumwipfel, donnerte dann auf die Königin nieder und verschlang sie.

XIV
Die Grauen Elfen

In der Ebene hatte es seit zwei Tagen nicht aufgehört zu schneien. So weit das Auge reichte, war alles weiß, und der See selbst begann stellenweise zuzufrieren. Nur die Mauern von Loth und dahinter die Türme des Palastes, die meilenweit zu sehen waren, hoben sich von der gleichförmigen unbefleckten Landschaft ab. Der Herzog-Seneschall Gorlois, in einem Pelzmantel und mit dicken nagelbesohlten Lederschuhen, ließ sich auf seinem Sattel auf- und niederschaukeln und genoss die wattige Stille des ersten Schnees, das gedämpfte Klappern der Pferdehufe und das kaum hörbare Geklirr der Waffen seiner Eskorte. Auf dem Kopf trug er eine Mütze aus rotem Samt, darüber eine Art Gugel, ein langes Stoffband, das zu beiden Seiten der Mütze wie ein Schal auf seine Schultern hinabfiel, seine Hände steckten in langen, pelzgefütterten Lederhandschuhen, und das Einzige, was er von der Kälte spürte, war eine angenehme Starre des Gesichts, schneidend und belebend, wohingegen seine Männer in ihren gefrorenen Kettenpanzern schnatterten.

Gorlois fühlte sich wohl.

Bis zum Horizont gehörte alles Land den Menschen. In seiner Jugend hatten die Wälder noch bis vor die Tore von Loth gereicht, das damals nur ein befestigtes Städtchen gewesen war, aber die freien Bauern und die Leibeigenen hatten die Wälder abgebrannt und gerodet, die Felder gepflügt und Dörfer erbaut. Das Königreich von Logres war unermesslich groß geworden und mächtiger, als Pellehun oder er selbst je zu träumen gewagt hätte.

»Sire! Da sind sie …«

Der Ruf des Reiters an der Spitze des Trosses riss den Seneschall aus seinen Gedanken. Er gab seinem Pferd die Sporen, und es fiel in leichten Trab, überholte die Eskorte und brachte ihn bis zu Rassul, dem König der Grauen Sumpfelfen, der ihn am Seeufer erwartete. Gorlois hob die rechte Hand zum Gruß und stieg dann ab, aber weniger schwungvoll, als beabsichtigt. Das Alter begann sich bemerkbar zu machen …

Rassul war, wie der Seneschall es ihm geraten hatte, allein zu dem Treffen erschienen. Nur sein Vasall, Assan, begleitete ihn und schien keine andere Waffe zu tragen als eine lange Stange, die keine Klinge hatte und noch nicht einmal zugespitzt war.

Die beiden Elfen, die unbeweglich am Seeufer standen, bleich und dünn, trugen wie üblich nichts als ihre langen Moirégewänder, und Gorlois fröstelte bei ihrem Anblick.

Er warf einen Blick nach hinten, um zu prüfen, ob seine Soldaten zurückgeblieben waren, dann zog er den Handschuh aus und reichte dem König die Hand.

»Ich danke Euch, Sire, dass Ihr meiner Einladung gefolgt seid«, sagte er und neigte demütig das Haupt.

»Und was gibt es?«

Gorlois trat noch einen Schritt näher und nahm den Elf zwanglos am Arm. Du lieber Gott, er war nicht einmal bewaffnet! Nicht einmal ein Dolch!

Einen Augenblick lang spielte der alte Krieger mit dem Gedanken, seine Eskorte auf die beiden Elfen zu hetzen und sie zu töten, gleich hier am Ufer. Es wäre kein Problem gewesen. Danach hätte es genügt, ihre Leichen in den See zu werfen. Das Eis gäbe sie erst im Frühjahr wieder frei, und die Grauen Elfen hätten keinen König mehr …

»Nun?«, hakte Rassul nach.

Gorlois lächelte ihm zu und zog ihn beiseite.

»Sire, ich habe Nachricht von unserer Delegation bekommen. Per Brieftaube aus Kab-Bag.«

»Ja, und weiter?«

»König Pellehun und ich selbst, wir dachten, es wäre besser, Euch zu informieren, bevor der Große Rat tagt. Denn er wird wieder zusammentreten müssen, und zwar noch bevor Königin Lliane und unsere Gesandten nach Loth zurückkehren … Ich habe schlechte Nachrichten, fürchte ich.«

Rassul blieb stehen und befreite seinen Arm aus Gorlois' Griff.

»Haben Sie Gael gefunden?«

»Nein, noch nicht … Aber sie haben den Beweis seiner Schuld. Ich fürchte, die Zwerge haben die Wahrheit gesagt, Sire. Gael ist zweifellos der Mörder König Troïns.«

»Verflucht!«

Der Graue Elf trat wütend gegen einen schneebedeckten Busch und eine weiße Wolke stob auf. Dann fluchte er ausgiebig in seiner Sprache, einem elfischen Dialekt der Sümpfe, den Gorlois nicht verstand. Er warf einen Blick nach hinten auf Assan, der nervös war wie ein Hengst in seiner Box und den die Wut seines Herrn beunruhigte. Gorlois unterdrückte ein Grinsen und fragte sich, welcher Art wohl die Beziehung war, die Rassul und seinen Vasall verband. Es hieß, dass es bei den Elfen mit dem Geschlecht nicht so genau genommen wurde … Dann setzte er wieder eine angemessene Miene auf und konzentrierte sich von neuem auf den Herrn der Sümpfe.

»Ich höre jetzt schon Baldwin und seinen Hofstaat!«, schimpfte Rassul. »Keiner von denen wird glauben, dass Gael aus eigenem Antrieb gehandelt hat oder im Auftrag irgendeines Dritten. Nein, ich bin der Verantwortliche, wird es heißen! Ich bin derjenige, der befohlen hat, Troïn zu morden! Immer und immer wieder sind an allem die Grauen Elfen schuld!«

Und grau war Rassul tatsächlich, und zwar vollständig. Sein langes, nicht zu Zöpfen geflochtenes Haar bildete eine graue Mähne, die seinen Rücken herabhing wie ein vereister Wasserfall und sich kaum vom verwaschenen Blau seiner Haut abhob. Eine eingefallene Brust, ein magerer Körper mit langen Gliedern, dazu hatte Rassul ein hartes, spitzes Gesicht, dessen

Augenbrauen und Wangenknochen besonders ausgeprägt waren. Manchmal mochte er, wie alle Elfen, schön erscheinen, aber in diesem Moment verliehen ihm seine Magerkeit und sein Zorn eher ein erschreckendes Aussehen.

»Sire, wir wollen vor allem vermeiden, dass es zu einem Konflikt kommt«, begann Gorlois wieder in schmeichelndem Ton. »Und wir befürchten, dass Eure Anwesenheit vor dem Großen Rat Feindseligkeiten von Seiten der Zwerge provozieren wird.«

Er hielt einen Moment lang inne, als suche er nach den passenden Worten.

»Und das ist der Grund, Sire, warum ich Euch rate, die Flucht zu ergreifen ...«

»Was?«

Mit weit aufgerissenen Augen und bleichen Lippen starrte Rassul ihn an, ihm stockte der Atem.

»Vor den Zwergen die Flucht ergreifen ...«

»Ihr habt den alten Baldwin das letzte Mal selbst erlebt ... Es sah ganz so aus, als sei er drauf und dran, einen Krieg vom Zaun zu brechen.«

»Soll er doch!«, brüllte Rassul. »Dieser Steinbeißer! Dieser lächerliche Knirps! Diesmal werden wir uns nichts gefallen lassen! Die Zeiten sind vorbei, wo die Elfen sich im Schlamm verkrochen haben, aus lauter Angst vor ihren Attacken!«

»Sire, ich flehe Euch an, überlasst das dem Rat ...«

»Niemals! Damit ist Schluss! Diese ganze Geschichte stinkt nach einem Komplott. Das ist typisch für die Zwerge, immer irgendwelche Pläne schmieden, immer dabei, einander abzumurksen für ihre verwünschten Berge. Aber jetzt reicht es! Uns werden sie nicht benützen!«

»Aber Sire, die Grauen Elfen wären nie in der Lage, dem Zorn der Zwerge standzuhalten! Das wäre Euer Ende!«

»So, meinst du!«

Rassul packte den alten Seneschall an seinem Samtcape und riss ihn mit einer solchen Gewalt an sich, dass Gorlois merkte, wie er den Boden unter den Füßen verlor und beinahe aus dem Gleichgewicht kam.

»Was mich betrifft«, zischte der Elf mit einem irren, mörderischen Blick, »so möchte ich das gern einmal sehen …«

Die Wachen der Eskorte, die bei den Pferden standen, reagierten auf der Stelle. Einige hatten bereits die Schwerter gezogen und waren bereit, zum Angriff überzugehen, aber da ließ der große Elf Gorlois los, schrie seinem Begleiter irgendetwas in jenem unmöglichen Kauderwelsch zu, das sie sprachen, und dann verschwanden beide in großen Sprüngen, ebenso schnell wie galoppierende Pferde.

Der Hauptmann der Wachmannschaft stürzte auf den Seneschall zu, der auf den Knien in den Schnee gesackt war. Er streckte die Hände aus, um ihm aufzuhelfen, hielt aber dann plötzlich völlig verwirrt mitten in der Bewegung inne.

Gorlois bog sich im Schnee vornüber und sein ganzer Körper wurde von einem unbezähmbaren Lachkrampf geschüttelt.

Als Tsimmi wieder zu Bewusstsein kam, war die Luft noch immer voller Flugasche, der Himmel verdunkelt, und es war unmöglich, Atem zu schöpfen. Halb verschüttet von der fürchterlichen Erdwoge, die er ausgelöst hatte, konnte der Zwerg sich nur mühsam befreien. Er hustete, spuckte aus, riss seine grüne Kapuze nach hinten und schüttelte seine kurzen braunen Haare aus. Dann entstaubte er, so gut es mit seinen ungeschickten Händen ging, sein torfbedecktes Wams. Seine Hände fuhren über eine der zahlreichen Taschen, die er am Gürtel trug, und mit einem tiefen Seufzer zog er seine geliebte Tonpfeife heraus, die das Erdbeben nicht überstanden hatte. Er warf den zerbrochenen Stiel auf die Erde, behielt aber den Kopf und torkelte aus der Staubwolke heraus. Seine Beine schmerzten noch immer von den Schlägen, die sie in Kab-Bag erhalten hatten, und sein Zauber hatte ihm seine letzten Kräfte geraubt, nachdem er alles, was an Lebensenergie in seinem Körper gesteckt hatte, aus dem tiefsten Innern seines Körpers gezogen hatte.

Er kam bis zu einem großen Fels, einen Steinwurf von dem Erdmagma entfernt, setzte sich mit einem klagenden Seufzer nieder und besah, was er angerichtet hatte.

Von der Lichtung, in der sie die Nacht verbracht hatten, war nichts mehr übrig. Die Wurzeln der halb ausgerissenen Weide waren bloßgelegt, der wie von einer gigantischen Pflugschar zerhackte und aufgewühlte Boden hatte die Königin unter einem titanischen Berg von Torf, Gras und Steinen begraben. Als er sich dessen bewusst wurde, erhob der Zwerg sich von neuem und trat in die erdige Staubwolke zurück, die nach wie vor die ganze Gegend verdunkelte. Einen Moment lang sah er gar nichts, und sein Herz zog sich vor Furcht zusammen, sie vielleicht alle getötet zu haben, Menschen, Zwerge und Elfen, und er blieb allein zurück, ohne Waffen und Proviant, zu erschöpft, um in den nächsten Stunden seine Magie anwenden zu können, und unfähig, sich in dieser abstoßenden Sumpflandschaft zurechtzufinden.

Dann entdeckte er den matten Schimmer einer Rüstung. Auf den Knien und sich seines Panzers wie eine Schaufel bedienend, wühlte Uther wie ein Besessener in der Erde. Sein Gesicht war schwarz vor Staub, und der Schweiß grub helle Rinnen in seine Haut. Neben ihm war auch Frehir zugange und riss mit lauten »Ahs« riesige Erdklumpen fort, die er in rasendem Rhythmus hinter sich warf. Seine Wange blutete, sein blondes Haar war erdverkrustet, seine Felle hingen ihm um den Körper – der Barbar wirkte wie ein Oger oder ein Riese. Tsimmi blieb in einiger Entfernung stehen, er traute sich nicht näher zu treten.

Aber der Barbar hatte ihn bereits gesehen.

»Tsimmi! Dummer Zwerg! Ist das dein Werk?«

Uther wandte sich um und sprang, kaum hatte er ihn entdeckt, hoch und packte ihn am Kragen.

»Warst du das?«, fragte auch er.

Tsimmi, der beinahe erstickte, gurgelte eine vage Antwort, die der Ritter gar nicht beachtete.

»Hol sie da wieder raus!«

Er stieß den Zwerg zu Boden, und Tsimmi, in seinem Stolz getroffen, sprang sofort wieder auf, verzog böse das Gesicht und ballte die Fäuste.

»Das kann ich nicht!«, schrie er. »Was glaubst du denn? Dass ich die Welt erschaffen und zerstören kann, wie ich gerade Lust habe? Denk dir, das kann ich nicht! Ich kann es nicht!«

Wieder packte Uther ihn und warf ihn grob zu Boden.

»Dann grab!«

Wortlos machten die drei Gefährten sich an die Arbeit, schaufelten wie die Wilden, um die Erd- und Geröllhalde abzutragen, und bauten in diesem schweigsamen und verbissenen Kampf ihre ganze Wut ab.

»Da schau!«, rief Frehir plötzlich.

Tsimmi fuhr zu schnell hoch und farbige Punkte tanzten vor seinen Augen. Er taumelte, blinzelte mehrmals und versuchte gegen das fürchterliche Schwindelgefühl anzukämpfen, um zu erkennen, was es war, worauf der Barbar deutete. Eine Hand. Das war es. Eine blaue Hand, eine weibliche Hand, deren lange Finger sich schwach bewegten.

Tsimmi ließ sich nach hinten kippen, rollte über den Boden und presste seine Stirn gegen die Erde, während er wieder Atem schöpfte und wartete, dass das Schwindelgefühl nachließe. Lliane lebte … Die Augen geschlossen, mit pochenden Schläfen und von einer Übelkeit überwältigt, die ihm bis in die Kehle stieg, hatte der Zwerg das Gefühl, von tausend Fragen bestürmt zu werden. Warum hatte die Gewalt seines Zaubers ihn selbst so sehr überrascht, ihn selbst beinahe das Leben gekostet? Warum war er so todmüde? Hatte er denn die Königin tatsächlich töten wollen? Aber warum fühlte er sich dann jetzt so glücklich, sie am Leben zu wissen? Und wo waren Rogor und Miolnir und Till, der Spurensucher? Waren sie alle hier verschüttet?

Langsam und vorsichtig wie ein Rekonvaleszent erhob er sich und sah, vornübergebeugt und die Hände auf die Schenkel gestützt, zu, wie die beiden Männer mit bloßen Händen gruben, um die Königin freizuschaufeln. Er hörte, wie Uther ununterbrochen zu ihr sprach, sah, wie er sie in die Arme schloss, aus ihrem Hügelgrab hob und wie ein Kind von diesem Meer aus Steinen und Geröll forttrug.

Mit zögernden Schritten ging Tsimmi bis zu dem Birkenhain, wo sie saßen und hockte sich ein wenig abseits hin. Seine Kehle war von einem unkontrollierbaren Gefühlstumult zugeschnürt. Uther tauchte ein Stück seines Mantels in eine Pfütze und wusch damit das wunde Gesicht der Königin der Hohen Elfen. Gegen einen der weißen Birkenstämme gelehnt, mit zerrissenen Kleidern und dem Haar voller Erde, aus Hunderten von Schnittwunden im Gesicht und am ganzen Körper blutend, ließ Lliane alles mit sich geschehen und sah dabei den Ritter unaufhörlich und so eindringlich an, dass Uthers Bewegungen immer fahriger wurden.

»Ich habe … Ich habe solche Angst gehabt, meine Königin«, stotterte er schließlich. Lliane antwortete nicht, legte jedoch ihre Finger auf die Lippen des Ritters, fuhr deren Konturen nach und betastete dann, über den zwei Tage alten Bart kratzend, seine Wangen. Schließlich wanderten ihre Finger in seinen Nacken, schlangen sich um ihn und zogen ihn langsam zu sich heran, bis ihre Lippen sich berührten. Uther schlug die Augen nieder, wagte nicht zu atmen, verlor jegliches Zeitgefühl. Sie streichelte die Lippen des jungen Mannes mit der Zungenspitze, lächelte angesichts seiner Verblüffung (zu jener Zeit küssten die Menschen sich noch nicht auf diese Weise) und gab sich dann einem verhaltenen, langen, endlosen Kuss hin, aus dem sie beide wie Schlafwandler erwachten, entzückt, verlegen, ungläubig.

Selbst Frehir, der ein paar Meter entfernt stand, wagte kaum zu atmen, um den Bann nicht zu brechen, und als sie mit einem ausweichenden Lächeln voneinander ließen wie Jugendliche, trat der Barbar von einem Fuß auf den andern, nickte angelegentlich und prustete vor Freude. Dann ging er zu Tsimmi, hievte ihn auf die Beine und versetzte ihm einen freundschaftlichen Klaps auf die Schulter, der den Zwerg nun fast endgültig erschlug.

»Na! Was sagst du dazu?«

Tsimmi sagte gar nichts, er war zu aufgewühlt, um reden zu können. Seine Augen glänzten, und seine Kehle war noch immer zugeschnürt (ein seltener Gemütszustand bei einem Zwerg). Schließlich erblickte ihn die Königin und streckte lächelnd den Arm in seine Richtung aus.

»Wahnsinn und Tod haben uns alle um ein Haar hinweggerafft«, sagte sie. »Ich bitte Euch um Verzeihung, Meister Tsimmi.«

Der Meister der Steine bekam vor Verblüffung einen Schluckauf.

»Aber nein, ich muss doch …! Ich muss Euch um Verzeihung bitten! Ich habe wirklich gedacht …«

Er vermochte seinen Satz nicht zu beenden. Die Erleichterung, die Müdigkeit, die Rührung und das Glücksgefühl überwältigten ihn. Und zum ersten Mal seit vielen Jahren weinte Tsimmi heiße Tränen.

Dort blieben sie, betäubt und glückselig, bis sich die Staubwolke vollständig aufgelöst hatte und ihre Erregung in der eisigen und feuchten Luft der Sümpfe abgeklungen war. Als die Kälte ihnen in die Glieder fuhr, standen sie alle zugleich auf und begannen aufs Neue, die zerstörte Lichtung auf der Suche nach den Resten ihres Gepäcks oder ihrer Waffen umzugraben.

Lliane fand den Bogen und die Pfeile Kevins und auch ihren Dolch Orcomhiela unversehrt und nicht einmal erdverkrustet wieder. Sie entdeckten den verbeulten Helm Miolnirs und die rote Toga, die Rogor zu Boden geschleudert hatte, aber keine Spur von den beiden Zwergen selbst. Die makaberste Entdeckung war Frehir vorbehalten. Tills Hund lag mit gebrochenem Rückgrat und hängender Zunge leblos unter den Trümmern. Der Spurensucher selbst und sein Falke waren verschwunden.

Die vier Überlebenden machten sich wortlos reisefertig und vermieden, einander anzusehen, wenn auch aus ganz unterschiedlichen Gründen …

»Wir müssen vor ihnen bei Gael sein«, sagte Uther und wandte sich dann der Königin zu: »Könnt Ihr uns führen?«

Lliane machte eine hilflose Geste.

»Ich kenne diese Gegend hier nicht, und ich weiß nicht einmal, in welche Richtung wir suchen sollen … Aber ich bin überzeugt, dass die Grauen Elfen uns helfen werden, wenn wir welchen von ihnen begegnen.«

»Jedenfalls«, meldete sich Frehir mit seiner kraftvollen und ruhigen Stimme zu Wort, »ist es einfach, der Spur der Zwerge zu folgen … Sie läuft auf die Hütten zu, die ich heute morgen gesehen habe.«

Alle blickten in die Richtung, in die er zeigte, und das wie von einer Herde Rotwild niedergetretene Gras zeigte deutlich den Weg der beiden Trampeltiere auf.

»Sie haben nicht die geringste Chance«, murmelte die Königin.

»Es sei denn, wir holen sie noch rechtzeitig ein«, sagte Uther. »Gehen wir. Frehir, bilde du die Vorhut, und sichere den Weg. Du, Tsimmi, bleibst neben der Königin. Ich selbst mache die Nachhut.«

Der Barbar lief umgehend los und verschwand mit gezogenem Schwert im Unterholz. Tsimmi profitierte von dem kurzen Aufschub und hob ein paar Steine auf, die er in eine seiner Taschen fallen ließ. Dann zog er seine Schleuder heraus und platzierte einen möglichst runden Stein in den Lederriemen, bevor er losmarschierte. Die Königin hinter ihm hatte einen Pfeil Kevins in ihren Bogen gespannt. Sie lächelte Uther flüchtig zu und fiel dann mit dem Zwerg in Gleichschritt, wobei sie ebenso lautlos dahinglitt, wie dieser vernehmlich trampelte. Uther warf einen letzten Blick auf die zerstörte Lichtung, lächelte und setzte sich dann ebenfalls in Bewegung.

Der Trupp bewegte sich schweigend voran, jeder lauschte auf das kleinste Geräusch und hatte die Hand fest um seine Waffe geschlossen. Das Dickicht und das hohe Sumpfgras um sie herum wurden immer dichter, so dass Frehir ihnen von Zeit zu Zeit den Weg mit dem Schwert freischlagen musste. Trotz seiner Talente als Fährtenleser hatte er hundertmal das Gefühl, die Spur der Zwerge verloren zu haben, aber jedes

Mal entdeckte er dann doch wieder den Abdruck eines Stiefels, der sich tief in den klebrigen Matsch des Moors eingeprägt hatte.

Uther am Schluss des Zugs spürte, wie ihm die Hitze ins Gesicht stieg und kleine Schweißbäche seinen Rücken hinabrannen. Das Fieber verursachte ihm immer noch einen bleiernen Druck im Schädel und schwächte ihn derart, dass er kaum sein langes Schwert zu halten vermochte. Verfluchter Stolz, der ihn dazu gebracht hatte, mitten in der Stechmückenwolke stehen zu bleiben und ihn zu diesem Schatten eines Kämpfers hatte werden lassen, der kaum fähig war, ohne Hilfe einen Schritt vor den andern zu setzen! Er schüttelte heftig den Kopf, um seine Lebensgeister wieder zu erwecken. Ihr Trupp war kurz davor, einen Kampf bestehen zu müssen, und er war es sich schuldig, sich des Vertrauens des Großen Rats würdig zu erweisen …

Plötzlich bemerkte er, dass Lliane und Tsimmi stehen geblieben waren. Die Königin machte ihm ein Zeichen, sich im Gebüsch zu verstecken, legte einen Finger an die Lippen und sprang dann gebückt und den Bogen in der Hand vorwärts. Wie der Blitz verschwand sie im hohen Gras, völlig lautlos.

Uther spitzte die Ohren, aber die Sümpfe lagen in unerträglicher Stille. Nicht einmal der Schrei eines Vogels oder Insektengebrumm, als würde die ganze Natur den Atem anhalten. Tsimmi wandte sich ihm mit fragend hochgezogenen Brauen zu und der Ritter schlich gebückt bis zu dem Zwerg. Die Königin war jetzt schon eine Minute verschwunden, eine lange Zeit bei drohender Gefahr.

»Was sollen wir machen?«, flüsterte Tsimmi.

Uther reckte den Hals und stand halb auf, um zu versuchen, jenseits des Grasvorhangs irgendetwas zu entdecken, als Frehirs schleppende Stimme ganz in der Nähe ertönte.

»Kommt …«

Tsimmi und der junge Ritter schlugen sich durch die Ginsterbüsche. Frehir und die Königin standen mit dem Rücken zu ihnen vor einem Schlammloch. Uther erreichte sie als Erster und schauderte vor Entsetzen. Dann drängte Tsimmi sie beiseite und sah selbst.

»Bei meinem Blut!«

Es war Miolnir. Er lag lang hingestreckt auf dem Rücken in dickem schwarzem Schlamm, der ihn schon halb verschluckt hatte. Sein Oberkörper und seine Beine steckten trotz des Lederpanzers voller Pfeile, und er versank, von dem widerwärtigen Schlamm angesaugt, Zentimeter um Zentimeter. Seine Augen waren aufgerissen und starrten mit einem Ausdruck von Verblüffung in den blassen Himmel seines letzten Tages. Keine Spur von Schmerz stand in ihnen zu lesen. Die Pfeile mussten ihn alle auf einmal getroffen haben, in einer einzigen Salve, und keiner der Gesandten des Großen Rats zweifelte daran, wer sie verschossen hatte. Unter ihren müden und entmutigten Blicken floss der Schlamm bald über die braunen Barthaare, drang zwischen die Lippen, in die Nasenlöcher und Augen, und dann versank das Gesicht langsam im Morast. Eine ganze Zeit lang war nur mehr – schauerliches Detail – die Fiederung der Pfeile, die ihn getötet hatten, an der Oberfläche des Tümpels zu sehen, dann verschwanden auch sie, und nichts mehr blieb übrig von Miolnir, dem Bannerträger des Königs Baldwin, der einen ehrlosen Tod gefunden hatte, weit, weit fort von seinen geliebten Bergen … Tsimmi schüttelte traurig den Kopf.

»Ich hab ihn seit mindestens fünfzig Jahren gekannt«, sagte er. »Und zugleich haben wir eigentlich nie richtig miteinander geredet, bevor wir auf dieses Abenteuer ausgezogen sind … Er war eben ein Krieger. Und die reden nie besonders viel …«

Uther sah den Meister der Steine ernst an. Miolnirs Tod rief ihm den Tod Roderiks ins Gedächtnis, der erst so kurz zurücklag und doch schon so lange her erschien in seiner Erinnerung. Sie hatten ihre Ausbildung gemeinsam durchlaufen und sich schon immer gekannt … Aber was bedeutete das für diese zweihundertjährigen Zwerge, für die die Zeit endlos ist?

»Wie alt bist du, Tsimmi?«, fragte er unvermittelt, eine Frage, die so aus dem Zusammenhang fiel, dass Lliane und der Barbar die Brauen hoben.

»Ich bin hundertzweiunddreißig Jahre alt«, erwiderte der Meister der Steine. »Eigentlich eher schon hundertdreiunddreißig. Mitten im besten Mannesalter …«

»Wie stellt ihr es an, so lange ohne Überdruss zu leben?«

Tsimmi nickte von neuem und lächelte, als könnte er die Stimmung und den verschrobenen Gedankengang des jungen Mannes nachvollziehen.

»Das Leben ist ein Zyklus, Uther. Und der Zyklus der Zwerge ist länger als der der Menschen. Überdruss, Lebensmüdigkeit, der Verlust unseres Lebenswillens und unseres Enthusiasmus treten bei uns erst nach langen Jahren auf. Bei euch geht das schneller, aber euer Leben ist kürzer. Die Natur hat das alles gut eingerichtet … Davon abgesehen scheinst du mir dennoch ein wenig zu jung zu sein, um dir derartige Fragen zu stellen!«

»Das liegt in der Natur des Menschen«, sagte Lliane im Nähertreten.

Sie nahm Uthers Gesicht zwischen ihre langen Finger und blickte ihn zärtlich an. Nein … Nicht ausschließlich zärtlich. Es war noch etwas anderes in ihrem Blick: Neugier, Verständnislosigkeit, Neid? »Die Menschen lieben das Leben nicht und haben trotzdem Angst vor dem Tod«, fuhr sie fort und blickte ihn weiterhin, ihren Körper gegen den seinen, starr an. »Und das ist auch der Grund, warum sie diese Bitterkeit mit sich herumschleppen, diese Gewalttätigkeit, dieses Bedürfnis, etwas aufzubauen, sich zu verewigen, der Erde ihr Siegel aufzudrücken. Arme Menschen, die nicht existieren, wenn sie nicht ihren Namen in die Rinde eines Baums kratzen …«

»Aber nein!«, rief Uther und machte sich von der Königin los, deren Sätze ihm gar nicht gefielen. »Die Menschen …«

Er suchte nach Worten, der helle Blick der Elfe und der unter buschigen Brauen hervorstechende des Zwergs verwirrten ihn. Ärgerlich wandte er sich ab und blickte auf den Sumpftümpel, der Miolnir zum Grab geworden war.

Und dann plötzlich ließ ein spitzer Schrei wie der eines Vogels sie zusammenzucken, und alle hoben ihre Waffen. »Das sind sie!«, flüsterte die Königin. »Das sind die Elfen!«

Tsimmi versuchte sich so klein wie möglich zu machen und krampfte in Erwartung einer Salve von Pfeilen seinen Körper zusammen, während er nervös seinen schweren Kriegsmantel dichter um sich zog.

Rings um sie herum regte es sich in den hohen Gräsern, ertönten lang gezogene Vogelschreie, und flüchtige Schatten huschten hinter den weißen Birkenstämmen umher. Die Grauen Elfen kamen näher, waren aber unentschlossen. Sie waren logischerweise unentschlossen, denn hier stand eine aus dem alten Geschlecht Morigans, einer jener Hohen Elfen mit blauer Haut und stolzer Haltung, wie sie in den Sümpfen von Gwragedd Annwh so gut wie nie auftauchten.

Lliane bewegte sich auf sie zu. Dann richtete sie sich zu ihrer vollen Größe auf, straffte die Schultern und sah unbeweglich wie eine Statue den raschen Zickzackbewegungen der Sumpfelfen zu. Als sie dann weniger als fünfzig Meter entfernt waren, begann sie zu sprechen, in ihrem zischenden Dialekt, der sich wie ein rauschender Wildbach anhörte. Sie hob die Stimme nicht und sprach sie unaufhörlich direkt an, wie ein Schlangenbeschwörer oder ein Bärenführer, und dabei hielt sie beide Hände mit den offenen Handflächen hoch, um ihnen zu demonstrieren, dass sie in Frieden kamen. Ein Pfeil schlug in den Torfboden ein, beinahe zwischen ihren Beinen, doch sie ließ sich in ihrem Redefluss nicht beirren. Weitere Pfeile wurden abgeschossen und trafen zielgenau den Boden rings um die vier, als wolle man sie prüfen und entweder zur Flucht oder zum Angriff herausfordern, aber keiner bewegte sich.

Es verging noch einmal eine halbe Ewigkeit, bevor das Rascheln im Gras näher kam und die bleichen Gestalten der Grauen Elfen sich zwischen den Ginsterbüschen abzeichneten. Uther und Frehir standen Rücken an Rücken und deckten Tsimmi mit ihrem ganzen Körper. Sie wechselten einen nervösen Blick. Ihre feuchten Hände auf dem Griff ihrer Schwerter, waren sie kurz davor, ins hohe Gras hineinzustürmen und die unsichtbaren Bogenschützen anzugreifen. Alles lieber, als weiter darauf zu warten, dass die Pfeile herabregneten, lautlos und unsichtbar, und sie töteten, ohne dass sie hätten kämpfen können.

»*Heh alyhia eho!*«

Eine Stimme, die von hinten kam, ließ sie alle im selben Moment herumfahren. Die Schwerter pfiffen durch die Luft, die Körper drängten sich aneinander, die Augen blitzten, die Zähne wurden zusammengebissen.

»*Hialiya kio da dinyia!*«

Der Elf sah aus wie ein alter Bettler. Seine Haut war wirklich grau, er war mager wie ein Strich, sein weniges Haar hing lang herunter. Er war nicht in Moiré gekleidet, sondern trug eine Tunika sowie Hosen und hohe Stiefel aus Bälgen an denen noch Fellreste hingen, fahlgelb wie die Farbe des Schilfs. Er hielt seinen kurzen Bogen auf sie gerichtet, der sich völlig von dem der Königin unterschied, und sprach in einem brüsken Ton und abgehackten Sätzen.

Die Königin bewegte sich auf ihn zu und zwinkerte im Vorbeigehen Tsimmi zu.

»*Hi Hyala Ellessa Hyeh kolotialo …*«

Der Graue Elf nickte zu Llianes Worten, schien aber nicht milder gestimmt als zuvor. Dann deutete er auf den Zwerg und ließ eine lange zornige Tirade los, deren Ton für Uthers Ohren des Öfteren schrill klang. Plötzlich spürte Uther, wie ihn etwas in Höhe der Knie anstieß. Es war Tsimmi, der sich hinter ihren Beinen versteckte. Uther warf einen Blick über die Schulter. Die Elfen waren näher gekommen und hatten sie mittlerweile vollständig umzingelt. Sie hielten sich vorsichtig in zehn Metern Abstand, außer Reichweite der Schwerter, aber so nah, dass sie sie bei der geringsten Bewegung mit ihren Pfeilen spicken konnten.

»*Dech'yhio o Rassul iad Gael edehya.*«

Uther spitzte die Ohren, es schien ihm, als könne er aus dem Kauderwelsch der Königin Namen heraushören, aber dann überraschte die Reaktion des alten Elfs ihn. Er stieß einen abgestuften Schrei aus (vielleicht war es auch gar kein Schrei, sondern er wollte etwas sagen, aber seine Sprache war für Menschen wirklich unverständlich), drehte sich auf dem Absatz um und verschwand zwischen den Ginsterbüschen.

Der junge Ritter wandte sich um und konnte gerade noch sehen, wie die Bogenschützen, leichtfüßig wie Geister und völlig lautlos davonliefen. Dann lag von neuem die Stille des Sumpfs über ihnen, und sie hatten das Gefühl, wieder aufzuleben. Tsimmi ließ seinen Streithammer fallen, setzte sich auf den Boden und stieß einen tiefen Seufzer der Erleichterung aus. Uther steckte sein Schwert zurück in die Scheide und atmete dankbar die eisige Luft über dem Moor ein. Als die Königin zu sprechen begann, lächelte er.

»Er hat sich geweigert, uns zu Gael zu führen, aber er wird uns nicht daran hindern, ihn aufzusuchen«, sagte sie. »Das habe ich zumindest verstanden. Sobald ich die Rede auf ihn gebracht habe, ist er … Sehr seltsam …«

»Was denn?«, forschte Uther.

»Ich weiß nicht. Er wirkte … Er wirkte, als hätte er ihn nicht gerade ins Herz geschlossen, nicht wahr?«

Uther zog die Brauen hoch und verkniff sich ein freudloses Lächeln. »Nein, besonders entzückt hat er wirklich nicht gewirkt …«

Die Königin verfiel in nachdenkliches Schweigen.

»Na gut, gehen wir …«

Er schlug Frehir auf die Schulter und machte ihm ein Zeichen voranzugehen.

»Bring uns zu den Hütten, die du heute morgen gesehen hast«, sagte er.

Die vier Gefährten machten sich im Gänsemarsch auf den Weg, die Königin und Tsimmi gingen am Ende.

»Warum ist er so schnell verschwunden?«, fragte der Zwerg. »Sind sie immer so, die Sumpfelfen?«

Lliane mied seinen Blick. Weit entferntes Geschrei antwortete an ihrer Stelle.

»Ich fürchte, sie befinden sich auf der Jagd, Meister Tsimmi.«

XV
Gael

Wie üblich ging Llandon zu Fuß. Diesen Morgen hatte er seine freien Pferde vor den Toren von Loth zurückgelassen, um einmal mehr der Vorladung des Großen Rats zu folgen. Er hoffte insgeheim, dort Neuigkeiten über Llianes Verbleib zu erfahren. Seit der Rückkehr Lames, des weißen Hengstes mit der langen Mähne, wusste der König der Hohen Elfen nicht mehr, was aus ihr geworden war. Er wusste nicht einmal, weshalb sie in die Sümpfe gegangen war …

Der Rat tagte nur wenige Minuten lang.

Als er eintraf, war der alte Baldwin, König der Zwerge unter dem Roten Berg, bereits da, desgleichen Pellehun und der Seneschall Gorlois. Und alle machten sie ein Gesicht wie zehn Tage Regenwetter.

Llandon war der einzige Repräsentant der Elfen. Bei der letzten Ratssitzung – wie lange schien das schon her! – waren noch Königin Lliane und sein Freund Rassul an seiner Seite gewesen. Aber Lliane war zu einer Reise aufgebrochen, die folgenschwerer und gefährlicher war, als sie alle angenommen hatten, und Rassul … Bei allen Geistern des Waldes, war es tatsächlich möglich, dass Rassul geflohen war?

Eskortiert von Blorian und Dorian, den Brüdern der Königin, sowie Hamlin, dem Minnesänger, und Kevin, dem Bogenschützen, – von allen ihm Nahestehenden seines eigenen Rats also – durchquerte der König der Hohen Elfen mit langen Schritten die dreckigen Gassen der Stadt der Menschen vom

See. Er hatte es eilig, wieder die reine Landluft einzuatmen und diesen lärmenden Volksmassen zu entkommen.

Unterwegs fing er so manchen schrägen Blick auf, der ihn erstaunte, und mehrere junge Männer warfen sich, die Hand auf dem Dolch, herausfordernd in die Brust. Im Gassengewirr der Unterstadt befand sich eine ungewöhnliche Menge von Soldaten in den blau-weißen Farben Pellehuns, die der Stadt den ungewohnten Anstrich eines Garnisonsstandorts verliehen. Die gesamte Bevölkerung von Loth schien auf den Beinen zu sein, in der Stadt herrschte ein reges Treiben, die Luft war vom Lärm hitziger Debatten erfüllt, die verstummten, sobald sie des Wegs kamen, eine fiebrige, aufgeputschte Atmosphäre.

Als sie das Viertel der Tuchfärber verließen, musste sich Llandon gewaltsam seinen Weg zwischen einer Gruppe Soldaten hindurchbahnen, die vor dem Tor herumstanden, das zur Vorstadt und den Wehrmauern führte. Sie ließen sich widerwillig beiseite schieben und stellten die gleichen ausweichenden und feindseligen Mienen zur Schau, auf die die Elfen sich keinen Reim machen konnten.

Blorian und Dorian waren beide beunruhigt und hatten Mühe, den ausgreifenden Schritten ihres Schwagers zu folgen. Llandon hatte nichts gesagt, als er aus dem Großen Rat herauskam, aber ganz offenbar waren die Neuigkeiten schlecht. Die beiden Elfen fürchteten um das Leben ihrer Schwester, selbst wenn der König der Hohen Elfen eher wütend wirkte als traurig.

Und angesichts des unmöglichen Benehmens der Bürger von Loth wurde Llandon immer wütender. Wütend, fassungslos und erniedrigt von dem, was er bei der Königsversammlung hatte hören müssen. Der alte Baldwin war nur so lange geblieben, dass er ein Ultimatum stellen konnte, das verlangte, König Rassul solle sofort die Waffen niederlegen, andernfalls erfolge ein Präventivangriff der Zwerge unter dem Berg.

Llandon war aus allen Wolken gefallen.

Er wusste nicht, dass Rassul aus der Gegend von Loth verschwunden war, und konnte sich nicht vorstellen, dass der Herr der Grauen Elfen, ohne zuvor mit ihm zu reden, zu den Waffen greifen würde. Baldwin und sein Staat hatten den Rat angesichts seines konfusen und ungeschickten Gestotters mit verächtlichen Blicken verlassen; es war, als hätten sie ihm ins Gesicht gespuckt.

Erst nachdem sie fort waren, hatte König Pellehun ihm endlich einige Erklärungen geliefert. Nachrichten von den Gesandten hatten offenbar Gaels Schuld bestätigt, und nach Rassuls unerklärlicher Flucht lastete ein schwerer Verdacht auf dem gesamten Volk der Elfen … Darauf waren Freundschafts- und Sympathiebekundungen des Seneschalls Gorlois gefolgt, die eher diplomatisch geklungen hatten als ernst gemeint, und so hatte Llandon ihn unterbrochen und gebeten, sich zurückziehen zu dürfen.

Auf dem freien Feld, das zwischen den letzten Häusern und der Stadtmauer lag, blieb Llandon unvermittelt stehen.

Eine dichte Menge von Menschen beiderlei Geschlechts und aller Altersgruppen drängte sich um einen Scheiterhaufen aus Reisig, neben dem ein Mönch im Büßerkleid, der sich an einem riesigen Kreuz festklammerte, Verwünschungen ausstieß. Weder der König noch irgendjemand aus seinem Gefolge vermochte die hitzigen Flüche des Mönchs zu verstehen, so laut brüllte die Menschenmenge um ihn herum.

»Was geht hier vor sich?«, fragte Blorian im Näherkommen.

»Ich weiß nicht …«

Instinktiv hatten die Elfen sich zu einer Gruppe zusammengeschlossen und die Hände auf ihre Waffen gelegt. Kevin hatte langsam einen Pfeil aus seinem Köcher gezogen, hielt sich bereit, ihn in den Bogen zu spannen, und sicherte ihnen den Rücken. Hamlin, aus dessen Gesicht alle Sanftmut verschwunden war, ging um den König herum und stellte sich vor ihn, um ihn mit dem eigenen Körper zu decken. Dann setzten die Elfen sich wieder in Bewegung und gingen, die Menge, die sich vor ihnen teilte, nicht aus den Augen verlierend, langsam bis zu der bewachten Pforte, die aus der Stadt hinausführte.

Plötzlich steigerte das Geschrei sich zu einem ohrenbetäubenden Konzert aus Beifallsrufen, Gebuhe, Gepfeife, Lachen und Anfeuerungen. Dann ertönte ein spitzer Schrei, ein panischer Hilferuf, der den Elfen das Blut in den Adern gefrieren ließ.

Denn es war einer von ihnen, der da schrie.

Llandon sah schreckensstarr, wie zwei Kapuzen tragende Gestalten einen Elf aus den Sümpfen auf den Scheiterhaufen zerrten, dessen Füße gefesselt waren und der in seinen zerlumpten Kleidern erbarmungswürdig aussah. Er zappelte wie ein Wilder unter ihrem eisernen Griff. Die Scharfrichter banden ihn an einen Pfahl, der aus dem Reisig ragte und grüßten dann gut gelaunt die Menge, bevor sie wieder hinunter auf den Boden sprangen. Der Mönch predigte noch immer kreischend, die Adern an seinen Schläfen traten vor Anstrengung hervor und er schwenkte das riesige Kreuz wie eine Standarte. Schwarzer Rauch qualmte empor, und das Feuer flammte auf, so dass die Menge erschrocken zurückwich. Der Elf stieß ein verzweifeltes Kreischen aus, als seine Kleider Feuer fingen, aber seine schrecklichen Schreie wurden schnell vom Gelächter und Gespött der ausgelassenen Masse übertönt, die das Grauen erregende Spektakel weidlich genoss.

Llandon, der einen Moment lang vor Entsetzen erstarrt war, fasste sich und wandte sich mit einem wahnsinnigen Blick zu Kevin.

»Schieß!«, schrie er. »Töte ihn!«

Der Bogenschütze spannte die Sehne, und sein Pfeil traf den Gemarterten mitten in die Stirn und beendete mit einem Schlag sein furchtbares Geschrei, zugleich aber auch den obszönen Beifall der Bevölkerung von Loth.

Vollkommene Stille herrschte mit einem Mal auf dem Platz, und man konnte das Geprassel des brennenden Holzes hören. Dann erhob sich ein dumpfes Murren, der Hass machte sich Laut, und die Menschenmasse wälzte sich auf die Gruppe der Elfen zu wie eine Woge gegen ein Schiff.

Llandon und die Elfen zogen ihre Dolche und der Silberglanz der Schneiden bewog die ersten Reihen zurückzuweichen. Aber von hinten drückten die anderen zu stark nach, und beinahe augenblicklich hatte sich der Kreis des Pöbels wieder auf Armeslänge um sie geschlossen. Da richtete sich Llandon zu voller Größe auf. Mit weißen, hervorquellenden Augen stieß er einen herrischen Befehl aus, und seine Stimme hallte bis in die Herzen der Menschen wider und stürzte sie in Panik.

»*Bregean! Bregean earm firas! Hael hlystan!*«

Alle, die nahe genug standen, um sein Gesicht sehen zu können, stießen einen Schreckensschrei aus und wichen angstvoll zurück. Die Elfen nutzten den Augenblick, um sich nach vorn zu stürzen und die letzten Meter bis zur Pforte zurückzulegen, wo die Wachen in Pellehuns Uniform auch nicht einen Finger gerührt hatten.

»Wer gibt hier die Befehle?«

Die Wachen zögerten, bis ein Sergeant sie zur Seite stieß und sich vor dem König der Hohen Elfen aufbaute.

»Herr, ich …«

»Weißt du, wer ich bin?«, fragte Llandon.

»Gewiss, Herr.«

»Wie ist es möglich, dass ein Elfenkönig in der Stadt des Großen Rats bedroht werden kann?«

Er deutete mit einer harschen Geste auf den immer noch brennenden Scheiterhaufen.

»Und das da? Was soll das bedeuten?«

»Ich habe nichts tun können, Herr«, stotterte der Sergeant. »Ich habe hier nur eine Handvoll Bewaffneter … Aber ich habe einen um Verstärkung geschickt!«

»Zu spät!«

Der Soldat senkte, ohne zu antworten, den Kopf. Und was hätte er auch sagen sollen? Llandon stieß ihn zur Seite und verschwand, gefolgt von der Elfengruppe, durch die Pforte.

Als sie draußen waren, erwachte der Pöbel aus seiner Lethargie, und in einem ohrenbetäubenden Stimmengewirr kommentierte jeder das Vorgefallene. Der Mönch im Büßergewand bekreuzigte sich frenetisch und stieß dann eine neuerliche Verwünschung aus, die bald von der ganzen Menge skandiert wurde:

»Hexer! Hexer!«

Das Elfendorf sah aus wie ein Dickicht zu Füßen der hohen Stämme von Ulmen und Pappeln. Aus den Dächern der Laubhütten, die hier und da ohne erkennbare Ordnung im Schutz der großen Bäume aufragten, drang nicht der geringste Rauch, und man sah auch weder Zäune noch Gatter, nichts, was irgendwie an die Städte der Menschen oder die Festungen der Zwerge erinnert hätte. Aber es herrschte große Aufregung, ganz untypisch für das zurückhaltende Volk der Elfen, und Tsimmi fand sie sogar … laut. Sie bewegten sich auf die Ansammlung der Grauen Wesen zu, die sich vor einer der armseligen Hütten gebildet hatte, und durchquerten die Menge im Kielwasser Llianes. Es waren nur Alte da und Kinder, als wäre alles, was das Dorf an kampffähigen Elfen beiderlei Geschlechts zählte, ausgeflogen. Der Gesichtsausdruck sämtlicher Anwesenden wechselte mehrmals, während die Gruppe vorüberging: glückliches Erstaunen, als man die Königin der Hohen Elfen erkannte, argwöhnisches Zurückweichen vor dem riesigen Frehir, sodann aber Erleichterung, als man ihn, dessen Dorf in Luftlinie nur wenige Meilen entfernt lag, wiedererkannte, und Verblüffung angesichts des ernsten und unsicheren jungen Ritters. Als man dann schließlich Tsimmi entdeckte – einen bärtigen, mürrischen Zwerg wie in den Legenden! –, flohen die Jüngsten vor Angst kreischend davon, und die Alten, die in den früheren Zeiten die blutigen Attacken der Zwerge vom Berg miterlebt hatten, ballten die Fäuste und bebten vor Wut. Schnell wurde der Ring der Grauen Elfen enger, feindseliger, und schließlich konnte selbst die Königin keinen Fuß mehr vor den andern setzen.

Wieder richtete sie sich zu voller Größe auf, bis sie die grauen, hoch gewachsenen, aber gebeugten Wesen leicht überragte.

»Geswican, deor bearn!«

Und die Kinder, die beim Anblick des Zwerges nicht geflohen waren, entfernten sich wortlos.

»Geswican, dyre leod!«

Und alle Grauen Elfen, magere Alte beiderlei Geschlechts, erbebten und traten zur Seite.

»Eal hael hlystan!«

Und die letzten Sumpfelfen gaben sich geschlagen und senkten ängstlich die Köpfe, sie wagten es nicht einmal mehr, die Königin anzusehen.

»Habt keine Angst!«, sagte Uther ziemlich dümmlich, und Frehir warf ihm einen scharfen Blick zu, um ihn zum Schweigen zu bringen.

Die Königin entspannte sich. Es kam den anderen vor, als taumele sie, erschöpft von ihrer Anstrengung, ein wenig, aber diese Schwäche dauerte nur einen Augenblick. Als die letzten Elfen zur Seite getreten waren, erblickte Uther vor sich eine Laubhütte mit einer wenige Fuß hohen Öffnung, die offenbar als Eingang diente. Er kniete sich auf alle viere und kroch unter dem Zweigwerk durch.

Zunächst sah er nichts als pflanzliches Flechtwerk und einige Weidenroste auf der blanken Erde. Das Ganze wirkte wie ein Dachsbau, ebenso dunkel und kaum besser eingerichtet, dafür aber von beachtlicher Größe, denn die Behausung erweiterte sich treppenartig nach unten. Je weiter er die breiten Stufen hinabging, desto höher wurde der Raum, und bald konnte er sich ganz aufrichten, sah dafür aber nun gar nichts mehr. Plötzlich beleuchtete der flackernde Schein einer Flamme die Umgebung. Tsimmi hatte mit seinen Feuersteinen Licht gemacht.

Uther nickte ihm ein Dankeschön zu, und erblickte dann hinter ihm Frehir (der sich trotz allem gebückt halten musste) und die Königin Lliane. Er biss sich auf die Lippen und ging weiter, wobei er eine Hand auf dem Schwertknauf hielt, bereit, es jeden Moment zu zücken. Je tiefer sie kamen, desto geräumiger wurde die bescheidene Laubhütte, die tief unter die Erde gegraben war. Die Treppenabsätze verbreiterten sich zu von steinernen Mauern gestützten Etagen, die jeweils durch mehrere Stufen voneinander getrennt waren. Er kreuzte den Blick mehrerer schweigsamer und ernster Elfen, die vor ihnen zurückwichen und sich gegen die Erdmauern drückten. Es war dunkel hier unten, zu dunkel für einen Menschen, aber einige Lichtschächte, die bis zur Oberfläche reichten, verbreiteten doch so etwas wie einen Schimmer von Helligkeit. Die letzten Säle waren auf elfische Art eingerichtet. Vorhänge aus geflochtenem Ginster verhängten die Wände, Birkenwurzeln, die freigeschaufelt waren, dienten als Borde oder Bänke, und kunstvoll beschnittene Blättergirlanden hingen überall von der Decke. All das verströmte einen Duft nach frisch geschnittenem Gras und Humus. Rechter Hand befand sich ein in diesem pflanzlichen Ambiente unerwarteter Waffenständer, der eine Unzahl von Waffen enthielt, auch Zwergenäxte und die mit Widerhaken bewehrten Lanzen der Dämonen. Eine echte Waffenkammer …

»Da, schaut!«, sagte Tsimmi.

Uther kniff die Augen zusammen (der Zwerg, an seine unterirdischen Stollen gewöhnt, sah in der Dunkelheit besser als er). An der Rückwand der Behausung, gegen die ginsterbehängte Wand gelehnt und von knieenden stummen alten Weiblein umringt, war ein Elf in menschlicher Kleidung zu sehen. Samt, Stickereien, ein kurzes Schwert an der Seite und einen großen Dolch am Gürtel. Der Kopf war ihm auf die Brust gesunken, und sein langes schwarzes Haar hing wie ein Vorhang vor seinem Gesicht. Regungslos, mit hängenden Armen und in schlaffer Haltung, wirkte die Erscheinung in dieser Höhle seltsam unpassend.

Uther blickte fragend die Königin an, und die nickte.

Es war Gael.

Lliane trat langsam näher, sagte einige Worte zu den alten Elfen, die neben ihm knieten, und hob dann vorsichtig den Kopf dessen an, den sie seit Tagen gesucht hatten. Sogleich schreckte sie wieder zurück und hielt den Gefährten ihre blutverschmierte Hand hin.

»Herr im Himmel!«, flüsterte Uther.

Ein Axthieb von bestialischer Gewalt, dessen Spuren vom Halsansatz bis in die Mitte des Brustkorbs reichten, hatte den Elf halb enthauptet. Das Samtwams hatte das Blut aufgesogen, das Gesicht war unversehrt und in einer Schreckensgrimasse erstarrt, die Augen glasig, die Lippen hochgezogen. Ein Becher, der neben seiner Hand über die Erde gerollt war, war ausgelaufen, und der dunkle Fleck war bereits in der festgestampften Erde versickert.

»Rogor«, murmelte Tsimmi mit verzweifelter Stimme.

Er hob die Augen zu seinen Gefährten, aber Uther wich seinem Blick aus. Natürlich, Rogor … Wer anders als der Thronfolger unter dem Schwarzen Berg hätte seinen Rachedurst mit so viel Wut stillen können?

Frehir wandte den Blick nicht ab, aber seine Miene verriet dem Meister der Steine, dass auch er nicht den geringsten Zweifel an der Identität des Mörders hegte.

»Ein Axthieb«, antwortete der Barbar auf den stumm flehenden Blick Tsimmis. »Nur die Zwerge benutzen Äxte …« Wieder herrschte Schweigen in der unterirdischen Kammer, in der Gael den Tod gefunden hatte. Dann ertönte die dünne und zögerliche Stimme eines Wesens, das die gemeinsame Sprache nur schlecht beherrschte.

»Kein Zwerg …«

Die Königin und ihre Gefährten fuhren alle zugleich herum und blickten auf die alte Elfe, die da gesprochen hatte. Sie presste sich gegen die von einem Korbgeflecht bedeckte Rückwand und schüttelte mit scheuem Blick den Kopf.

»Nicht von einem Zwerg getötet …«

Die Wangen vom Dornengebüsch zerkratzt, den Bart voller festgehakter Reiser, rannte Prinz Rogor schwer atmend geradeaus und hielt dabei seine riesige Axt in den Händen, von deren Schneide das Blut troff. Elfenblut von all den Elfen, die sich ihm in den Weg gestellt hatten. Ein Pfeil hatte ihm die Hüfte durchbohrt, aber seine Wut war stärker als seine Schmerzen. Der bleiche Elf, der ihn abgeschossen hatte, lag jetzt tot im Schlamm, mit gespaltenem Schädel, seine Gehirnmasse um ihn herum verstreut. Auch andere Bogenschützen hatten auf den Zwergenfürsten geschossen, und sie hätten schwören können, ihn getroffen zu haben. Nur hatten ihre Pfeile Rogors Rüstung nicht durchschlagen, und die scheinbare Unverletzlichkeit ihres uralten Feindes, des Zwerges mit den wahnsinnigen Augen, der behaart war wie ein wildes Tier und bewaffnet mit seiner furchtbaren Axt, erfüllte sie mit Schrecken.

Außer Atem und mit brennender Lunge, stützte Rogor sich an einer Ulme ab, lehnte sich dann gegen den Stamm und hielt seine Axt vor sich, mehr wie einen Schutzschild als wie eine Waffe. In diesem Augenblick war der Zwerg am Ende seiner Kräfte und bereit, aus dem Leben zu scheiden. Und was hätte er auch anderes wünschen sollen? Er hatte versagt. Es war ihm nicht gelungen, Gael zu töten, ja er hatte nicht einmal vermocht, in seine Nähe zu kommen. Niemals würde er das Schwert von Nudd wiederfinden. Miolnir war durch seine Schuld gestorben, in diesem ekelhaften Schlammloch und mit Pfeilen gespickt, und er hatte wie ein Feigling flüchten müssen, er, der Thronerbe von Troïn! Welche Schande … Welch eine Katastrophe!

Mit einem kräftigen Hieb schlug er seine Axt in den Baumstamm, richtete sich dann zu voller Größe auf und wandte sich dem im Wind wogenden Schilfvorhang zu, aus dem der rettende Pfeil käme, der seiner ganzen erbärmlichen Existenz ein Ende setzen würde. Er zupfte das Reisig aus seinem langen roten Bart, striegelte ihn und steckte ihn unter den Gürtel. Dann begann er zu warten und starrte in den Himmel, der sich bereits wie ein Vorbote des Todes verdunkelte. Dazu sang er in seiner tiefen Stimme den Todesgesang der Zwerge unter dem Roten Berg.

Didostait, bugale
Ar serr-noz, hag ar goulou deiz,
Didostait, didostait …

Kommt, ihr Kinder
der Abend- und der Morgendämmerung,
Kommt heran, kommt heran …

Aber nur die Stille der Sümpfe antwortete seinem Gesang. Die Elfen waren fort. Der Tod wollte ihn nicht.

Rogor blieb noch mehrere Minuten lang unbeweglich stehen, bis sein Atem wieder gleichmäßig wurde und der Schweiß auf seiner Stirn getrocknet war. Dann riss er seine Axt aus dem Baum, versuchte sich zu orientieren und setzte sich dann in Richtung Ponton in Bewegung.

XVI

Magie!

Gaels Dachsbau war jetzt leer. Die alten Grauen Elfen hatten seine Waffen und all seine Habseligkeiten fortgetragen, einschließlich der Stoffe und der Flechtmatten, die die Wände und den Boden der in die Erde gegrabenen Behausung bedeckt hatten. Nur Frehir, Uther und Tsimmi waren zurückgeblieben und hockten im Schein einer behelfsmäßigen Fackel, die der Zwerg mit Hilfe seiner Feuersteine angezündet hatte, auf dem Boden, ganz in der Nähe des Katafalks aus Erde, auf dem die Leiche des Grauen Elfs ruhte, die Hände über der Brust gekreuzt.

Die Königin war seit über einer Stunde mit den Dorfältesten verschwunden, um die Bestattung Gaels vorzubereiten. Sie hatte ihnen einige Worte zugeflüstert, bevor sie ging, und ihnen eingeschärft, sich nicht von der Stelle zu rühren, bis sie wieder da sei. Sie hatten gehorcht, aber die Wartezeit in Gegenwart einer Leiche begann ihnen lang zu werden.

»Was meinst du, was sie machen mit ihren Toten?«, fragte Tsimmi und stieß Uther, der neben ihm saß, seinen Ellbogen in den Schenkel.

Sie sprachen leise miteinander, um Frehir nicht aufzuwecken, der laut schnarchend den Schlaf der Gerechten schlief. »Es heißt, sie essen ihre Toten auf …«, bohrte er nach. »Meinst du, dass das stimmt?«

»Aber woher soll ich denn das wissen?«

»Schon gut«, sagte Tsimmi. »Ich dachte nur, dass du als

Freund der Elfen wenigstens irgendetwas von ihren Gebräuchen wüsstest, das ist alles …«

Uther seufzte. Dann stand er auf, schnitt ein Stück Stoff aus seinem Überwurf, wickelte es um die Fackel, deren Flamme schwächer wurde, und setzte sich dann wieder neben seinen Kameraden. Im unsteten Flackern der Fackel vollführte der Schatten des aufgebahrten Toten unheimlich schlängelnde Bewegungen auf den Erdwänden – ein wahrer Totentanz. Uther bemerkte Tsimmis Blick und fand den Zwerg ziemlich niedergeschlagen. Seine grüne Mütze war bis über die Ohren gezogen, der Bart struppig, und er saß da, die Arme um die Knie geschlungen, zusammengekauert, mürrisch und besorgt. Der Zwerg spürte den Blick des Ritters auf sich, kramte in einer seiner unzähligen Taschen und zog eine Silbermünze hervor, die er Uther breit grinsend unter die Nase hielt. »Ein Dukaten!«, sagte er im Tonfall eines Gauklers. »Ein echter Dukaten des Königs!«

Der junge Mann lächelte und ging auf das Spiel ein.

»Ja«, sagte er, nachdem er die Münze genau begutachtet hatte. »Ist ein echter Dukaten …«

Tsimmi nahm ihn mit der rechten Hand zurück, zwinkerte und hob dann unvermittelt und fingerschnalzend die Linke.

»Oh, was für ein Pech, ehrwürdiger Herr, der Dukaten ist verschwunden!«

Er öffnete seine rechte Hand, die tatsächlich leer war.

»Es klappt schon ganz gut«, gab Uther zu. »Aber die Königin konnte außerdem das Silber in Kupfer verwandeln …«

»Na ja, nun …«

Tsimmi hob einen Finger, fixierte das Ohr des Ritters und berührte dann sein Ohrläppchen, um ihm stolz das verlorene Geldstück zu präsentieren.

»Magie!«

»Ja«, sagte Uther. »Magie …«

Er sah voller Wohlwollen zu, wie der Zwerg seine Münze wieder verstaute und dabei hoch zufrieden wirkte, dass ihm sein Trick so gut gelungen war. War es möglich, dass es sich um dieselbe Person handelte, die nur wenige Stunden zuvor okkulte Kräfte entfesselt hatte, deren Gewalt die Erde verwüsten und eine ganze Armee verschlucken konnte?

Er lehnte sich gegen die feuchte und unbequeme Wand und verlor sich in seinen Gedanken, die bald begannen, um die Königin zu kreisen und von dort aus zu den Bestattungszeremonien der Elfen zurückkehrten.

»Das Einzige, was ich weiß«, sagte er, den Gesprächsfaden wieder aufnehmend, »ist, dass sie ihre Toten nicht in der Erde bestatten.«

»Das ist mal sicher«, entgegnete Tsimmi und kicherte in seinen Bart. »Auf solche Ideen könnt nur ihr Menschen kommen. Lust zu haben, sich von den Würmern auffressen zu lassen. Bäh! Was für eine widerliche Vorstellung!«

Der Zwerg kicherte noch weiter und stopfte dabei seine Pfeife, oder besser, was nach seinem Zauber in der Lichtung davon noch übrig war. Dann aber blieb ihm sein Lachen im Halse stecken. Er hatte plötzlich denselben Gedanken wie Uther.

Tsimmi drehte sich brüsk zu Gaels Leiche um, sein Blick schweifte durch den leeren Saal und die Treppen am anderen Ende, die hinauf an die freie Luft führten.

»Glaubst du, sie hätten uns hier lebendig mit ihm begraben?«

»Na ja … der Gedanke ist mir gekommen«, meinte Uther, ohne aufzusehen. »Aber das würde die Königin nicht zulassen. Glaube ich zumindest …«

Tsimmi zog eine beunruhigte Grimasse, aber dann entspannten seine Züge sich.

»Bah! Die Elfe, die einen Meister der Steine begraben kann, muss erst noch geboren werden, das darfst du mir glauben!«

Der Zwerg schlug von neuem seine Feuersteine zusammen und zündete das trockene Kraut in seinem Pfeifenkopf an. Die Pfeife, deren Stiel fast komplett fehlte, war nur mehr ein Stummel, der kaum über die Barthaare hinausreichte, und als Tsimmi sie ansteckte, konnte Uther den Geruch nach verbranntem Haar riechen.

»Es gibt Elfen, die ihre Toten auf Scheiterhaufen verbrennen, genau wie ihr«, sagte er dem Zwerg. »Angeblich hassen sie das Feuer deswegen so sehr. Weil sie dabei an den Tod denken …«

»Ich hab keinen Einzigen der Meinen bestatten können …« Frehirs Grabesstimme hallte durch den Raum und erschreckte sie umso mehr, als sie geglaubt hatten, er schliefe.

»Ich musste flüchten, während mein Dorf in Flammen stand … Sie müssen alle noch da sein, oder besser gesagt, was von ihnen übrig ist. Ich nehme an, an jenem Abend haben die Wölfe ein Festmahl gehalten.«

Weder Uther noch Tsimmi wussten, was sie darauf antworten sollten, und ein düsteres Schweigen breitete sich aus.

Uther faltete die Hände überm Bauch, schloss die Augen und versuchte, ein wenig Schlaf zu finden. Er war gerade eingeschlummert, als der Zwerg ihn mit einem neuerlichen Rippenstoß aufrüttelte.

»Ich glaube, da kommt jemand!«

Eine Gruppe von Kindern mit Tabletts voller Speisen tauchte kurz darauf in dem Erdloch auf, gefolgt von Königin Lliane. Sie bedankte sich bei ihnen in ihrer eigentümlichen Sprache und setzte sich dann, nachdem sie wieder fort waren, im Schneidersitz gegenüber ihren Gefährten hin.

»Meine Herren, das Abendessen ist serviert!«, sagte sie mit einer betont heiteren Stimme.

»Können wir nicht unter freiem Himmel essen?«, knurrte Frehir, und seinem Ton war anzumerken, dass er genug davon hatte, in Gesellschaft einer Leiche in einer Höhle zu hocken, die ihm so eng wie ein Dachsbau vorkommen musste.

»Ein wenig Geduld noch«, antwortete Lliane mit einem begütigenden Lächeln. »Die Grauen Elfen bereiten die Totenfeier vor. Wenn sie die Leiche holen kommen, können wir auch hinaus.«

»Was haben sie dir gesagt?«, fragte Uther (und Tsimmi hob amüsiert die Brauen, weil er sie geduzt hatte).

»Hier, probier das mal, das ist gut«, sagte die Königin und

reichte ihm eine Art fester Pastete, die zwischen zwei hellgrünen Blättern steckte.

»Was ist das?«

Lliane lächelte.

»Ich glaube nicht, das du das wirklich wissen willst ...«

Uther warf Tsimmi einen Blick zu. Der Zwerg hob die Brauen, und seine Lippen formten eine stumme Botschaft, die Uther nur zu gut verstand: »Sie essen ihre Toten!« Aber da die Königin darauf bestand, nahm der Ritter vorsichtig einen Bissen Pastete zwischen die Lippen. Der Geschmack erinnerte an Fisch, hatte aber mehr Biss und war knuspriger. Er wusste nicht, wonach ein Sumpfelf schmecken konnte, aber jedenfalls gewiss nicht nach Fisch. Also zwinkerte er dem Zwerg aufmunternd zu und aß die Pastete auf. Frehir war nicht so heikel, er fraß die kleinen Pastetchen weg, als wären es Rosinen (nur geräuschvoller).

»Nun aber mal ernsthaft«, meinte der Barbar dann mit gutmütigem Grinsen. »Was ist das denn nun?«

Die Königin neigte sich zu ihm, so dass die anderen sie nicht hören konnten. »Die Ungeheuer unter dem Wasser ...«

Angeekelt starrte Frehir sie an und war kurz davor, seine Pasteten wegzulegen. Aber er hatte Hunger, und die Königin lachte so herzlich, dass er nicht recht wusste, ob sie nicht nur gescherzt hatte.

»Ein Mann ist hier heute morgen von den Kriegern hergeleitet worden«, begann die Königin wieder, aber in ernsterem Ton. »Der Beschreibung nach zu urteilen, muss es sich wohl um Blade gehandelt haben ... Man hat ihn bis zu Gael geführt, und sie haben einige Worte in der Menschensprache gewechselt. Gael wirkte äußerst zufrieden und hat ihn in seine Hütte eingeladen. Der Mann ist ein paar Minuten später wieder herausgekommen, mit einem Päckchen unter dem Arm und hat das Dorf in aller Seelenruhe verlassen. Erst nachdem er längst fort war, hat man den Mord entdeckt.«

»Das heißt also, Blade hat ihn getötet und nicht Rogor«, murmelte Uther.

»Jedenfalls hat niemand einen Zwerg im Dorf gesehen«, bestätigte Lliane. »Das heißt … bis zu Eurer Ankunft, Meister Tsimmi.«

»Aber warum hat er ihn ermordet?«, fragte Frehir mit vollem Mund.

»Um ihn zu bestehlen natürlich!«

Uther war wütend auf sich selbst. Das war alles nur sein Fehler. Er hatte eingewilligt, dass Blade den Trupp begleitete. Ein Dieb und ein Mörder … Was war er verrückt gewesen zu glauben, so einer würde Wort halten!

»Da haben wir die Bescherung!«, knurrte er bissig. »Dieser Schuft, dieser Unhold, dieser Dämon hat Gael ermordet und ihm das Kettenhemd geraubt! Wir täten besser daran, uns sofort an seine Verfolgung zu machen, anstatt hier unsere Zeit zu vertrödeln. Er wird zwangsweise versuchen, bis zu den Flößen zu kommen!«

»Wir wissen nicht mit Sicherheit, ob er den Panzer gestohlen hat«, sagte Lliane.

»Aber natürlich! Hat er ein Päckchen unter dem Arm getragen oder nicht? … Was soll das denn sonst gewesen sein? Los jetzt, zum Henker!«

»Nein …«

Aller Blicke richteten sich auf Tsimmi.

»Nein«, wiederholte er.

Er wischte sich gründlich den Bart ab, um sich von den Pastetenkrümeln zu reinigen, und faltete dann mit besorgter Miene die Hände.

»Es gibt da etwas, was ihr nicht wisst«, sagte er ernst. »Gael … Gael hat also dieses Kettenhemd gestohlen, und ich zweifle auch nicht daran, dass er König Troïn ermordet hat, den Herrscher der unterirdischen Stadt von Ghâzar-Run und König unter dem Schwarzen Berg. Langbart, Langaxt, Meister des Goldes und der Metalle …« Uther wollte ihn schon unterbrechen und ihn bitten, es kurz zu machen, aber ein Blick Llianes hielt ihn davon ab.

»Aber?«, fragte sie sanft.

Der Zwerg sah auf.

»Aber da gibt es Schlimmeres, viel Schlimmeres«, sagte er. »Der Elf Gael hat auch das Schwert von Nudd gestohlen …«

Allen stockte der Atem. Der unter dem Schwarzen Berg aufbewahrte heilige Talisman der Zwerge war allen freien Völkern ein Begriff, selbst den grässlichen Armeen Dessen-der-keinen-Namen-haben-darf jenseits der Marken.

»Prinz Rogor ist, wie er selbst gesagt hat, der Thronerbe von Troïn. Aber er wird nicht herrschen können, findet er das Schwert Caledfwch nicht wieder. Es ist wie …« (Er suchte nach Worten.) »Wie der Stein von Fal, der Fal Lia König Pellehuns: das Symbol der Herrschaft selbst. Bringt Rogor es nicht unter den Berg zurück, dann ist die Ehre der Erben Dwalins bis in alle Ewigkeit befleckt, und es wird ihnen keine andere Wahl bleiben, als die Erde mit Mord und Zerstörung zu überziehen wie eine wilde Büffelherde, um dieses unsägliche Unrecht zu rächen.«

Er wandte der Königin ein trauriges und aufgelöstes Gesicht zu. »Das wird das Ende des Friedens bedeuten, ein für alle Mal … Der Ingrimm der Zwerge wird die Ebene, die Wälder und die Sümpfe verwüsten, und sie werden nicht ruhen, bis der letzte Nachkomme Dwalins tot daliegt, oder bis der letzte Elf die Schmach bezahlt hat.«

Uther schüttelte fassungslos den Kopf.

»Aber warum hat er das denn getan?«, rief er und sah Lliane an, als stelle er die Frage an sie. »Was ich sagen will, ist, warum hat Gael das Schwert gestohlen? Um einen Krieg zu provozieren? Das ist doch absurd! Die Grauen Elfen hätten doch keine Chance gegen die Legionen der Zwerge!«

Lliane machte sich nicht die Mühe zu antworten, wobei sich eine Antwort im Grunde ohnehin erübrigte. Als Nachfahrin Morigans, der Tochter Dagdas, des Großen Gottes der Tuatha Dê Danann, hatte sie die alte Religion nicht vergessen und wusste um die Macht der vier Talismane der Göttin Dana. Sie musterte Tsimmi, aber der Zwerg schien – trotz all dessen, was er wusste, oder vielleicht gerade deswegen – nicht zu begreifen, dass der Verlust von Caledfwch das Ende seines Volks bedeutete. Dann dachte sie an Rassul, ihren Freund, den Herrscher der Sümpfe. Rassul, der so rasch die Beherrschung verlor, der Herr eines verstreuten und gedemütigten Volks, das unter selbst für Elfen kaum erträglichen Bedingungen leben musste … War es möglich, dass der König der Grauen Elfen den Mord an König Troïn und den Diebstahl des Schwerts in Auftrag gegeben hatte? Wollte er sich auf diese Weise am Volk unter dem Berge rächen? Absurde Idee … Seit dem Ende des Zehnjährigen Kriegs war Rassul Mitglied des Großen Rats. Er kannte, genau wie sie selbst, den alten König unter dem Schwarzen Berg aus der Zeit, da Troïn selbst seinen Sitz im Rat hatte. Keiner hätte behaupten wollen, dass Rassul ihn möge, aber dass er ihn respektiert hatte, dessen war sie sich sicher. Und warum hätte er sich unvorbereitet in ein so wahnwitziges Abenteuer stürzen sollen?

Lliane konnte sich das nicht vorstellen.

Es hätte ihm einfach nicht ähnlich gesehen. König Rassul war temperamentvoll, ja sogar cholerisch. Aber ein derart verschrobener und frevelhafter Plan passte nicht zu ihm. Und außerdem setzten die Grauen Elfen durch eine solche Tat alles aufs Spiel … Genauer gesagt riskierte das gesamte Elfenvolk seinen Untergang.

Ein Krieg zwischen den drei freien Völkern käme nur dem Schwarzen Herrn zugute. Sie sah Frehir an und erinnerte sich, was er vor dem Großen Rat gesagt hatte. Sein Dorf war von einer Dämonenbande dem Erdboden gleichgemacht worden. Tod und Zerstörung ließen die Erde an den Rändern der freien Welt erzittern. Hatte es sich um einen simplen Raubzug gehandelt, wie sie in den Marken immer wieder einmal vorkamen (wobei auch die Barbaren selbst nicht zögerten, in die Schwarzen Lande einzudringen und die Vorposten und Wehrtürme der Dämonen zu plündern), oder hatten die beiden Geschehnisse irgendetwas miteinander zu tun?

War es möglich, dass ein Elf sich in die Dienste Dessen-der-keinen-Namen-haben-darf begeben hatte, um einen Krieg heraufzubeschwören, der die Koalition schwächen sollte?

Lliane schob diese ungeheuerliche Hypothese sofort wieder beiseite. Sie wusste, dass es Elfen gab, die ebenso verderbt waren wie die Zwerge oder Menschen und für Gold oder Macht zu allem fähig. Aber wenn Gael sein Volk verraten hatte, warum war er dann zurückgekehrt, um sich in seinem Schoße zu verstecken?

Nein, da musste irgendjemand anders seine Finger im Spiel haben.

Ein mächtiger, grausamer und ehrgeiziger Herrscher, der aus einem Krieg zwischen Elfen und Zwergen Vorteile schlagen konnte. Jemand, der die alte Religion gut genug kannte und hinreichend an sie glaubte, um von der schrecklichen Macht der Talismane Danas zu wissen. Jemand wie …

Die Ungeheuerlichkeit dessen, was sich ihr da zu einem Bilde formte, zwang sie innezuhalten. Unwillkürlich musterte die Königin Uther. Ein Mensch. Einer aus dieser menschlichen Rasse, die zu allem fähig war, dem Besten wie dem Schlimmsten, so schwächlich und von Ehrgeiz zerfressen und zugleich fähig, die schlimmsten Verbrechen zu begehen, um sich zu Herrschern der Erde aufzuschwingen. Zu allem fähig …

Lliane war starr vor Schreck. Sie schüttelte diese unerträglichen Gedanken von sich ab und sah, dass ihre drei Gefährten noch immer über ihr weiteres Vorgehen diskutierten. Uther versuchte verzweifelt, Tsimmi davon zu überzeugen, Blades Verfolgung aufzunehmen, während der Zwerg darauf bestand, zunächst Gaels Höhle nach dem Schwert von Nudd zu durchsuchen.

Sie betrachtete das Profil der Leiche oben auf ihrem Katafalk aus Erde. Im Fackelschein spielten rosige Lichtreflexe auf der grauen Haut und verliehen ihr beinahe etwas Menschliches.

»Es gibt vielleicht eine Möglichkeit zu erfahren, was genau geschehen ist«, sagte sie im Aufstehen.

Alle warteten schweigend. Selbst Frehir unterbrach sein geräuschvolles Schmatzen. Die Königin trat zu dem Toten, legte ihre langen Hände auf seine Schläfen und schloss die Augen.

Ihre Daumen strichen über die Konturen von Gaels knochigem Gesicht, fuhren über seine Wangen, seine Nasenwurzel, seine Brauen und seine geschlossenen Lider. Vorsichtig zog sie die Lider hoch und sah in die leblosen Augen des Elfs.

»Wenn die Augen das Sonnenlicht betrachten, behalten sie lange Zeit einen Eindruck davon, selbst wenn die Lider sich wieder geschlossen haben«, sagte sie mit kaum hörbarer Stimme. »Sie behalten auch die Erinnerung an alles Erlebte, selbst an das, was sie nicht gesehen haben. Deshalb träumt man auch, und deshalb sind die Träume schöner als das Leben … Nach dem Tod bleibt immer noch ein Hauch von Seele im Körper zurück und die Erinnerung an die letzten Augenblicke. Was zurückbleibt, ist das, was man vor seinem Tod gesehen hat.«

Mittlerweile hatten ihre Hände sich von Gaels kaltem Gesicht gelöst und bewegten sich einige Zoll darüber hin und her. Sie schloss die Augen und warf unvermittelt den Kopf nach hinten. Ihr Körper begann zu schwingen, kaum merklich zunächst, dann immer stärker, bis er von einem wilden und abgehackten Beben geschüttelt wurde. Nur ihre Hände, die noch immer mit einer langsamen Kreisbewegung über Gaels Gesicht glitten, schienen von diesen brutalen Zuckungen nicht berührt. Uther lief es kalt den Rücken hinunter. Mit einem Mal schien die Grotte eisig. War es möglich, dass die Temperatur schlagartig gesunken war, als hätte das Totenreich sich aufgetan?

Wieder kam Lliane ihm erschreckend vor. Genau wie auf der Lichtung war nichts mehr an ihr … menschlich. Es wirkte, als kneteten und entstellten gräuliche Kräfte ihr reines Gesicht, trockneten es aus, verformten es zu einer fürchterlichen Fratze. Die Blässe ihrer Haut spielte ins Eisblaue, ihre langen Hände glichen Klauen, und ihre strahlenden grünen Augen funkelten wie die eines nachtaktiven Tieres. Es war zum Fürchten. Plötzlich stieß sie einen anhaltenden schrillen Schrei aus, bei dem ihnen allen fast die Trommelfelle platzten, und warf mit einer Kopfbewegung ihren Haarschopf nach vorn, ein schwarzer Schleier, der ihr Gesicht verhüllte.

Mit schmerzverzerrten Zügen und die Hände auf die Ohren

gepresst, begann Uther ein heiseres Keuchen auszustoßen und taumelte unwillkürlich gegen die Wand zurück, ebenso entsetzt wie Frehir und Tsimmi.

Er hörte, wie sie heulten, aber ihre wahnsinnigen Schmerzensschreie vermochten die schrille Beschwörung der Königin nicht zu übertönen. Er hatte den Eindruck, als bebe die Erde und begännen die Wände der Höhle zu bröckeln, drohten einzustürzen und sie alle unter sich zu begraben. In diesem unerträglichen Kreischen schwang das Geheul aller Höllenteufel mit, das Geschrei der Verdammten, das Schluchzen der armen Seelen, das Tosen der Flammen, das Pfeifen des Windes, das donnernde Ende der Welt … Dann war plötzlich alles vorüber. Nur noch ihre pfeifenden Ohren und ihr hechelnder Atem.

Lliane bewegte sich nicht mehr. Von ihrem ganzen Leib ging ein bläuliches Leuchten aus und senkte sich wie Nebel über die Leiche Gaels. Uther hielt den Atem an und bemerkte, dass er zitterte und mit den Zähnen klapperte, dass er bis auf die Knochen durchgefroren war und nichts dagegen tun konnte.

Mit weit aufgerissenen Augen sah er, wie das Leuchten Form annahm, menschliche Form, nach und nach Gaels Umrisse nachzeichnete und sich wie eine Geistererscheinung von seinem Leib löste. Bald schon konnte er die Gesichtszüge des Elfs erkennen, seine Kleider, seine Glieder. Dann erkannte er den Becher, den dieser in der Hand hielt, und sah das Lächeln, mit dem er ihn zum Munde führte. Und schließlich machte er eine zweite menschliche Silhouette aus, die Blades, so wie er dem Elf einige Augenblicke vor seinem Tod erschienen war.

Seine schmerzenden Ohren vermochten nicht zu hören, was sie einander sagten, und dennoch verstand er ihre Sätze bruchstückhaft, als würden sie direkt in sein Gehirn geschrieben.

Er sah, wie Blade seinen Ring zeigte und Gael ihm auf dieselbe Weise antwortete, indem er die Hand ausstreckte, an deren Finger ein Schmuckstück gleicher Machart blinkte. Er sah Gael in einer Truhe wühlen und das silberne Kettenhemd hervorziehen. Er sah, wie er dem Dieb den Rücken zuwandte, um ihm zu trinken einzuschenken, dann, wie Blade nach einer Axt im Waffenständer griff und zuschlug.

Das war alles, was er sah.

Oisin lag zusammengerollt unter einer Decke und schnatterte. Das Gift bewirkte von Zeit zu Zeit so entsetzlich ziehende Schmerzen in den Eingeweiden, dass er aufschrie, dann vergingen sie wieder, und er lag völlig erschlagen da, japsend und starr vor Angst angesichts der Schmerzen oder der Erwartung neuer Schmerzen. Ein einziger Tag nur war seit der Abreise des Trupps vergangen, und er hatte bereits die Hälfte des Fläschchens ausgetrunken, das der Dieb ihm gelassen hatte. Bei jeder neuen Attacke griff er panisch nach dem Antidot und ließ es sich in die Kehle rinnen.

Genau wie Blade ihm befohlen hatte, war er bei Einbruch der Dunkelheit zurückgekommen und hatte sein Floß am Ponton festgezurrt, in der Hoffnung, ihn zurückkehren zu sehen. Er war sogar ein gutes Stück ins Innere von Gwragedd Annwh, der Insel der Grauen Elfen vorgedrungen, bis an den Rand der von Tsimmis Zauber zerstörten Lichtung. Aber der Anblick dieses ungeheuren Chaos von Erde und Felsen hatte ihn erschreckt, und er war, so schnell ihn seine kurzen Beine trugen, wieder in die Scheinsicherheit seines Floßes zurückgeflohen.

Oisin fror zu sehr und hatte zu viel Angst, um schlafen zu können. Außerdem hörte sein fiebriger Geist nicht auf, Mordpläne gegen Blade zu schmieden. Aber wie er das Problem auch drehte und wendete, er stieß immer wieder auf dieselbe Schwierigkeit: Solange er nicht das Gegengift in Händen hielt, musste der Dieb am Leben bleiben. Wenn er ihn jedoch durch die Sümpfe zurückbrachte, wie konnte er dann sicher sein, dass der andere Wort hielt?

Plötzlich vernahm er das Knacken von Zweigen am Ufer und spitzte die Ohren. Da kam jemand. Jemand, der große Schritte machte, allein war und keinen Wert auf Diskretion legte.

Mit heftig schlagendem Herzen richtete der Gnom sich

rasch auf und suchte in der einbrechenden Dämmerung das Ufer ab. Endlich schälte sich eine hoch gewachsene Gestalt aus dem Unterholz. Oisin erkannte ihn erst, als seine Stiefel auf dem Holzponton widerhallten. Trotz seines Hasses und seiner Angst verspürte er ein Gefühl der Erleichterung.

Ein dickes Bündel in den Armen und eine Streitaxt in der Hand, die denen der Zwergenritter glich, sprang Blade auf das Floß, das so heftig schwankte, dass der Fährmann beinahe das Gleichgewicht verlor.

»Nun?«, rief Blade heiter. »Immer noch am Leben, Meister Oisin? Freut mich sehr!«

Der Gnom musste sich ziemlich beherrschen, um ihm nicht an die Gurgel zu springen, ja selbst seinen Hass vermochte er nur mühsam zu verbergen. Er dankte den Göttern, dass der Dieb in der aufkommenden Dunkelheit keinen Blick auf sein Gesicht erhaschen konnte.

»Nun«, sagte Blade. »Fahren wir?«

Oisin zuckte die Achseln.

»Man überquert die Sümpfe nicht nachts. Die Ungeheuer im Wasser …«

»Du mit deinen Ungeheuern!«

Der Dieb ließ sein Stoffbündel fallen, packte den Fährmann brutal am Kragen und zerrte ihn über die Schneide seiner Axt.

»Lass dir gesagt sein, dass deine Ungeheuer der reinste Witz sind im Vergleich zu dem, was ich mit dir anstellen werde, wenn wir nicht auf der Stelle ablegen!«

Oisin, hasserfüllt und halb erdrosselt, vermochte nur, einige unverständliche Worte zu stammeln, und schlug dabei verzweifelt auf den Arm des Diebs ein. Da stieß Blade ihn brutal von sich und lachte schallend los.

»Komm schon, Gnom, sei brav, fahren wir! Das war vielleicht ein Tag …«

Er streckte die Arme aus, lächelte und atmete genüsslich die frische Abendluft ein.

»… ein wundervoller Tag, wirklich! Ich werd dir bei Gelegenheit mal davon erzählen …«

Aber der andere stand wie erstarrt und hörte nicht mehr hin. Mit weit aufgerissenen Augen inspizierte er die Kleidung des Diebs. Der Mann trug keine Umhängetasche mehr und auch nichts anderes, was ein Gegengift enthalten konnte. Er stieß Blade wütend zur Seite und stürzte sich auf das Bündel.

»Finger weg!«, brüllte der Dieb in seinem Rücken.

Er sprang auf ihn drauf und versuchte, ihm den Beutel fortzureißen, aber Oisin ließ nicht locker, und schließlich gelang es ihm, den Knoten zu lösen, der das Bündel zusammenhielt. Im selben Moment schien ein silberner Regen auf das Floß niederzugehen und eine glitzernde Lache zu formen.

Endlich gelang es Blade, den Gnom wegzustoßen, der bis zum anderen Ende des Floßes rollte. Er drehte sich zu ihm um, schöpfte Atem und drohte ihm mit der Faust. »Mach so was nicht noch einmal, hörst du! Sonst werfe ich dich ins Wasser!«

Oisin war mit einem Satz auf den Beinen, rot vor Zorn.

»Versuch es doch, dann wirst du nie wieder aus diesen Sümpfen herauskommen!«

Blade musterte das kleine Wesen mit einem amüsierten Zug um die Mundwinkel.

»Schon gut«, meinte er und nickte. »Du hast Recht … Wir brauchen uns gegenseitig. Ich habe meine Beherrschung verloren, entschuldige. Wird nicht wieder vorkommen.«

Er ging zu seinem offenen Bündel zurück und hielt das von Gael unter dem Schwarzen Berg gestohlene silberne Kettenhemd ins bleiche Mondlicht hoch.

Oisin starrte es sprachlos an, hingerissen von der makellosen Schönheit des Panzers. Blade ging auf ihn zu und schob wie ein Tuchhändler die Hand unter das Wams.

»Hier, fühl mal! Die Gelegenheit kriegst du so schnell nicht wieder … Schön, nicht wahr? Wie gefällt es dir? Weißt du, ich habe wirklich geglaubt, diese verwünschten Elfen würden mich in Stücke schneiden. Na ja, du siehst, ich bin durchgekommen, einmal mehr … Hör zu, was ich dir vorschlage: Wir fahren sofort ab und bei unserer Ankunft schenke ich dir ein

Stück davon. Genug, um dir deine kühnsten Träume zu finanzieren, in Kab-Bag oder woanders. Was hältst du davon?«

Aber wieder hörte Oisin nicht mehr zu. Der Wollmantel, der als Beutel diente, hatte sich vollständig geöffnet und lag ausgebreitet auf den Stämmen. Es war kein Zweifel möglich: Außer diesem verfluchten Kettenhemd enthielt er nichts.

»Und die Fläschchen!«, brüllte er den Dieb an. »Und das Gegengift?«

Blade war eine Sekunde lang perplex.

»Ach ja … Das Gegengift. Nun ja, die Elfen, du kannst dir ja vorstellen …«

Er suchte mit den Augen nach einer Waffe, aber seine Axt lag am andern Ende des Floßes, hinter Oisin.

»… sie haben mir alles abgenommen. Ich musste fliehen. Aber sei unbesorgt. Du hast noch genug davon für mindestens zwei Tage. Was übrigens ein weiterer guter Grund ist, sofort loszufahren, meinst du nicht?«

»Aber die Überfahrt dauert drei Tage!«, quietschte der Gnom mit einer vor Verzweiflung und Wut erstickten Stimme.

Blade wich zurück. Der Gnom hatte plötzlich einen Dolch in der Hand. Sein groteskes Gesicht, tränenüberströmt und wutverzerrt, konnte einem Angst machen. Einen Moment lang verlor der Dieb seine Kaltblütigkeit. Das wertvolle Kettenhemd gegen die Brust gedrückt, wich er Schritt für Schritt vor dem Gnom zurück, bis an den Rand des Floßes. Um ein Haar wäre er rückwärts ins schwarze Wasser gefallen, hielt aber gerade noch das Gleichgewicht und wich mit einem Satz zur Seite. Oisin stach ins Leere, fuhr herum, und sein Nasenbein zersplitterte unter dem Tritt des Meisterdiebs. Er ließ seinen Dolch fallen, der zwischen zwei Stämmen stecken blieb, ging dann wieder zum Angriff über und erhielt einen Handkantenschlag, der ihm den Adamsapfel eindrückte.

Er brauchte zwei Minuten, um zu sterben, rang vergeblich nach Luft und wand sich auf den rauhen Holzbohlen seines Floßes wie ein Fisch auf dem Trockenen.

Blade sah zu, wie er verendete, und streichelte dabei den silbernen Kettenpanzer. Sein Kopf war leer, seine Züge hassverzerrt. Als alles vorbei war, packte er den knotigen kleinen Körper und warf ihn wie einen Sack schmutziger Wäsche ans Ufer.

Es war Nacht geworden, ohne dass sich die Sonne an diesem Tag ein einziges Mal gezeigt hätte. Es hatte auch keine richtige Dämmerung gegeben, gerade nur eine immer schwächer werdende Helligkeit, bis der Sumpf dann schließlich in Düsternis versank. Er blieb noch eine ganze Weile regungslos stehen, umgeben vom Quaken der Frösche und den anderen nächtlichen Geräuschen, sein starrer Blick ging ins Leere. Es war ihm klar, dass er flüchten musste, bevor die Grauen Elfen sich aufmachten, Gaels Tod zu rächen, aber die Gefahren der Überfahrt, die ihm bevorstand, schienen ihn zu lähmen.

Plötzlich sprang etwas auf das Floß und Blade verlor das Gleichgewicht und fiel zu Boden. Er hatte keine Zeit mehr, wieder aufzustehen. Rogors ungeheure Axt pfiff mit unheilvollem Zischen durch die Luft und schlug dann in seine Schulter ein, zerhackte die Knochen, durchschnitt das Fleisch und blieb schließlich in den blutbespritzten Holzbohlen stecken. Der Dieb brüllte, dass ihm die Luft wegblieb, aber der Thronerbe unter dem Schwarzen Berg würdigte ihn nicht mal eines Blickes. Am Ende des abgehackten und zuckenden Arms umklammerte Blades Hand noch immer das wertvolle Kettenhemd. Rogor beugte sich ehrerbietig nieder, hob das metallene Wams hoch, riss den blutigen Arm los und warf ihn ins Wasser.

»Wie bist du da drangekommen?«, fragte er dann, sich neben dem verstümmelten Körper niederknieend.

Wahnsinnig vor Schmerzen und in seinem Blute liegend, fand Blade noch die Kraft, ihm ins Gesicht zu spucken.

»Du wirst sterben«, sagte Rogor und wischte sich nicht einmal ab. »Aber du kannst zuvor auch noch sehr viel leiden … Sprich, und du wirst einen raschen Tod haben. Wo hast du dieses Kettenhemd gestohlen?«

Blade, atemlos und schweißgebadet, betrachtete das grobe Gesicht des Zwergs. In der Dunkelheit glich er eher einem Bären als einem menschenähnlichen Wesen. Und dann verspürte er einen noch unerträglicheren Schmerz, der ihm den Atem nahm, so dass er nicht einmal mehr schreien konnte. Rogor hatte seinen Dolch in das blutige Fleisch seines Schulterstumpfs gebohrt.

»Sprich, und alles ist vorbei.«

Blade schloss seine tränennassen Lider zum Zeichen des Einverständnisses und Rogor zog seinen Dolch aus der Wunde. Der Dieb ließ seinen Kopf auf die Holzbohlen fallen und nahm die letzten Kräfte zusammen:

»Gael … Ich habe Gael ermordet«, flüsterte er.

Die dichten Brauen des Zwergs hoben sich und sein Blick leuchtete auf.

»So ist der Gerechtigkeit Genüge getan«, murmelte er, mit dem Anflug eines Lächelns, »König Troïn ist gerächt …«

Gerächt durch die Hand eines Menschen, eines Diebes noch dazu, eines unwürdigen Halunken, aber trotz allem gerächt … So war denn doch noch nicht alles verloren.

Rogor wandte sich dem Kettenhemd zu, das offen auf den schlammigen Bohlen des Floßes lag und lächelte etwas ungezwungener. Er würde das Kettenhemd zurückbringen, den Beweis für Gaels Verbrechen und für seine Bestrafung … Aber dann schoss ihm ein Gedanke durch den Kopf und er wurde wieder zornig.

»Und das Schwert?«, donnerte er und packte Blade von neuem am Kragen. »Wo ist das Schwert von Nudd?«

Blade antwortete nicht. Er hatte zu viel Blut verloren und röchelte nur mehr, schon im Banne des Todes.

»Rede!«, brüllte Prinz Rogor. »Wo ist das Schwert?«

Mit seiner riesigen Faust schüttelte er den leblosen Körper des Diebes frenetisch, und dessen hintüber gesackter Kopf baumelte in alle Richtungen, so dass der Hals mit der alten Narbe bloß lag. Rogor biss grimmig die Zähne zusammen. Dann setzte er die scharfe Schneide seines Dolches an den Hals der Leiche und schnitt ihr langsam und sorgfältig die Kehle durch, wobei er genau die dunkelrote Linie nachfuhr, die sein Vorgänger hinterlassen hatte.

Als das Blut auf seine Hände spritzte, ließ Rogor den Körper angeekelt los und blieb lange Zeit neben dem Kadaver hocken. Seine Gedanken überschlugen sich förmlich. Caledfwch, das Goldene Schwert von Nudd ... Womöglich war es hier irgendwo ganz in der Nähe und zugleich vollkommen außer Reichweite. Womöglich hatte dieser Blade es sogar zu Gesicht bekommen ...

Rogor blickte ans Ufer, das in der nächtlichen Dunkelheit kaum auszumachen war. Dahinter erstreckte sich das Gebiet dieser verfluchten Sumpfelfen. Allein in dieses Alptraum-Moor zurückzugehen, um das Schwert zu suchen, wäre einem Selbstmord gleichgekommen.

Er wandte sich zu den nebligen Sumpfgewässern um. Drei Tage Überfahrt, dann wäre er in den Marken und bald auch bei den ersten zwergischen Vorposten in den Hügeln. In weniger als einer Woche konnte er wieder hier sein, an der Spitze einer Armee, und diese Sümpfe verwüsten, bis man ihm den Talisman der Zwerge aushändigte ...

XVII

Die Flucht

Der Jagdfalke schwebte lautlos durchs erste Morgenrot. Tief unter seinen Schwingen grüßte die kleine Welt der Sümpfe die aufgehende Sonne. Er erblickte im schlammigen Wasser einen riesigen Wels mit schwarzem Rücken, über zwei Meter lang, der seine nächtliche Jagd beendete, indem er im kurz aufstrudelnden Wasser einen Frosch verschlang, bevor er zu seiner Ruhestätte tief unter der Wasseroberfläche zurückkehrte. Er sah, wie Ratten, Siebenschläfer und Hasen den Schutz des Gebüschs oder der Weidenhecken verließen und hastig die Grassprossen knabberten, mit gespitzten Ohren und zitternden Schnurrhaaren und ohne etwas von der Gefahr zu ahnen, die über ihnen durch die Luft segelte. Wie leicht wäre es jetzt gewesen, sie zu fangen! Aber stattdessen schlug der große Vogel mit den Schwingen und setzte seinen Flug bis ins Innere der Insel fort, wo Till, sein Herr, ihn erwartete.

Der Elf hatte sich verändert, ohne dass der Vogel genau verstehen konnte, warum. Gewiss, der Hund war tot, erschlagen von dieser Erdlawine, die sich plötzlich erhoben hatte, und jedes Mal wenn er daran dachte, empfand der Vogel Schmerz. Auch Till war überspült worden, verschüttet und von einer Welle aus Schlamm und Angst begraben, und dann war er geflohen, hatte seinen zerbrochenen Bogen zurückgelassen, hatte seinen Hund zurückgelassen, hatte die Königin zurückgelassen und so das Wort gebrochen, das er König Llandon gegeben hatte, und sich auf ewig entehrt. Aber das konnte der Falke nicht begreifen.

Der Elf war bereits wach (falls er die Nacht überhaupt ein Auge zugetan hatte) und hob, kaum hatte er seinen Falken erblickt, in einer herrischen Geste den Arm, damit dieser sich darauf niederließe. Tills Gesicht war müde und hatte einen düsteren Ausdruck. Er streichelte das gefleckte weiße Gefieder mit einer mechanischen und erschöpften Bewegung. Der Vogel berichtete, was er gesehen hatte, und gab Acht, nichts auszulassen. Als er geendet hatte, schüttelte der Fährtenleser unzufrieden und verdrießlich den Kopf. Der Jagdfalke verließ die Faust und setzte sich auf einen moosbedeckten Baumstumpf. Er war ein wenig beunruhigt über die Wut seines Herrn. Wie hätte er begreifen sollen, dass der Fährtenleser nur noch ein einziges Ziel hatte im Leben, und dass dieses Ziel unerreichbar für ihn geworden war?

Endlich beruhigte sich Till wieder etwas, hielt die Hände wie einen Trichter vor den Mund und sandte einen modulierten Triller in die eisige Morgenluft hinaus, dem bald von überallher gleichartige Pfiffe antworteten. Beinahe im selben Moment tauchten überall Graue Elfen auf, bewaffnet mit ihren seltsamen kurzen Bögen, mit Keulen und Dolchen.

»Der Zwerg Rogor ist geflohen«, erklärte Till in der Sprache der Sumpfelfen. »Und der Dieb mit ihm … Sie haben lediglich die Leiche des Gnoms Oisin zurückgelassen.«

»Das heißt also, der Dieb und der Zwerg haben gemeinsame Sache gemacht«, meinte einer der Elfenkrieger.

»Zweifellos … Und jetzt ist das Unheil nicht mehr gutzumachen. Sie haben Königin Lliane getötet, sie haben Gael getötet, sie haben mitgenommen, was sie gesucht hatten, und sind wieder fort, ohne in irgendwelche Schwierigkeiten zu geraten.«

Die Grauen Elfen senkten vor Wut und Scham die Köpfe.

»Kehren wir also zurück.«

»Aufstehn! Aufstehn!«

Uther verkrampfte sich instinktiv, dann erkannte er Frehir, und sein Herzschlag setzte wieder ein. Er schüttelte sich, starrte umher, als erwache er aus einer Ohnmacht, und stand mit pochendem Herzen auf. Seine Ohren pfiffen noch immer und er fühlte sich nach wie vor völlig durchgefroren und steif, als hätte er sich aus einem Alptraum freigekämpft. Schließlich erblickte er die das Gesicht zwischen den Händen verbergende, vor dem Katafalk knieende Elfe, und schon wollte er auf sie zustürzen, um ihr beim Aufstehen zu helfen, als ihm ihre Furcht erregende Fratze wenige Augenblicke zuvor (oder war es schon einige Stunden her?) wieder in den Sinn kam, und er rührte sich nicht. Tsimmi, der neben ihr hockte, kam auf seine kurzen Beine zu stehen, um an Gaels Körper heranzukommen. Er suchte irgendetwas, ohne dass Frehir oder Uther sehen konnten, was er genau tat, schließlich drehte er sich mit einem triumphierenden Leuchten im Blick zu ihnen um.

»Da!«, sagte er im Näherkommen.

In seiner Hand glänzte Gaels Ring mit der Rune von Beorn.

»Was ist das?«, fragte Frehir.

»Der Ring natürlich!«, knurrte der Zwerg achselzuckend. »Hast du denn geschlafen vorhin, oder was? Hast du denn nicht gesehen, dass sie sich gegenseitig ihre Ringe zeigten?«

Uther nickte. Das Bild der Astralleiber Blades und Gaels stand noch genau vor seinem geistigen Auge, und vermutlich würde ihm jede ihrer Bewegungen sein Lebtag im Gedächtnis haften bleiben.

Er ergriff den Ring und betrachtete ihn prüfend. Tatsächlich trug er eine Rune, die an einen Baum mit drei Ästen erinnerte. Eine Rune, die er kannte und schon irgendwo einmal gesehen hatte … In Scâth, am Eingang des Viertels der Diebe, in der Unterstadt von Kab-Bag. Und auf Blades Ring. Und wo noch?

»Das ist der Ring der Gilde«, sagte Frehir mit seiner schleppenden Stimme, indem er den Ring über Uthers Schulter weg betrachtete.

»Ja natürlich!«, knurrte Tsimmi (er war immer etwas entnervt von der Langsamkeit der Schlussfolgerungen des Barbaren). »Und wenn Gael diesen Ring getragen hat, bedeutet das, dass auch er ein Mitglied der Gilde war. Die Gilde hat ihn angestellt, verstehst du?«

»Nein ...«

»Mit anderen Worten«, fuhr Uther fort, »es war die Gilde, die den Mord an König Troïn und den Diebstahl des Schwerts von Nudd in Auftrag gegeben hat!«

Tsimmis Augen leuchteten vor Erregung. Er nahm den Ring aus der Hand des Ritters und verschloss ihn fest in seiner Faust.

»Wir müssen so schnell wie möglich nach Loth zurück!«, rief er. »Hiermit müssen wir beweisen, dass die Elfen unschuldig sind und es sich bei dem Ganzen um einen simplen verbrecherischen Raub handelt! Und dann wird König Pellehun Gerechtigkeit walten lassen und Ordnung in dieser Gesellschaft von Dieben und Mördern schaffen müssen. Noch kann der Frieden gerettet werden!«

In diesem Augenblick stöhnte Lliane laut auf, und die drei Kameraden bemerkten, dass sie zu Boden gesunken war, völlig erschöpft und beinah bewusstlos.

Tsimmi stieß Uther mit dem Ellbogen in den Schenkel. »Nun, so hilf ihr doch«, sagte er vorwurfsvoll.

Der junge Mann öffnete den Mund zu einer Antwort, aber wie so oft wusste er nichts zu entgegnen und begnügte sich mit einem Achselzucken, während der Zwerg und der Barbar dümmlich kicherten.

Mit zwei Schritten war er neben Lliane, kniete sich hin und hob sanft ihren Kopf an. Er strich die schweißverklebten schwarzen Haare zur Seite und betrachtet lange das friedliche Gesicht der Elfe, so schön und zerbrechlich wie Glas. Wie war es möglich, dass Kräfte von solcher Wildheit in ihr schlummerten, so bestialisch und unmenschlich? Alle Elfen, die der Recke bislang kennen gelernt hatte, waren sanft und friedlich, ruhig bis an die Grenze der Apathie und wirkten völlig weltabgewandt. Gewiss, manch alter Soldat, der den Zehnjährigen Krieg mitgemacht hatte, erzählte von der Grausamkeit der Elfen und den Wundern, die ihre Magier zustande brachten, ihren schrecklichen bösen Zaubern und ihrem Vampirblick, aber Uther hatte ihnen nie Glauben geschenkt. Alte Soldaten schneiden immer auf, das kannte man ja.

Aber jetzt hatte auch er das andere Gesicht der Elfen erblickt. All diese Nachtschatten, Wichtel, Leprechauns, Irrwische und schwarzen Dämmerungsgeister, die die Zwerge Korrigans nannten, all diese Sagengestalten, die man für die Kinder erfand, erschienen ihm plötzlich in einem ganz neuen Licht, beängstigend und faszinierend zugleich. War Lliane, die Magierin, ein wenig von alledem, Fee und Ungeheuer, Furcht erregend und liebenswert? Waren die Elfen vielleicht alle so?

Lliane kam wieder zu sich, und ihre hellen, grünen Augen blickten ihn voller Zärtlichkeit an. Das arme Menschenwesen im Bann der Feen, verzaubert und ein für alle Mal an sie verloren …

»Wie du mich ansiehst …«, murmelte sie.

Uther sagte nichts, aber sein Herz schlug heftig. Es stimmte, er starrte sie völlig hingerissen an, gefangen in einem Tumult der Gefühle, in dem sich Liebe, Furcht, Begehren, Unbehagen und Faszination unentwirrbar vermischten.

Sie lächelte ihm zu.

»So liebst du mich also?«, fragte sie.

»Ja …«

Sie legte ihre Wange auf die Hand des Ritters und streichelte seinen Arm.

»Du wirst es mir beibringen müssen …«

Uther nickte, und der Kloß, der ihm im Hals gesteckt hatte, löste sich. Llianes Wange auf seiner Hand, Llianes neben ihm ausgestreckter Körper, die Augen Llianes, ihre Lippen, ihre Schönheit, ihre Kraft … Hatte sie ihm da nicht soeben ihre Liebe gestanden? Nein, nicht wirklich, aber trotzdem … Man sagte, die Elfen wüssten nicht, was Liebe sei. Sie ähnelten zu sehr den Tieren, um wirkliche Gefühle empfinden zu können. War es denn dann überhaupt möglich, dass eine Elfe einen Menschen liebte? Dass die Königin der Hohen Elfen einen Ritter liebte? Mit einem Mal fühlte er Riesenkräfte in sich aufsteigen und brannte auf Taten.

»Hinaus jetzt!«, rief er den anderen zu. »Wir dürfen keine Zeit mehr verlieren!«

Und während seine Kameraden die Erdstufen hochsprangen, half er Lliane aufzustehen und erzählte ihr, während er sie bei den ersten Schritten stützte, von Gaels Ring.

Tsimmi und der Barbar verspürten den gleichen Energieüberschwang. Sie erklommen die Treppen beinahe im Laufschritt, bis hin zu den vordersten Sälen, wo Frehir sich von neuem ducken musste, was dem Zwerg ermöglichte, ihn zu überholen und, so schnell ihn seine kurzen Beinchen trugen, als Erster wieder an die frische Luft zu gelangen.

Er sprang ins Freie hinaus, ein triumphierendes Lächeln auf den Lippen, das auf der Stelle wieder erstarb.

In der Mitte der Lichtung wartete ein kleiner Trupp bewaffneter Elfen und palaverte mit den Alten. Einer der Greise streckte den Finger in seine Richtung aus, und alle drehten sich zu ihm um und zuckten zusammen, feindselig und zögernd zugleich. Ein größer gewachsener Elf drängte sie zur Seite, sprengte die kleine Gruppe und stürzte sich auf ihn, so schnell, dass er ihn kaum wiedererkannte.

»Du!«, schrie Till mit hassgeweiteten Augen und gefletschten Zähnen. »Du wirst mir bezahlen!«

Tsimmi wich zurück und versuchte ungeschickt, nach dem Streithammer zu greifen, der in seinem Rücken hing. Dabei stieß er gegen den gebückten Kopf Frehirs, der eben aus der unterirdischen Hütte heraustrat.

Im selben Augenblick stach Till mit einem Wutschrei zu. Die Spitze seines langen Dolches fuhr durch das dicke Leder von Tsimmis Harnisch und hinein ins Fleisch, dass das Blut hervorschoss. Der Zwerg stieß einen Schmerzensschrei aus. In seinem Arm klaffte eine tiefe Wunde, und er fiel zu Boden, direkt unter die Füße des Fährtenlesers, der wie ein Wahnsinniger erneut zustach.

Im nächsten Moment warf Frehir sich kopfüber und mit seinem ganzen Gewicht gegen ihn und schleuderte ihn mehrere Klafter weit fort.

Der Barbar warf einen Blick auf den Zwerg, der sich gegen die Hütte kauerte, verletzt, aber lebendig, und zog seinen riesigen Zweihänder. Gerade rechtzeitig, um den Angriff der Grauen Elfen abzuwehren, die Till zu Hilfe eilten.

Unter der Erde hatten Lliane und Uther Tsimmis Schrei gehört. Einen Moment lang blieben sie mit angehaltenem Atem perplex stehen. Dann hörten sie, dass gekämpft wurde, und stürzten gleichzeitig hinaus.

Frehir stand hoch aufgerichtet und hielt mit weiten Streichen seines Schwerts, dessen Klinge gefährlich pfeifend wie eine Sense hin- und herschwang, die Gruppe der Elfen in Schach. Tsimmi, gegen die Hütte gelehnt, torkelte wie ein Betrunkener und versuchte vergeblich, seinen Streithammer hochzuheben.

»Haltet ein!«

Die Königin hatte mit ihrer Kommandostimme gerufen, in einem gebieterischen Ton, der Respekt einflößte und zwang zu gehorchen. Die Elfen wichen zurück und warfen ihr ängstliche Blicke zu. Selbst Frehir konnte nicht anders, als über die Schulter nach der Königin zu sehen. Lliane schwankte. Ohne Uthers Arm wäre sie zusammengebrochen. Er, der sie aus der Nähe sah, konnte das Zittern ihrer Glieder und die Schweißbäche, die ihr Gesicht hinabliefen, vage erkennen. Dieser Schrei schien sie ihre letzten Kräfte gekostet zu haben.

Uther spürte, noch bevor er ihn sah, wie ein Elf auf sie zurannte und streckte seine Schwertspitze aus, um ihm den Weg zu versperren. Es dauerte einen Moment, bis er Till wiedererkannte, so außer sich wirkte der Fährtenleser.

»Königin Lliane!«

Er schien unfähig, ein weiteres Wort zu sagen und verschlang die Königin der Hohen Elfen mit einem fiebrigen, wahnsinnigen Blick. Lliane fasste ihn am Arm und drückte mit derselben Bewegung seinen von Tsimmis Blut geröteten Dolch nach unten.

»Ich freue mich, dich wiederzusehen, Till«, murmelte sie.

»Meine Königin, ich war sicher, dass Ihr heute Morgen den Tod gefunden hättet. Ich habe … Ich wusste …«

Der Grüne Elf warf einen Blick auf den Meister der Steine, der noch immer an Gaels Hütte lehnte, sah dann wieder die Königin an; er war überwältigt und völlig verstört.

»Es ist vorbei«, sagte Lliane.

Sie dankte Uther mit einem Nicken und ging dann, gestützt auf Till, auf die Grauen Elfen zu, als wäre nichts geschehen. Als Uther ihren Blick auffing, hatte er den Eindruck, sie habe bereits wieder frische Kraft geschöpft und stütze sich nur auf den Arm des Spurensuchers, um ihn unter Kontrolle zu haben.

»Wir sind alle getäuscht worden«, sagte sie laut. »*Yelessa eh anna kolotialo. D'hya ne etio lassaleo.* Den Zwerg trifft keinerlei Schuld!«

Uther gab Frehir mit vorgeschobenen Kinn zu verstehen, er solle die Elfen überwachen, und ging dann zu Tsimmi, um ihm erste Hilfe zu leisten. Gegen das Zweiggeflecht der Hütte gelehnt, klemmte der Meister der Steine mit schmerzverzogenem Gesicht seine Wunde ab. Blut quoll zwischen seinen Fingern hervor. Sein ganzer Lederharnisch war voll, und es floss seinen Arm hinab und bildete einen dunklen Fleck zu seinen Füßen, der schnell in den Torfboden eingesickert war.

»Lass sehen«, sagte der junge Mann.

Tsimmi gehorchte. Uther zog eine Grimasse.

Unter dem blutigen Fleisch, das Tills spitzer Dolch durchschnitten hatte wie einen Schinken, war der Knochen sichtbar. Der Ritter riss mit einem heftigen Ruck den Ärmel seiner grünen Tunika ab. Dann stopfte er das Tuch in die Wunde und knotete die Enden zusammen, um den Notverband zu befestigen.

»Ich habe wirklich kein Glück«, jammerte Tsimmi in seinen Bart. »Erst die Gnomen, die mir beinahe das Knie zertrümmern, und jetzt dieser Verrückte, der mir den Arm abschneidet. Was hab ich ihm denn getan?«

Uther verkniff es sich, ihm zu sagen, dass er ihn vor nicht allzu langer Zeit unter einem ganzen Erdrutsch begraben hatte und dass er selbst am Vorabend kurz davor gewesen war, ihn in Stücke zu schneiden. Zwerge sind nämlich empfindlich.

Schreie ertönten und hasserfüllte Worte in der seltsamen Sumpfsprache, die Uther und seine Kameraden nicht verstanden. Aber als ein Grauer Elf auf ein glitzerndes Etwas deutete, das auf dem Torfboden lag, griff Uther rasch danach, um es vor ihnen aufzuheben. Es war Gaels Ring. Der Ring mit dem Siegel der Rune von Beorn, ihr einziger Beweis …

»Gib ihn mir!«, sagte Tsimmi.

Uther gehorchte, ohne nachzudenken, und die knotige Hand des Zwergs schloss sich genau in dem Moment um den Ring, als ein Grauer Elf Till und die Königin zur Seite stieß, sich mit rollenden Augen vor ihnen aufbaute und ihnen die Ohren mit seinem unverständlichen Kauderwelsch vollschrie.

»Was will er?«, stieß Uther hervor und stellte sich zwischen den Elf und den Meister der Steine. Dumme Frage. Den Ring wollte er.

»Er beschuldigt uns, den toten Gael bestohlen zu haben!«, übersetzte die Königin. »Wir müssen ihm den Ring zurückgeben, Tsimmi, wirklich!«

»Oh nein«, antwortete der Zwerg und lächelte der Elfe verkrampft zu. »Wenn wir ihn ihm zurückgeben, haben wir nicht mehr den geringsten Beweis für das, was passiert ist …«

Er lächelte noch immer, obwohl alle Farbe aus seinem Gesicht gewichen war, trotz all des Blutes, mit dem der Verband sich vollgesogen hatte, und hielt Gaels Ring in der zur Faust geballten Linken. Der Graue Elf trat von einem Fuß auf den andern, fuhrwerkte nervös mit seinem Dolch herum, starrte ihn an und fragte sich offenbar, aus welchem Grund er ihn nicht auf der Stelle tötete.

Mit schmerzverzerrtem Gesicht hob Tsimmi seinen verletzten Arm hoch und schnalzte mit den Fingern. Der Elf warf einen verblüfften Blick auf die blutige Hand des Zwergs, und als seine Augen sich dann wieder auf ihn richteten, zeigte Tsimmi ihm die linke Hand, die mittlerweile leer war.

»Weg ist er!«, sagte er in seinem Gauklerton. »Fortgeflogen, der Ring!« Der Elf sah ihn ungläubig an und runzelte, wie Tsimmi entzückt feststellte, die Brauen.

»Magie!«, sagte er und lachte spöttisch.

Der Elf erstarrte angesichts dieser Beleidigung.

»*Hyalla eh n'eta lo!*«

Er hieb so heftig auf Tsimmi ein, dass das Blut bis auf seine Faust spritzte. Lliane und Uther stürzten sich zugleich auf ihn, um ihn zu überwältigen, aber schon hatte er seinen Dolch gehoben und ließ ihn mit einem Holzfällerschrei niedersausen, um den Zwerg auf den Boden zu nageln.

Die Königin und der Ritter ripostierten im selben Moment, und keiner hätte sagen können, ob es der Dolch der Elfe war oder Uthers großes Schwert, das den Elf tötete.

Sogleich setzte ein fürchterliches Handgemenge ein.

Die Sumpfelfen heulten vor Wut und stürzten sich blindlings ins Gewühl. Sie bildeten eine ungeordnete, rasende Masse, die die verstreute Gruppe der Gesandten des Großen Rats aus allen Richtungen angriff. Frehir, der sich schon bereitgehalten hatte, erwischte einen mit einem Rundumschlag seines gewaltigen Schwerts und schlug ihm den Kopf ab. Dadurch gab er sich eine Blöße an seiner Flanke, und einer der Krieger, der seinen Dolch mit beiden Händen hielt, stürmte direkt auf ihn zu. Der Barbar stoppte ihn mit einem Fußtritt in den Bauch, und dann kam das ungeheure Schwert wie ein riesiges Pendel zurückgeschwungen und fuhr tief in den Leib des Elfs. »Genau, wie du es mir gezeigt hast!«, schrie Frehir im Kampfrausch und mit triumphierendem Blick Uther zu.

Der Ritter hörte ihn nicht einmal. Er und Lliane kämpften Rücken an Rücken und bildeten vor Tsimmis leblosem Körper einen Schutzwall, gegen den die wilden und unkoordinierten Attacken der Grauen Elfen anbrandeten. Einer von ihnen warf sich im wahrsten Sinne des Wortes auf Lliane, mit wahnsinnigen Augen und fauchend wie ein Raubtier. Uther deckte sie mit seinem Körper. Sein Schwert fuhr in die Stirn des Rasenden, der es ihm im Fallen aus den Händen riss. Er taumelte, denn ein ganzer Hagel von Schlägen traf ihn zur gleichen Zeit auf Wange, Arm und Oberkörper. Eine Klinge ritzte ihm die Flanke auf. Ein Stock traf ihn hart auf der Schulter und lähmte seinen Arm. Sternchen tanzten vor seinen Augen und er spürte den Geschmack von Blut im Mund. Da heulte er auf und befreite sich aus der Umklammerung, indem er wie ein Rasender in die Menge schlug. Das war nicht mehr er, der da stritt, sondern ein primitives Tier, das ums Überleben kämpfte. Er vergaß alle Regeln, die er so oft verinnerlicht hatte beim Exerzieren, schlug mit den Fäusten um sich, trat, biss wie ein Tier und stürzte sich ins Gemenge des tödlichen Kampfes, ohne zu wissen, ob Lliane an seiner Seite noch lebte. Die fratzenhaften Gesichter der Elfen tanzten wie Alptraumbilder vor seinen Augen, und er schlug zu, schlug mit nackten Fäusten und einer solch rasenden Wut, dass die Elfen schließlich zurückwichen, voll abergläubischer Furcht, die so oft von ihnen Besitz ergriff. Der Mann hatte sich in das verwandelt, was die Barbaren aus dem Norden einen Berserker nannten, einen wahnsinnigen, blutrünstigen und der Gefahren nicht achtenden Kämpfer, den die Angriffe seiner Gegner kalt lassen. Nach kurzem gingen Uthers Schläge ins Leere, und er blickte taumelnd und benommen um sich. »Komm!«

Er drehte den Kopf und erblickte Lliane, die ihm ein Zeichen machte, ihr zu folgen. Er stürzte ihr nach, sein Zorn wandelte sich zu Angst, zu panischer Angst, die mit jedem Schritt wuchs. Sie rannten davon, immer geradeaus, durchs Unterholz, den Stechginster und die Farne, sie rannten endlos lang, so lang, bis die Angst nachließ und der Müdigkeit wich, dann die Müdigkeit den Schmerzen und schließlich die Schmerzen der Gleichgültigkeit … Die Beine des Ritters gaben unter ihm nach und er fiel flach auf den Boden. Er hätte keinen weiteren Schritt mehr tun können. Frehir stieß gegen ihn und stürzte seinerseits, wobei er den unglücklichen Tsimmi fallen ließ, den er wie ein schlafendes Kind in den Armen getragen hatte.

Uthers Brust hob und senkte sich rasend, seine Lungen brannten, er war schweißgebadet, und er fühlte sich, als sei sein ganzer Körper eine einzige offene Wunde. Er rollte sich auf den

Rücken, die Augen gen Himmel gerichtet, verzog das Gesicht und schnaufte wie ein Walross. Als er schließlich wieder halbwegs normal atmen konnte, setzte er sich auf und blickte sich nach der Königin um. Lliane war da, sie keuchte zwar ein wenig und ihr Gesicht war voller blauer Flecke, aber sie stand und sah aus, als könne sie noch endlos weiterlaufen. Es war, als existiere körperliche Anstrengung für sie überhaupt nicht, als könnten nur ihre eigenen magischen Beschwörungen sie erschöpfen ... Voll konzentriert hatte sie bereits einen von Kevins Pfeilen in den großen Bogen gespannt und verschwand in der Richtung, aus der sie gekommen waren, im hohen Farn, um nachzusehen, ob man ihnen folgte. Kurze Zeit später erschien sie wieder und steckte den wertvollen Pfeil in ihren Köcher zurück.

»Es sieht so aus, als gönnten sie uns eine Atempause, aber wir dürfen keine Zeit verlieren«, sagte sie, ohne dabei mehr als einen beiläufigen Blick auf Uther zu werfen (der sie einen Moment lang hasste).

Dann beugte sie sich über Tsimmi und sah ihn kurz prüfend an.

»Und?«, fragte Uther brüsk.

»Er lebt. Das ist alles, was man sagen kann. Ich werde mich später um ihn kümmern.«

»Später!«

Uther spürte, wie die Wut in ihm hochstieg.

»Ist dir eigentlich klar, dass er verletzt ist, weil er sein Leben riskiert hat, um Gaels Ring zu behalten und damit die Unschuld deines Volks zu beweisen?«

Die Königin musterte ihn mit einem kühlen Blick.

»Wenn ich ihn hier behandle, werden die Grauen Elfen uns finden, und wir werden alle sterben. Tsimmi wird schon noch ein, zwei Stunden überleben.«

»Worauf ihr euch verlassen könnt!«, murmelte der Zwerg mit kläglicher Stimme und versuchte dabei, Uther zuzulächeln.

Lliane hängte sich den Bogen über den Rücken, so dass die

Sehne zwischen ihren Brüsten lag, und warf dabei einen Seitenblick auf den jungen Ritter, was diesen zu der Annahme verleitete, dass sie sich darüber im Klaren war, dass die Bogensehne ihre Tunika gegen ihre Brust presste und deren Kurven so aufs Provokanteste modellierte. Dann jedoch ging sie an ihm vorbei, als existiere er gar nicht, und half zudem noch Frehir beim Aufstehen. Gerade Frehir! Was denn noch alles! Uther erhob sich stöhnend. Dann bückte er sich, griff nach seinem auf den Boden gefallenen Schwert und steckte es in die Scheide, wobei sich sein Gesicht erneut vor Schmerz verzerrte. Jede Bewegung, jeder Schritt tat weh. An der Seite, dort, wo ihn ein Elfendolch aufgeschlitzt hatte, war sein Überwurf blutbespritzt. Dann fiel ihm auf, dass er über und über mit Blut beschmiert war. Zum Teil war es sein eigenes Blut.

»Gehen wir«, sagte die Königin.

Bei Anbruch der Nacht hatten sie Gwragedd Annwh verlassen. Der Boden unter den Füßen war wieder fest, auch die Vegetation hatte sich verändert. Auf die Weidenhaine, das Schilf, die Farnwälder und die Stechginsterbüsche folgte düsteres Unterholz, das bis zu einem Wald aus knorrigen, vom Wind gebeutelten Buchen reichte, die die Menschen Hippen nannten und vor denen sie Angst hatten, denn die Silhouetten dieser knorrigen, verkrüppelten Bäume erinnerten an alptraumartig verzerrte menschliche Gestalten. Der federnde und schwammige Torfboden hatte fester und immer felsiger werdender Erde Platz gemacht, über die sich Wurzelwerk und kriechender Efeu rankte, so dass sie andauernd stolperten und gezwungen waren, nach unten zu sehen und darauf zu achten, wo sie ihre Füße hinsetzten. Jedes Mal wenn Uther den Kopf hob, überkam ihn ein Gefühl der Beklemmung angesichts des düsteren Waldes, der sie nach und nach zu umzingeln schien. Schwarze Bäume mit efeuüberwucherten Stämmen, grünlicher Moosbefall auf den Felsblöcken, lange krallenartige Äste wie Hexenhände, knochig und klauenbewehrt, alles wirkte immer verwunschener, und er blickte lieber wieder auf den Boden, um diese grausige Umgebung nicht sehen zu müssen.

Zu viele Legenden über diesen unheilschwangeren Wald kursierten unter den freien Völkern, als dass irgendeiner der vier Gefährten sich im Zweifel darüber hätte befinden können, wo sie waren. Der düstere Buchenwald bildete die Grenze zu den Schwarzen Landen. Dahinter lag die Hügelkette der Marken, und dann das Land Gorre, das Reich Dessen-der-keinen-Namen-haben-darf.

Sie wanderten schweigend weiter (bis auf Tsimmis Gejammer, der noch immer über Frehirs Schultern hing und nur aus seiner Ohnmacht erwacht war, um sich zu beklagen), bis die Dunkelheit sie hinderte voranzukommen. Also machten sie Halt, erschöpft und in einer Stimmung, die ebenso düster war wie der Wald, verschanzten sich hinter ihrem Schweigen und hingen trüben Gedanken nach.

Uther löste seinen Gürtel, zog den blutbespritzten Überwurf ab, den er über seinem Kettenhemd trug und warf ihn mit angewiderter Miene weit von sich. Wozu die Farben König Pellehuns tragen, wenn man sie ohnehin nicht mehr erkennen konnte? Dann kratzte der junge Mann sich wie besessen die Wangen, auf denen ein Stoppelbart spross, der ihn juckte. Er fühlte sich schmutzig, er hatte Hunger, er hatte genug von allem. Und außerdem hatte er das unangenehme Gefühl, der Einzige zu sein, der nicht wusste, wohin sie seit Stunden gingen, seit sie diesen verfluchten Wald betreten hatten, durch den man überhaupt nirgendwohin gelangte. Aber da die Königin nicht das Wort an ihn richtete, behielt er seine Fragen für sich und fraß seinen Ärger in sich hinein.

Später hätte keiner von ihnen zu sagen gewusst, wie lange sie da gesessen und sich schweigend ihren düsteren Gedanken überlassen hatten, aber plötzlich schienen sie alle zugleich munter zu werden. Lliane und Tsimmi begannen, sich um die Verletzungen des Zwergs zu kümmern (wobei der Meister der

Steine der Königin unaufhörlich gute Ratschläge erteilte und aufschrie, wenn sie ihm wehtat), und Uther machte sich auf, trockenes Holz für ein Feuer zu sammeln.

»Halte du Wache, ich werd uns was fürs Abendessen jagen …«

Der Recke stand auf und zog sicherheitshalber sein Schwert. In Wirklichkeit wusste er weder, worüber er Wache halten, noch woher die Gefahr kommen sollte, aber zumindest waren sie alle wieder aus ihrer lähmenden Lethargie erwacht … Er ging ein Stückchen in die Richtung, die auch der Barbar eingeschlagen hatte. Man konnte noch das Geräusch seiner Schritte hören, die sich rasch in der Nacht verloren, aber zwischen dem dunklen Unterholz und den knorrigen Buchenstämmen vermochte man keine Handbreit weit zu sehen. Falls der Mond schien, war die Wolkendecke zu dicht, als dass sein Licht bis zum Waldboden hätte dringen können. Uther folgte ein Stück weit dem Geräusch und fragte sich, wie man bei einer solchen Dunkelheit jagen wollte. Dann war nichts mehr zu hören von dem Barbaren. Er hackte mit dem Schwert die Zweige weg, die sich in seinem Kettenpanzer verhakt hatten, und machte sich auf den Rückweg, blieb aber auf der Stelle stehen. Das Feuer, das er entfacht hatte, war nicht mehr zu sehen. Überhaupt nichts mehr war zu sehen. Es war das reine Nichts. Vollkommene und undurchdringliche Dunkelheit. Nur die bizarren und bedrohlich geformten Äste zeichneten sich gegen den dunkelgrauen Himmel ab.

Der junge Mann schluckte, nahm sich zusammen und tastete sich dann voran, wobei er sein Schwert wie ein Blinder vor sich hielt und bei jedem Schritt über Wurzeln und morsche Baumstümpfe stolperte und gegen Bäume stieß, deren Schatten für ihn erst im letzten Augenblick zu erkennen waren. Einige Minuten ging er in die Richtung, wo er ihr Lager vermutete, ohne irgendetwas zu sehen, dann in die Gegenrichtung und schließlich im rechten Winkel dazu, weil er geglaubt hatte, eine Stimme zu hören. Wieder musste er stehen bleiben, um der Angst, die in ihm aufstieg, Herr zu werden.

Mit gespitzten Ohren versuchte er, Tsimmi oder die Königin zu hören, aber er nahm nur die Geräusche des Waldes wahr: knarrende Äste, die Schreie der Nachtvögel und das unablässige Pfeifen des Windes in den Baumkronen. Und dann ein Lachen …

Er zuckte zusammen und fasste sein Schwert fester. War das ein Lachen gewesen? Es hatte sich angehört wie durch ein Sieb rieselnder Sand, ein verkrampftes, ersticktes Kichern, ganz in seiner Nähe.

»Wer ist da?«

Wieder dieses gedämpfte Lachen und das Geräusch rascher Schritte auf dem toten Laub … Uther hielt den Atem an und starrte in die Dunkelheit, bis ihm die Augen tränten, aber er konnte nichts erkennen. Plötzlich ganz deutlich vernehmbar ein abbrechender Zweig hinter ihm, dann ein zweiter rechts, und noch einer ein Stück weiter weg. Und immer wieder dieses unerträgliche Gekicher …

»Zeigt Euch, zum Henker!«

»Uther!«

Der junge Mann wandte sich um. Es war Llianes Stimme gewesen, aber er sah nur Frehirs große Gestalt, die eine Fackel hielt, in der Ferne. Im nächsten Moment spürte er sich von tausend flüchtigen Berührungen gestreift und angerempelt, dann waren die Wesen blitzartig wieder im undurchdringlichen Unterholz des Waldes verschwunden, ohne dass er sie hätte erkennen können.

»Uther?«

»Hier bin ich!«, schrie der junge Mann.

Er taumelte einige Schritte auf den Fackelschein zu und stieß fast mit der Königin zusammen, die kein Licht brauchte, um ihren Weg durch den Wald zu finden.

»Lliane! Seht Ihr sie? Seht Ihr sie?«

Er packte sie am Arm und deutete mit einer unbestimmten Geste über das düstere Buschwerk und die knorrigen Buchenstämme.

»Wen denn?«, fragte die Königin mit zusammengekniffenen Augen. »Da ist nichts …«

»Aber ja doch, schaut richtig hin, überall … Es waren irgendwelche Tiere, ich weiß auch nicht, aber es kam mir vor, als würden sie lachen …«

»Ach, das sind die Kobolde«, sagte Frehir, der zu ihnen gestoßen war. »Das ist weiter nichts. Sind nicht gefährlich. Weißt du, wir haben doch welche in Kab-Bag gesehen.«

Uther erinnerte sich voller Ekel an die Hundemenschen, die abstoßenden Aasfresser, die sich um die Städte und Dörfer herumtrieben und von den Zwergen beschuldigt wurden, Kinderräuber zu sein … Der Gedanke, mitten in diesem Urwald von einer Meute Kobolde umgeben gewesen zu sein, jagte ihm einen kalten Schauer über den Rücken.

»Was ist denn los?«, fragte Frehir. »Hast du dich etwa gefürchtet?«

Er versetzte ihm einen Klaps auf die Schulter und brach in sein lautes, dümmliches Gelächter aus. Dann zog er ihn mit sich zurück zum Lager.

»So ein Unsinn, ich hab mich natürlich nicht gefürchtet!«, sagte Uther ärgerlich und linste verstohlen zur Königin hinüber (die, so schien es ihm, ein Grinsen unterdrückte). »Und wenn du übrigens darauf verzichten könntest, mir andauernd die Schulter auszukugeln, wäre das sehr freundlich von dir. Vielen Dank im Voraus!«

Lliane lachte ihr silberhelles, perlendes Lachen und nahm ihn bei der Hand.

»Ich jedenfalls habe Angst gehabt«, flüsterte sie ihm ins Ohr. »Ich habe Angst gehabt, du könntest dich verirrt haben …«

Der junge Mann starrte sie verblüfft an und ließ sich bis zum Lager führen, wo Tsimmi, gegen einen Baumstumpf gelehnt, Zweige und Moos ins Feuer legte. Es gab etwas an der Königin, was Uther nicht verstand. Weder die jungen Mädchen, die er gekannt hatte, noch irgendeine Dame bei Hofe benahm sich wie sie. Wenn eine Frau sich einem Mann hingab, wurde sie seine Gefährtin, und jedermann war es zufrieden (die Liebe der Menschen war in jenen lang vergangenen Zeiten eine einfache Sache für einfache Seelen), aber Lliane schien ein diebisches

Vergnügen daran zu finden, sich gerade in dem Moment zu verweigern, wo er sie gebraucht hätte, aber kaum ging er ein wenig auf Distanz, wieder ihr Netz über ihn zu werfen, als wäre die Liebe ein subtiles und grausames Spiel für die Elfe und nicht diese tiefernste Gewissheit, die sich im Herz des jungen Mannes festgesetzt hatte. Es war zum Verrücktwerden …

»Der Wald ist zu dicht, um ihn zu durchqueren«, sagte ein satter Frehir und leckte sich die Finger. »Zu viel Unterholz, zu viel Dornengestrüpp. Wir würden Tage brauchen … Ich habe einen Weg gesehen, aber der führt in die Hügel.«

Uther schluckte, das Gesicht verziehend, das Stück Fleisch herunter, an dem er mühselig gekaut hatte. Siebenschläfer am Spieß schmeckte wirklich ekelhaft …

»Was für Hügel?«, fragte er. »Meinst du die Marken?«

»Die Schwarzen Marken«, murmelte Tsimmi düster.

Uther musste grinsen, als er sah, wie dieser sich zugerichtet hatte. Sein verletzter Arm steckte vor seiner Brust in einer Binde, und er musste zum Essen die linke Hand benutzen, was die Sache nicht eben erleichterte …

»Gibt es keine andere Möglichkeit durchzukommen?«, fragte die Königin.

Wieder hatte Uther das unangenehme Gefühl, einen Teil der Geschichte verpasst zu haben.

»Wohin denn nun wieder durchkommen?«, rief er aufgebracht. »Und was machen wir eigentlich hier?«

»Wir sind auf dem Heimweg, was denn sonst?«, spottete Tsimmi.

»Nach dem, was in Gwragedd Annwh passiert ist«, erklärte Lliane, »besteht unsere einzige Chance, nach Loth zurückzukommen, ohne die Sümpfe zu durchqueren, darin, bis zu Frehirs Dorf zu gelangen, nach Seuil-des-Roches …«

Sie machte eine Pause.

»… aber das liegt auf der anderen Seite.«

Uther nickte.

»Du willst sagen: auf der anderen Seite der Schwarzen Marken.«

»Genau …«

»Da würde ich mein Glück noch lieber mit den Grauen Elfen versuchen.«

»Uther …«

»Was Uther? Ja seid ihr denn alle übergeschnappt oder was?« Er wandte sich an Tsimmi, der ihn erwartungsvoll ansah, während er einen winzigen Siebenschläferschenkel abnagte.

»Sag du es ihnen wenigstens! In Kab-Bag warst du der Erste, der laut ausgesprochen hat, es wäre Wahnsinn, bis in die Schwarzen Lande zu gehen! Ja habt ihr euch denn einmal angesehen? Wir haben schon die Hälfte unserer Leute verloren. Zuerst Roderik, dann die Pagen, dann Rogor – weiß Gott übrigens, was aus dem geworden ist –, dann Miolnir und Till und sogar den Dieb! Wir sind nur noch zu viert! Und was sollen wir denn tun, wenn wir auf eine Dämonenpatrouille treffen?«

»Was haben wir denn für eine Alternative?«

Die Königin sah ihn eindringlich an, bis er sich wieder beruhigte.

»Man darf die Grauen Elfen nicht unterschätzen«, begann sie dann wieder. »Wenn wir umkehren, werden wir alle getötet, bevor wir auch nur die Sümpfe erreichen. Seuil-des-Roches liegt nur ein paar Meilen entfernt von hier. Wir haben vielleicht eine Chance durchzukommen, ohne dass man uns entdeckt …«

»Und wenn man uns doch entdeckt?«

»Dann werden wir eben sterben. Aber wenigstens haben wir unsere Mission bis zum Schluss weiterverfolgt, Uther. Dann werden wir wenigstens versucht haben, den Frieden zu erhalten … Ich weiß nicht, warum Gael den König Troïn getötet hat, noch was er in der Gilde zu suchen hatte oder welchem Herrn er diente. Was ich dagegen weiß, ist, dass das Volk der Elfen nichts mit diesem Mord oder dem Diebstahl des Heiligen Schwerts von Nudd zu tun hat. Und das möchte ich bezeugen … Wenn dazu noch Zeit ist. Und einen Krieg zwischen Elfen und Zwergen verhindern.«

Sie unterbrach sich. Im Feuerschein glänzten ihre Augen von Tränen.

»Und falls wir scheitern, Uther, ziehe ich es, glaube ich, vor zu sterben, anstatt das mit ansehen zu müssen …«

Drückendes Schweigen breitete sich zwischen den Vieren aus, bis Tsimmi sich schließlich räusperte und die Aufmerksamkeit auf sich zog.

»Um auf Eure Frage von vorhin zu antworten«, sagte er in dem schulmeisterlichen Ton, dessen er sich befleißigte, wenn er etwas Wichtiges kundzutun hatte, »es gibt da nicht nur die Marken. Es gibt auch einen Weg durch die Hügel!«

Er hielt inne, um die allgemeine Überraschung auszukosten.

»Wir haben in den Archiven unter dem Berg die Saga der Zwerge von Oonagh aufbewahrt«, fuhr er schließlich fort und starrte dabei gedankenverloren auf das Lagerfeuer. »Die Zwerge von Oonagh waren ein mächtiges Geschlecht, sie wurden von Fenris Blaubart angeführt. Was ich da erzähle, spielte zu einer Zeit, als ich selbst noch nicht geboren war, es ist also lange her … Fenris ist vom Roten Berg aus aufgebrochen und hat in etwa denselben Weg eingeschlagen, den wir heute nehmen. Mit dem einzigen Unterschied, dass er sich an der Spitze der größten Zwergenarmee befand, die je zusammengestellt wurde …«

Tsimmi schwieg einen Augenblick und schloss im Gedenken an diese glorreiche, legendäre Vergangenheit einige Sekunden lang die Augen.

»Und?«, unterbrach ihn Uther ein wenig brüsk.

Der Zwerg blinzelte, als erwache er aus einem kurzen Schlaf.

»Wie? Ach so, ja, Entschuldigung. Die Saga der Zwerge von Oonagh berichtet, dass die eigentlichen Hügel nicht dem Schwarzen Herrn gehörten, sondern dem freien Volk der Trolle.«

»Der Trolle?«, fragte Uther, der diesen Namen noch nie gehört hatte.

»Ich glaube, bei euch heißen sie Oger«, erklärte Tsimmi, und Uther nickte mit angewiderter Miene. »Und weißt du auch, wie sie euch nennen, die Menschen? ... Die Schinken! Ha! Weil euer Fleisch rosa ist und zarter als das ledrige der Zwerge! Miam miam!«

Frehir fing schallend an zu lachen (und vergaß dabei völlig, dass er selbst so ein »Schinken« war, den die Trolle sich auf der Zunge zergehen lassen würden). Seine gute Laune zerstreute schließlich sogar Uthers Verärgerung.

»Jedenfalls habe ich nicht die geringste Lust, auf dem Teller der Oger aus den Hügeln zu enden«, sagte er lächelnd.

»Gewiss, mein Freund«, meinte Tsimmi zustimmend. »Und das ist auch der Grund, warum der Unnennbare ihnen dieses Gebiet überlassen hat. Die Trolle greifen alles und jedes an, was sich in ihrem Herrschaftsbereich herumtreibt. Ich glaube, selbst eine ganze Armee würde da nicht durchkommen.«

»Und wie haben es Fenris und deine Zwerge von Oonagh dann angestellt?«, wollte der Ritter wissen.

Tsimmi verzog die Lippen zu einem listigen Lächeln. Genau auf diese Frage hatte er gewartet.

»Sie sind *unter* den Hügeln durchgezogen. Die Saga berichtet, dass es in den Marken zahlreiche Höhlen gibt, die miteinander verbunden sind und sowohl in die Schwarzen Lande als auch in die freie Welt reichen. Es sind Tunnel, regelrechte Tunnel ...«

»Hab noch nie so 'nen Troll gesehen«, knurrte der Barbar. »Aber wisst ihr, was man sich über die Marken erzählt? Es heißt, sie werden vom Clan der Schwarzen Wölfe bewacht.« Der Barbar schüttelte den Kopf.

»Eines Tages haben sie Seuil-des-Roches angegriffen, mein Dorf ...« Er streckte den Arm aus, und unwillkürlich blickten seine drei Gefährten in die entsprechende Richtung. Natürlich sahen sie nichts anderes als den dunklen Vorhang der Bäume im Feuerschein und ihre eigenen geisterhaften Schatten, die im Rhythmus ihres dünnen Lagerfeuerchens tanzten.

»Niemand hat je so einen Troll gesehen«, belehrte ihn Tsimmi. »Es heißt, dass allein schon ihr Anblick jeden Reisenden, der sich in ihre Hügel verirrt hat, vor Schrecken versteinern lässt, und dass sie ihn dann bei lebendigem Leib in Stücke reißen, um ihn aufzufressen. Ich will gar nicht so genau wissen, ob das wahr ist … Die Schwarzen Wölfe sind richtige Ungeheuer, und einige von ihnen sind so groß, dass sie einen Dämon in Rüstung tragen können, wie die Streitrösser König Pellehuns … Aber dabei bleiben sie doch Wölfe. Und die kann man wenigstens umbringen.«

Er lachte freudlos auf und verzog dann sein Gesicht vor Schmerz. Sein Arm tat immer noch entsetzlich weh …

Mit der linken Hand kramte er in einer seiner Taschen nach dem Pfeifenstummel und den schmerzlindernden Tabakblättern.

Uther setzte sich neben Lliane, die den Kopf senkte, um ihre stillen Tränen hinter dem Schleier ihres langen schwarzen Haars zu verbergen. Er hörte, wie sie schniefte und sich rasch über die Augen wischte, bevor sie sich zu einem Lächeln zwang.

»Meinst du, es geht?«

Sie nickte und lächelte ihm bereits etwas offener zu. Es war ein Kleinmädchenlächeln, bei dem sich um die Mundwinkel zwei reizende Grübchen formten.

»Es ist nichts weiter. Ich musste nur an Llandon denken … Meinen Mann.«

Uther biss sich auf die Lippen. Auf der staubigen blauen Wangenhaut zeichneten sich deutlich die Tränenspuren ab. Lliane blickte ins Leere und versuchte noch einmal zu lächeln, aber ihr Kinn zuckte vor Traurigkeit, und er spürte, dass sie kurz davor war aufzuschluchzen. So menschlich …

»Liebst du ihn?«, fragte er.

Sie nickte, ohne ihn anzusehen.

»Er fehlt mir … Ich denke oft an ihn. Wenn ich die Augen schließe, sehe ich sein Gesicht vor mir. Mir fehlen seine Hände auf meinem Körper, seine Augen auf meiner Haut … Ist es das, was ihr Liebe nennt?«

Uther seufzte.

»Natürlich …«

»Dann liebe ich dich aber auch«, sagte sie und sah aus ihren unglaublich hellen grünen Augen zu ihm auf. Im Schein der Flammen konnte er Tränen darin sehen.

Sie streichelte die stopplige Wange des jungen Mannes, und bei der Berührung ihrer kalten Finger überlief ihn ein Schauer.

»Glaube ich.«

XVIII
Der Durchgang

Die ganze Nacht über zog Hamlin, der Minnesänger, durch die Stadt und spielte auf seiner Flöte. Er spielte von den Stadtmauern bis zum Burggraben und ließ auch das kleinste Gässchen der Unterstadt nicht aus. Im Morgengrauen hatten die Elfen mit ihren langsamen und lautlosen Schritten die Stadt verlassen. Und zwar alle Elfen: die Adligen und ihre Pagen, die im Palast lebten, die Bettler und Gaukler aus den Armenvierteln, spöttische und distanzierte Küstenelfen, Händler oder Hausierer aller Art, Musiker, Tänzer und Marketenderinnen, und in der Morgendämmerung erwachten die Bewohner von Loth mit dem Gefühl, dass irgendetwas fehle.

Die Asche des Scheiterhaufens war noch nicht abgekühlt, da war der Hass schon verraucht, auf die Raserei folgte Scham, und die Menschen fingen an, die Rache der Elfen zu fürchten. Die Leute senkten die Köpfe und schlugen die Augen nieder, selbst die dunklen Wolken des aufkommenden Wintertags lasteten wie ein böses Omen auf der Stadt. Jedermann hatte das Gefühl, beschmutzt zu sein, entehrt. Es war, als hätten jeder Zauber und alle Schönheit die Stadt verlassen. Die Menschen fühlten sich – aber das war nicht neu – schwerfällig, vulgär und hässlich (die Adligen, die schon seit jeher das Benehmen der Elfen nachgeäfft hatten, nannten die kleinen Leute übrigens »die Hässlichen«), aber an diesem Tag lastete ihre ganze Erdenschwere noch mehr auf ihnen als sonst. Und dann, ja dann war es auch die Angst vor Repressalien, vor einer blindwütigen Rache, die Loth und seine Einwohner ausradieren würde. Bald hallten die Straßen von den beängstigendsten Gerüchten wider. Wer sich in der Nähe der Stadtmauer aufgehalten hatte, als der Graue Elf auf den Scheiterhaufen geführt worden war, erzählte von dem mörderischen Zauberspruch, mit dem König Llandon die Leiden des Gefolterten abgekürzt hatte, und zwar, weil sie entweder nicht gesehen hatten, wie Till seinen Pfeil abschoss, oder weil sie sich nicht vorstellen konnten, dass jemand auf eine derartige Entfernung damit treffen konnte. Diejenigen, die nicht dabei gewesen waren und nichts gesehen hatten, versicherten jedermann, dass Llandon einen Fluch gegen die ganze Stadt ausgestoßen hätte, dem zufolge ein Regen silberner Pfeile vom Himmel niedergehen und sie alle töten würde. Dann deuteten sie auf die schwarzen Wolken, die sich am Himmel von Loth zusammenballten, zitterten vor Angst und bekreuzigten sich.

Im Palast führte der Seneschall Gorlois seine Wachmannschaft persönlich in den Flügel der Elfen, durchwühlte jedes Zimmer und jede Ecke, aber sie waren tatsächlich allesamt bis auf den Letzten zu den Klängen von Hamlins Flöte verschwunden. Da suchte Gorlois den König auf, und Pellehun selbst begann zu zittern.

Als die Sonne über dem Buchenwald aufging, waren die vier Gefährten schon seit Stunden unterwegs. Der Nebel über den Sümpfen war einer schneidenden Kälte gewichen, die einem bis ins Mark ging, dafür aber freie Sicht schaffte, und das gewaltige dunkle Bergmassiv der Schwarzen Marken ragte vor ihnen auf.

Frehir bildete die Vorhut, er ging weit voraus und sicherte den einzigen Weg, der durch den Wald hindurchführte. Von Zeit zu Zeit blieb er stehen und wartete, bis sie herangekommen waren, dann ruhten sie sich schweigend aus und knabberten die öligen Bucheckern gegen den Hunger. Nach fünf Stunden begann es zu schneien. Der Schnee blieb nicht liegen, er war schon fast geschmolzen, wenn er die Erde erreichte, es war mehr ein eisiger Regen als wirklicher Schnee. Tsimmi schnatterte und fühlte, dass er Fieber hatte. Uther setzte wie ein Geist einen Schritt vor den andern. Selbst die Königin spürte die Kälte, die Müdigkeit und den Hunger.

Plötzlich erblickte sie Frehirs Gestalt, die vor einem Weißdorngebüsch voller roter Beeren kauerte. Einen Moment lang glaubte sie, der Barbar habe sich dort hingekniet, um Beeren zu sammeln und ihre magere Wegzehrung aufzustocken, aber dann drehte Frehir sich zu ihr um, und sie begriff, dass es um etwas anderes ging.

Mit einer Geste bedeutete sie Tsimmi und Uther, sich in Acht zu nehmen, und die drei Gefährten schlichen auf Zehenspitzen bis zu dem Barbaren.

»Da liegt eine Höhle vor uns«, erklärte Frehir leise. »Ich weiß nicht, ob sie bewacht ist …«

Uther reckte vorsichtig den Hals. Der Schnee verhinderte eine klare Sicht. Alles was man sehen konnte, war der Hügel, hundert Klafter von ihnen entfernt, der bis in den Himmel zu wachsen schien.

»Sind da Wölfe?«, flüsterte Tsimmi.

»Keinen gesehen«, antwortete Frehir.

Lliane zögerte. In den Schwarzen Landen war die Gefahr allgegenwärtig, und die kleinste Unachtsamkeit konnte tödlich sein. Andererseits konnte der Schnee sie vielleicht auch schützen und ihren Anmarsch maskieren … Sie überlegte noch immer, welche Taktik sie anwenden sollte, als ein glitzernder Lichtreflex zu ihrer Rechten ihren Blick anzog. Sie wandte sich um und unterdrückte gerade noch einen Überraschungsschrei. Mit gezücktem Schwert und im Schneeregen glitzerndem eisernem Kettenhemd stand Uther mitten auf dem Weg und bewegte sich vorwärts. Sie wollte schon aufspringen, aber Tsimmi packte sie am Handgelenk und zwang sie, in Deckung zu bleiben.

»Er weiß schon, was er tut, Königin Lliane. Die Wölfe werden einem einzelnen Mann gegenüber weniger Argwohn hegen ...« Die Elfe befreite sich mit einer zornigen Geste und wechselte ihre Position, um einen besseren Schusswinkel zu finden. Als sie sahen, dass die Königin einen ihrer silbernen Pfeile in den Bogen gespannt hatte, wechselten Tsimmi und Frehir einen amüsierten Blick.

Kaum war Uther, vom Schnee und den Bäumen verdeckt, aus ihrem Blickfeld entschwunden, liefen sie geduckt voran in die nächste Deckung, und so immer weiter, bis sie den Rand des Buchenwalds erreichten und den gähnenden Rachen einer Grotte am Rand des Hügels vor sich sahen.

Uther stand einige Klafter vor ihnen am Eingang der Höhle, hatte den Oberkörper leicht zurückgebogen und ließ das Schwert neben seinem Bein hinabhängen, wie um seine Absichten zu verschleiern. Zunächst konnte er gar nichts erkennen. Aber als er den andern eben ein Zeichen geben wollte, ihm zu folgen, ließ eine Bewegung in der Höhle ihn versteinern. Es war kaum wahrnehmbar ... aber irgendetwas war da. Uther spürte, wie sein Herzschlag sich beschleunigte, und hatte das Gefühl, die Angst der vergangenen Nacht wieder aufleben zu spüren, als er von der unsichtbaren Meute der Kobolde eingekreist worden war. Der Clan der Schwarzen Wölfe war da, dessen war er ganz sicher, sie beobachteten ihn mit ihren gelben Augen und knurrten in der Dunkelheit ihres Baus.

»Haben Schwarze Wölfe etwa Angst vor dem Schnee?«, rief er plötzlich und baute sich mitten auf dem Weg auf.

Aus der Tiefe der Höhle antwortete ihm ein dumpfes Grollen.

»Ich weiß, dass du da bist, du altes Untier!«, schrie Uther. »Komm raus und kämpfe, ich fordere dich!«

Die menschenfressenden Wölfe mochten vielleicht zu den scheußlichsten und grausamsten Tieren gehören, die die Erde bewohnten, aber sie gehorchten einem uralten Ehrenkodex. Derjenige Wolf, gleich welchen Rangs, der sich ihm nicht unterwarf, wurde rasch aus den kriegerischen Clans verbannt und musste den Rest seiner traurigen Existenz als Einsiedler fristen, ohne Wölfin und ohne Hoffnung auf Nachwuchs. Und eine solche Herausforderung stand zweifellos noch über allen Gesetzen dieses Kodex und war älteste und heiligste Tradition.

Uther wusste das. Und er wusste auch, dass er, indem er eine ganze Meute blind ansprach, den Clanchef selbst herausforderte. Den größten, stärksten und grausamsten der Wölfe …

Ein weiteres Grollen hallte aus den Tiefen der Grotte, und die Gesandten des Großen Rats sahen, wie Uther einen Schritt zurückwich, bevor er sich wieder fing. Als sich ihr Blick dann erneut dem Höhleneingang zuwandte, erlebten sie die gleiche Schrecksekunde. Ein riesiger Schwarzer Wolf war hervorgetreten und bewegte sich mit lautlosen Schritten langsam auf dem felsigen Boden vorwärts. Dabei fixierte er den Ritter ununterbrochen aus seinen unergründlichen goldenen Augen, in denen sämtliche Flammen der Hölle zu leuchten schienen. Sein Leib war fast ein Klafter lang und seine Widerristhöhe die eines Esels. Als er in einer grimmigen Grimasse die Lefzen hochzog, wurden seine langen, speicheltriefenden Reißzähne sichtbar, die spitz wie Dolche waren. Mit zum Zeichen der Unterwerfung zwischen die Schultern gezogenen Köpfen und tief hängenden Schwänzen kamen noch weitere Wölfe aus der Grotte, näherten sich ihm einer nach dem andern und leckten ihm die Lefzen oder versetzten ihm kleine Nasenstüber. Mit aufgestellten Ohren und aufgerichtetem Schwanz stand der Anführer der Meute da und rührte sich nicht. Der Ritter, der ihn gefordert hatte, schien ihn gar nicht zu interessieren, und manchmal, wenn einer seiner Wölfe die Demutsgebärde nicht deutlich genug vollführte, stieß er ein Knurren aus, bis der Unterlegene sich vor ihm auf den Rücken warf, alle viere von sich streckte und jaulte wie ein Hund.

Während er den großen Wolf nicht aus den Augen ließ, hörte Uther das Geräusch von Pfoten zu seiner Linken. Er fasste sein Schwert fester, kniff die Augen zusammen, um von den Bächen geschmolzenen Schnees, die seine Stirn hinabliefen, nicht behindert zu werden, und begann dann, sich nach rechts zu bewegen. Die Reaktion des Rudelführers der Schwarzen

Wölfe bestand darin, sich nun seinerseits in Bewegung zu setzen und sich endlich vom Eingang der Höhle und von seiner Meute zu entfernen.

Seit dem frühen Morgen hatte es nicht aufgehört zu schneien. Tsimmi, bis auf die Knochen durchweicht und am ganzen Körper zitternd vor Fieber, Nervosität und Kälte, hockte zusammengekrümmt hinter einem Dornbusch. Plötzlich musste er laut niesen und das wirkte wie das Signal für den Beginn des Kampfes.

Die Meute, bis dahin still, brach unvermittelt in erregtes und ohrenbetäubendes Geknurr und Gebell aus. Uther wandte den Blick eine Sekunde lang ab, und als seine Augen wieder seinen Gegner fixierten, galoppierte der große Schwarze Wolf lautlos auf ihn zu, mit starrem Blick und über die monströsen Reißzähne hochgezogenen Lefzen. Dann sprang er, Krallen voraus, und Uther empfing ihn mit einem Rundschlag des in beiden Händen gehaltenen Schwerts, den er mit voller Kraft ausführte. Die Klinge fuhr in die Schnauze, dass das Blut spritzte, und klirrte gegen die Zähne des Ungeheuers, ohne auch nur eine Scharte in sie zu schlagen. Uthers Arme bebten von dem Schlag und er verlor das Gleichgewicht und stürzte beinahe zu Boden, während das Tier bereits wieder auf ihn losging. Mit seiner krallenbewehrten Pfote schlitzte es den Panzer des Ritters auf und zerriss das Kettenhemd. Uther entging dem Angriff, indem er sich gegen den riesigen Leib des Raubtiers rollen ließ. Blindlings stach er ein weiteres Mal in das Gezottel aus grauer Mähne und schwarzem Fell und durchbohrte das Fleisch, so dass ihm das warme Blut ins Gesicht spritzte. Dann wich Uther zurück, bebend vor Angst, zerkratzt und halb bewusstlos von den Schlägen der riesigen Wolfspranke. Er taumelte, wich noch weiter zurück und versuchte mit Sensenschlägen durch die Luft, den Wolf auf Distanz zu halten, als mehrere Rufe an sein Ohr drangen, die er nicht verstand. Uther erkannte nicht einmal Llianes Stimme, die ihm zurief, er solle ausweichen, damit er aus der Schusslinie wäre. Der Wolf öffnete seinen gigantischen Rachen, den das blutige, speichelumflockte Fleisch noch scheußlicher erscheinen ließ, und stieß ein Fauchen aus, das aus den tiefsten Tiefen seines Leibs zu kommen schien. Wie ein heißer Luftstrahl blies sein Atem dem Ritter ins eiskalte Gesicht, dann machte der Wolf einen Satz, prallte mit den Vorderpfoten gegen die Schultern des Ritters und stieß ihn zu Boden.

Uther fühlte nichts anderes mehr als das Gewicht des Tiers, die rauhe und vom gefrorenen Urin steife Behaarung seines Bauchs, die auf sein Gesicht drückte und den bestialischen Gestank, der ihm beinahe den Atem nahm. Er empfand keinen Schmerz, sondern hatte einfach nur das beruhigende Gefühl, dass jetzt alles vorüber war, empfand nichts als die Gewissheit zu sterben.

Und dann spritzte ein heißer, klebriger Strahl auf seinen Harnisch und seine Tunika und floss über seinen Oberkörper und sein Gesicht. Von Übelkeit geschüttelt, Nase und Mund voll vom Blut des Tiers, strampelte Uther sich frei, so dass er wieder Luft bekam.

Der Wolf war tot.

Hatte er ihn etwa getötet?

Er befreite sich von dem schweren Körper der Bestie und kroch auf allen vieren zu einem schneebedeckten Busch, um sich mit fiebrigen Händen das Gesicht zu waschen.

Erst dann blickte er sich um.

Das Erste, was er sah, war sein Schwert, das zu Boden gefallen war, als der Wolf ihn angesprungen hatte, dann den silbernen Pfeil, der im Rückgrat des Ungeheuers steckte. Es war der Pfeil gewesen, der ihn erledigt hatte … Dann endlich entdeckte er Lliane und seine Kameraden, die am Waldrand standen, angespannt, kampfbereit, die Augen auf die Höhle gerichtet. Er kroch bis zu seinem Schwert und rappelte sich dann mit schmerzverzerrtem Gesicht auf.

In einer endlosen Prozession verließen die Schwarzen Wölfe ihren Bau am Rande der Marken. Sie liefen hintereinander im Gänsemarsch und achteten sorgfältig darauf, in die Fußspuren des Vordermanns zu treten, so dass sie nur eine einzige Fährte hinterließen. Schon war ein neuer Anführer an ihrer

Spitze, und während sie ihre Behausung verließen, schielten sie argwöhnisch zu dem Mann hinüber, der ihr Rudeloberhaupt getötet hatte, und zu der Gruppe der Krieger, die ihre Höhle in Besitz nehmen würde.

Ihre langsame, lautlose Parade schien gar nicht mehr enden zu wollen. Uther zählte fünfzig Wölfe, dann verlor er den Faden und kehrte vorsichtigen Schrittes zu seinen Gefährten zurück, ohne die Meute aus den Augen zu lassen.

Lliane warf ihm einen flüchtigen Blick zu, bei dem ihm warm ums Herz wurde und in dem Liebe, Erleichterung und vielleicht sogar ein klein wenig Bewunderung sich mischten, dann aber verzog sie angewidert das Gesicht und wandte den Kopf ab.

»Uther, mein Freund, dein Anblick kann einem Angst machen!«, sagte Tsimmi leise, als wolle er die Wölfe nicht provozieren.

Der Ritter hob die Klinge des Schwerts vor sein Gesicht und betrachtete sich in dem blanken Metall. Er sah die verwischten Konturen eines wilden und blutverschmierten Waldmenschen.

»Und außerdem stinkst du!«, brummte Frehir und prustete dann vor Lachen.

»Seid still!«, zischte die Königin.

Die letzten Wölfe waren stehen geblieben und blickten zögerlich zu ihnen herüber, mit angelegten Ohren und halb aufgerichteter Rute, alles Zeichen, die die Elfe zu deuten wusste. Uther wandte sich der Meute zu, und da er noch immer vom Blut ihres Anführers triefte, von seinem Geruch imprägniert war und seine Haare in alle Richtungen abstanden, wirkte er so unmenschlich, dass die Wölfe wieder in ihre Demutsgebärde verfielen, den Spuren ihrer Genossen folgten und die Höhle aufgaben. Regungslos folgten die vier ihnen mit Blicken, bis sie alle in der Hügellandschaft verschwunden und vom noch immer fallenden Schnee verschluckt worden waren.

»Glaubst du, sie kommen wieder?«, fragte Tsimmi, ohne sich an jemand Bestimmten zu wenden.

Zum größten Erstaunen Uthers antwortete niemand. Lliane,

die neben ihm stand, war voll konzentriert, das Verschwinden der Wölfe hatte keineswegs zu ihrer Entspannung beigetragen. Wieder konnte er sehen, wie sie ihre leicht spitz zulaufenden Ohren ausrichtete, und wieder hatte er angesichts dieses Phänomens recht gemischte Gefühle: halb amüsiert und halb missbilligend. Um seine Verlegenheit zu verbergen, wandte er sich Frehir zu. Die Haltung des Riesen alarmierte ihn: Mit in den Wind gerichteter Nase und geblähten Nüstern schnupperte Frehir die aus der Höhle kommende Witterung und trug dabei dieselbe misstrauische Miene zur Schau wie die Königin.

»Was ist denn?«, wollte Uther wissen.

Frehir drehte sich zu ihm herum, und ausnahmsweise einmal war sein Gesicht sehr ernst.

»Kobolde.«

Und kaum hatte er gesprochen, rannte er auch schon mit wildem Geschrei und sein langes Schwert hinter sich herschleifend auf die Grotte zu.

Im selben Augenblick schossen kleine Gestalten aus der Höhle und stoben in alle Richtungen davon. Mit ihrer niedrigen, fliehenden Stirn, der spitzen Schnauze und den abgerundeten Ohren, dem kurzen und grauen Fell, das lediglich das Rückgrat entlang eine Art Bürste formte, sahen die Kobolde aus wie Hyänen. Im Gegensatz zu diesen allerdings gingen sie aufrecht und kleideten sich in Lumpen, manche trugen sogar Waffen, die klein genug waren, um in ihren fötalen Händchen Platz zu finden, Schwerter oder Dolche. Frehir packte in vollem Lauf einen der Hundemenschen am Kragen seines Umhangs und zerquetschte ihn gegen die Felswand. Dann fuhr er mit gezücktem Schwert herum, aber keiner der Kobolde war so verrückt gewesen, in Reichweite des Barbaren zu bleiben. »Tötet sie!«, brüllte Frehir, während er einem hinterherjagte. »Tötet sie alle!«

Lliane ließ, beinahe ohne zu zielen, einen ihrer wertvollen Pfeile von der Sehne schnellen, und Uther hätte schwören können, dass er eine Kurve beschrieb, um dem Lauf des hechelnden Hundemenschen zu folgen und ihn zu durchbohren. Tsimmi hatte bereits einen Stein ergriffen und mit seiner Schleuder abgefeuert, aber da er nur die linke Hand benutzen konnte, verfehlte er sein Ziel.

Uther versuchte, einen der Kobolde zu verfolgen. Leider schmerzte sein Körper zu sehr, und das kleine Biest war zu schnell. Nach einigen Schritten gab er es auf. Er verstand nicht, warum Frehir so versessen darauf war, sie alle zu ermorden. Atemlos blieb er stehen. Im selben Moment stieß Lliane ihn zur Seite, um auf einen Felsblock zu springen, von wo aus sie den Hundemenschen im Visier hatte. Sie stieß ein lautes Bellen aus, das die hässliche Kreatur einen Augenblick lang zögern ließ und schoss sofort ihren Pfeil ab. Es war keiner von Kevins magischen, aber um einen verwirrten Kobold auf zwanzig Klafter zu treffen, brauchte die Königin keine Magie. Als der Kobold sich zur Flucht umwandte, traf der Pfeil ihn mitten in den Rücken. Er machte, vom eigenen Schwung mitgerissen, noch ein paar Schritte, dann fiel er wie ein gefällter Baum und war schon tot, noch bevor er aufschlug.

»Sind noch welche übrig?«, brüllte Frehir, der auf sie zugerannt kam.

»Ich hab meinen verfehlt!«, rief Tsimmi vor dem Höhleneingang.

»Es sind ohnehin zwei, drei entkommen«, meinte Uther. »Ist das denn so tragisch?«

»Die Kobolde werden die Dämonen warnen«, knurrte der Barbar. »Wir müssen uns beeilen.«

Er lief zur Grotte hinunter und sprang dabei trittsicher über die eis- und schneebedeckten Felsblöcke, dann ging er bis zum Waldrand zurück, um ihre Sachen einzusammeln.

Lliane und Uther stiegen den Hügelkamm vorsichtiger hinab und gesellten sich zu Tsimmi, der aus der Höhle hervorkam.

»Es ist tatsächlich ein Durchgang«, sagte der Zwerg. »Unsere Sagas schmücken die Geschichte im Allgemeinen zwar etwas aus, aber der Kern stimmt immer … Die Schwarzen Wölfe haben einen Weg unter den Marken hindurch bewacht!«

Uther stieß einen Freudenschrei aus und tat es dem Barbaren gleich, indem er ihm einen Schlag auf die Schulter versetzte. Nur hatte er die Wunde des Zwergs vergessen, der vor Schmerz aufstöhnte.

»Oh, entschuldige …«

»Bei meinem Blut, du könntest ein bisschen besser aufpassen!«, brüllte der Meister der Steine.

Dann schwieg er, und ein verlegener Uther trat von einem Fuß auf den andern und lief rot an, wie immer, wenn er eine Dummheit begangen hatte.

»Wir müssen uns Fackeln machen«, fuhr der Zwerg unwirsch fort. »Selbst ich würde da drin nichts sehen. Und außerdem müssen wir den Wolf ausweiden, wir werden sein Fleisch brauchen …«

»Mach ich«, sagte Uther.

»Nein, lass«, meinte die Königin. »Du tätest vielleicht besser daran, von dem Schnee zu profitieren, um dir all das Blut abzuwaschen …«

»Allerdings«, grummelte Tsimmi.

Uther hätte nicht noch röter werden können, aber er bemühte sich, wenigstens noch einen Anschein von Würde zu bewahren, indem er sich bis zu einem schneebedeckten Dickicht hin entfernte. Er legte den Gürtel ab, der sein Schwert festhielt und entledigte sich dann seiner Halsberge und seines Kettenhemds, das er über den Kopf streifte. In Tunika und Hosen schnatternd, legte er die Rüstung auf den Boden und verstand, warum seine Gefährten sich derart geekelt hatten. Blut, Eingeweide, Haare und Exkremente bildeten einen widerwärtigen Schleim, der die eisernen Kettenglieder und Lederriemen des Panzerhemdes bedeckte. Hatte er dem Wolf während ihres Kampfs den Leib aufgeschlitzt, oder war das das Resultat von Llianes silbernem Pfeil? Wie auch immer, jedenfalls hatte Uther allergrößte Mühe, seinen Harnisch von all dem Schmutz zu befreien. Der Panzer blieb blutrot, und zahlreiche Maschen, die die Krallen und Zähne der Bestie zerrissen hatten, hingen herunter und verliehen dem Wams ein erbärmliches Aussehen. Immerhin wirkte es jetzt halbwegs sauber und stank auch nicht mehr so fürchterlich.

Uther wollte jede weitere verletzende Bemerkung vermeiden, wusch sich ausgiebig Gesicht, Arme und Oberkörper mit Schnee und reinigte auch seine Tunika so gut wie möglich. Als er sie wieder überzog, war er starr vor Kälte und schnatterte hilflos. Trotzdem nahm er sich auch noch Zeit, seine zahlreichen Zöpfe zu entflechten und von dem gestockten Blut zu befreien, das sie verklebte, bevor er sein Schwert wieder umschnallte und zu den anderen zurückging.

Uther fror zu sehr, als dass er noch zum Scherzen aufgelegt gewesen wäre, aber jetzt war es Frehir, der, nachdem er die riesigen Schenkel des Ungeheuers mit dem Messer zerschnitten hatte, blutbespritzt war und hundert Meilen gegen den Wind stank …

XIX
Unter dem Berg

Herr Bran schnarchte wie ein ganzes Sägewerk, und der zwergische Wachposten musste jeglichen Respekt über Bord werfen und ihn mit beiden Händen schütteln, damit er endlich erwachte.

»Was? Was ist denn los?«

Der Soldat sprang rasch ein Stück von der Schlafstatt des Prinzen zurück und nahm Haltung an.

»Sire, da ist ein Zwerg an der Pforte, der behauptet, er sei Prinz Rogor.«

Bran öffnete die Augen und stützte sich auf einen Ellbogen.

»Mein Bruder?«

Der Posten nickte.

»Ja und? Du kennst Prinz Rogor doch, oder? Ist er es, oder ist er es nicht?«

»Herr, ich kann es nicht sagen … Ihr müsstet schon selbst sehen.«

Nun war Bran wirklich wach, warf die Decken und Felle von sich und setzte sich im Nachthemd auf die Bettkante, wobei er auch eine junge und splitternackte Zwergin aufdeckte, die an ihn geschmiegt dagelegen hatte. Der Posten lächelte und seine Augen verweilten ein wenig zu lang auf ihren üppigen Formen. Das war keine gute Idee. Mit einem Fußtritt beförderte Bran ihn auf die granitenen Bodenfliesen, dass es nur so schepperte und die junge Schönheit erwachte.

»Was ist denn los?«

»Schlaf, meine Schöne … Ich bin gleich wieder da.«

Der Soldat rappelte sich verlegen auf, während Prinz Bran ihn streng musterte. Der jüngere Bruder Rogors und Neffe des verstorbenen Königs Troïn war zum Regenten der Stadt Ghâzar-Run und Reichsverweser des Schwarzen Bergs ernannt worden, eine Rolle, die ihm nicht behagte und für die er sich nicht im Geringsten gewappnet fühlte, denn er zog normalerweise die Freuden der Liebe, der Jagd und des Kriegs der schwer wiegenden Verantwortung, die königliche Würden mit sich brachten, bei weitem vor.

»Meine Stiefel, meinen Mantel!«, herrschte er.

Der Posten eilte herbei, um ihm in seinen dicken Pelzmantel zu helfen, und ging ihm dann durch die unterirdischen Straßen der weitläufigen Stadt unter dem Berg voran, bis sie das Nordtor erreichten, einen majestätischen, in den Felsen geschlagenen Triumphbogen, hinter dem eine bodenlose Schlucht abfiel. Darüber führte eine zinnenbewehrte Brücke, an deren Ende eine Barbakane den Durchgang versperrte.

Genau dort traf Bran auf Rogor, der, bewacht von zwei unsicheren Soldaten, die nicht recht wussten, wie sie sich ihm gegenüber verhalten sollten, auf einem Schlagbaum saß. Und wirklich war der Thronerbe von Troïn nicht wiederzuerkennen. Seine rote Tunika war schmutzverkrustet, zerrissen, in einem erbärmlichen Zustand. Er hielt sich die Seite, da, wo ihn in den Sümpfen ein Elfenpfeil getroffen hatte, geronnenes schwarzes Blut klebte an seinen Fingern, und der Stoff war steif davon. Sein roter Bart war fürchterlich anzusehen, völlig verfilzt und voller Reisig (und nur die extreme Müdigkeit konnte diesen vernachlässigten Zustand entschuldigen). Rogor sah eher wie ein Bettler aus als wie ein Prinz von königlichem Blut. Das Zögern der Wachen war also durchaus nachzuvollziehen …

Bran allerdings erkannte seinen älteren Bruder trotzdem sofort wieder, und die beiden Prinzen fielen einander in die Arme, was das Benehmen der Wachen radikal veränderte. Kaum waren die Begrüßungsumarmungen beendet, hatten die

Posten sich schnurgerade aufgereiht und machten ihre Ehrenbezeugungen.

»Die ganze Stadt steht zu deiner Verfügung!«, sagte Bran. »Befiehl, und ich werde gehorchen. Hast du Hunger? Oder Durst?«

Rogor machte sich von seinem Bruder los und richtete sich zu seiner ganzen beeindruckenden Größe auf. Hinter der steinernen Brücke gaben die weit offenen Tore den Blick auf die altbekannte Anlage des nördlichen Stadtviertels frei: die großen, für die Nacht erleuchteten Häuser, friedlich und gediegen mit ihren Damastvorhängen an den Fenstern, die mit Basreliefs verzierten Fassaden und das makellose Pflaster der Gassen.

Rogor riss sich von seinen Gedanken los, packte die Axt eines der Wachtposten und überquerte wortlos und mit großen Schritten die Brücke.

Unter dem Triumphbogen blieb er stehen, hob den Blick bis zum oberen Ende der schweren Eichentore und schlug dann mit aller Kraft zu, so dass die Axt tief ins Holz hineinfuhr.

»Ich bin Rogor, Neffe Troïns, und ich habe Gael getötet!«, donnerte er aus vollem Halse, und sein Ruf hallte durch die ganze schlafende Stadt. »Ich bin Rogor, König unter dem Schwarzen Berg, und ich rufe den Ingrimm der Zwerge aus! Rache! Rache!«

Tsimmi, der voranging, redete ununterbrochen. Die Höhlenatmosphäre, die so bedrückend auf seine Gefährten wirkte, weckte seine Lebensgeister, und er kommentierte die Beschaffenheit des Gesteins oder die Länge der unterirdischen Gänge, als führe er die anderen durch seinen Garten. Um Frehirs Gemurr, der ihm ohnehin nicht zuhörte und viel mehr mit den zahlreichen Unebenheiten der feuchten Decke beschäftigt war, gegen die er andauernd stieß, kümmerte er sich kein bisschen. Es war schon beinahe rührend mit anzusehen, wie der Zwerg über die langen im Sumpf verbrachten Tage hinwegzukommen versuchte, aber sein unaufhörliches Gequatsche, unter das sich auch gegrölte Refrains der Kriegslieder der Zwerge von Oonagh und endlose Anekdoten aus der Saga von Fenris Blaubart mischten, ermüdete mit der Zeit die drei anderen.

Außerdem wurde der Gang, in den anfangs noch von Zeit zu Zeit durch natürliche Lichtschächte und Felsspalten ein wenig Tageslicht eingefallen war, immer dunkler, und mit der zunehmenden Dunkelheit verdüsterte sich auch die Stimmung der kleinen Truppe. Im Schein ihrer Fackeln, die sie am Rande des Buchenwalds in aller Eile gefertigt hatten, tauchte rings um sie nur eine eintönige Kulisse aus schmutzigbraunem Gestein auf, aus dem die Feuchtigkeit sickerte, mineralische Draperien, die wie Wandbehänge von der Höhlendecke hingen, Kalkzapfen, tropfende Stalaktiten, wie Kerzen zusammengeschmolzene Felsen und gekrümmte steinerne Säulen, die der ganzen Umgebung den Anstrich einer Tempelruine verliehen. Sie marschierten beinahe die ganze Zeit durch Wasser und kamen ab und zu an richtigen unterirdischen Wildbächen vorüber, die sich gurgelnd in enge Felsspalten stürzten. Manchmal wurde der Gang so eng, dass sie nur hintereinander gehen konnten, dann wieder traten sie plötzlich in immense Säle, so hoch, dass der Fackelschein nicht bis zur Decke hinaufreichte.

In einem dieser riesigen und halbwegs trockenen Säle machten sie Rast, um sich auszuruhen und das Wolfsfleisch im Feuer der Fackeln zu braten. Uther hatte jegliches Zeitgefühl verloren. Wie lange waren sie wohl schon unterwegs? Zwei Stunden? Zehn Stunden? Er hatte nicht die geringste Ahnung … Und dann noch Tsimmi, der einfach nicht aufhören konnte zu reden, als hätte er im Leben nichts Schöneres gesehen als diesen trostlosen, nicht enden wollenden Tunnel, der vor Nässe tropfte und nach Fäulnis und Schwefel stank und weiß der Himmel wohin führte!

Kurz nach ihrem Einstieg war es Uther klargeworden, dass der Weg unter den Hügeln vermutlich ebenso lang wäre wie die Fahrt durch die Sümpfe und dass sie vielleicht tagelang würden gehen müssen, ohne das Tageslicht wiederzusehen.

Lliane, die, seit sie die Wolfshöhle betreten hatten, keinen

Ton gesagt hatte, nahm ab und zu seine Hand, ohne ihn dabei anzusehen; vielleicht einfach nur zu ihrer eigenen Beruhigung. Die Elfen konnten zwar, genau wie die an die Dunkelheit ihrer unterirdischen Stollen gewöhnten Zwerge, in der Nacht sehen, aber es war auch nicht die Düsternis der Höhle, die ihr Angst einjagte, sondern die völlige Abwesenheit jeglichen pflanzlichen Bewuchses und dazu noch das Gefühl des Eingeschlossenseins, das die Elfen so schlecht ertrugen. Das Gefühl, der Königin behilflich sein zu können oder ihr zumindest ein wenig Trost zu spenden, half auch dem Ritter selbst, diesen Abstieg ins Innere der Erde zu ertragen, aber im Lauf der Zeit löste Llianes Gegenwart sich im Nebel seiner Gedanken auf. Selbst Tsimmi hatte aufgehört zu reden, und alle stapften sie vorwärts wie die Maultiere, nur darauf konzentriert, über keines der unzähligen Hindernisse des Wegs zu stolpern.

Plötzlich erwachte Uther aus seiner Benommenheit, als er bemerkte, dass Lliane vor ihm stehen geblieben war, und beinahe gegen sie stolperte.

Die Königin hatte sich umgedreht und starrte zurück, ohne auf ihn zu achten, als blicke sie durch ihn hindurch. Unwillkürlich wandte auch Uther sich um und hielt seine Fackel hoch, um die Dunkelheit des Tunnels auszuleuchten, aber jenseits des einige Klafter weit reichenden Lichtscheins konnte er nur die undurchdringliche Schwärze des Stollens sehen, als blicke er in einen Brunnenschacht oder in den weit aufgesperrten Rachen eines unförmigen Ungeheuers.

»Hast du irgendetwas gehört?«, flüsterte er Lliane im Nähertreten zu.

»Psst …«

Uther lauschte, hörte aber zunächst nichts anderes als das Knistern seiner Fackel, Frehirs rasselnden Atem, Tsimmis Schniefen und das weit entfernte Plitsch-Platsch eines Tropfens, der in eine Pfütze fiel. Dann endlich nahm er das Geräusch wahr.

Es war das schwer und ungleichmäßig widerhallende Echo einer lärmenden Horde, eines Trupps, der keinerlei Wert auf

Diskretion legte. Dann das Geknurr von Tieren, das Geklirr von Waffen, ein dumpfes Beben, das sich ihnen näherte wie eine Woge.

»Die Dämonen!«, flüsterte die Königin.

Sie riss sich fieberhaft den Bogen von der Schulter, blickte in ihren Köcher und sah dann mit vor Entsetzen erstarrter Miene zu Uther auf. Der Köcher war leer. Die Pfeile waren offenbar während eines schwierigen Wegstücks herausgefallen. Uther, der die Nachhut gebildet hatte, hatte nichts bemerkt.

»Was gibt es denn?«, fragte Tsimmi hinter ihnen. »Warum seid ihr stehen geblieben?«

»Sei still!«, murmelte Uther.

Tsimmi sah verständnislos zu, wie er langsam sein Schwert zog, um es geräuschlos aus der Scheide zu bekommen, und wie die Königin gleich darauf ihren nutzlos gewordenen Bogen ablegte und Orcomhiela zückte, die »Dämonengeißel«, ihren langen elfischen Dolch …

Und dann konnte auch er das Geräusch vernehmen (Zwerge haben kein sehr feines Gehör, das ist bekannt, aber die Dämonen kamen rasch näher, und ihr dröhnendes Getrampel hallte in der Grotte wie Donner wider).

»Überlasst das mir!«, flüsterte er und versuchte, sie zur Seite zu drängen.

Aber Frehir packte ihn am Kragen seiner Kapuze und zog ihn nach hinten.

»Tsimmi verletzt«, sagte er zwinkernd. »Bleib in Deckung.«

»Aber nein, du Trottel! Ich werde mich um sie kümmern!«

Der blonde Riese kicherte auf eine Weise, die Tsimmi unter anderen Umständen als respektlos empfunden hätte. Er griff nach seinem riesigen Zweihänder, trat neben Lliane und Uther und versperrte damit den engen unterirdischen Gang. Der Ritter hatte seine Fackel ein paar Schritte weiter zwischen zwei Felsen festgesteckt, damit sie die Angreifer beleuchten sollte, während sie selbst im Halbdunkel blieben. Er hatte noch die Zeit, sich zu fragen, ob die Dämonen im Dunkeln sehen konnten oder ebenfalls gezwungen waren, in diesen düsteren Eingeweiden der Erde ihren Weg zu beleuchten. Er hatte auch noch die Zeit, sich zu Lliane umzudrehen und ihr edles, von der fallenden Masse ihres schwarzen Haars eingerahmtes Profil zu betrachten. Und schließlich hatte er noch Zeit, ihren Blick zu erhaschen, zu sehen, wie er zärtlich wurde, und ihr zuzulächeln.

Dann sahen sie flackernden Lichtschein und gleich darauf die verzerrten riesigen Schatten einer zum Angriff stürmenden Truppe. Es war ein wildes Durcheinander mit Lanzen, Krummsäbeln, Helmen und Schilden bewaffneter Silhouetten, die das ockerfarbene Licht der Fackeln gegen die Wände warf, und die noch riesenhafter und erschreckender wirkten als die echten Krieger, die sich gleich darauf aus der Dunkelheit schälten und nur noch einen Steinwurf entfernt waren.

Uther wich zurück, als er sie sah. Es war ein halbes Dutzend Dämonen, zwischen deren Füßen kläffend, schnüffelnd und übererregt wie junge Hunde die Kobolde umherwuselten. Kein menschliches Wesen hätte vermocht, den unsäglichen Kreaturen Dessen-der-keinen-Namen-haben-darf, ohne vor Schrecken zu erbeben, ins Auge zu blicken. Schon der Dämon in der Herberge von Kab-Bag hatte ihm, obwohl er verletzt, gedemütigt und zerlumpt war, das Blut in den Adern gefrieren lassen, aber diese hier waren schrecklicher als alles, was er sich je hätte träumen lassen. Graue, behaarte Haut, affenartig lange Glieder, in dunkle Rüstungen und lederne Harnische gekleidet, mit Waffen, die schwarze Klingen hatten und entsetzlich schwer wirkten, und dennoch schienen die Dämonen von ihrem Ansturm kein bisschen außer Atem zu sein.

Angesichts der harmlosen Sperre, die die Königin und ihre Gefährten bildeten, grinsten die Ungeheuer und entblößten dabei Reißzähne, die denen ihrer Wölfe in nichts nachstanden. Schreckensstarr sah Uther zu, wie sie sich schwankenden Schrittes näherten. Sie waren noch ein ganzes Stück größer und muskulöser als Frehir, sie wirkten wie schaukelnde Türme, und ihre Köpfe streiften beinahe die Decke des Stollens.

Dann warfen sie ihre Fackeln beiseite, um die Hände für die

Waffen frei zu haben, und stießen sich bei dem Gedanken, die Elfe, den Barbaren und den vor Angst halb toten Ritter, der kaum sein Schwert zu halten vermochte, niederzumetzeln, unter abscheulichem Geknurr gegenseitig die Ellbogen in die Rippen …

Und dann stürzten sie vorwärts.

»Felafrecen haerdingas, beon maegenheard! Feothan! Bregean!«

Der spitze Schrei der Elfe verblüffte die Ungeheuer, die einen Augenblick zögerten und ein wenig von ihrer Überheblichkeit einbüßten. Aber der Zauberspruch galt nicht ihnen. Weder Uther noch der Barbar, ja nicht einmal Tsimmi, der so vertraut mit allem war, hatten die Beschwörungsformel der Königin der Hohen Elfen verstanden. Dennoch vibrierte die Magie der Runen gewaltig, zerstörerisch und unerträglich in ihrem Gehirn, und sie erstarrten vom Scheitel bis zur Sohle. Uther fiel auf die Knie, so heftig hallte die Stimme in seinem Kopf wider, und er musste brüllen, um sich von ihren verheerenden Nachwirkungen zu befreien.

Auch Frehir taumelte und schüttelte sich wie ein Hund, der aus dem Wasser kommt. Sein gesenktes Schwert schleifte auf dem Boden, und er wandte dem Dämon den Rücken zu, der mit einem kreiselnden Morgenstern auf ihn zustürmte. Tsimmi war ebenfalls zu Boden gestürzt, strampelte, versuchte, sich auf seinen gesunden Arm aufzustützen, um sich hochzurappeln, und blinzelte dabei, als wäre er geblendet worden.

»Was hast du da getan?«, stöhnte Uther und drehte sich zur Königin herum. Die Dämonen waren nur noch einige Klafter entfernt und hatten bereits die Waffen erhoben, um den tödlichen Streich auszuführen. Und sie lagen da, schwach wie Neugeborene, kaum in der Lage, ein Schwert zu heben, und ein innerliches Feuer strudelte durch ihre Leiber, lähmte sie und machte sie unfähig, sich zu verteidigen.

»Feothan! Hael Hlystan!«

Der Schrei der Königin ließ sie im Augenblick, als der Kampf begann, wieder erwachen.

Uther sprang mit einem Satz auf, beseelt von einer Kraft und

Geschmeidigkeit, die er nie zuvor verspürt hatte. Vor seiner Nase heulte ein glutäugiger, vor Erregung sabbelnder Dämon mit weit offenem Maul auf, hatte seinen Krummsäbel mit beiden Armen weit über den Kopf gehoben, wie um ihn in zwei Teile zu zerhacken, aber all seine Bewegungen schienen so langsam, dass Uther auflachte, während er, das gestreckte Schwert voraus, einen Ausfall machte und dabei auf den geöffneten Rachen des Ungeheuers zielte. Das Schwert zerschlug die Zähne, durchbohrte das Fleisch und spaltete dann unter einer aufs Gesicht des Ritters spritzenden schwarzen Blutfontäne den Nacken seines Gegners, bevor der auch nur sein Krummschwert niedersausen lassen konnte.

Lliane und Frehir hatten noch vor ihm zugeschlagen, und er konnte gerade noch sehen, wie der kopflose Rumpf eines morgensternbewaffneten Dämons mit dem Donnern einer gefällten Eiche auf die Erde schlug und wie der silberne Blitz eines Elfendolches eine gleißende, vom Schädel bis zum Bauch reichende Spur in die dunkle Masse des letzten Ungeheuers zog. Dann sah er, wie seine zwei Gefährten von neuem taumelten und stöhnend einknickten, und eine Sekunde später spürte er selbst die entsetzliche Schwäche, die auch sie ergriffen hatte.

Der Zauber hatte all ihre Sinne hundertfach verstärkt und ihre Kräfte für einen einzigen unbezwinglichen Angriff gesammelt, nun aber ließ er sie erschöpft, vollkommen ausgepumpt, blind, taub und beinahe unfähig, sich auf den Beinen zu halten, zurück.

Die Ungeheuer, die entsetzt vom raschen Tod der drei ersten Angreifer, hastig den Rückzug ergriffen hatten, bemerkten den Schwächeanfall ihrer Gegner sofort. Schon näherten sie sich wieder, aber diesmal nicht mehr mit der mörderischen Frenesie des ersten Ansturms, sondern wie die Wölfe, indem sie, hinter ihren Schilden verborgen, ihre Beute umzingelten und sich aneinander drängten, so dass sich nur mehr ein einziger entsetzlicher, waffenstarrender Körper vorwärts bewegte.

Lliane versuchte, sich ihnen in den Weg zu stellen, fiel dann aber kraftlos auf die Knie und riss sich auf den scharfkantigen Bodenunebenheiten die Haut auf.

Das war das Ende.

Die Elfe, der vor Erschöpfung unwillkürlich die Tränen kamen, vermochte nur noch, den Blick gegen die sich Schritt für Schritt nähernden Ungeheuer zu heben und den Moment ihres Todes zu erwarten.

»Lliane!« Uther schleppte sich mit dem Blick eines Ertrinkenden auf sie zu und setzte seine letzten Kräfte daran, sie zu erreichen. Sie streckte ihre Hand nach dem Ritter aus, aber er war zu weit weg und zu schwach, um sie zu ergreifen.

Dann wurde sie harsch zur Seite gestoßen und ihr entfuhr ein Schmerzensschrei.

Zuerst erkannte sie Tsimmi gar nicht wieder, so eindrucksvoll sah der Zwerg vom Boden betrachtet aus. Und Tsimmi lachte hell auf, seine Augen sprühten vor Energie, er war noch voll von diesem Gefühl der Unbezwingbarkeit, das ihnen erlaubt hatte, ihre Angreifer abzuschlagen, das er aber noch nicht im Kampf verbraucht hatte. Ganz allein der Phalanx der Dämonen gegenüberstehend, zog er mit der Fußspitze einen Ring rund um die Königin und ihre Gefährten in den Staub, erhob sich dann zu voller Größe, schleuderte Steinchen gegen die Mauern und stampfte mit dem Absatz auf den Boden. Sie fand diese wilde Pantomime grotesk, zugleich aber weckte sie in ihr eine dunkle und beängstigende Erinnerung. Ein dumpfes Grollen, das aus den Tiefen der Erde aufzusteigen schien, bestätigte ihre Ahnung. Der Boden begann zu beben, und ein feiner Regen aus Erde und Staub rieselte von der Decke. Die verblüfften Dämonen starrten um sich herum, wie Tiere in der Falle. Einen Pulsschlag später brach in einem Donnern, als sei das Ende der Welt gekommen, die ganze Grotte ein. Lliane nahm verschwommen die triumphierende Siegesgeste Tsimmis wahr, und erinnerte sich an die Mauer aus Erde, die sie selbst vor einigen Tagen im Sumpf von Gwragedd Annwh verschlungen hatte. Und dann verschwand der Meister der Steine, der Magier der Minerale und der Erde unter den Trümmern.

Die Fackeln waren beim Einsturz der Grotte begraben worden, lagen unter den Trümmern, die Flammen waren vom Staub erstickt. Lliane hockte zusammengekauert da und kreischte vor Entsetzen, aber kein Felsbrocken hatte sie getroffen. Nicht einmal der kleinste Kieselstein. Innerhalb des von Tsimmi gezeichneten Zirkels lag die Höhle unversehrt. Auch das Gewölbe darüber hatte sich nicht bewegt, wogegen ringsumher nur noch eine steinerne Trümmerwüste zu sehen war, über der ein Nebel aus Staub hing. Die Dämonen waren unter dem zerborstenen Gestein begraben. Die Grotte lag in völliger Dunkelheit, so dass selbst Lliane die Augen zusammenkneifen musste, um auch nur eine Handbreit weit sehen zu können.

»Lliane!«

Sie erkannte Uthers Stimme und die ganze Furcht, die in ihr lag. Ein angstvoller Schrei Frehirs, der nach dem Ritter rief, war die Antwort. Wahrscheinlich hatten die beiden gar nicht gesehen, wie Tsimmi seinen Zauber angewandt hatte. Der Einsturz der Höhle hatte sie überrascht, und jetzt, allein in der Dunkelheit, mussten sie sich gefragt haben, wie sie davongekommen waren, und einander umhertastend gesucht haben, ohne zu wissen, wer von ihnen überlebt hatte. Die Elfen hatten die Furcht der Menschen vor der Nacht nie geteilt, ihre Panik vor der Dunkelheit und ihre Hast, sobald die Dämmerung herannahte, Fackeln und Laternen anzuzünden, um sich davor zu beschützen, auf die Gefahr hin, ihre Holzhäuser niederzubrennen. Aber Lliane konnte die Angst ihrer Gefährten dennoch nachvollziehen.

Wieder rief Uther nach ihr, und Lliane, gerührt vom herzzerreißenden Ton seines Schreis, lief zu ihm.

»Ich bin hier«, sagte sie, kniete sich neben ihn und legte ihre Hand auf seine Wange.

Uther schreckte hoch, starrte sie an wie ein Blinder und betastete ihr Gesicht und ihre Arme, um sie dann erregt zu umarmen.

»Du lebst! Lliane, sag etwas, ich kann dich nicht sehen …«

»Ich bin hier«, wiederholte sie. »Mir fehlt nichts, und Frehir auch nicht. Es ist Tsimmi, der uns gerettet hat, indem er rings um uns die Grotte zum Einsturz gebracht hat … Die Dämonen sind alle tot, oder wenn noch welche leben, dann sind sie auf der anderen Seite.«

»Gut gemacht, Meister Tsimmi!«, rief Uther.

Aber niemand antwortete.

»Tsimmi?«

Die Elfe spürte, wie ihr Herz sich zusammenzog. Und wirklich, sie hatte ihn ja nirgendwo gesehen …

»Tsimmi? … Lliane, kannst du ihn sehen?«

Sie kniff die Augen zusammen und versuchte, in der undurchdringlichen Dunkelheit der Höhle etwas zu erkennen. Wohin sie blickte, war nur Geröll, das sie umgab wie eine unendliche hohe Brunnenwand, als wäre die gesamte Grotte um sie herum eingestürzt. Sie erahnte die auf dem Boden in einer Pfütze aus schwarzem Blut liegende Gestalt eines toten Dämons mit eingedrücktem Brustkorb und Schädel, den die Felsen erschlagen hatten. Neben ihm glühte noch schwach seine zertrümmerte Fackel. Sie riss sich aus Uthers Umarmung los, stürzte auf das Holzscheit zu und hielt ihre Hände um die Glut.

»Wie facht man ein Feuer an?«, schrie sie.

»Hast du etwa eine Fackel gefunden?«

»Ich weiß nicht, wie man Feuer anfacht! Nun sag schon!«

»Na ja, ähm … Vor allem darf man es nicht ausgehen lassen …«

Frehir stieß ein verächtliches Grunzen aus und tastete sich in Richtung der Königin, indem er dem Klang ihrer Stimme nachging, bis er dann selbst den spärlichen Schein sehen konnte.

»Ich kümmere mich darum«, sagte er, als er neben ihr stand.

Der Barbar kniete sich vor die Glut wie ein Priester vor seinen Altar, riss ein Stück Stoff vom Wams des toten Ungeheuers, legte ein Fetzchen davon auf das Scheit und blies vorsichtig darauf. Bald begann der Stofffetzen zu qualmen, dann fing er Feuer. Frehir riss den Rest der Dämonenfackel aus dem Schutt, ein Bündel aus Haselruten, und wickelte behutsam den Stoff darum. Das dünne Flämmchen fraß sich durch das trockene Holz und begann schließlich, ein wenig Licht zu spenden.

Endlich konnten die beiden Männer ihr Trümmergefängnis erkennen, eine monumentale Schutthalde, die beinahe bis an die Gewölbedecke hinaufreichte und die sie würden hinaufklettern müssen, um diese Mausefalle zu verlassen, selbst wenn die Gefahr bestand, dabei einen neuerlichen Erdrutsch zu verursachen.

»Es sieht ganz so aus, als hätte Meister Tsimmi seine Kräfte wieder einmal falsch eingeschätzt«, murmelte Uther.

Frehir hob seine Fackel hoch und leuchtete den Ring aus Schutt und Geröll aus. Nirgendwo eine Spur des Zwergs.

Nicht die geringste Spur.

Die drei Gefährten verharrten eine ganze Weile schweigend und wie gelähmt von Tsimmis Verschwinden, unfähig zu glauben, er könne das Opfer seines eigenen Zaubers geworden sein. Uther, der mit hängenden Schultern und einem Kloß im Hals dastand, entdeckte sein Schwert, das auf der Erde lag, und schleppte sich hin, um es aufzuheben. Das metallische Schaben der in die Scheide gleitenden Klinge hallte schaurig in der Grotte wider, und Lliane warf Uther einen Blick zu.

»Wir müssen weiter«, sagte er.

Lliane, die neben dem zerschmetterten Dämon im Staub hockte, hatte sich nicht gerührt, seit sie die Fackel entdeckt hatte.

»Ohne ihn hat es keinen Sinn mehr … Sie werden uns niemals glauben …«, murmelte sie.

Der Ritter ließ den Kopf hängen. Er war todmüde, er hatte genug, er fühlte sich vernichtet und war kurz davor, in Tränen auszubrechen. Ohne Tsimmi, ohne irgendeinen der Zwerge, die mit ihnen aufgebrochen waren, ohne Gaels Gildenring, wer würde da der Geschichte der Königin oder dem konfusen Gebrummel eines Barbaren Glauben schenken, oder selbst seiner eigenen Aussage, der eines armen verliebten Ritters, der den Feen ins Netz gegangen war?

»Wir müssen ihn wiederfinden.«

Bei Frehirs Worten zuckten Lliane und Uther beide zusammen. Der Barbar hielt die Fackel hoch, die sein rotes Haar zum Leuchten brachte und seine groben Züge noch plastischer erscheinen ließ, reckte sich zu voller Größe hoch, blickte herausfordernd auf die ihn umgebenden Felstürme und deutete dann mit dem Finger auf einen ganz bestimmten Punkt inmitten des Gerölls.

»Hier.«

Da, wo er hindeutete, war gar nichts. Nichts anderes als überall sonst auch: Felsen, Erde, Geröll.

»Tsimmi stand hier«, sagte Frehir. »Hier müssen wir graben.«

Uthers Blick wanderte von dem Barbaren zu der Felsmasse und wieder zurück. Selbst wenn es ihnen gelänge, einige Steinblöcke wegzuwälzen, war das Risiko groß, eine Geröllawine zu provozieren und sich selbst zu verschütten.

»Es hat keinen Sinn ...«

Frehir antwortete nicht. Er steckte seine Fackel unter einen Stein und riss einen ersten Felsbrocken aus dem Geröll. Als er ihn hinter sich ins Rund warf, pflanzten die Vibrationen der Erschütterung sich bis ins Gewölbe fort, und feine Rinnsale von Erde rieselten den Schutthang hinab wie Wildwasser im Sommer.

»Es hat keinen Sinn, Frehir!«, rief Uther gebieterisch.

Der Barbar riss fluchend einen weiteren Brocken heraus und wandte sich zu dem Ritter um. Sein vor Anstrengung rotes Gesicht, von dem schon der Schweiß rann, hatte nichts Joviales mehr.

»Nur der Tod hat keinen Sinn!«, brüllte er und warf Uther den Felsbrocken vor die Füße. »Grab!«

Der junge Mann spürte, wie die Wut in ihm hochkochte. Er stürzte sich auf den Barbaren, packte ihn am Arm und warf ihn zu Boden. »Tsimmi ist tot, du armer Irrer! Und wir auch bald, wenn du so weitermachst!«

Frehir stand bereits wieder. Er fuhr mit dem Handrücken über seine lehmbedeckte Wange und bewegte sich in der Haltung eines Ringers auf Uther zu, mit geöffneten, auf seinen Hals zielenden Händen und bösem Blick.

»Hört doch mal!«

Die beiden Männer drehten sich zu Lliane um und hielten den Atem an. Zunächst hörten sie gar nichts. Dann jedoch nahmen sie ein feines Summen wahr, das immer deutlicher wurde, immer lauter und sich dann zu einem dumpfen Brausen steigerte, gleichmäßig und stet, das von der anderen Seite der Felsen kam.

Instinktiv wichen sie mit schreckgeweiteten Augen bis an die gegenüberliegende Mauer zurück und warteten auf den endgültigen Erdrutsch, der sie alle begraben würde und sich mit jeder Sekunde lauter grollend ankündigte.

Mit einem Mal begann die Felswand zu beben, und Steine aller Größe, bis hin zu mannshohen Felsen, drehten sich um ihre eigene Achse. Aber anstatt endgültig zusammenzustürzen, schien das Geröll abzusinken und auszuweichen und gab Stein für Stein eine Art Durchgang frei.

Jetzt begannen die drei Gefährten zu lächeln, sie wagten noch nicht recht zu glauben, was sie da erblickten, und drängten sich fasziniert und in stummer Hoffnung aneinander. Und da erschien Tsimmi, staubbedeckt und weiß wie ein Geist. Er grinste ihnen zu, zog seine Kapuze ab, schüttelte sich und fuhr sich durch seinen Bart und seine kurzen braunen, erdverkrusteten Haare.

»Ihr habt doch wohl nicht geglaubt, dass ein Meister der Steine unter einem Erdrutsch sterben könnte!«, meinte er lachend. »Das wäre ja wirklich …«

Tsimmi sollte seinen Satz nie zu Ende bringen.

Die schwarze Klinge eines Krummsäbels fuhr mit unmenschlicher Kraft in seinen Halsansatz und zertrümmerte Fleisch und Knochen bis zum Herzen.

Der Zwerg starb ohne einen Schrei, ohne den Dämon zu sehen, der sich hinter ihm durch den Gang geschlichen hatte, und nahm den Schreckensschrei der Königin und den grausigen, von der Schulter ins Herz reichenden Schock ins Jenseits mit. Er fiel auf sein Gesicht und riss dem Ungeheuer das Krummschwert aus den Händen.

Frehir stieß einen bestialischen Schrei aus und stürzte sich auf den Dämon. Er packte ihn an den Ohren und schmetterte ihn gegen eine hervorstehende Felsspitze. Das widerliche Knacken von Knochen war zu hören, und schwarzes Blut spritzte gegen die Felswand, dann aber gelang es dem Monster, sich mit einem Streich seiner Krallen freizumachen, der eine dreifache blutige Linie auf dem Bauch des Barbaren hinterließ. Es erhob sich brüllend, schrecklich anzusehen mit den Blutspuren auf der grauen Staubschicht, die seinen Körper bedeckte, den zerrissenen Kleidern und der Wildheit eines Raubtieres. Frehir ging zu einem weiteren Angriff über, aber sein Gegner packte ihn an der Kehle und grub seine Klauen in die Haut des Barbaren, dass das Blut hervorschoss wie der Saft aus einer reifen Frucht.

»*Egle orc ceosan elf aetheling!*«

Der Dämon stieß Frehir zu Boden wie eine Stoffpuppe und wandte sich der Königin zu. Die Elfe erwiderte seinen Blick und streckte einen Finger gegen ihn aus.

»*Hael Hlystan!*«

Die Herausforderung. Eine Anrufung, so alt wie die Steine des Gebirges, der das Monster nicht im Traum zu widerstehen gedachte. Mit zwei Schritten war es über der Königin, und seine Krallen fuhren auf den grazilen Hals der Elfe nieder. Uther stieß einen Schrei aus und schlug zu, und die Gewalt des Aufpralls riss ihm fast das Schwert aus den Händen. Er hatte auf den Hals gezielt, aber der Dämon war schneller gewesen, und die Klinge des Ritters hatte lediglich seinen Arm abgeschnitten, der jetzt am Boden zuckte wie eine Schlange. Auch Lliane hatte sich geduckt und auf den Körper gezielt, ihr langer Dolch durchbohrte das Herz des Dämons. Der fiel auf die Knie, ohne auf das Blut zu achten, das aus seiner Schulter sprudelte. Und dann, als Lliane ihre silberne Klinge aus seinem Leib zog, fiel er zu Boden wie ein gefällter Baum.

Aber es gab keinen Siegesschrei. Nicht einmal einen Schrei der Erleichterung.

Frehir, der neben Tsimmi lag, weinte leise, und die Schluchzer des Barbaren zerrissen seinen Freunden das Herz. Die Königin kniete sich neben ihn und versuchte, so gut es ging, die Wunden zu verbinden, die die Klauen des Monsters ihm geschlagen hatten. Uther hob Tsimmis Körper hoch, legte ihn ins Zentrum des Kreises und faltete seine leblosen Hände über der Brust und dem Griff des dämonischen Krummschwerts, das ihn getötet hatte. Die Zwerge glaubten, dass niemand waffenlos ins Walhalla kommen könne, das Jenseits der Krieger. Nun hätte Tsimmi sich wahrscheinlich niemals selbst einen Krieger genannt, aber Uther fiel keine andere Art der Ehrbezeugung ein. In jenem Moment hätte er gern mehr von den Bestattungsriten der Zwerge gewusst und seinem Gefährten die letzte Ehre auf eine Art erwiesen, die seines Ranges, seines Wertes und ihrer Freundschaft würdig war … Aber wozu war das alles jetzt noch gut … Er bemerkte, dass Gaels Ring vom kleinen Finger seiner linken Hand gerutscht war und gerade noch auf dem ersten Fingerglied saß. Für diesen Ring hatte Tsimmi im Sumpf von Gwragedd Annwh beinahe sein Leben gelassen. Uther zog ihn vorsichtig vom Finger seines Kameraden und schob ihn dann unter sein Wams, ohne ihn noch einmal anzusehen. Was hatte er jetzt noch für einen Wert?

Und indem er um seinen Gefährten weinte, weinte Uther auch um ihre letzten dahingeschwundenen Hoffnungen.

XX
Die Angst

Über Loth hatte es begonnen zu schneien, und mit dem Schnee zog eisige Kälte ein. Über Nacht hatten sich weder die Gemüter beruhigt, noch hatte die Angst sich gelegt. Die Mönche hatten ihre Kirche mit riesigen bemalten Draperien ausstaffiert, die die Mysterien des Glaubens darstellten, aber die bibbernde Menschenmenge, die sich zur Messe drängte, wagte nicht, zu ihnen aufzuschauen und rang verzweifelt die Hände: Der Erzengel Gabriel glich mit seiner schimmernden Rüstung und seinem langen Schwert eher einem Elf als einem menschlichen Ritter.

Straßen, Tavernen und Plätze lagen wie ausgestorben da. Nur Soldaten in Rüstung und der blau-weißen, breit gestreiften Uniform des Königreichs von Logres marschierten umher sowie Gruppen von Zwergen, Krieger, Höflinge und Händler, die lautstark herausposaunten, sie würden die Elfen nicht fürchten.

Bald bemerkte man, dass auch die Gnomen aus Loth geflohen waren, wie Ratten das sinkende Schiff verlassen, aber niemand hatte bemerkt, wie sie sich davongemacht hatten. Nicht dass sie irgendjemand vermisst hätte, aber langsam begannen die Menschen, sich allein zu fühlen.

Am zweiten Tag nach der Verbrennung auf dem Scheiterhaufen war die Kirche zur Messe nur mehr halb voll. Jemand hatte über Nacht Feuer an die Draperie mit dem Erzengel gelegt. In dieser Nacht war ein Mönch zu Tode gekommen … Seine blutleere und gefrorene Leiche wurde im Morgengrauen von einer Patrouille gefunden, und Gerüchten zufolge hatte er keinerlei Verletzung aufgewiesen, aber sein Gesicht war angeblich vor Schrecken verzerrt gewesen. Es hieß, er sei dem Geist des Grauen Elfs begegnet, und das Gespenst habe ihm mit seinen langen Fingern das Herz aus dem Leib gerissen und dann wie ein Vampir sein Blut ausgesaugt. Andere schworen Stein und Bein, die Elfen hielten sich nach wie vor in der Stadt versteckt und kämen nachts aus ihren Löchern, um Rache zu üben. Die Leute erzählten allen möglichen Unsinn … Es gab sogar welche, die behaupteten, der Mönch sei betrunken gewesen und habe sich lediglich den Schädel an einem Balken eingerannt …

Jedermann riegelte sich zu Hause ein, verheizte das Holz im Kamin und horchte in die drückende Stille hinein, die sich über die Stadt gelegt hatte. Und es dauerte nicht lange, da kam ihnen auch diese Stille übernatürlich vor.

Als alles Holz aufgebraucht war, fand sich niemand, um den Schutz der Stadtmauern zu verlassen und sich bis zum Wald zu wagen. Am Abend des zweiten Tags war die Stadt von einem weißen Leichentuch bedeckt. Der Schnee lag auf den Dächern und in den Straßen, die Fenster waren vereist, und ein bitterkalter Wind drang durch die Kamine und die Ritzen unter den Türen. Die Familien wärmten sich in ihren Alkoven oder verbrannten ihre Möbel.

Am dritten Tag schlugen die Soldaten die Türen ein und holten die Männer mit Gewalt aus ihren eisigen Häusern. Die Läden und Tavernen wurden auf Anordnung von oben geöffnet, und ein Trupp von Fischern und ein weiterer von Holzfällern zog im Schutz einer Eskorte aus der Stadt, aber der See war gefroren, und die Karren, die mit Holzkloben beladen waren, blieben in den vereisten Schlaglöchern stecken. Pellehun ließ die königlichen Kornspeicher öffnen und Brot verteilen. Zwei Männer wurden öffentlich gehängt, weil sie versucht hatten, aus der Stadt zu fliehen, deren Tore mittlerweile von der königlichen Armee bewacht wurden.

Der König und sein Seneschall wussten nichts von Blades Tod und hatten keine Nachricht von irgendeinem der Mittelsmänner der Gilde. Und so waren sie, mit Blindheit und Taubheit geschlagen, unfähig, das Gewitter zu kontrollieren, das sich in ihrer eigenen Stadt zusammenbraute, und dazu verdammt abzuwarten. Sie schickten berittene Trupps hinaus, die die Umgebung der Stadt erkunden und die Spur der Elfen finden sollten, gleich wo sie waren, aber die Reiter kehrten ratlos, vor Kälte bibbernd und ohne ihre Pferde wieder zurück. Also beschrieben Pellehun und Gorlois hastig kleine Pergamente, die, an den Füßen der Brieftauben befestigt, dazu dienen sollten, zu jedem Vorposten, jedem Mittelsmann der Gilde geschickt zu werden, in alle Ecken des Königreichs von Logres. Und auf allen stand dieselbe Frage: Was machen die Elfen? Diese Botschaften loszuschicken, wollten sie keinem Dritten überlassen.

Die Wachen des Taubenturms fielen beinahe von ihren Schlagbäumen, als sie die beiden höchsten Würdenträger des Reichs herankommen und mit rotem Kopf und schwer atmend an sich vorbeistürmen sahen, ohne anzuhalten, bis sie vor dem schweren Holztor standen, das den Eingang zum Taubenschlag versperrte.

»Öffne!«, knurrte Gorlois den Posten an, der die Schlüssel trug.

Der Soldat griff nach seinem Bund und drehte den Schlüssel im Schloss herum, aber die Tür ließ sich nicht öffnen.

»Nun, was ist?«, fragte der König.

»Ich krieg sie nicht auf, Sire!«, meinte der Posten. »Irgendetwas blockiert sie von innen.«

»Zur Seite mit dir!«

Pellehun warf sich gegen die Tür, die sich einen Spalt weit öffnete, so dass ein Lichtschein auf die steinernen Stufen fiel. Sofort nahm ihnen der Gestank den Atem. Das war nicht der übliche Geruch des Taubenschlags, der sich aus Taubenmist und schimmligem Bodenstroh zusammensetzte. Diesmal stank es viel schlimmer …

»Wache, zu mir!«, brüllte Gorlois und stieg einige Stufen hinab. »Schlagt mir diese Tür ein!«

Der alte Seneschall ergriff den König am Ärmel und zog ihn zurück, während eine Gruppe Soldaten sich an der Tür zu schaffen machte und Lanzen als Hebel in den Spalt schoben, den der König geöffnet hatte.

Die beiden stiegen währenddessen bis zum Wachhäuschen hinab und setzten sich auf eine Bank.

»Etwas zu trinken für den König«, befahl Gorlois dem Sergeanten, der ihnen eilig schlechten Wein in schmuddeligen Bechern servierte.

Erhitzt, wie sie trotz der Kälte von ihrem überstürzten Anstieg waren, tranken sie den Becher in einem Zug leer, zogen die Nase kraus und verlangten ein zweites Glas von dem sauren Wein. Im selben Moment tauchte ein verlegen wirkender Posten vor ihnen auf, der aussah, als sei ihm speiübel.

»Sire, die Tür ist auf. Vielleicht solltet Ihr Euch den Anblick besser ersparen ...«

Der Rat hatte den gegenteiligen Effekt auf den König, der seinen Becher zu Boden warf und die schmale Treppe zum Taubenturm hinaufhechtete.

Der ganze Boden war eine halbe Armlänge hoch von toten, bereits verwesenden Tauben bedeckt. Und mitten in der ekligen Masse lagen die Leichen der beiden Taubstummen, von Kratzern und Schnabelhieben übersät und von getrocknetem Blut verunstaltet, als hätten die Vögel sich in einem grotesken, mörderischen Angriff auf sie gestürzt. Ratten, die von wer weiß woher kamen, hatten an all dem verwesenden Fleisch ein Festmahl.

Gorlois, der hinter dem König erschien, erbleichte. Was ihm den Magen umdrehte, war gar nicht so sehr der scheußliche Anblick, sondern vielmehr die Gewissheit, die Ursache dieses Massakers zu kennen. Die erbarmungswürdigen Gefangenen des Grauen Turms waren der Verzweiflung erlegen und hatten dieses entsetzliche Blutbad angerichtet, um ihrer schrecklichen Existenz ein Ende zu setzen ... Sein Blick begegnete dem des

Wärters. Einen Augenblick lang, bevor der Mann sich wieder zusammennahm und die Augen demütig senkte, sah er eine derartige Verachtung und solchen Hass darin aufflammen, dass er selbst, Gorlois, den Blick abwandte.

Heulend vor Wut bahnte Pellehun sich mit Fußtritten einen Weg durch das Massengrab, um das ganze Ausmaß der Katastrophe wahrzunehmen. Als er auf dem dreckigen Boden einen Taubenkadaver sah, der noch einen Ring trug, hob er ihn fieberhaft auf und löste das in einem gelben Lederband an seiner Kralle befestigte Pergamenträllchen – es handelte sich um eine unwichtige Routinebotschaft von einem der Vorposten –, um ihn dann fluchend wieder auf den Boden zu werfen. Der König ließ seinen Blick über die leeren, in die Backsteinmauern gehauenen Verschläge schweifen, auch über die Stangen, von denen an ihren Ketten Vögel hingen, denen der Hals gebrochen worden war. Keine einzige Taube war mehr am Leben …

»Macht mir diese Schweinerei hier sauber!«, brüllte er mit irrer Stimme. »Und dass man mir alle Botschaften bringt, die man noch findet. Und noch zu dieser Stunde!«

Er schubste Gorlois unsanft zur Seite und stürmte die Steintreppe hinab. Wer immer seinen Weg nicht rechtzeitig räumte, Wachen, Pagen, Diener, den stieß er fort, bis er in seinen Gemächern angekommen war. Der Seneschall kam nur wenig später nach, schlug die Tür zu und lehnte sich außer Atem an die Wand. Die hässliche Narbe, die durch sein Gesicht lief, zuckte im Rhythmus seiner Atmung und schien röter denn je. Der König streckte einen anklagenden Zeigefinger gegen ihn aus.

»Du bist das!«, sagte er.

»Was?«

»Die Gilde, das bist du! Es ist mir gleich, wie du es anstellst, aber ich will erfahren, was hier vorgeht!«

Der alte Seneschall machte dem König ein Zeichen, leiser zu sprechen. Im Thronsaal, in dem sie sich befanden, gab es einen riesigen Kamin, dessen Abzug den Schall besser transportierte als die Wärme …

»Was treiben sie, Gorlois?«, fragte der König, während er sich den Nacken rieb. »Wie lange sind sie jetzt fort? … Seit zehn Tagen? Und wir wissen gar nichts, bis auf die Nachricht von dieser Mahault!«

»Aber es läuft alles nach Plan, Sire.«

»Oh ja, alles ist bestens! Mahault hat uns mitgeteilt, dass die Königin Lliane und ihr Trupp sich auf den Weg in die Sümpfe machten, um Gael aufzuspüren, und dass dein Dieb bei ihnen sei. Und weiter? Haben sie ihn gefunden? Sind sie alle tot? Wir wissen nichts … Sämtliche Elfen haben Loth verlassen und König Rassul ist bereit zum Krieg. Wunderbar! Bloß zum Krieg gegen wen?«

Er zeigte aufs Fenster, das mit einem schweren Samtvorhang verhängt war.

»Kannst du die Leute hören da draußen? Sie frieren! Sie haben Hunger! Sie sind starr vor Angst! Sie sind überzeugt, die Elfen würden ihnen einen bösen Zauber auf den Hals hexen oder weiß Gott was! Wir haben so lange predigen lassen, dass sie alle Hexer sind, dass die Leute es schließlich geglaubt haben!«

»Ihr wart es, der die Idee hatte, die Mönche zu benutzen …«

»Das ist wahr.«

Mit einem Schlag wurde Pellehun ruhiger und sah seinen alten Waffenbruder nachdenklich an.

»Aber die Mönche predigen schon so lange in den Wind …«

Wieder drehte er sich zu dem verhängten Fenster und dem Gassenlärm dahinter.

»Drei Viertel der Bewohner dieser Stadt glauben an Waldgeister, an die alten Götter und alles Mögliche, was sie irgendwo aufgeschnappt haben. Und auf dem Land ist es noch schlimmer. Sie beten Quellen an oder Steine oder die Sonne. Die Mönche dagegen mit ihrem einzigen Gott, ihren Bußen und ihren Sünden … Du wirst sehen, dass die Leute sie über kurz oder lang massakrieren werden. Und das geschieht ihnen ganz recht.«

»Das wäre schade«, begann Gorlois. »Die Mönche …«

Er schwieg und beendete seinen Satz absichtlich nicht, dann

setzte er sich auf seinen Platz neben dem Thron. Er hatte all seine Würde wiedergefunden und hatte sich nun wieder perfekt unter Kontrolle.

»Na komm schon, red weiter!«, meinte der König mit einer ungeduldigen Handbewegung.

»Die Mönche brauchen wir für später«, erklärte Gorlois. »Ohne die Elfen wird das Leben des Volks zu trist werden. Es will an irgendetwas Schönes, Höheres glauben, das zugleich aber irgendwie erreichbar ist, warum also nicht an das Paradies der Mönche?«

»Herrlich! Ein Paradies für nach dem Tod! Eine heitere Belohnung ist das!«

»Ganz genau! Ein Gott, der auf dieser Erde nichts verheißt, aber dafür alles im Jenseits, ist das nicht wunderbar? Je ärmer sie hinieden sind, desto reicher werden sie nach ihrem Tod sein. Was könnte Euch gelegener kommen?«

Der König grinste und nickte.

»Wenn das so funktioniert, dann erinnere mich daran, die Steuern zu erhöhen!«

Die beiden Männer lachten herzlich und dieses Gelächter entspannte sie. Pellehun ließ sich neben seinen Ratgeber auf seinen Thron nieder. Gorlois wollte wieder anheben zu sprechen, aber der König gebot ihm mit einer Handbewegung Einhalt und starrte ihn eine ganze Weile lang nachdenklich an. Schließlich huschte ein verschlagenes Lächeln über sein Gesicht.

»Da waren doch auch Zwerge dabei, nehme ich an, als sie diesen Elf verbrannt haben?«

»Zwerge, gewiss … Und Gnomen und alles, was in der Unterstadt kreucht und fleucht.«

»Ja, ja, aber vor allem waren da Zwerge. Und es sind die Zwerge gewesen, diese widerlichen kleinen Steinbeißer, die diesen Elf haben verbrennen lassen.«

Gorlois dachte einen Augenblick nach, dann schüttelte er mit einem zweifelnden Kichern den Kopf.

»Das wird nicht funktionieren.«

»Aber natürlich! Es funktioniert immer, solange man sie nur in dem Glauben wiegt, es sei nicht ihre eigene Schuld!«

Er hob den Finger und beugte sich zu Gorlois.

»Die Zwerge, alter Freund. Seit Urzeiten hassen sie die Elfen und haben die Bewohner unserer schönen Stadt gegen das unschuldige, das wunderbare Feenvolk aufgebracht. Von nun an wird es keine Musik mehr geben in Loth, auch nicht mehr diesen herrlichen ziselierten Silberschmuck noch diese magische Kleidung in den changierenden Farben ... Und warum gibt es all das nicht mehr, Gorlois? Weil der alte Baldwin und sein Haufen bärtiger Ungeheuer aus den Tiefen der Erde uns mit ihrem Gold und ihren mächtigen Äxten geblendet haben ... Das ist es, was die Mönche sagen müssen.«

»Nun ja. Versuchen können wir's ja.«

Pellehun lehnte sich in seinem Thron zurück und bedeutete seinem Seneschall mit einer Geste, dass er entlassen sei.

»Erledige das. Mönche, Soldaten, Diebe, Nutten, benutze sie alle. Ich will, dass das Volk vor Einbruch der Nacht einen Namen für seinen Hass hat.«

Die Fackel hatte nur wenige Stunden gebrannt. Seit Tagen marschierten sie durch die Finsternis, zunächst von der Königin geführt, dann, als ihre Augen sich hinlänglich an die Dunkelheit des Stollens gewöhnt hatten, so dass sie nicht mehr bei jedem Schritt stolperten, jeder für sich. Aber die andauernde Dämmerung hatte ihnen jegliches Zeitgefühl geraubt. Es war reiner Überlebensdrang, der sie vorantrieb, und von Zeit zu Zeit fielen sie einfach wie gefällte Baumstämme auf den Boden und versanken in bleiernem Schlaf, um dann wieder in ewiger Nacht zu erwachen, mit leeren Bäuchen, gegen den Durst die feuchten Wände ableckten und wortlos weitermarschierten.

Keiner hatte mehr ein Wort gesprochen seit Tsimmis Tod. Ihn selbst hatten sie im magischen Kreis liegen lassen, aber ihre Gedanken waren von seiner Abwesenheit erfüllt.

Ohne ihn wussten sie nicht einmal, wohin sie eigentlich

gingen. Der Tunnel konnte der Durchgang der Zwerge von Oonagh sein, von dem der Meister der Steine gesprochen hatte, aber ebensogut ein altes Gletscherbett, oder schlimmer noch, ein Dämonenstollen, der in die Schwarzen Lande führte. Es war ihnen alles gleich. Ein jeder ging für sich, jenseits der Müdigkeit, jenseits der Hoffnung.

Vor Stunden schon hatte Frehir, als er über einen Felsblock gefallen war, sein Schwert verloren. Er hatte sich wieder aufgerappelt, ohne auch nur danach zu suchen.

Bei jeder Rast betrachtete Lliane Uther, und ihr Herz zog sich zusammen, als sie die verheerenden Spuren der Erschöpfung auf seinem Gesicht entdeckte. Ein dünner brauner Bart wucherte auf seinen Wangen. Seine Augen waren tief in den Höhlen versunken. Seine Haut war grau und schmutzig und sein dreckbespritztes Wams an mehreren Stellen zerrissen. Von dem stolzen Ritter, der unter den Anfeuerungsrufen der Menge mit geschwellter Brust Loth verlassen hatte, war nicht mehr viel übrig. Er war nur mehr ein Mann am Ende seiner Kräfte, den allein der Ritterstolz noch am Leben hielt. Uther lamentierte nicht und ließ sich nie von seinen Gefährten abhängen, aber die Königin wusste, dass er seine letzten Kräfte verbrauchte. Frehir machte riesige Schritte, und sie selbst besaß wie alle Elfen ein den Menschen weit überlegenes Durchhaltevermögen. Uther jedoch würde dieses Tempo nicht mehr lange durchstehen.

Sie hatte zwar versucht, den Rhythmus zu verlangsamen, um eine Rast zu bitten, selbst wenn sie keine brauchte, aber von nun an durften sie keine Zeit mehr verlieren.

Das Wolfsfleisch war verspeist, bis auf die Knochen abgenagt, und nun hatten sie schon seit einer Ewigkeit nichts mehr gegessen. Wie lange konnte ein Mensch überleben, ohne zu essen? Sie wusste es nicht. Sie selbst begann zu leiden. Ihr silbernes Kettenhemd lastete ihr schwer auf den Schultern, der Ledergürtel, der ihren Dolch trug, schnitt ihr in die Leisten, sie hatte Hunger, sie konnte nicht mehr …

Plötzlich blieb Lliane abrupt stehen. Beinahe unwillkürlich

sträubten sich ihr die Haare, als würde sie schon spüren, was ihre Augen noch nicht sehen konnten und was ihre Ohren zu hören sich weigerten: ein Fiepen, ein Schaben, ein seidiges Schleifen und wellenartige Bewegungen unter der Decke des Stollens.

Uther stieß gegen sie und das Geräusch des Zusammenpralls provozierte einen deutlichen Wirbel über ihren Köpfen. Flügelschlagen und Töne, die so hoch waren, dass sie sie kaum wahrnehmen konnte …

»Was ist denn los?«

Sie legte ihre Hand auf den Mund des Ritters, aber es war schon zu spät … Eine Wolke von Fledermäusen flatterte wie ein Wirbelsturm von der Decke, peitschte in ihrem blinden Flug ihre Gesichter, verfing sich im langen Haar der Königin, ritzte ihnen mit den Krallen die Haut. Uther umfasste sie, und sie warfen sich zu Boden, das Gesicht in den Armen vergraben, um sich zu schützen. So blieben sie endlose Minuten liegen und schrien wie die Verrückten, während der widerliche Tornado dieser Alptraumwesen über sie hinwegbrauste, die halb Vögel, halb Ratten waren und deren Mist Ekel erregend stank. Schließlich legte sich der Wahnsinn wie von selbst. Da krochen sie außer Reichweite und horchten ängstlich auf den leisesten Flügelschlag, sie entfernten sich zunächst ganz behutsam, dann immer schneller. Uther war außer Atem und wollte anhalten, aber Frehir trieb sie voran.

»Wir müssen weiter, wir sind beinahe draußen!«

»Du lieber Himmel, woher willst du das denn wissen?«, jammerte Uther.

»Die Fledermäuse ernähren sich nicht von Steinen. Sie fliegen nachts zum Jagen hinaus und schlafen tagsüber. Wir sind so gut wie draußen!«

»Na, dann geh«, murmelte Uther.

Der Barbar fluchte und stieß ihn aus dem Weg. Das Geräusch seiner Schritte im Stollen wurde rasch leiser. Uther ließ sich auf den Boden fallen, schloss die Augen und lehnte sich gegen die Felswand.

»Diese entsetzlichen Tiere hatte ich noch nie gesehen«, murmelte Lliane neben ihm. »Frehir schien sie aber zu kennen … Wenn du bleibst, bleibe ich hier mit dir. Aber wenn wir bleiben, ist das der Tod …«

Uther erahnte ihre Umrisse, konnte aber ihre Gesichtszüge nicht erkennen. Er streichelte ihre Wange und zog sie sanft zu sich, bis ihre Lippen sich berührten. Und wieder, wie schon in Gwragedd Annwh bei ihrem ersten Kuss, öffnete die Königin den Mund und schob ihre Zunge zwischen die Lippen des Ritters. Damals wussten die Menschen, wie gesagt, nicht in dieser Art zu küssen. Es waren die Elfen, die es ihnen beibrachten, wie übrigens alles, was in der körperlichen Liebe zärtlich oder erhaben ist. Dabei dachten die Elfen, sie wüssten nicht, was Liebe sei. Leidenschaft, Liebesschwüre und Liebeskummer existierten nicht bei ihnen. Die elfischen Stämme lebten wie Rudel wilder Tiere. Und nichts, was die Bindungen der Gruppe lockern oder an ihre Stelle treten konnte, hatte im Herzen der Elfen Platz. Nicht einmal die Liebe.

Sie löste sich von Uther und legte ihre flache Hand auf die Stirn des Ritters. *»Eorl frofur debre …«*

»Nein.«

Der junge Mann ergriff die Hand der Königin, drückte einen Kuss darauf und streichelte dann nochmals ihre Wange. »Spare deine Magie, meine Königin … Die der Menschen ist doch stärker.«

Angesichts ihrer ungläubigen Miene musste er lächeln, und dann zögerte er etwas, bevor er das Wort aussprach.

»Die Liebe …«

Diesmal wandte Lliane den Blick ab.

»Weißt du, was man bei uns sagt?«, flüsterte Uther. »Man sagt, die Liebe verleiht Flügel.«

Sie hob die Brauen, runzelte sie und legte den Kopf zur Seite, um den jungen Mann genau zu betrachten.

»Das ist ein Bild …«

Er stand auf und hielt ihr die Hand hin, um ihr zu helfen. Arm in Arm folgten sie den Spuren des Barbaren.

Frehir hatte Recht gehabt.

Bald wich die Dunkelheit der Dämmerung, die Dämmerung wurde von Zwielicht abgelöst, und dann traten sie ans Tageslicht hinaus, das sie trotz des bedeckten Wetters blendete.

Sie hatten es geschafft.

Immer noch Arm in Arm und einer den andern stützend, liefen sie einige Schritte bis zum Unterholz am Rand der Hügel und fielen dann auf das bereifte Gras nieder, atmeten gierig den Duft nach Erde und Moos ein, der der Duft des Lebens selbst war. So blieben sie lange liegen, bis ihre Augen sich ans Tageslicht gewöhnt hatten, dann schleppte Uther sich bis zu einem Holunderstrauch, der voller dicker roter und süßer Beeren hing, riss mit beiden Händen Früchte und Laub ab und verschlang alles wie ein wildes Tier.

Sehr viel später, als das Tageslicht bereits nachließ, ohne dass die Sonne irgendwann hervorgekommen wäre, vermochten sie endlich aufzustehen, verließen das wenig anheimelnde Waldstück, in dem sie gerastet hatten, und stiegen geradewegs den Hügel hinab. Sie durchquerten einen lichten Wald aus jungen Eichen, unter denen dicht wuchernd junge Bäume und Farne wuchsen, und atmeten das betäubende Duftgemisch von Buchsbäumen und Humus ein. Sie folgten einem Trampelpfad, der vielleicht von Wildschweinen, vielleicht aber auch von Menschen ausgetreten war, und erblickten schließlich zwischen den Bäumen die endlose verschneite Ebene. Eine knappe Stunde später mussten sie rasten, bevor es endgültig Nacht wurde. Sie ließen sich in der Nähe eines halb zugefrorenen Bachs nieder, setzten sich auf eine dichte, weiche Unterlage trockenen Laubs und starrten, von der Stille der Schneelandschaft umgeben, in die Dunkelheit, um sich nicht ansehen zu müssen. In der Stille hörte Uther seinen Herzschlag und bekam Gänsehaut. Und je länger dieses Schweigen anhielt, desto schwieriger wurde es für ihn, etwas zu sagen oder zu tun. Lliane stand auf und zog, ihr Gesicht keusch unter ihrem langen schwarzen Haar verborgen, ihren Kettenpanzer und ihr Moirékleid aus, stieg aus ihren Wildlederstiefeln und legte ihre silbernen Armreifen ab. Starr vor Verblüffung hörte Uther hinter sich den leichten Schritt ihrer nackten Füße auf dem Schnee und wandte sich erst um, als die Elfe einen dicken Stein in den Bach warf, um die Eiskruste zu zerbrechen. Seine Augen, die sich an die Dunkelheit gewöhnt hatten, fingen Llianes neckischen Blick auf und wanderten dann unwillkürlich über die Rundungen ihrer Schultern, ihrer Brüste, ihrer Hüften und ihrer endlosen Beine, bis sie ins eisige Wasser sprang.

Sie tauchte unter die Eisdecke, verschwand einige Sekunden und durchbrach dann die vereiste Oberfläche des Bachs am gegenüberliegenden Ufer. Uther konnte sie kaum mehr sehen, er erahnte nur ihre Silhouette, die halb aus dem Wasser ragte, ihr langes schwarzes Haar, das an ihrem schneeweißen, nackten Körper klebte.

»Kommst du?«

Der junge Mann zog sich hastig aus und ging auf den eiskalten Bach zu. Er schnatterte schon, bevor er auch nur einen Fuß ins Wasser getaucht hatte. Lliane fing an zu lachen.

»Geh da bloß nicht rein!«, sagte sie. »Das ist viel zu kalt für dich!«

Uther zögerte, aber sie war schon wieder unter die Eisdecke getaucht. Im nächsten Moment schoss sie direkt vor ihm aus dem Wasser, glänzend und flink wie ein Fisch, und fiel beinahe in seine Arme. Er musste sie nur öffnen, damit sie sich an ihn schmiegen konnte.

»Wärm mich auf«, sagte sie.

Uther hob die eiskalte Elfe hoch und trug sie bis zu ihrem Bett aus trockenem Laub, wo er sie behutsam hinlegte. Sie schob ihre Hand um den Nacken des Ritters und zog ihn zu sich heran, ließ ihn dann mit einem Ruck um die eigene Achse rollen und legte sich auf ihn. Uther klapperte mit den Zähnen und zitterte von Kopf bis Fuß. Er wollte sie streicheln, aber sie packte die Hand, die ihren Rücken berührte und presste sie zu Boden.

»Ich glaube, ich sollte besser dich aufwärmen«, wisperte sie ihm zärtlich ins Ohr.

Uther schloss die Augen. Während er flach auf dem Boden lag und noch immer unkontrolliert zitterte, spürte er, wie die Wärme der Elfe sich nach und nach auf ihn übertrug, im Rhythmus ihrer langsamen, wellenförmigen Bewegungen. Ihre langen Finger glitten über seine Schultern, seinen Oberkörper, seine Schenkel, die Berührung ihres langen Haars verursachte ihm Gänsehaut, und ein Beben durchlief ihn, als ihre Lippen ihn liebkosten. Mit geschlossenen Augen versank er in einem langsamen Strudel des Behagens, in dem er alles um sich herum vergaß, die Geräusche des Waldes, die Kälte der Nacht, alles, was nicht sie war. Lliane richtete sich auf und lächelte ihn an, ihre Schenkel waren um seine Hüften geschlossen, und ihr glattes Becken glitt langsam bis zu seinem Geschlecht. Uther öffnete die Augen und hielt den Atem an, aber da entfernte sie sich wieder. Jetzt lächelte sie nicht mehr, sondern blickte ihn ernst an, ohne dabei mit ihren Wellenbewegungen gegen seinen Unterleib aufzuhören, ganz so, als führten ihre Hüften ein Eigenleben. Bei jedem ihrer Atemstöße stiegen weiße Wölkchen in die eisige Nachtluft auf, und auch ihre Körper dampften wie kochendes Wasser. Langsam glitten Uthers Hände über den Bauch der Elfe bis zu ihren Brüsten und schlossen sich um sie. Seine Finger fuhren die dunkelblauen Konturen ihrer Warzenhöfe nach.

»Wie schön du bist«, murmelte er.

»Mach Liebe mit mir auf eure Art.«

Also griff er die grazile Taille dieser so leichten, so zerbrechlichen Elfe und glitt in sie. Ganz langsam. Ganz wild. Fiebernd und gierig. Instinktive Kommunion zweier Körper, die füreinander geschaffen sind und endlich zueinander finden. Es war zugleich Kampf und Kapitulation, zugleich Offenbarung und Blendung. Und so schliefen sie ein, ohne sich wieder voneinander zu trennen, nackt wie das erste Liebespaar der Welt.

Uther erwachte mit einem Schrei.

Schwere Schritte überall um sie herum. Fackeln. Die Silhouetten von waffenstarrenden Kriegern, Eisenklingen leuchteten im flackernden Feuer auf.

Er war mit einem Satz auf den Beinen und stellte sich zwischen die Krieger und den Körper der Königin, und sonores Gelächter scholl ihm aus ihren Reihen entgegen.

»Ich hab's doch gewusst!«, ertönte eine Stimme, die er sofort wiedererkannte.

»Frehir!«

»Siehst du, Frehir hat es dir doch gleich gesagt: Du bist verliebt!«

Der Barbar löste sich von seinen Kameraden und hielt ihm einen Pelzumhang hin. Dann lachte er erneut laut und anzüglich, worauf Uther bis in die Haarwurzeln errötete. Lliane riss ihm mit einem Kleinmädchenkichern das Fell aus der Hand und hängte es sich über.

»Sehr verliebt sogar!«, prustete Frehir und zog beifällig die Brauen hoch.

Uther folgte seinem Blick und sah, was die Heiterkeit des Barbaren provozierte. Er griff nach seinem Wams und bedeckte, so gut es ging, seine Blöße.

»Wir suchen euch schon die ganze Zeit«, sagte Frehir. »Wir sind sogar in die Höhle zurückgegangen … Kommt jetzt. Wir haben zu essen und zu trinken für euch!«

Ohne Uther anzusehen, der versuchte sich anzukleiden und dabei das letzte Restchen Würde, das ihm verblieben war, zu wahren, hob Lliane ihre Kleider auf und ergriff Frehirs Arm.

»Ich dachte, dein Dorf sei zerstört worden?«, sagte sie mit einem Blick auf seine Kameraden erstaunt.

Es waren rund zehn Männer, Frauen und Kinder, alle wie er in Felle gekleidet, alle groß und kräftig wie Bären und mit dickem, blondem, zu Zöpfen geflochtenem Haar. Die meisten von ihnen trugen Spuren frischer Verletzungen.

»Sie sind nicht aus Seuil-des-Roches, bis auf Thorn …«

Er deutete auf einen schlaksigen Jugendlichen, der mit einer ganzen Batterie von im Feuer gehärteten Spießen bewaffnet war und die Augen niederschlug, sobald er verstand, dass von ihm die Rede war.

»Ich wusste nicht, dass er überlebt hatte«, sagte Frehir. »Es waren Oddon und seine Familie, die ihn im Wald aufgelesen haben … Die andern kommen alle aus befestigten Dörfern weiter östlich. Das ist alles, was von den freien Menschen der Marken übrig ist!«

»Vielleicht sind irgendwo noch andere.«

Frehir nickte voller Überzeugung.

»Dann werden wir sie wiederfinden. Und eine neue Stadt erbauen, eine einzige, sicherer und noch schöner als Seuil-des-Roches. Und wenn sie dann wiederkommen, werden wir gewappnet sein!«

Die meisten Barbaren waren der gemeinsamen Sprache nicht mächtig, aber bei Frehirs Worten konnte man im Fackelschein ihre Augen vor Erregung leuchten sehen. Lliane zog den weiten Fellumhang auf ihren Schultern zurecht und lächelte dem Barbaren zu.

»Gehen wir?«, meinte sie. »Ich sterbe vor Hunger!«

Sie marschierten los und kamen einige Minuten später in einer Hüttensiedlung an, die einige Ähnlichkeit mit der der Elfen in Gwragedd Annwh hatte, nur nicht dieselbe Größe. Es gab weder eine Palisade, noch ein Tor oder einen Wachtposten. Die Hütten waren simple Unterstände aus Ästen und Zweigen. Das Ganze war noch kein Dorf.

Sie aßen alle zusammen, rund um ein Feuer versammelt, auf dem ein Hirsch briet, sorglos und von ihrer Stärke überzeugt wie ein Wolfsrudel. Uther beobachtete heimlich den Barbaren. Seit er die Seinen wiedergetroffen hatte, war er wie verwandelt, es war, als würde er ihnen gegenüber wieder Verantwortung spüren.

Frehir bemerkte, dass er ihn anstarrte, und Uther geriet in Verlegenheit.

»Hast du keine Wachtposten aufgestellt?«, fragte er.

»Und um was zu verteidigen?«, fragte Frehir. »Siehst du hier irgendwas, was es wert wäre?«

»Eure Leben doch zumindest …«

Frehir musterte ihn ernst.

»Wenn dir nichts anderes mehr bleibt als das Leben, dann darfst du es nicht damit verderben, dass du fürchtest, es zu verlieren.«

Nach diesen Worten fand er sein Lächeln wieder und bedachte Uther mit einem dieser freundschaftlichen Schläge auf die Schultern, die nur er so kraftvoll versetzen konnte.

»Hab keine Angst! Heute Nacht wird Oddon über euren Schlaf wachen.«

Er zwinkerte der Königin zu.

»Hier liegt ihr bequemer als draußen im Wind.«

Lautes Gelächter antwortete ihm rings um das Feuer. Uther lachte mit, aber ein einziger Blick Llianes genügte, seine Begierde von Neuem zu entfachen.

»Morgen«, fuhr er fort, »werden wir uns Pferde holen, wenn sie zur Tränke gehen … Und dann können wir weiterziehen.«

Lliane erhob sich, ging um das Feuer herum und kniete sich dann vor den Barbaren, dessen große, rauhe Hand sie ergriff.

»Nein Frehir. Du, du bleibst hier …«

Sie lächelte ihn zärtlich an und begann dann im kehligen Dialekt des Nordens mit ihm zu reden. Bald versiegten die übrigen Gespräche, und jedermann lauschte den Worten der Königin, die nur vom Prasseln des Feuers und den nächtlichen Geräuschen in der Ferne untermalt wurden.

Sie sprach lange Zeit. Als sie wieder aufstand, waren Frehirs Augen feucht. Dann endlich streckte sie die Hand zu Uther aus.

»Kommst du?«

XXI
Der Alptraum

Am Abend des zweiten Tages lag ein roter Widerschein über der Stadt, der von Hunderten Bränden kam und ihr den Anstrich eines Feuer speienden Vulkans verlieh. Von Beginn an war alles unglücklich gelaufen.

Eine zehnköpfige Zwergenfamilie – Vater, Mutter, Kinder und Bedienstete, einfache Händler, die nach Loth gekommen waren, um Eisenstangen zu verkaufen, die unter dem Berg geschmiedet worden waren – war von einem der kahl rasierten Prediger und seiner fanatischen Anhängerschar eingekreist worden. Es waren mit allem Greifbaren bewaffnete Männer und Frauen mit irrem Blick, völlig verstört und heiser, so sehr hatten sie die ganze Zeit über gebrüllt und geschrien. Sie schwenkten Fackeln und stachelten den Pöbel auf und schrien, dass die Zwerge Dämonen und die Elfen Engel wären, dass Gott seine Augen auf sie richtete und nach Rache schrie.

Keiner der zehn Zwerge war ein Krieger, aber sie kamen vom Roten Berg, waren grob und plump und streitsüchtig wie Bären.

Bevor sie noch begriffen hatten, wie ihnen geschah, hatte eines der Weiber aus Loth ein Zwergenkind von kaum dreißig Jahren auf ihre Mistgabel gespießt und damit den Sturm entfacht. Die Mutter des Opfers erdrosselte sie selbst mit ihren kräftigen Händen, bevor sie unter den Schlägen der Menge zusammenbrach. Jetzt endlich begann der Rest der Familie zu reagieren (die Reaktionszeit der Zwerge ist manchmal etwas lang) und setzte die Eisenstangen, die er hatte verkaufen wollen, als Waffen ein. Am Ende des Scharmützels waren die Häusermauern der Gasse rot von Blut, und ein halbes Dutzend Leichen, Menschen und Zwerge, lagen im Staub.

Der erste Brand brach in einer Taverne aus, als eine Gruppe von Aufrührern auf drei Soldaten von Baldwins Wache traf. Es handelte sich um bis an die Zähne bewaffnete Zwerge in Rüstung, die im Kriegswesen geübt waren und ihre Äxte nie aus der Hand legten, nicht einmal zum Schlafen, und sie veranstalteten ein derartiges Massaker, dass die hasserfüllte Menschenmenge sie in der Taverne einschloss und Feuer legte, trotz der Schreckensschreie der Menschen drinnen, die noch am Leben waren und nicht mehr hinauskonnten.

Den ganzen Tag über und während der ganzen ersten Nacht gab es noch zahlreiche andere Brände und Kämpfe. Die Zwerge organisierten sich und formierten sich zu kleinen Schwadronen, so dicht beieinander, dass sie wie ein rollender Felsblock erschienen, der sich durch die Gassen wälzte und alles unter sich begrub. Das unglaubliche Gemetzel erreichte bald auch den Palast. Baldwins Leibgarde riegelte den Flügel der Zwerge ab und deckte die Flucht des alten Königs, und für jeden getöteten Zwergenkrieger zahlte Gorlois mit dem Verlust der besten Soldaten seiner Armee. Die Kämpfe schienen überhaupt nicht mehr enden zu wollen, trotz der Blutströme, die den Steinboden glitschig machten, trotz der entsetzlichen Nahkämpfe in den engen Korridoren, wo die Ritter gegen die Wände stießen und ihre langen Schwerter nicht handhaben konnten. Es waren Zweikämpfe bis aufs Messer, die Beteiligten gingen aufeinander los wie die wilden Tiere, ohne Taktik, ohne Ehre, und Verbissenheit und Hass ersetzten jegliche Bravour.

Drei der zwölf Recken aus der Leibwache des Großen Rats starben in diesen Gefechten, in denen kein Ruhm zu ernten war und deren Sinn ihnen verborgen blieb.

Ein weiterer namens Ulfin, ein junger Ritter, kaum älter als Uther, verschwand im Laufe der Nacht, und seine Leiche wurde nie gefunden. Man erzählt sich, dass die Schändlichkeit des

Massakers ihn entsetzte und dass er, indem er seine Ehre über seinen Treueeid an Pellehun stellte, dem König Baldwin bei der Flucht aus Loth half.

Am Abend des zweiten Tages gab es keinen lebenden Zwerg mehr in Loth.

Von dem hohen Turm aus, zu dem nur Gorlois und er selbst Zutritt hatten, betrachtete Pellehun durch die enge Öffnung einer Schießscharte das Feuer, das seine Stadt zerstörte. Zu Füßen der steinernen Palastmauern wuselte eine wahnsinnige, panische Menschenmenge, und die Luft war erfüllt von ihrem Geschrei. Es wurde geplündert, vergewaltigt, gemordet, als wolle die Stadt sich mit Leib und Seele selbst auslöschen. Vor den Toren wartete die riesige Armee in Reih und Glied auf den Marschbefehl, um die ganze Welt in Schutt und Asche zu legen. Das Königreich von Logres war in den Strudel eines totalen Kriegs geraten. Menschen, Elfen, Zwerge. Der Alptraum hatte begonnen.

Pellehun wandte sich von dem unheilvollen Spektakel ab und ging zu der in die Wand eingelassenen Truhe, die, abgesehen von zwei Sesseln vor dem Kamin, das einzige Möbelstück im Saal war. Er zog unter seinen Gewändern einen Schlüssel hervor, der an einem Lederband um seinen Hals hing und öffnete damit die Schlösser. Dann hob er langsam den Deckel der Truhe auf und blickte auf seinen wertvollsten Schatz, der auf einem dunklen Samttuch lag.

Ein im Fackelschein glänzendes goldenes Schwert voller Edelsteine und meisterhafter Goldschmiedearbeiten.

Das Schwert von Nudd, der Talisman der Zwerge, den diese Caledfwch nannten.

Excalibur.

Zunächst sahen sie einen dichten Schwarm von Raben, die am grauen Himmel kreisten wie eine Rauchwolke, dann eine Horde Pferde, die in der Ferne durch die Ebene galoppierten, ganz ohne Reiter.

Die erste Leiche war die eines Zwergs, gegen eine Bodenerhebung gelehnt, der Körper von Pfeilen gespickt. Dann, ein Stückchen weiter, die eines Grauen Elfs, der fast in den Erdboden gestampft war. Uther zog sein Schwert, und sie trieben ihre Pferde bis zu einem Felsvorsprung hinauf. Der Anblick ließ sie erstarren.

So weit das Auge reichte, lag die verschneite Ebene voller Leichen. Rund um die Körper machten sich Gnome zu schaffen, raubten die Toten aus, erdolchten die Verletzten, und verwilderte Hunde fraßen die Kadaver. Hier und da knatterte eine Standarte im Winterwind, die das dunkle Wappen mit dem Goldenen Schwert der Zwerge unter dem Schwarzen Berg trug. Manchmal waren die Toten in ganzen Gruppen gefallen und bildeten schaurige Grabhügel, aus denen Lanzen und Pfeile ragten. Und über allem lag die unwirkliche Stille der verschneiten Landschaft, das Gekrächze der Raben, der aufziehende Verwesungsgeruch. Lliane stieß einen wilden Schrei aus und galoppierte durch das Schlachtfeld hindurch. Sie ritt immer geradeaus, die Augen tränenblind und das Gesicht starr vor Kälte. Die Gnome stoben auseinander und flüchteten, schwer an ihrer Beute tragend. Die Aasfresser trabten zähnefletschend zu anderen Kadavern … Als sie am anderen Ende des Leichenfeldes ankam, dort wo die verschneite Ebene nicht mehr blutrot war, zügelte sie ihr Pferd und sprang, noch bevor es zum Stehen kam, ab. Als Uther sie erreichte, lag sie, den Kopf im Schnee, zusammengekrümmt auf der Erde, das Gesicht tränenüberströmt und schluchzte erstickt. Er stieg langsam ab und ging zu ihr. Seine Schritte knirschten im vereisten Schnee. Er fasste sie an den Schultern und hob sie hoch. Lliane schmiegte sich an ihn und konnte nicht aufhören zu weinen. Noch nie hatte Uther sie so erlebt, so niedergeschlagen, außer sich und zitternd … so menschlich.

Er half ihr auf sein Pferd und ergriff die Zügel. Das Pferd von Lliane war vom Schlachtfeld geflohen.

Sie durchquerten das Leichenfeld aufs Neue und suchten den Boden nach Überlebenden ab, aber außer einem entsetzlich verunstalteten Elf, den ein Axtschlag verstümmelt hatte und der gurgelnd Blut spie, lagen nur Tote in der Ebene, die bereits in der Kälte erstarrt waren.

Sie suchten noch immer, mithilfe einer Fackel, als es schon Nacht war.

Sie fanden König Rassul und seinen Lehnself, Assan, in einem Hohlweg, die einander noch im Tode umschlungen hielten, umgeben von erschlagenen Zwergen, deren Blut im Schnee und im Matsch zu rötlichen Lachen gefroren war. Sie erkannten die Elfen aus Gwragedd Annwh wieder, Graue Elfen wie fast alle, die hier lagen. Und alle Zwerge trugen die Farben des Schwarzen Bergs.

»Rogor«, murmelte Uther hasserfüllt. »Das ist meine Schuld … Ich hätte dich ihn töten lassen sollen im Sumpf.«

»Vielleicht gibt es ja noch Hoffnung«, sagte Lliane. »Hier ist kein einziger Hoher Elf und auch niemand von irgendeinem anderen Zwergenstamm … Der Krieg hat sich noch nicht auf alle Völker ausgedehnt … Wir müssen nach Loth zurück. Ich muss mit Llandon reden, und du sagst König Pellehun, was du gesehen hast. Ihm wird auch Baldwin zuhören. Wir können bestimmt …«

Lliane hielt inne. Auf einmal drehte sich alles in ihrem Kopf, und eine plötzliche Übelkeit ergriff sie. Sie atmete die eisige Luft tief und in großen Zügen ein und hob dann eine Handvoll Schnee auf, um sich das Gesicht zu erfrischen. Und da sah sie ihn. Der Kindmann mit dem weißen Haar und dem langen blauen Gewand, der auf einen einfachen, eisenbeschlagenen Stock gestützt dastand und sie lächelnd von einem Hügel herab ansah. Derselbe Mann, den sie am Seeufer erblickt hatte. Der Mann, dem sie bei ihrer Abreise aus Loth begegnet war. Der Mann, den bislang offenbar nur sie zu sehen vermochte.

Uther sah ihn jetzt auch und verspürte das gleiche Unwohlsein. Er hatte sein Schwert gezogen und stellte sich zwischen die Königin und die Erscheinung. In der linken Hand hielt er die Fackel, um sie besser erkennen zu können.

»Wer bist du?«

»Ich heiße Myrrdin«, sagte der andere mit einer erstaunlich jungen Stimme und neigte dabei ironisch den Kopf, was vielleicht ein Gruß sein mochte, in erster Linie aber so wirkte, als mache er sich über den Ritter lustig.

»Was willst du?«

»Was ich will?«, lachte er hämisch. »Wie kommst du darauf, dass ich irgendetwas von dir will, Uther? Denkst du vielleicht, du kannst mir zu irgendetwas nütze sein, du, der du an deiner Aufgabe gescheitert bist und dieses erbärmliche Blutbad nicht verhindern konntest?«

Alles Blut wich aus dem Gesicht des Ritters. Er wagte nicht, die Königin anzusehen, aber er spürte ihren Blick. War sie auch der Ansicht, dass er versagt hatte?

»Es ist zu früh, Uther!«, begann Myrrdin wieder. »Noch bist du nur ein Mensch!«

Und er fing an zu lachen, glockenhell, wie ein Kind, mit einer Heiterkeit, die auf diesem Leichenfeld völlig fehl am Platze war.

Lliane starrte ihn wie versteinert an und begann schließlich zu begreifen.

»Das ist kein Mensch«, murmelte sie. »Aber es ist auch kein Elf. Und trotzdem hat er etwas von beiden …«

»Du hast Recht«, sagte Myrrdin. »Ich bin nichts. Nichts anderes als das Kind einer Elfe und eines Mannes … Kommt zu mir herauf!«

»Das ist nicht möglich«, antwortete Uther. »Es ist noch nie ein Kind aus der Verbindung von Elfen und Menschen hervorgegangen!«

»Und trotzdem gibt es mich, siehst du? Aber egal … Bald werde ich nicht mehr der Einzige sein.«

Er deutete mit einem vielsagenden Lächeln auf Llianes Bauch.

»Du wirst ein Mädchen gebären, das die Menschen Morgane nennen werden. Aber das wird nicht der Name sein, den du für es gewählt hast.«

Lliane und Uther sahen einander an, und in den Augen der

Liebenden waren ihre Gedanken zu lesen, Überraschung, Entzücken, Liebe und Angst, während sie das ganze Ausmaß dieser Worte erfassten.

»Ich bitte euch, ihr dürft nicht nach Loth gehen«, begann Myrrdin wieder. »Ihr habt versagt, weil geschrieben stand, dass ihr versagen musstet, aber ihr habt überlebt, und jetzt kann nur euer Überleben den Sieg der Menschen verhindern.«

Wiederum gefror Uther das Blut in den Adern.

»Welchen Sieg der Menschen?«, brüllte er. »Wo siehst du hier Menschen? Schau dich doch um! Schau dir dieses …«

Er machte eine Geste über das Schlachtfeld hin.

»… dieses Gemetzel an! Da liegen nur Zwerge und Elfen! Wir haben nichts anderes gemacht, als versucht, den Frieden zu retten!«

Myrrdin lachte wieder sein nervtötendes Lachen.

»Wir haben nichts anderes gemacht, als versucht, den Frieden zu retten!«, quäkte er, indem er den Ritter nachäffte mit seiner lächerlichen Stimme.

Lliane musste ein Lächeln unterdrücken, was den Ritter vollends in Rage brachte. Der Kindmann streckte friedfertig die Hand aus.

»Verzeih mir, Uther … Es stimmt, das Ganze ist überhaupt nicht komisch. Aber siehst du, die Menschen …«

Er unterbrach sich, als würde ihm plötzlich ein ganz anderer Gedanke durch den Kopf gehen.

»Es stimmt«, murmelte er. »Noch bist du nur ein Mensch. Aber eines Tages wirst du zwei sein, wie ich, und dann wirst du verstehen können …«

Dann wandte er sich Lliane zu und nahm den Faden seiner Rede wieder auf.

»Die Menschen haben immer vor allem Angst gehabt. Vor Gewittern, Stürmen, Wildwasser, dem Wald, dem Gebirge … Und alles, was sie fürchteten, war in ihren Augen heilig: die Sonne, die Sterne, die großen Bäume oder die Felsen. Und nun haben sie angefangen, nur mehr einen einzigen Gott anzubeten. Einen einzigen Gott, der alle anderen ersetzen soll und zugleich Vater und Sohn ist, Himmel und Geist. Das ist es, was ihnen fehlte, verstehst du? Eine einzige Kraft, ganz einfach zu verstehen, die einzige Erklärung für das ganze Universum und seine Geheimnisse … Kommt mit mir, ich muss euch etwas zeigen.«

Diesmal gehorchten sie ihm, im Banne der dünnen und zugleich so mächtigen Stimme. Keiner von beiden verspürte mehr das unerklärliche Unwohlsein, das sie bei seiner Erscheinung befallen hatte. Sie stiegen langsam den Hügel hinauf und griffen nach den Händen, die er ihnen hinhielt.

Aus der Nähe sah Myrrdin wirklich wie ein Kind aus, ohne dass es jedoch möglich gewesen wäre, genau zu sagen, wie alt er sein mochte. Seine Haut war nicht blau wie die der Elfen, sondern von übermenschlicher Blässe, so hell, dass sie durchsichtig wirkte. Dazu das weiße Haar, nicht das helle Silbergrau alter Menschen, sondern ein reines Weiß ohne den geringsten Schimmer, das um seine Schläfen herum wirkte wie ein Helm aus Schnee. Und in all dieser Blässe hatte er die gleichen Augen wie Lliane: ein helles, golden leuchtendes Grün.

»Ihr musstet scheitern, damit der wahre Kampf beginnen kann«, sagte er mit einem Blick auf Uther. »Und in diesem Scheitern liegt keine Schande, denn es ist das, was jedermann von euch erwartet hat. Denn alle haben euch angelogen, sogar der Grund für eure Reise war bereits Verrat. Gewiss, du kannst versuchen, den Frieden zu retten, Uther, aber du wirst scheitern, und diesmal wird dein Scheitern ein wirkliches sein. Wenn ihr nach Loth geht, werdet ihr sterben, und mit euch wird alle Hoffnung auf immer sterben. Die Elfen, die Zwerge und selbst die Ungeheuer werden im Zeitendunkel verschwinden wie lang vergangene Legenden, bis zu dem Tag, wo sogar ihr Name vergessen sein wird, niemandem mehr etwas sagen wird und niemand auf dieser Erde mehr an ihre Existenz glauben wird … Schaut.«

Er zog sie mit sich und stieg die letzten Schritte zur Kuppe des Hügels hinauf. Der Horizont war blutrot.

»Das ist Loth«, sagte er schlicht.

Die Flammen wüteten noch immer in der Stadt, und in den Herzen der Menschen loderte ein noch stärkeres Feuer, und sie waren bereit, das ganze Königreich niederzubrennen.

»Niemand anders als die Menschen hat diesen Brand gelegt … Niemand anders als ein Mensch wird ihn löschen können. Ein Mensch, dem der Atem des Drachen hilft.«

Myrrdin musterte Lliane und Uther, und einen Augenblick lang war sein sorgloses Lächeln von unendlicher Traurigkeit verschleiert. Der Recke jedoch, der gebannt auf den flammenden Horizont starrte, bemerkte es nicht.

»Natürlich«, sagte der Kindmann, »ist es jetzt noch zu früh.«

Und dann stürzte er in die Tiefe und verschwand im Schutze der Nacht.

»Myrrdin!«, rief Uther.

Mitten aus der Finsternis antwortete ihm durch die Stille der schneebedeckten Landschaft eine Stimme.

»Nur die Elfen nennen mich Myrrdin … Für die Menschen bin ich Merlin.«

Quellen und Dank

Robert Delort, ›La Vie au Moyen Âge‹, Points Histoire.
Geneviève d'Haucourt, ›La Vie au Moyen Âge‹, Presses Universitaires de France.
Christian J. Guyonvarc'h, ›Magie, médecine et divination chez les Celtes‹, Bibliothèque scientifique, Payot.
›La Légende arthurienne‹, Bouquins, Laffont.
Marijane Osborn et Stella Longland, ›Rune Games‹, Routledge and Kegan Paul.
Marie-Louise Sjoestedt, ›Dieux et héros des Celtes‹, Terre de Brume.
Dan Ar Braz, ›L'Héritage des Celtes‹ (pour le chant funèbre de Rogor).
Jean Markale, ›Petite Encyclopédie du Graal‹, Pygmalion/Gérard Watelet.
Robert-Jacques Thibaud, ›La Symbolique des Druides‹, Dervy.

Jostein Gaarder im dtv

»Geboren zu werden bedeutet, daß wir die ganze Welt geschenkt bekommen.«
Jostein Gaarder

Sofies Welt
Roman über die Geschichte der Philosophie
Übers. v. Gabriele Haefs
ISBN 3-423-12555-1
Ein Abenteuerroman des Denkens und eine Geschichte der Philosophie von den Anfängen bis zur Gegenwart. Der Roman, mit dem Gaarder Weltruhm erlangte.

Das Kartengeheimnis
Übers. v. Gabriele Haefs
ISBN 3-423-12500-4
Die Geschichte einer Reise nach Griechenland, einer phantastischen auf eine magische Insel und einer gedanklichen in die Philosophie.

Das Leben ist kurz
Vita brevis
Übers. v. Gabriele Haefs
ISBN 3-423-12711-2
Eine unmögliche Liebe: zwischen Floria und dem berühmten Kirchenvater Augustinus.

Der seltene Vogel
Erzählungen
Übers. v. Gabriele Haefs
ISBN 3-423-12876-3
Zehn Erzählungen auf der Grenze zwischen Realität und Traum.

Durch einen Spiegel, in einem dunklen Wort
Übers. v. Gabriele Haefs
ISBN 3-423-12917-4
Ein unendlicher Kosmos tut sich der kranken Cecilie auf, als der Engel Ariel an Weihnachten mit ihr über die Wunder der Schöpfung spricht.

Maya oder Das Wunder des Lebens
Roman
Übers. v. Gabriele Haefs
ISBN 3-423-13002-4
Meeresbiologe Frank Andersen trifft auf eine Frau, die Goyas ›Maya‹ zum Verwechseln ähnlich sieht. Eine Laune der Natur? Ein Roman über die Evolution, über die Grenzen der Wissenschaft und über die Kraft der Fantasie.

Der Geschichtenverkäufer
Roman
Übers. v. Gabriele Haefs
ISBN 3-423-13250-7
»Der wahre ›Geschichtenerzähler‹ Jostein Gaarder hat mit diesem Roman ein Meisterwerk geschaffen.« (Peter Köhler im ›Tagesspiegel‹)

Bitte besuchen Sie uns im Internet: www.dtv.de

Henning Mankell im dtv

»Groß ist die Zahl der Leser, die ganze Nächte mit Mankell verloren – bzw. gewonnen – haben.«
Martin Ebel im ›Rheinischen Merkur‹

Mörder ohne Gesicht
Roman
Übers. v. Barbara Sirges und Paul Berf
ISBN 3-423-20232-7

Wallanders erster Fall
Auf einem abgelegenen Bauernhof ist ein altes Ehepaar ermordet worden. »Ausländer, Ausländer!« waren die letzten Worte der sterbenden Frau …

Hunde von Riga
Roman
Übers. v. Barbara Sirges und Paul Berf
ISBN 3-423-20294-7

Wallanders zweiter Fall
In Osteuropa gerät Wallander in ein Komplott unsichtbarer Mächte, in dem er fast sein Leben läßt.

Die weiße Löwin
Roman
Übers. v. Erik Gloßmann
ISBN 3-423-20150-9

Wallanders dritter Fall
Was mit dem Verschwinden einer jungen Frau beginnt, führt Wallander rasch auf die Spur einer südafrikanischen Geheimorganisation.

Der Mann, der lächelte
Roman
Übers. v. Erik Gloßmann
ISBN 3-423-20590-3

Wallanders vierter Fall
»Ich fürchte mich vor dem Nebel, dachte er. Dabei sollte ich eher den Mann fürchten, den ich eben auf Schloß Farnholm besucht habe.« – »In diesem raffinierten Thriller stimmt einfach alles.« (Brigitte)

Die falsche Fährte
Roman
Übers. v. Wolfgang Butt
ISBN 3-423-20420-6

Wallanders fünfter Fall
Der Selbstmord eines jungen Mädchens ist der Auftakt zu einer dramatischen Jagd nach einem Serienkiller.

Die fünfte Frau
Roman
Übers. v. Wolfgang Butt
ISBN 3-423-20366-8

Wallanders sechster Fall
Die Opfer dieser grausamen Mordserie waren allesamt harmlose Bürger. »Faszinierend und unglaublich spannend.« (Brigitte)

Henning Mankell im dtv

»Das ist starke (Kriminal-)Literatur.«
Elmar Krekeler in der ›Welt‹

Mittsommermord
Roman
Übers. v. Wolfgang Butt
ISBN 3-423-20520-2

Wallanders siebter Fall

Drei junge Leute feiern zusammen Mittsommer. Danach sind sie spurlos verschwunden.

Die Brandmauer
Roman
Übers. v. Wolfgang Butt
ISBN 3-423-20661-6

Wallanders achter Fall

Hacker haben es auf die Datennetze der Weltbank abgesehen ... »Ein großartiger Mankell – einer der besten.« (Michael Kluger in der ›Frankfurter Neuen Presse‹)

Wallanders erster Fall
und andere Erzählungen
Übers. v. Wolfgang Butt
ISBN 3-423-20700-0

Vier Erzählungen und ein kurzer Roman aus den Anfängen eines Top-Kommissars. »Für alle Fans von spannender und unterhaltsamer Literatur ein absolutes Muss!« (Cosmopolitan)

Der Chronist der Winde
Roman
Übers. v. Verena Reichel
ISBN 3-423-12964-6

Die bezaubernd-traurige Geschichte von Nelio, dem Straßenkind – dem Kleinen Prinzen Afrikas.

Die rote Antilope
Roman
Übers. v. Verena Reichel
ISBN 3-423-13075-X

Die Geschichte eines schwarzen Kindes, das sich in Schweden nach seiner Heimat zu Tode sehnte.

Die Rückkehr des Tanzlehrers
Roman
Übers. v. Wolfgang Butt
ISBN 3-423-20750-7

(ab Oktober 2004)

Wer fordert einen toten Mann zum Tango auf? Stefan Lindmann, 37, steht vor einem Rätsel: Sein ehemaliger Kollege Herbert Molin ist ermordet worden. Am Tatort werden blutige Fußspuren gefunden, die wie Tangoschritte aussehen ... Der Welt-Bestseller jetzt im Taschenbuch.

J. R. R. Tolkien im dtv

»Tolkien hat das Verdienst, im nüchternen 20. Jahrhundert die Welt der Drachen, Elben, Zauberer und Könige wieder transparent gemacht zu haben.«
Salzburger Nachrichten

Der kleine Hobbit
Übers. v. Walter Scherf
ISBN 3-423-20277-7
Bilbo Beutlin, ein Hobbit aus guter Familie und von untadeligem Ruf, wird von dem Zauberer Gandalf animiert, einer Zwergenschar bei der Rückgewinnung ihres geraubten Schatzes zu helfen … »Die (Vor-)Geschichte zum Fantasy-Helden-Epos ›Der Herr der Ringe‹. Absolut zu empfehlen, und auch für Nicht-Fantasy-Fans sind die Abenteuer des Bilbo Beutlin in Mittelerde ein Muss!« (Berliner Morgenpost)

Feanors Fluch
Übers. v. Wolfgang Krege
ISBN 3-423-20372-2
Feanors Meisterwerk, die Silmaril, bringen Unglück über Mittelerde. Sein Fluch gegen Morgoth wird zum Ausgangspunkt jenes endlosen, bitteren Krieges in Mittelerde, den Tolkien in seinem Hauptwerk beschreibt. Die vorliegende Geschichte ist damit der Schlüsselmythos zum Kultbuch ›Der Herr der Ringe‹.

Die Geschichte der Kinder Húrins
Übers. v. Hans J. Schütz
ISBN 3-423-20459-1
Es herrscht Krieg in Mittelerde, und Húrin, der Herr von Dor-lómin, fällt seinem ärgsten Feind in die Hände – dem grausamen Morgoth.

Tuor und seine Ankunft in Gondolin
Übers. v. Hans J. Schütz und Wolfgang Krege
ISBN 3-423-20278-5
Aus der Sagenwelt von Mittelerde.

Das Tolkien Lesebuch
Übers. v. Wolfgang Krege u. a.
ISBN 3-423-20669-1
»Für Neueinsteiger und Tolkien-Anhänger.« (Rheinischer Merkur)

Farmer Giles of Ham / Bauer Giles von Ham
Übers. v. A. Uthe-Spencker
Illustr. v. Pauline Diana Barnes
dtv zweisprachig
ISBN 3-423-09383-8
Aufstieg und Abenteuer des Bauern Giles.

ISBN 3-423-12234-X

ISBN 3-423-12237-4

ISBN 3-423-12238-2

ISBN 3-423-12239-0

ISBN 3-423-12264-1

ISBN 3-423-12428-8

ISBN 3-423-12535-7

ISBN 3-423-13128-4

ISBN 3-423-13175-6

ISBN 3-423-13242-6

ISBN 3-423-13243-4

Historische Romane im dtv

Elizabeth Marshall Thomas
Die Frau des Jägers
Roman
Übers. v. Götz Pommer und Elfriede Peschel
ISBN 3-423-12004-5
»Ein Roman aus der Steinzeit von seltener Tiefe und Schönheit.« (New York Times Book Review)

Robert von Ranke Graves
Ich, Claudius, Kaiser und Gott
Roman
Übers. v. Hans Rothe
ISBN 3-423-01300-1
Augustus, Livia, Caligula, Nero: eine Chronique scandaleuse, in der die ganze dekadente Welt des römischen Imperiums lebendig wird. »Ein zu Recht berühmtes, meisterhaftes Werk.« (Bayernkurier)

Marguerite Yourcenar
Ich zähmte die Wölfin
Die Erinnerungen des Kaisers Hadrian
Übers. v. Fritz Jaffé
ISBN 3-423-12476-8
Ein Roman von außergewöhnlicher Feinheit. Yourcenar zeichnet mit Hadrian einen leidenschaftlichen und tatkräftigen Mann.

Frans G. Bengtsson
Die Abenteuer des Röde Orm
Roman
Übers. v. Elsa Carlberg
ISBN 3-423-20055-3
Orm, Mutters Jüngster, verzärtelt und hypochondrisch, wird von plündernden Nachbarwikingern verschleppt. Doch das Schiff, auf dem die Nordmänner zu ihrem alljährlichen Raubzug gen Spanien fahren, kapern die Mauren …

Claudia Groß
Die Runenmeisterin
Roman
ISBN 3-423-20588-1
Eine Kriminal- und Liebesgeschichte vor der rauhen Kulisse des Mittelalters.

Elizabeth Harris
Der heilige Stein
Roman
Übers. v. Elke von Scheidt
ISBN 3-423-20628-4
Bei Ausgrabungen in einem einsamen Kloster in Wales entdeckt man das Skelett eines Neugeborenen. Alles deutet darauf hin, daß sich zu Beginn des 13. Jahrhunderts hier eine Liebestragödie abgespielt hat …

Historische Romane im dtv

Rosemarie Marschner
Nacht der Engel
Roman
ISBN 3-423-20286-6

Italien zur Zeit der Renaissance. Die schöne Francesca hat alles, was das Herz begehrt. Und bei Lorenzo de' Medici ist sie ein mehr als nur gern gesehener Gast. Aber es ist auch gefährlich, der Fürstenfamilie so nahe zu stehen …

Asta Scheib
Kinder des Ungehorsams
Die Liebesgeschichte des Martin Luther und der Katharina von Bora
ISBN 3-423-12231-5

»Die vielleicht skandalöseste Liebesgeschichte Deutschlands.« (Klaus Modick)

Diana Norman
Die Piratenkönigin
Roman
Übers. v. Hanna Neves
ISBN 3-423-20683-7

Irland im 16. Jahrhundert. Im Dienst der Königin wird die junge Barbary auf die rebellische Insel geschickt. Inmitten von politischen Intrigen, Freiheitskampf und Krieg erlebt sie die Schönheit und Tragik Irlands – und ihre große Liebe.

Rose Tremain
Des Königs Narr
Roman
Übers. v. Elfie Deffner
ISBN 3-423-13052-0

England 1664. Der Arzt Robert Merivel erhält von Charles II. persönlich ein ungewöhnliches Angebot: Er soll die Mätresse des Königs heiraten …

Jochen Klepper
Der Vater
Roman eines Königs
ISBN 3-423-11478-9

Die »äußere und innere Geschichte« Friedrich Wilhelms I. von Preußen – viel mehr als nur ein historischer Roman: eine Dichtung von unvergleichbarer Prägnanz.

Eveline Hasler
Anna Göldin. Letzte Hexe
Roman
ISBN 3-423-10457-0

1780. Die schöne, eigenwillige Dienstmagd Anna Göldin wird des Kindsmords und der Zauberei angeklagt. Die Geschichte des letzten Hexenprozesses in Europa.

Rosa Montero im dtv

»Rosa Montero glückt das, woran viele scheitern: intelligent zu unterhalten!«
Andreas Steppan im ›Münchner Merkur‹

Geliebte und Feinde
Erzählungen
Übers. v. Astrid Roth
ISBN 3-423-**12896**-8
Bittersüße Geschichten über Liebeslust und Liebesfrust, über erotische und andere Verstrickungen.

Ich werde dich behandeln wie eine Königin
Roman
Übers. v. Susanne Ackermann
ISBN 3-423-**12969**-7
Tat sie es aus Rache? Oder Eifersucht? Weil er sie nicht wie eine Königin behandelt hatte? – Eine Geschichte von unerfüllten Sehnsüchten und den Verwirrungen der Liebe.

Geliebter Gebieter
Roman
Übers. v. Susanne Ackermann
ISBN 3-423-**13105**-5
Der Stellplatz wird ihm gestrichen, das Büro verkleinert, die Kollegen sticheln: Kein Zweifel, der Stern von Art-director César ist im Sinken begriffen. – Ein einfühlsamer, humorvoller Roman über den ganz alltäglichen Machtkampf.

Die Tochter des Kannibalen
Roman
Übers. v. Astrid Roth
ISBN 3-423-**20473**-7
Flughafen Madrid. Letzter Aufruf. Wie würden Sie reagieren, wenn Ihr Mann plötzlich spurlos verschwindet? Zu Hause erhält Lucia einen seltsamen Anruf ... »Ein großer Gesellschaftsroman, der komisch, anrührend und höchst spannend zugleich ist.« (News Kultur)

Im Herzen des Tartaros
Roman
Übers. v. Astrid Roth
ISBN 3-423-**24328**-7
»Ich habe dich gefunden. Du entkommst mir nicht«, raunt die dunkle Männerstimme am anderen Ende der Leitung. Voller Panik rennt Zarza aus dem Haus. Sie weiß sehr genau, wem diese Stimme gehört ... »Daß erstklassige Thrillerautoren nicht unbedingt aus den USA, England oder Skandinavien kommen müssen, beweist Rosa Montero mit diesem hochspannenden Roman.« (Bunte Wochen Zeitung)

T. C. Boyle im dtv

»Aus dem Leben gegriffen und trotzdem unglaublich.«
Barbara Sichtermann

World's End
Roman
Übers. v. Werner Richter
ISBN 3-423-11666-8

Greasy Lake und andere Geschichten
Übers. v. Giovanni Bandini u. Ditte König
ISBN 3-423-11771-0

Grün ist die Hoffnung
Roman
Übers. v. Werner Richter
ISBN 3-423-11826-1

Wenn der Fluß voll Whisky wär
Erzählungen
Übers. v. Werner Richter
ISBN 3-423-11903-9

Willkommen in Wellville
Roman
Übers. v. Anette Grube
ISBN 3-423-11998-5

Der Samurai von Savannah
Roman
Übers. v. Werner Richter
ISBN 3-423-12009-6

Tod durch Ertrinken
Erzählungen
Übers. v. Anette Grube
ISBN 3-423-12329-X

América
Roman
Übers. v. Werner Richter
ISBN 3-423-12519-5

Riven Rock
Roman
Übers. v. Werner Richter
ISBN 3-423-12784-8

Fleischeslust
Erzählungen
Übers. v. Werner Richter
ISBN 3-423-12910-7

Ein Freund der Erde
Roman
Übers. v. Werner Richter
ISBN 3-423-13053-9

Schluß mit cool
Erzählungen
Übers. v. Werner Richter
ISBN 3-423-13158-6

T. C. Boyle im dtv